SÉRIE NOIRE

Collection créée par Marcel Duhamel

Pour Sébastien Vidal
Et pour les médecins qui ont sauvé mes lignes

« La concentration de pouvoir, tant économique que politique, des plateformes numériques est comme une arme chargée posée sur une table. À un moment, les gens assis de l'autre côté de la table sont susceptibles de s'en saisir et d'appuyer sur la gâchette. [...] Aucune démocratie libérale ne peut se satisfaire de confier un pouvoir politique aussi concentré à des individus, en assumant qu'ils sont animés par de bonnes intentions. »

FRANCIS FUKUYAMA, BARAK RICHMAN et ASHISH GOEL

« La perversité montre que le mal, bien plus qu'un fait, ou avant de devenir une réalité, est un possible infiniment varié de l'homme, que l'humanité est en puissance d'un mal infini dont la raison et la loi ne peuvent même pas prévoir, donc prévenir, la prolifération imaginaire. Le mal est d'abord un fantasme. »

« Toute perversité marque le triomphe de la matière sur l'esprit. »

PATRICK VIGNOLES, *La Perversité. Essai et textes sur le mal*

« Le pire, c'est d'être pris au dépourvu par des choses prévisibles. »

LUC DE BRABANDERE

Prologue

Vient le moment où il va falloir payer.

Sortir le ticket de caisse.

Rendre compte de cette part sombre qui n'a fait que grandir.

Et qui guette.

Tapie en toi.

Bien nourrie.

Qui guette le moment où elle pourra s'exprimer.

Où elle pourra rabaisser.

Où elle pourra triompher.

Où elle pourra exulter.

Où elle pourra écraser.

Te faire croire que tu détiens le pouvoir.

Que tu restes le maître.

Ce sacré pouvoir pour lequel tu auras tout accepté, tout abandonné.

Tout trahi.

Mais il n'y a pas de jeu.

Que cette balance qui s'avance.

Vient le moment où sur l'échiquier, il va falloir rendre les pièces volées.

Les figurines violées.

La liberté bafouée.
Vient le moment où il va falloir assumer.
Signer avec ton beau stylo la note de tes bassesses.
De tes humiliations, de tes ignominies.
De cet air supérieur qui te rend mineur.
De tes perfidies
Qui te rendent minable.
Entends-tu les lamentations ?
Ce vent glacé, le sens-tu venir ?
Ce moment où, lâchement, tu voudras marchander.
Mais ni les pleurs ni les suppliques ne sauront te sauver.
Pour cela, il eût fallu aimer.
Vient ce moment
Où le fil sera coupé.
Non celui de ta naissance.
Mais de ta destinée.
D'un coup, net. Tranché.
Sans pitié.
Relève la tête.
Souris.
Signe.
Paye.

1

En descendant de la voiture, ils savaient qu'ils ne devaient plus s'appeler par leurs prénoms. Ils redevenaient Athéna, Arès et Hadès. Ces surnoms, au début, ils les avaient adoptés comme un jeu. Un peu comme des gamins, ils fuyaient un monde qu'ils refusaient. Ils redistribuaient les cartes — en premier lieu, celles de leur identité. Ils se choisissaient.

À trente ans, c'était une renaissance.

Ils s'étaient glissés sous la peau des mots. Puis le vêtement, progressivement, assemblage après assemblage, leur avait plu. La surface avait migré. Jusqu'à atteindre leur moelle. Jusqu'à gagner leur être entier.

Ils ne croyaient pas à la fatalité.

On ne subissait pas sa vie.

Le principe était simple : redevenir maître en sa demeure.

Ne plus accepter. Retrouver sa liberté.

Dépasser ce qu'on vous imposait.

Mettre un frein à la technologie, avant qu'elle n'ait tout broyé.

Qu'elle n'ait vidé les hommes.

Qu'elle n'ait sucé la terre et aspiré l'eau.

Qu'elle n'ait corrompu la démocratie.

Les réunions avaient lieu en pleine forêt. Dans le vert complet, à une heure et demie de Paris. En une cabane réduite à l'essentiel, qu'ils avaient construite de leurs mains. Parce qu'il fallait un territoire indépendant. Un royaume.

Leur royaume libre.

Utopia.

Nul n'avait le droit d'y entrer.

Nul autre qu'eux trois ne pouvait y être convié.

Même *la Tribu*. Même Hermès.

Personne ne devait savoir.

C'était leur Grand Secret.

Là, ils s'étaient juré de repenser le monde.

Au début, ils en riaient.

Les temps avaient changé.

Aujourd'hui, ils parlaient comme s'ils conspiraient.

Comment en étaient-ils arrivés là ?

Hadès poussa la porte de leur cabane. Il retrouva d'emblée cette ambiance qu'il aimait. Sous ses pas, le plancher craquait. L'odeur de cèdre, enveloppante, répondait à celle de la forêt. Majoritairement des pins et des chênes.

Tout avait disparu. Le vacarme s'était tu.

Le chant des oiseaux régnait. Les champignons poussaient.

Les daims et les sangliers, eux, se cachaient. Tous trois aimaient les observer.

Arès fit un feu. Hadès sortit déterrer les armes de leur cache étanchéisée et Athéna choisit les cibles.

Cette fois-ci, ils le savaient, ils ne pourraient plus reculer.

C'était l'automne. Les feuilles allaient tomber.

Les animaux, eux, pourraient dormir tranquilles.

Il faudrait accepter.

Repousser la peur.

Ne pas fléchir.
Agir.
Faire sauter les ultimes barrières.
Accepter de penser autrement, par-delà bien et mal.

2

Trois mois plus tard.

Il y eut d'abord un premier flocon. Rémi l'avait senti sur sa joue. Il se demanda si, dans le ciel, comme sur terre, il y avait un éclaireur. Quelqu'un pour se lancer. Quelqu'un pour braver le sort. Un flocon plus courageux que les autres, en somme. Puis la neige se décida vraiment à tomber. Elle dansait dans le ciel gris de Paris, elle posait son délicat plumetis.

Les voitures se mirent à ralentir, les enfants à sourire.

Alors ce fut vraiment Noël.

Pas à pas, le Bastion s'éloigna. Sous la ruée du boulevard Haussmann, l'État-major du nouveau 36 disparaissait. La trêve avec les *brèves*. Plus de morts violentes, plus de vies brisées, plus de morceaux que personne ne recollerait. L'espoir poignardé, il connaissait. Les confettis de chair aussi. À la BRI, il avait eu le temps de réviser. Pas une rue de Paris qu'il vît autrement que sous l'angle du crime. Étrange géographie d'un flic de PJ. La capitale était criblée d'entailles que la mémoire ne saurait jamais effacer. De sales points noirs. Sur la carte, ces traces tranchaient avec les monuments remarquables. La rue d'Hauteville, c'était sa première saisine. Une histoire d'amour à la Rita Mitsouko, dans une chambre de bonne trop petite pour les flots de sang. La femme, guadeloupéenne, jeune pour l'éternité. Son compagnon, plus épris de jalousie que de beaux sentiments, s'était jeté sur elle — avec des ciseaux. Quand Rémi l'avait soulevée, elle pissait le sang. Roméo, lui, s'était foutu en l'air par la fenêtre après ses exploits, depuis les toits. Un vol direct du ciel à la terre. Il gisait au sol, disloqué. Rémi se souvenait encore avoir dit à son chef : « Il n'est pas mort… mais *très* mort. »

Depuis ce point zéro, le plan de Paris s'était garni. Un essaim dans son propre cerveau.

Qui venait s'ajouter aux noyés du fleuve, quand il était plongeur à la brigade fluviale.

Les âmes des morts se mêlaient aux façades, restaient collées au bitume. Le boulevard Voltaire demeurerait, à vie, le Bataclan, l'amoncellement des corps gris dans la nuit noire d'une salle réduite aux éclairages de secours. La rue Nicolas-Appert, *Charlie Hebdo*. La mort qui, brutalement, n'était plus anonyme. Ces mains qui avaient su créer des héros de papier. Ces mains qui se jouaient des divinités, rigides à jamais. L'odeur du sang et de la cordite sous l'insoutenable crudité du jour. Et le Stade de France, les premiers kamikazes de son existence. Le grand désert de la désolation, à deux pas des supporters qui, pour la seule fois de leur vie, avaient foulé l'herbe du terrain, cantonnés, à l'abri, non pas en joueurs, mais en jouets du destin. Quel être pouvait comprimer dans sa mémoire un sol couvert de boulons et de bouts humains ? Le puzzle d'une jeunesse morte pour rien.

Voilà pourquoi Rémi accueillit la neige comme le Messie. Elle mettait du blanc dans son noir. Elle couvrait de virginité les souillures de l'humanité. Elle était le reset. Un reset sacré. L'antidote venu du ciel.

Elle se posa sur les manteaux, s'accrocha aux mèches comme du kapok. Tout ce qu'il aimait. À 360°, des humains bien vivants l'entouraient. Ils s'attroupaient autour des vitrines de Noël comme des abeilles ivres de miel. Le spectacle l'amusait autant qu'il l'inquiétait. Une lucarne féerique à piéger les fantasmes, une boîte magique qui faisait semblant de ne vendre que du rêve, et le tour était joué. L'enfant, embarqué, l'adulte, chloroformé. Certains montaient dans une voiture pour moins que ça.

Au jeu du prédateur et de la proie, Rémi était un mauvais gibier. Peut-être parce qu'il savait ce que cachaient les coulisses de l'humanité. Ce que le pouvoir, l'argent, la passion, le sexe ou la jalousie pouvaient donner, il l'avait en lui, gravé. Son esprit était rompu aux raisonnements séduisants des menteurs, aux manipulations retorses des criminels, aux gymnastiques tordues des complices. Alors, ce n'était pas une jolie petite vitrine qui allait le griser. Pourtant, ces lumières roses et bleues, ces guirlandes bohèmes sur fond de tour Eiffel et de grande roue, elles semaient une évidente gaieté. Et la gaieté, c'était une autre façon de respirer. Noël marquait ce rare moment de l'année où même l'air de la ville paraissait plus léger. Il fallait qu'il relâche le contrôle, qu'il s'abandonne à ce tourbillon.

Le feu passa au rouge. Dans son dos, Rémi laissa les ailes dorées de *L'Harmonie*, la gigantesque statue qui surplombait l'opéra Garnier. Sous ce ciel gris, elle arrivait encore à étinceler.

Son attention fut happée par une forme ratatinée.

Une ville restait une ville.

Pas de trêve pour la pauvreté. Les mendiants ne s'étaient pas volatilisés et la femme toute fripée sous son bonnet, à qui il donna une pièce, aurait pu être sa grand-mère. Contre sa poitrine, elle serrait son seul royaume, les pans lassés d'un châle aux fleurs tristes. À ses pieds, ni chiot ni chat pour appâter la pitié, mais une écuelle pour les bêtes où quelques pièces luisaient. Au-dessus d'elle, l'imperturbable fronton d'une banque.

Rémi lui sourit. Il baissa les yeux et ne put voir le petit feu qu'il avait rallumé dans les iris de la vieille — quel que soit l'âge, son sourire produisait immanquablement le même effet. Ce sourire n'était pourtant pas entier. Il s'en voulait de ne pouvoir lui dire joyeux Noël. Était-ce normal d'être incapable de dire joyeux Noël à son semblable ?

Il n'avait jamais cru ceux qui clamaient haut et fort qu'on ne pouvait rien pour les autres. Leur cœur gelé, il le leur laissait volontiers. Que l'on ne s'y trompe pas, cela ne faisait pas de lui un sauveur. Mais entre l'indifférence et le messianisme, il restait des degrés. Et s'il n'était pas un sauveur, il était, indéniablement, un sauveteur. Depuis le jour où il était devenu sauveteur en mer à Saint-Malo. À la Fluviale*, il n'avait fait qu'enrichir cet ADN. Plonger dans la Seine à 1 °C pour sauver des désespérés, il n'avait jamais hésité. Se battre contre le courant, slalomer entre les troncs d'arbres flottants du fleuve en crue, avaler l'eau glacée comme une boule de neige, croire qu'il ne remonterait jamais… Jusqu'aux longues heures derrière sa lunette à l'anti-gang, pour contrer des terroristes ou des forcenés, Rémi avait la protection dans le sang. C'était un chien d'avalanche. L'humain en détresse, il s'épuiserait à le sauver.

La vieille suivit du regard cet homme qui s'éloignait. Elle l'avait trouvé joli avec ses cheveux courts sur les côtés et sa frange relevée. Et poli. Timide, aussi. Qu'est-ce qu'il pouvait faire dans la vie — elle avait toujours eu le flair pour ça. C'était le seul jeu qui lui restait. Infirmier ? Pompier ? Urgentiste ?

---

* Brigade fluviale de la Préfecture de police, service chargé de la sécurité des biens et des personnes en milieu nautique, du contrôle de la navigation sur les voies d'eau et de la réglementation en vigueur, berges comprises, sur les 3 400 km de voies d'eau de l'Île-de-France.

Quelqu'un qui avait l'habitude de rafistoler l'irrémédiable. De *bricoler l'incurable*, c'était certain.

Au niveau du croisement, Rémi traversa. La rue moutonnait de visages enjoués. Un haut-parleur diffusait le *Let It Snow! Let It Snow! Let It Snow!* de Dean Martin et il ne manquait qu'une femme à serrer dans ses bras pour la protéger du froid. Mais cette femme n'était plus là. Elle aussi avait été plongeuse-sauveteuse. Que donnerait-il pour tenir encore une fois Lily contre lui ? Une seule et unique fois… Il ne fallait pas regarder le passé. Orphée lui-même n'avait su remonter Eurydice des Enfers. Et si l'amour revenait, quel visage il aurait ? Pas celui de Lily, en tout cas. Jamais. On disait qu'il ne fallait jamais dire *jamais*. Il devrait s'entraîner à dire *peut-être*.

Au milieu de cette foule, il avait beau chercher, rien ne pouvait la remplacer. Un homme en manteau fausse fourrure léopard le bouscula. Ses cheveux, remontés sur le haut du crâne, battaient ses tempes rasées. À ses oreilles, de longues boucles dorées pendulaient. Le genre de phénomène qu'il avait zéro chance de croiser au 8e étage du nouveau 36. Surtout avec les modèles cravatés de la Direction.

L'homme avait tracé en s'imposant, faisant se retourner les têtes. Rémi continua en écartant plus largement les bras. Maintenant, c'était le regard d'une brune qui s'était planté dans le sien, une fraction de seconde. Mais quelle seconde ! Du charme, elle en avait. Elle portait la raie sur le côté. De grosses boucles en cascade tombaient sur ses épaules, entre Rita Hayworth et Dita von Teese. Une doudoune argentée l'éloignait d'Hitchcock pour la rapprocher de Stanley Kubrick. De toute façon, elle s'éloignait tout court, sans le lâcher des yeux. Un instant, il crut qu'elle lui avait adressé un clin d'œil… Encore un modèle que le 8e étage ignorait, et ce n'était pas à regretter. Dans cette forteresse aux

1 700 policiers, il y avait déjà assez d'entropie — et de rivalités. Plus on montait les étages, plus les crabes pinçaient.

Rémi se fraya un chemin entre ses *semblables*. Il était le premier surpris de se retrouver mêlé à ce carrefour qui bruissait de toutes les langues. Un Rubik's Cube dans le désordre. Des amants s'aimaient en anglais, des enfants crépitaient de joie en espagnol et des femmes devisaient en russe. À chaque enjambée, des effluves sucrés ou boisés assaillaient Rémi. Les parfums se chevauchaient en une cacophonie sans diplomatie et les vitrines de Noël, qu'il voyait maintenant de près, attrapaient les gens comme elles pouvaient, usant de ruses vieilles comme le monde. C'était une déferlante de lumières acidulées, de paillettes et de féerie givrée qui fédérait la horde cosmopolite de bonnets, arrêtés, médusés. À voir les enfants taper dans les mains devant des oiseaux surdimensionnés, il se prit à rêver d'un gosse à qui il apprendrait à se défendre et à se méfier. Il l'appellerait... Albert... ou Alexis. Un prénom en A, pour qu'il ne soit pas le dernier de la liste. Et si c'était une fille ? Il dut réfléchir. Lila, tiens, pourquoi pas ? C'était frais ou gai. Soudain, il réalisa que c'était presque le calque de Lily. Le temps d'avance de l'amour sur le cerveau. Et en dehors de Lila ? Marie-Jeanne, peut-être, comme sa grand-mère qu'il aimait plus que tout. Cette pensée le prit de court. On n'est pas toujours le mieux placé pour se connaître. Que disait le temple de Delphes à ce propos ? *Connais-toi toi-même*, non ? Les leçons de philo commençaient à dater. N'empêche, ça l'avait marqué.

À deux pas de l'Opéra, le croisement sentait les marrons chauds, et les sirènes de police jouaient pianissimo. L'enfer de la ville se prenait pour un conte de fées, et même les adultes y croyaient.

Les gens portaient des paquets où ils auraient pu mettre un chien entier, cela débordait de rubans et de papier de soie. Rémi, lui, jetait aux vitrines un regard désintéressé. Il avait tendu le cou au ciel. Si la neige tenait, il pourrait faire la descente du Sacré-Cœur en surf. Ce n'était pas la Vallée Blanche depuis l'aiguille du Midi, mais c'était un autre Paris. Un moment unique à ne pas laisser filer. La neige était comme le bonheur : elle fondait vite. Oui, il irait se faire une belle descente. Paris en tapis blanc.

Mais avant, affronter la foule. Entrer dans ce grand magasin qu'il n'avait pas fréquenté depuis des années. Il n'eut pas à freiner le pas. Devant lui, la fourmilière grouillait. C'était pire que le métro à grande heure de pointe. Presque impossible d'avancer sans se transformer, contre son gré, en bulldozer. Les portes en verre passées, l'air chaud l'accueillit d'emblée. Comme une haleine de femme, l'été. Le lieu le gobait entier, ne faisait de lui qu'une bouchée. L'ogre de la consommation avait tout calculé. Au premier pas, vous étiez dans un nid douillet, anesthésié, prêt à acheter ce parfum qui valait cinq dîners ou cette étole que votre mère n'oserait jamais porter. Au deuxième, vous alliez croiser tellement de tentations qu'il serait difficile de repartir bredouille. Il y avait tant de choix, tant de possibilités, que l'endroit ferait culpabiliser de ne rien repérer. S'il existait une tour de Babel, c'était bien dans ces allées surpeuplées. Rémi s'engouffra dans ce défilé qui lui donnait la désagréable impression d'avoir été programmé pour acheter. Un tapis roulant vers les billets à lâcher. Bouches ultra maquillées, rires appuyés, frénésie de consommer, et lui, en blouson non siglé, comme à son habitude, discret. Qu'un solitaire s'inflige ce bain de foule était insensé. Mais il avait un cadeau à trouver.

Pour compliquer le tout, il n'aimait pas trop les cadeaux. La simple idée de choisir quelque chose d'inutile ou de déplacé le retenait. Les cadeaux, bien souvent, se résumaient à des alibis. Il préférait la caresse des vagues ou le chant des oiseaux. La caresse du soleil, le sourire du miroitement de l'eau… Les vrais cadeaux.

La nature n'avait pas besoin de néons pour faire rêver. Lui suffisait d'exister. Quand retrouverait-il ses rivières qui sentaient la menthe aquatique ?

Un vendeur en chemise blanche à jabot lui brandit un carton parfumé, tandis qu'une femme aux lèvres sanguines le poussait. Rémi le porta à ses narines. Cela sentait la forêt. Le prix, lui, respirait l'arnaque à plein nez. Il voulut s'éloigner mais buta contre un groupe d'Américains. Il comprit vite pourquoi. Un immense sapin, surplombé d'un feu d'artifice en fibre optique, montait presque jusqu'à la coupole et chacun y allait de son commentaire. La femme aux lèvres de Cruella, qui vaporisait la collection entière du stand sur des mouillettes, discutait bruyamment avec le trentenaire aux lunettes surdimensionnées qui venait de se présenter comme le *store manager*. Il roulait des yeux en disant que c'était « une dinguerie », que le sapin avait « 20 000 points lumineux programmables ». Il détachait les syllabes et elle roucoulait en répétant : « C'est Las Vegas, c'est Las Vegas. »

Rémi en eut marre de la touffeur, marre des odeurs. Il avait envie qu'on lui parle normalement. Qu'on ne lui promette pas le Taj Mahal pour un sac doré suspendu à ses doigts. Non, il n'avait pas envie de cette fanfare-là. Pas juste pour lui faire cracher sa carte bleue.

Avec le vacarme ambiant, il faillit ne pas sentir son téléphone vibrer dans sa poche.

Quand il vit le numéro qui s'affichait, il sut que c'en était fini des cadeaux.

Il pouvait oublier Noël.

3

Tu leur dis de revoir la stratégie.

Richard Schönberg avait tapé du poing. Le verre de la lourde table, soutenue par deux femmes nues en bronze vert-de-grisé, avait tremblé. Le roi des médias, dont la famille, en seulement deux générations, avait bâti un empire tentaculaire, avait pour la contrariété une patience de façade. L'insolente réussite, il connaissait. Alors les obstacles, en joueur implacable, il les pulvérisait.

Dehors, la neige tombait en tourbillonnant, dans le seul but de s'accoupler avec le vent. Elle poudrait les villas très privilégiées de l'avenue privée. La météo aussi l'agaçait. Il n'avait pas envie de glisser quand il sortirait. Mais commander au ciel restait au-dessus de ses pouvoirs. Calé dans son fauteuil, Schönberg déporta son poids sur la pointe des pieds et écrasa le tapis aux motifs abstraits.

— Tu demandes à Vincent de monter d'un cran, continua-t-il. Et tu dis à Jeanlin de se la fermer. On n'en a rien à battre de Noël. Tu crois qu'on fait du business avec des jours fériés ? Je le veux sur le pied de guerre dès demain, ce tocard… Je ne le paie pas pour rien. Je n'ai pas besoin de modérateurs mais d'exécutants, tu m'entends ? D'exécutants. À 1 000 %. Pendant que ces putains d'administrations ne branleront rien, nous, on moulinera. C'est quand tout le monde dort qu'il faut taper fort… La CNIL* est notre ennemie. Tu entends, notre ENNEMIE. Toute personne qui s'oppose à la récupération des données est notre ennemie. Je veux qu'on l'enfonce, qu'on la ridiculise. Qu'on en fasse un chien de garde qui s'est trompé d'époque… Que Bruxelles remporte la médaille d'or des lobbyistes au mètre carré. La Manille de l'infiltration. Oui, rien que ça… Qu'on trouve les failles du système. Qu'on corrompe chacun de ses avocats. Qu'on injecte de nos mecs dans ses troupes. Qu'on enquête sur leurs têtes. Je veux tout savoir. Tout. Même quand la présidente va aux chiottes, tu m'entends, Thierry ?

À l'autre bout, Thierry de Braguier ne bronchait pas. Sourire caché derrière son écran, il flattait le poil du Ratel, comme il surnommait Schönberg, en hommage à l'animal le plus féroce de la création. Et il acquiesçait, autant qu'il le pouvait. Surenchérir, il savait faire. C'était gratuit, et cela rapportait beaucoup.

— Dis-moi, tu me trouves cette influenceuse qui monte… Celle qu'on a ferrée en lui promettant l'eldorado. Comment ? Non… la brune. Comment elle s'appelle, déjà ? Kyria ? Oui… Celle aux lèvres d'enfer… Oui, oui. (Il rit.) Un nom genre bagnole… Kyliane, c'est ça. Tu dis à Julie-Anne de s'en occuper. De lui promettre le *front row*… le premier rang, oui, c'est pareil, pour les défilés de la prochaine fashion week… Ah ! Tu dis aussi à Julie-Anne de se démener pour que sa rivale soit au deuxième rang, histoire que l'ego déborde. Tu connais le principe ? Quand l'ego grandit, le cerveau fléchit. Que Julie-Anne lui adresse, en plus, un carton d'invitation V.I.P. avec plein de doré pour les vœux de TANATA. Attends… ne quitte pas…

* Commission nationale de l'informatique et des libertés.

Il cala le téléphone contre son oreille, repoussa des feuilles sur son bureau et prit un carnet en cuir. À l'encre noire, il griffonna quelques notes. Ironie du sort, ce démanteleur du monde ancien ne snobait pas le chic d'un carnet et préférait les stylos-plume. Le sien était de laque sombre. Un Namiki aux reflets rougeoyants, avec des carpes koï poudrées d'or. Il reprit le téléphone en main.

— Et que Jeanlin demande à ses équipes de pondre leur plus beau texte, attention, je veux du haut de gamme, du *blue chips**, un bon petit texte sur le Grand Partage... La liberté, c'est ça, à tartiner. Le bond en avant de l'humanité, sans limites. Contre l'Ancien Monde rabat-joie qui va priver M. Tout-le-monde des formidables opportunités du futur... Et sur le défi sans précédent de l'IA, cela va de soi. Qu'ils me trouvent l'alter ego de Kyliane en homme, avec pour cible les 18-25 ans. Ils recrutent ensuite des milliers de relais pour prêcher la bonne parole sur les réseaux sociaux. Et on arme les *bots***. Il faudrait une vidéo qu'ils aient envie de se refiler. Une M.S.T. du cerveau. Un truc fun et arrogant, super provoc', tu vois ?... Ezio nous dégote un rappeur prophétique, le katana de la rime, qu'on peut rincer à fond pour le son, et Julie-Anne fait bosser le staff pour scénariser la sauce. Du *storytelling* hyper efficace. Du genre : une idylle entre Kyliane et le beau gosse et les deux nous servent comment l'IA va révolutionner le monde. Et qu'il faut quitter le stylo pour la fusée, O.K. ? (Il faisait tourner le sien dans une main.) Du manga épico-héroïque mais larmes aux yeux. Comment tout sera facile, sans effort — et vaudra de l'or. Oui. De la *success story*

* « Jetons bleus », actions de société de bon rapport dans un portefeuille financier. Au figuré, une valeur sûre.

** Agent logiciel automatique ou semi-automatique qui accomplit des tâches répétitives. Aphérèse (abréviation) de « robot ».

à la mode paresse… Tu as vu les éléments de langage d'Apple ? *Grands pouvoirs, génie, écrire, s'exprimer et en faire plus sans effort* grâce à l'Apple intelligence. Ils ont eu raison d'enlever *artificielle.* Tu glisses du *original, amusant, nouveau…* Et du *naturel,* ça rassure pour mieux avaler l'artificiel, comme dans la bouffe. Et que Jeanlin arrête avec ses scrupules sur la jeunesse. J'en ai rien à taper de sa fille ado influençable. La jeunesse, elle se fait manipuler depuis l'éternité. Y a rien de nouveau, y a rien à sauver.

Il s'était rapproché des hautes fenêtres, portable à la main, et balançait entre s'énerver et rester froid. Il aimait les deux. La contradiction, eh bien, il la contrait. C'était aux autres de s'adapter. La loi de la jungle, pour le King qu'il était, ça existait.

— Écoute-moi bien, Thierry. Jeanlin a les neurones au fond d'un placard… (Il soupira.) Il n'est pas comme toi. (Flatter, toujours flatter.) Il préfère l'odeur des billets ou l'odeur du sapin, à la fin ? Comment peut-on être écervelé à ce point ? Tu lui dis de plancher dès maintenant. Qu'il me brocarde le Vieux Monde. Qu'ils aient l'air de plantigrades rétrogrades. Je veux du ridicule, du *out* complet. Qu'il le pique au curare, ce monde d'attardés, pas aux fléchettes, voilà, c'est ça, terminé. Du massacre sous couvert de la vertu. Du lobbying à mort. De toute façon, ils vont crever. Il faut juste les achever. On est le coup de grâce, Thierry. Le coup de grâce… Les lumières se sont éteintes… Le ciel est vide. On a toute la marge pour œuvrer.

L'œil rivé à la vitre embuée, il lissait sa cravate. Un point le chiffonnait. Il hésitait encore. Puis son regard s'alluma. Il esquissa même un sourire. Celui du bourreau qui retire la peau du lapin, et qui trouve ça beau.

— Attends… Tu rappelles juste à Jeanlin la prime qu'il a reçue, pour l'an dernier, en janvier.

Il allait raccrocher quand il se ravisa pour ajouter, sourire vicieux à l'appui :

— Et tu lui dis… Thierry, tu lui dis… que ce n'est plus la peine qu'il vienne ce soir.

Question punition, rien ne valait l'humiliation.

Cette soirée de réveillon au Musée des arts forains, ce crétin de Jeanlin avait dû s'y préparer. Choisir son costume, congratuler le miroir en long, en large et en travers, compléter sa pile de cartes de visite qu'il distribuerait en buvant du Dom Pérignon à ses frais, en piochant allégrement parmi ses invitées à décolleté… Car les femmes — enfin, certaines femmes… — étaient le point faible de Jeanlin. Ce que Schönberg excusait. Contrairement à sa félonie. Qui n'était pas son point faible, mais son point impardonnable.

Richard Schönberg s'approcha des carreaux qui donnaient sur une terrasse arborée. Il posa sa main droite sur les rideaux damassés. Sa respiration fit encore de la buée. Maintenant, il fulminait, et dehors tout était calme. Tout ne pouvait qu'être calme dans ce confetti V.I.P. de la Nouvelle-Athènes, gardé par une haute grille qui en protégeait l'accès. C'était un îlot de verdure, secret, en sandwich entre Pigalle, la délurée, et la suractive rue des Martyrs. Les blocs de grès qui serpentaient jusqu'à la place avaient vu des stars dignes d'Hollywood Boulevard. Schönberg, lui, habitait au n° 5, une villa où Victor Hugo s'était réfugié, après l'exil. Il aimait le répéter : « Ici, le génie a respiré. Ici, le Vieux Monde va expirer. »

Il essuya la buée qui l'empêchait de bien voir les bambous de la terrasse. En contrebas, l'allée pavée se couvrait de neige. Quand il sortirait de sa villa, ces pavés seraient traîtres. Est-ce que la neige allait tenir ? Sous les flocons, le lierre disparaissait. C'était blanc. Uniformément blanc. Désespérément blanc. Et les gens qui s'extasiaient ! Cela manquait de couleur, cela manquait de vigueur. Le blanc, il détestait. De mauvais souvenirs — de très mauvais souvenirs — qu'il cherchait à réprimer. Pas forcément avec succès. Il fallait bien reconnaître quelques échecs dans sa vie.

Un flash de mémoire, éblouissant, terrassant. De cette satanée mémoire.

Une Triumph TR3 roadster, modèle 1957, qui serpente sur la route aux quatre cents virages, sur l'île de La Réunion. La voiture de La dolce vita… *Le soleil, insolent. Les ongles nacrés sur le volant en bois… La dentelle qui épouse la perfection d'un bras, posé sur l'échancrure chamoisée d'une portière. La vitesse… La chevelure, d'un blond miellé, retenue par un foulard vert anglais — comme la carrosserie. Des mèches, échappées, qui frôlent la capote repliée… Le défi… De Rivière-Saint-Louis jusqu'à Cilaos. Les jantes chromées 72 rayons qui reflètent, obstinément, le vert moutonnant des cirques. Les yeux rieurs, la joie au cœur. Les virages qui n'en finissent pas. Ce très long ruban à flanc de ravins qui louvoie comme un serpentin… Le surgissement du tunnel… L'indispensable klaxon… La main qui se crispe sur le court levier de vitesses. Le rouge à lèvres qui s'étend…*

Le rouge sur le blanc…

Le rouge.

Le rouge qui envahit l'écran.

Le black-out. Puissant.

Puis le rouge qui ronge.

Infiniment.

L'avant. L'après.

Et ce maudit présent.

Il ne voulait plus penser à *elle*. C'était au-delà de ses forces. Par-delà les années, *elle* continuait à le gangrener. Elle était son virus. Sa mémoire de sang. Tout son corps en était infecté. En même temps, songer à elle le plongeait dans des abîmes de souffrance et de sensualité. Elle était sa boussole perdue, son venin voluptueux, sa douleur sacrée. Elle était le non-retour.

L'irrémédiable.

Dehors, la neige redoublait d'ardeur. Mais il serait vengé. Bientôt, cette virginité serait foulée par des milliers de pas et le tapis immaculé ne vaudrait pas mieux qu'un vieux chiffon de garagiste. Il se mit à tousser. Ne manquait plus qu'il s'enrhume. Les discours avec la goutte au nez, c'était sa phobie. Rien de tel pour casser l'aura. On ne voyait jamais les présidents se moucher, à la télé, ni les stars de cinéma. Parader au bras d'une femme en éternuant, ça déclassait.

La semaine avait mal débuté. D'abord, cet appel au patron du 36. Même si le Butor, comme il l'appelait, l'insupportait, il avait dû s'y résoudre. Céder à la peur n'était pas son credo. Mais là... Il n'avait pas le choix. Demander n'était, oh que nooooon, pas ce qu'il préférait. Surtout demander en insistant. Il préférait imposer. Mais on n'imposait rien au numéro 1 du 36. On lui suggérait habilement les choses, à petites doses... Il saurait effacer la dette. Tout le monde finissait par s'acheter. Il suffisait de trouver le levier.

Et maintenant, Jeanlin.

Jeanlin qui montrait des scrupules à transgresser les lois... Parce que dans la rue, c'était le Code civil qui faisait la loi ? Où est-ce qu'il avait vu ça ? Les trottinettes, ne fonçaient-elles pas sans ciller sur les vieux ? Le bus, ne plaquait-il pas contre le trottoir ce Lilliputien de vélo récalcitrant ? Ce n'était pas la loi du plus fort, ça ? La loi était une théorie que la réalité récusait. La loi était un garde-fou, c'est tout. Et comme les hommes n'étaient pas raisonnables, ils l'enjambaient. Alors Jeanlin avait intérêt à rentrer dans le rang. Sinon, il pouvait signer pour le couvent parce qu'il n'aurait plus de couilles pour le monastère. Schönberg, lui, ne connaissait qu'une loi : la loi Moore*.

La loi surpuissante.

Celle qui dominait l'humanité.

Et même le Pygmée baka, elle irait le chercher.

LA loi.

Il revint s'asseoir à son bureau et se cala dans son fauteuil, jambes allongées. Mains sur les têtes de lionnes patinées des accoudoirs, il essaya de rassembler ses pensées. Alexandre Tharaud jouait Chopin — dans des enceintes cachées. C'était triste à pleurer. Cristallin et aiguisé, altier et définitif, une dague sur le clavier. Exactement ce qu'il aimait.

Les notes finirent par le gagner.

Fermer les yeux.

Oublier.

Même une minute.

Comme si rien n'existait.

* Loi de base de l'informatique énoncée en 1965 par Gordon E. Moore, qui stipule que le nombre de transistors dans les processeurs double tous les deux ans. Aujourd'hui étendue aux circuits intégrés à haute densité de microprocesseurs et revue à dix-huit mois. Souligne l'emballement de la performance informatique.

4

Athéna relut soigneusement ses mots. Elle lança *Territory* de The Blaze, l'une de ses chansons préférées, et prit enfin le temps de boire une gorgée. Un mélange de lait d'avoine et de thé matcha avec une pointe de miel qu'elle avala sur fond de musique électronique.

Dans sa concentration, les heures avaient passé et son thé était froid.

Ses ongles blanc givré, ornés de papillons morphos en chaque centre, s'immobilisèrent au-dessus des touches. Elle serra puis desserra les poings. Et enchaîna sur une série d'étirements — des années de danse et de yoga —, puis fit bouger ses yeux latéralement. Elle fixa un point au loin et entama des mouvements circulaires pour se reposer de l'écran.

Elle était sur le point de publier un texte sur le réseau autonome décentralisé* UniKorn. Un réseau de résistance qui avait créé ce qui manquait jusqu'alors cruellement : une charte d'humanisme numérique. Non une charte d'éthique numérique

---

* Principe d'un réseau fonctionnant selon des règles de gouvernance immuables, transparentes, non hiérarchisées et sécurisées et qui vit de façon indépendante sur internet, sur le principe de la *blockchain*.

comme il en pleuvait, ni une énième duperie de façade. La question concernait désormais toute personne qui possédait un smartphone ou un ordinateur.

Loin de ces alibis-soupesés-médités-fomentés pour anesthésier les défiances, une charte de combat était née. Offensive et défensive, contre une guerre qui avançait masquée, cachée derrière la belle idée de la socialisation et du partage. Des hacktivistes* de différents groupes pirates avaient rejoint les rangs, pour lutter contre les nouvelles formes d'hégémonie de la Big Tech**. Des repentants — et surtout, des membres marqués par le remarquable Chaos Computer Club***. Des surdoués de l'informatique du côté des *white hats*, les chapeaux blancs, soucieux de révéler les vulnérabilités des systèmes informatiques pour montrer qu'un ordinateur était autant Wonderland que Pandore.

On était à mille lieues du complotisme. Athéna avait hérité de l'esprit de résistance du Chaos Computer Club, les seuls à ne pas avoir piétiné le terme vital d'*éthique*. La *geek* se reconnaissait dans les thèses d'un journaliste, Steven Levy. Penché sur l'éthique des hackers, il avait œuvré pour la reconnaissance de l'informatique comme art notamment. Elle adhérait corps et âme à l'idée que « toute information devrait être libre » et que « les ordinateurs peuvent changer votre vie pour le meilleur ». Mais avec Arès, Hadès et Hermès, le génie informatique de la bande, ils

* Contraction de hacker et d'activisme. Militants s'appuyant sur le piratage informatique comme levier d'action politique ou sociale.

** Entreprises américaines les plus puissantes des technologies numériques, désignées partiellement sous l'acronyme de GAFAM pour Google, Apple, Facebook, Amazon, Microsoft, qui concourent à une concentration quasi monopolistique du secteur.

*** Fondé en 1981 à Berlin, le CCC est la plus grande communauté de hackers en Europe autour de la liberté d'information et du droit à une communication sans entraves.

planchaient pour donner aux célèbres paroles d'Hans Hübner une vraie force de frappe : *Le Chaos Computer Club n'est pas juste un groupe de techno-freaks. Dès le début, nous avons réfléchi aux conséquences sociales de la technologie, et je crois que notre force vient en partie de nos normes morales. [...] Nous acceptons la fascination, mais être fasciné, c'est être enchaîné. Quiconque est fasciné est asservi.*

S'ils aimaient la technologie, ils mesuraient les dangers de la fascination. Ils en dénonçaient l'actuelle mystification. La contre-culture underground des débuts devait s'avouer qu'elle avait engendré des Frankenstein. Ils avaient échappé à toute maîtrise. Athéna, Arès, Hadès et Hermès s'étaient replongés dans l'histoire et la mémoire — deux domaines que le libertarianisme brutal voulait tuer. Générer un peuple sans mémoire était l'obsession de ce mouvement autoritaire. Générer un peuple sans territoire son ambition cachée, pour tuer l'idée de nation et imposer une SupraNation qui échapperait au morcellement des États et à leur mosaïque de lois, comme Quinn Slobodian le montrait dans *Le Capitalisme de l'apocalypse*.

Ce libertarianisme viriliste mettait une énergie folle à glorifier le corps, écraser l'esprit, détourner l'attention et noyer la pensée sous les assauts du divertissement, qui ne s'était jamais si bien porté depuis le confinement. Grâce à des moyens éculés, dignes de la propagande millimétrée du IIIe Reich, messianique et cynique. Une différence de taille s'imposait : réseaux et plates-formes avaient repoussé les limites. Ils jouaient à saute-mouton avec les États. Leur obsession : l'exploitation des datas et des données privées, pilier de l'économie numérique. Que dire d'une superpuissance construite sur le modèle du travail gratuit ? Transfrontalier et viral, le numérique relierait bientôt pareillement un paysan roumain au fond de la Transylvanie et un trader de New York. Et exploiterait gratuitement tout individu, méprisant le contrat social, le grand oublié de cette *éblouissante* réussite.

C'était la force de frappe qui avait changé. Une révolution sans précédent. À côté, la bombe nucléaire manquait d'ambition. Question puissance, elle était ridiculisée par un pouvoir plus sournois. Et question temps, rien ne pouvait être comparé. Cette force de frappe avait atteint l'un des grands rêves humains : l'instantanéité en quelques clics. Pas besoin de détonateur.

Ne restaient plus que les deux derniers rêves.

L'ubiquité.

Et l'éternité.

Réalisait-on ce qui était en train de se jouer ? Que chacun avait sa part de responsabilité ? Si le monde ne prenait pas conscience de l'urgence d'un rééquilibrage, on pourrait porter le deuil du mot le plus maltraité dans l'affaire : la liberté.

Athéna avait conscience que toute la difficulté reposait sur l'articulation entre la liberté d'expression et la liberté tout court. La citoyenneté insurrectionnelle, par ses mobilisations et ses contestations des pouvoirs publics, donnait indirectement des armes au libéralisme brutal. Investir les failles juridictionnelles pour échapper au contrôle était le rêve de toute dictature invisible, drapée du manteau de la liberté. De la transgression à une nouvelle forme de domination, il n'y avait qu'un pas.

La menace essentielle, cible d'UniKorn, résidait dans la centralisation d'internet, qui permettait le pillage des données personnelles, le contrôle idéologique et la manipulation. UniKorn rejetait cette concentration abusive des pouvoirs. Ce n'était pas si difficile à comprendre. À l'origine, internet était issu d'Arpanet, le premier réseau de communication indestructible entre ordinateurs conçu par des universitaires, mis au point en 1969 par le département de la Défense américain pour continuer à communiquer en cas de guerre. Aujourd'hui, internet n'était plus décentralisé, l'esprit de *résilience*, permettant à une machine, par son indépendance, de pallier les dysfonctionnements, était évincé. Le *white hat* Walead, allié d'UniKorn, insistait sur « cette concentration des corporations détenant le déploiement des services sur internet (les fameux GAFAM), confiscation inacceptable, antagoniste de l'esprit originel et de la volonté de décentralisation d'Arpanet. La concentration technologique était contraire à l'ambition initiale d'indépendance ». La croissance exponentielle de Google dans le top 10 des capitalisations boursières mondiales renforçait un accès hiérarchisé à l'information. En clair, l'indexation décidait de l'information. Un individu normal consulte ce qui est en haut d'une pile. Pas en bas.

Quant à la plate-forme Amazon Web Services, elle détenait un tiers de l'hébergement des sites dans le monde… Si on cassait ou saturait les serveurs d'AWS, comme en décembre 2021, on gelait une grande partie de la toile… Les fournisseurs d'accès internet, eux, pouvaient, en puissance, lire tous les messages qui transitaient par leurs services, interdire les accès, ralentir les débits ou orienter vers des pages en créant volontairement des messages d'erreur sur des sites. Pouvait-on laisser un pouvoir aussi considérable entre les mains de multinationales tentaculaires, dont les liquidités rachetaient progressivement toutes les start-up des technologies de l'information ?

De prestataires, Google, Amazon, Facebook, Apple et Microsoft s'étaient imposés comme les invisibles marionnettistes des décisions géopolitiques, grâce à ce que le chercheur Charles Thibout qualifiait de « coalition d'intérêts entre GAFAM, responsables politiques et hauts fonctionnaires fédéraux ». UniKorn rejetait cette mainmise pernicieuse de la technologie sur le politique par des libertariens* prétextant la liberté de l'individu, alors que l'idéal libertaire des pirates s'enracinait dans la liberté du collectif. Dans la prise de conscience d'UniKorn, le scandale PRISM de la NSA, l'Agence nationale de sécurité américaine surveillant les communications, qui scannait les échanges numériques, avait agi comme catalyseur. La NSA était suspectée, entre autres, d'avoir espionné le Parlement européen ou des utilisateurs de Facebook, Apple, Google et Microsoft. Edward Snowden, un temps administrateur système de la NSA, devenu lanceur d'alerte sur les surveillances de masse, avait fait des révélations fracassantes sur ces atteintes à la vie privée, relatées par la documentariste Laura Poitras dans son film *Citizenfour*. Snowden avait dû s'exiler et demander l'asile politique à vingt et un pays. Dans une interview publiée par le magazine *Wired*, reprise par *Le Monde*, Snowden se définissait comme « patriote contraint à la désobéissance pour sauvegarder les libertés fondamentales ». Il encourageait le cryptage des données. Snowden avait enflammé l'opinion : *bienfaiteur* selon des hommes politiques français, traître pour Obama, figure de proue des droits de l'homme pour d'autres. Quoi qu'il en soit, le début de *Citizenfour* restait d'une actualité brûlante : « Aujourd'hui, chaque frontière que tu franchis, chaque achat que tu fais, chaque appel passé, chaque antenne relais croisée, chaque ami, chaque site web visité et chaque courriel rédigé est entre les mains d'un système au pouvoir illimité. »

Arès, le leader du groupe UniKorn, restait marqué par cette

---

* Le cyberlibertarianisme trouve ses racines au début des années 1990 autour de hackers de la Silicon Valley. Il prône le refus de toute obédience étatique ou gouvernementale et une liberté sans frein du monde numérique pour défendre un World Wide Web libre. Il promeut le libre échange et s'oppose aux réglementations via, notamment, le réseau Atlas.

figure de la résistance. Il s'était demandé jusqu'où devait aller cette désobéissance. L'intrication du numérique dans notre quotidien devenait telle que la dépendance de chacun consolidait ses illusions.

On ne pouvait vivre dans une cage de Faraday.

Alors il fallait résister. Lutter pour que la liberté de communiquer ne soit pas dévoyée.

Comment ? La question avait divisé UniKorn. Athéna avait cherché à modérer l'emportement d'Arès contre la corruption autour du numérique. Mais Arès ne croyait plus en la modération. Athéna avait protesté que la violence discréditerait les idéaux d'UniKorn. Mais Arès avait rétorqué que lorsque la barbarie s'attaquait à la démocratie, on ne pouvait plus se contenter du clavier pour résister.

Athéna avait pourtant pris le sien.

Elle publia le manifeste.

L'Ancien Monde et le Nouveau Monde ont entamé
un bras de fer où les dés sont pipés.
Nous ne sommes pas des passéistes.
Ni des ennemis de la technologie.
Plus que des citoyens, nous sommes des humains
du monde d'aujourd'hui et de demain.
Entre réalité et virtualité.
Licornes de l'ancien temps, hybrides du nouveau.
Mais nous ne brûlerons pas le passé.
Nous n'enterrerons pas la pensée.
Nous ne sacrifierons pas la liberté.
Le monde, nourri de la notion de progrès, a toujours,
contre la mort, privilégié les projections. Les bonds en avant.
L'adaptation. L'innovation.
Mais à quel prix ?

L'IA est comme la guerre.
Elle a besoin de sang neuf pour s'imposer.
Elle a besoin de l'énergie des autres pour mouliner.
Elle a besoin d'un effort commun.
Qui repose sur la gratuité.
Qui s'affranchit du droit d'auteur.
Qui banalise la pensée.
Sa puissance se nourrit d'hégémonie.
Son moteur est la compétitivité démultipliée.
Son ressort l'affrontement des ego sur l'échiquier mondial.
L' IA est un vampire. C'est votre sang qu'elle veut aspirer.
Sucer vos données. Tout exploiter. S'enrichir de chaque personne pour exister, influencer et manipuler, sous couvert d'objectivité.
L'IA n'est pas intelligente.
Raison suffisante pour qu'elle nécessite, plus qu'une gouvernance, une régulation.
En premier lieu, un dialogue ouvert, une concertation.
Le monde numérique a imposé, massivement, l'opinion.
L'instantanéité, la réactivité, l'anonymat.
Pour fragmenter, diviser, opposer.
S'il y eut un coup de génie, ce fut bien celui-là.
Évincer la pensée.
Un mauvais génie ne peut pas donner une société juste.
Un dictateur ne peut pas se soucier du bien commun.
Il ne faut pas manquer le train en marche.
Certes.
Mais qui se soucie du frein ?

ATHÉNA, sur le réseau autonome UniKorn

5

Derrière lui, Basquiat rayonnait. Quand un papier faisait son portrait, une fois sur quatre, le photographe le prenait devant son Basquiat. On était loin des toiles colorées de l'artiste underground que les puissants s'arrachaient pour pimenter leur salon d'une touche d'irrévérence. Basquiat, c'était comme Kate Moss à ses côtés. Cela faisait riche et insolent. Mais là, c'était un autre Basquiat. Un Basquiat aux teintes de terre. De l'ocre rouge, du Sienne, du blanc et du noir. Austérité et simplicité. *Riding With Death*. La vie qui chevauche la mort, en quelques traits jetés sur une toile comme un enfant pressé. Un hommage aux *Deux allégories de l'envie* de Léonard de Vinci, que Basquiat révérait. 1987. La mort rôdait… Warhol, l'ami Warhol, qui venait de mourir de ses excès. Le Pape de la pop avait abandonné le Prodige. Schönberg avait acheté cette danse macabre à prix d'or. Il s'en fichait. Un tableau qui vous rappelle qu'il faut danser avec l'abîme était inestimable.

Il devait danser avec l'abîme. C'était même l'essence de sa vie.

Une idée malsaine le traversa. Se pourrait-il que Jeanlin soit lié, de près ou de loin, aux menaces reçues ?

Non, il n'y croyait pas. Mais qui ? Qui osait le provoquer ?

Des ennemis, il n'en manquait pas. Il n'avait presque que ça. Les amis, il s'en méfiait. Et son entourage, c'étaient des laquais en costard avec une carte noire, mais des laquais. S'il leur retirait leurs privilèges, ils craquaient. Des minables, des jouets.

Non, cela venait de plus loin.

Il se remémora *la scène* et une décharge électrique parcourut sa colonne vertébrale comme si elle jouait aux osselets.

Il grimaça.

Salement.

Schönberg tripota nerveusement son briquet gravé. Miracle. Malgré le stress, il n'avait pas envie de fumer. Son auriculothérapeute russe (mettre des possessifs partout ne le dérangeait pas) lui avait pris une blinde pour lui piquer des aiguilles dans l'oreille. Des aiguilles des Champs-Élysées, il est vrai. Bon, il fallait se farcir le discours sur les « douze points de l'étoile céleste » mais il devait reconnaître que depuis, il laissait son étui à cigarettes au terrier. Au fond de sa poche de veste. Lui qui faisait de la volonté une religion avait pour la nicotine un penchant coupable.

Il éprouva un manque. Effet du sevrage ou non, il avait une petite faim, plutôt un bon signe. Ces histoires avec Jeanlin l'agaçaient. Jeanlin tout court l'agaçait. Rien que le nom l'agaçait. Quarante-cinq ans, et autant d'immaturité. Et quand un conseiller conseille mal, Schönberg n'avait besoin de personne pour lui souffler la conclusion. Cette petite raclure qui ne pensait qu'à sa piscine à Cavallo, il allait lui remettre le cerveau là où il faut. Et lui rappeler qu'on ne faisait pas des affaires depuis une bouée. On imagine Einstein inventant la théorie de la relativité depuis une bouée ?

Qu'est-ce qu'il avait envie de manger ? Ce soir, la nourriture ne manquerait pas. Et ce serait le festin. Ses convives s'en souviendraient… Bousculer et marquer, c'était le secret. Ce soir… Il

n'était pas surpris. Il avait peur. Il n'attendait personne. Ces maudites menaces… Et dire qu'il riait des médiums qui défilaient au n° 1 de l'avenue, dans la *maison hantée*. Une maison néogothique, au crime non élucidé, que Jack Nicholson avait failli acheter… Oui, Nicholson en personne. La *maison maléfique*… Il n'avait jamais croisé de fantômes. En même temps, un homme sans visage qui vous menace, n'est-ce pas une forme de fantôme ? C'est ce trou noir qui l'énervait car au fond, qu'on le menace de mort, ce n'était pas une nouveauté. Mais cette fois, c'était le procédé qui était inédit. Et le ton.

Et si c'était un canular ? Ou un salopard qui le ferait chanter ?

Une vengeance qu'il n'avait pas vue venir ?

Il jeta enfin la bûche dans le feu. Elle crépita et rougeoya d'étincelles. Qu'il vienne, le spectre, il lui réserverait le même sort. Le bûcher. La torture, s'il le fallait. Par réflexe, il vérifia son portable. Aucun message. Il pressa le pas jusqu'aux fenêtres et chercha du regard un homme — ou un fantôme.

Et ne repéra rien.

Que ce blanc envahissant.

Tout était gâché. Les mazurkas de Chopin, l'intimité avec le feu. Il hésita un instant puis se dirigea, d'un pas décidé, vers un secrétaire à secrets, situé dans l'un des coins du salon. Au XVIIIe, les ébénistes avaient eu une idée de génie. Le siècle était à la galanterie. Et à la tromperie.

La correspondance amoureuse, l'ancêtre des SMS ravageurs, assurait la conquête, venait à bout des résistances par le puissant virus du désir. Une savante guerre d'usure… Une stratégie infaillible de séduction pour qui en maîtrisait les codes. Mais il fallait conserver en lieu sûr ces secrets qui auraient été la déclaration d'une autre guerre : celle du couple. Martin Guillaume Biennais avait inventé un secrétaire, une merveille d'ingéniosité pour déclencher les ouvertures. Le Monde Ancien, que Schönberg détestait, avait pris le temps d'allier beauté et pensée. Il actionna le mécanisme du secrétaire, qui délivra une mince réglette verrouillée. Là, il s'empara d'une boîte plate. Ses doigts tremblèrent pour récupérer une jolie petite pilule bleu curaçao. Du *uppster*. Une nouvelle drogue synthétique qui fonctionnait sur la déflexion. Un terme emprunté à la mécanique des fluides et à l'électromagnétisme. Le principe était simple : faire subir une déviation aux fluides rectilignes de la pensée qui rencontre un obstacle pour s'en affranchir. Plus encore, pour s'en servir et le potentialiser. Le *uppster* libérait d'autres voies en tirant parti de la résistance et créait une formidable énergie. Car la déflexion permet de faire planer… un avion. Des molécules proches de la 4-méthylamphétamine et des cathinones, en plus explosif. L'effet fut quasi immédiat. Ses pupilles réagirent au quart de tour. Mydriase.

Schönberg regagna son bureau et sourit d'aise. Un sourire conquérant et malsain. Et comme il ne savait pas quoi faire de ses mains, il se saisit d'un coupe-papier. S'il percevait le moindre danger, il irait chercher du lourd. Dans une cache secrète de la bibliothèque, il avait un Glock. Et dans une pièce insoupçonnable de la villa, il avait… de quoi faire frémir n'importe quel taré. Rien d'une collection de papillons.

Le spectre, il l'accueillerait. Il lui trouerait son beau manteau d'invisibilité. Personne ne le ferait trembler.

Personne.

6

Noyé dans le brouhaha, Rémi peinait à comprendre son interlocuteur. L'homme avait toussé plusieurs fois et pris un ton gêné. Rémi lui demanda un instant, et sortit du magasin en remontant la fermeture éclair de son blouson.

La neige tapissait Paris sans un bruit. Dean Martin s'était tu. Les voitures avançaient pare-chocs contre pare-chocs, sans klaxonner. Seules des corneilles bataillaient pour chiper aux poubelles leurs restes les plus flatteurs. Rémi, concentré sur la voix au téléphone, ne voyait plus les flocons tomber. Il était arrêté. Arrêté par cette voix qu'il reconnaissait, et qu'il était stupéfait d'entendre. C'était Topaze 2*, le bras droit du chef de la BRI. Le caniche galonné du numéro 1.

— Rémi, ça va ?

L'homme au débit rapide n'attendit pas même la réponse et enchaîna :

— Je peux te parler ?

— Je t'écoute.

---

* « Topaze » : indicatif radio de la BRI. Nom de pierre fine ou précieuse que les policiers des brigades centrales de la Direction de la police judiciaire de la Préfecture de police adoptent pour s'identifier. Le 1 qui suit indique le chef, le 2, l'adjoint.

— T'es où ?

C'était son expression. Connue de tous. À peine la conversation engagée, il voulait tout savoir de vous. Ce qui lui valait, auprès des flics du 36, le surnom de Téou.

— J'avais une course à faire. Vers Opéra.

— Ah… Opéra… Je te la fais courte, Rémi, on a besoin de toi…

Un temps. Un silence. Lui ? Rémi avait quitté la BRI depuis cinq ans. À cause de Topaze 1. Et uniquement à cause de lui. Un carré et un tordu, géométriquement, on sait que ça ne peut que coincer.

Rémi ne bougeait toujours pas. Il restait à l'affût. Les bourrasques de neige tourbillonnaient sans le faire ciller. Même le froid au bout des doigts l'indifférait.

— Tu prends ta combi, et tu passes au service récupérer ton fusil.

La phrase eut sur lui l'effet d'une onde de choc.

Un souffle chaud qui le caressait.

Son fusil. L'Ultima. L'arme des T.H.P., les tireurs de haute précision de l'anti-gang. Ces hommes en noir derrière une lunette, plus discrets que leur propre ombre. La pierre d'angle des groupes d'intervention. Qui partagent les mêmes qualités, maîtrise de soi, calme et humilité. Et ont, pour le commun, une drôle de trinité : observation, protection et neutralisation. Des missions où le droit à l'erreur n'existe pas. Rémi remonta son cache-col tandis qu'une corneille avait trouvé l'aubaine d'un sachet de frites. Elle aussi était en noir intégral.

Un nouveau temps. Et la voix qui poursuivit :

— C'est calé avec ton chef… et… avec Topaze 1.

Rémi cligna des yeux. Il ne répondit pas. La neige commençait à franger ses cils. Peu de choses l'étonnaient. Mais cette phrase, il ne pouvait l'intégrer. De le rappeler sur ses congés,

7

Ce ne fut pas Tatiana qui entra, ni un terroriste. Mais son fils cadet. Tristan. Qu'il appelait Tan. Avec un plateau dans les bras. Soulagé malgré lui, Schönberg lâcha son coupe-papier et le replaça parallèlement à son encrier.

— Bonjour, père.

Il eut un sourire d'excuse qui agaça le patriarche. L'air préoccupé du paternel ne lui avait pas échappé. Il choisit de décrisper le fauve que l'*uppster* avait pourtant assoupli.

— Je ne suis pas aussi charmant que Tatiana, je sais, mais j'en profite pour t'apporter ton repas. C'est bien ce que tu désirais ? Voyons… Tarama et blinis ?

— Bonjour, Tan. Merci… Tu peux le poser… là.

Il désigna une table roulante en plexiglas transparent et ne lâcha pas du regard son plateau.

— Je ne t'attendais pas.

— Au moins, cela ne te déconcentrait pas.

Richard se redressa. Tan le taquinait, il ne pouvait s'en empêcher. Tan avait le succès pour lui. Et le succès donnait de l'assurance. L'insolent était vêtu avec goût. Enfin, un goût qui pouvait diviser. Il quitta ses blinis et prit le temps de le détailler. Comment le résumer ? Il médita en lui-même. La drogue aiguisa son analyse. Élégant et disruptif. Et séduisant. Son fils gardait l'allure fine et athlétique — il avait peut-être même encore séché. Sous une veste en laine en tartan indigo et parme, sur un pantalon ajusté vert prairie, il portait une chemise slim Cucinelli. Le pantalon faisait son effet. Il fallait oser. Tan osait. Il osait tout, à croire qu'il tenait ça de lui. Parfumé sans excès, la règle absolue dans la famille.

Schönberg avait fini son passage en revue. Quant à lui, avec son col roulé noir sous sa veste taupe ajustée, il faisait élégant mais passe-partout. Décidément, la beauté de son fils suscitait en lui fierté et jalousie, même si l'*uppster* écrêtait la négativité. Le charme de Tan résidait dans l'alliance des contraires. Une beauté frondeuse et mélancolique. Des yeux rieurs et une moue boudeuse. Un saxophone croisé avec un clavecin. Légèrement plus grand que son paternel, Tan portait la raie sur le côté. Pour casser le côté années 1940, il gardait une mèche en S sur le front, disciplinée à la pommade. Sa moustache et sa barbe, millimétrées, en disaient long sur la maîtrise de son corps.

Son père, lui, avait les cheveux courts qui grisonnaient. Pas de fantaisie capillaire. Du classique et du sobre. Le visage fin, plus sec. Des traits réguliers mais tirés et un sourire carnassier, légèrement décalé. Et la mâchoire carrée, de père en fils, elle. Difficile d'échapper à son regard froid et déterminé. Deux yeux noirs, où le bleu se serait noyé.

Le foulard de Tan, un mélange de lin et de gaze de laine, frôla le tarama. Heureusement, son fils gardait sa virilité malgré ce foulard qui aurait pu apporter trop de douceur. Trop de féminité. Le virus de l'époque, qu'il ne pouvait supporter. D'ailleurs, si Tan pouvait se décider à avouer qui il fréquentait en ce moment, il serait rassuré.

— Tu veux partager avec moi ?

— Non, merci, père…

— Ton foulard a déjà commencé, ironisa Schönberg.

— Je ne déjeune plus le midi. Et ce soir…

— Tu seras là ?

Il l'avait dit avec entrain. Tan s'en étonna et se demanda quelle drogue il prenait en ce moment.

— Je venais te l'annoncer en personne.

Le fils observa la détente sur le visage de son père. Ce fut très bref. Ce dernier était déjà en train de tartiner de tarama l'un des blinis. Tristan avait entraperçu le début d'un sourire.

— C'est bien… c'est bien.

Il hésita, puis continua :

— Je t'en prie, assieds-toi.

— Non, non… c'est un passage éclair.

Le sexagénaire lança un regard amusé à son fils.

— Aujourd'hui, il neige… et tu ressembles… à une nappe de pique-nique dans un jardin anglais.

Il avala son blini sans le mâchonner.

Tan n'avait pas relevé, il savait que la drogue libérait parfois chez son père des images à la chaîne. Il fit quelques pas dans le salon et s'approcha du feu.

— Sois gentil…

— Je sais… je sais… je ne touche pas à ton feu.

De dépit, il caressa le dos d'une statuette en bronze. Un requin. Son père amassait les bronzes animaliers de Gilles Nicolas. Tristan avait grandi au milieu d'une jungle de fer.

Comme son fils ignorait sa pique, Schönberg revint à la charge.

— Ce soir, tu te changeras ?

Poser la question sur le mode de l'évidence était encore plus vexant.

— Comme toi, j'imagine, lui répondit Tan, sans quitter le requin des yeux.

Il était pile en train de penser qu'il y avait deux requins dans la pièce. Un jour, un média italien, le *Corriere della Sera*, avait étrillé son père en écrivant dans un article-charge : « Richard Schönberg est un tel prédateur que lorsqu'il prend un bain de mer, tous les requins-tigres sortent de l'eau. » Si l'homme possédait plusieurs médias, il ne pouvait les tenir intégralement sous sa coupe. Ce magnat sans foi ni loi avait beau collectionner chaînes télévisées, radios, journaux, sites internet, manuels scolaires, compagnies de transport et de logistique, et même vignobles, il ne pouvait bâillonner la terre entière.

Pourtant, rien ne le faisait reculer. Ses accords secrets triomphaient des valeurs comme des réticences. Grâce à un ressort qui n'avait pris aucune ride. Quand certains parlaient de corruption, il corrigeait le terme par « alliance », un mot qu'il prenait le temps de prononcer, comme s'il jubilait. Sa holding, TANATA, excellait en montages fiscaux et sa fortune caracolait en bonne place, tant dans les classements de *Forbes* que de *Challenges*. Il était le roi des niches fiscales et des allègements.

Mais le requin avait l'air moins sûr de lui que d'habitude.

Tan releva le changement d'attitude, tandis que son père se versait un verre de whisky japonais. Un fond de verre, en fait.

— Tu les connais. Je pourrais y aller en pyjama qu'ils crieraient au génie, ricana-t-il.

Tan le rejoignit et attrapa un verre à son tour. Il ouvrit une bouteille de tonic (Tan ne buvait quasiment plus d'alcool), s'en versa la moitié, et leva le verre à son père.

— Être couronné par des imbéciles… c'est être un drôle de prince…

— Détrompe-toi, mon fils, détrompe-toi… Savoir flairer la puissance, savoir s'y soumettre pour en ramasser des miettes, ce n'est pas le pire des choix. Ta sœur devrait en prendre de la graine… Mais elle ne veut rien comprendre… Les suceurs de roue restent des sportifs, non ? Et tout le monde ne tient pas sur le podium !

Voilà qu'il s'amusait tout seul. Pourtant, Tan le connaissait trop pour ne pas voir qu'il était préoccupé.

Il observa son père agiter le whisky au fond de son verre, en respirer les arômes. Ce carnassier avait la manie des comparaisons viriles. Les médias s'en donnaient à cœur joie.

— Tu viens seul, ce soir ? demanda Schönberg en vidant son verre d'un trait.

— Oui, seul. Tu es déçu ? Tu aurais bien aimé me la piquer ?

Cette fois-ci, son père éclata de rire. Il balaya la question d'un revers de main. L'essentiel était là, son fils avait dit « la ».

— Non, non… tu les choisis trop vieilles pour moi.

La réponse était prévisible.

— Les tiennes ne te feront pas rajeunir pour autant. Personne ne le pourra.

Le lion parut blessé. L'éternelle jeunesse était son obsession. Il payait des fortunes pour ça. Allait en Suisse pour des cures secrètes. Refusait de vieillir. S'entourait de champions de sport, de physiologistes, de pontes de la médecine régénérative et de longévistes*. Avait deux, trois gourous de l'immortalité. Pensait-il conclure un accord avec la mort ? Son narcissisme allait-il jusque-là ? Pendant qu'un Burundais comptait ses haricots frits, il donnait des millions pour renforcer son espérance de vie. Il se faisait transfuser du sang de grands sportifs juvéniles, injecter du plasma, fabriquer des crèmes qui inversaient le processus de vieillissement, traitait les muscles de son visage et de son cou avec du courant haute fréquence, baignait dans des bassins saturés de sel

* Spécialistes de l'allongement de la durée de la vie en bonne santé, axé sur le dépistage précoce, l'échange de sang, la reprogrammation cellulaire, l'IA et la cryogénisation contre la sénescence, obsession de la Silicon Valley.

d'Epsom pour éliminer les métaux lourds, s'imposait des restrictions caloriques pour favoriser l'enzyme mTOR, avait installé un système de luminothérapie avec des cycles de régénération durant son sommeil, dormait dans une chambre invariablement à 12,5 °C et finançait des programmes de recherche sur le mystère du vieillissement.

Tan, lui non plus, ne voulait pas vieillir. Mais pas dans le sens où l'entendait son père.

Au milieu de leur conversation, Tatiana apparut. Elle n'avait pas attendu le son de la cloche. Elle s'avança, presque sans bruit, tenant ses mains sous le dernier bouton en fleur nacré d'un gilet cintré. Tan la fixa de ses yeux bleu-gris, qu'il tenait de sa mère. Il n'avait jamais vu ça. Cette femme ne marchait pas, elle glissait sur le parquet en point de Hongrie, d'un pas feutré. Il songea à la neige qui tombait sans bruit.

— Je peux vous débarrasser ?

Elle prononçait délicieusement les « r ». Quelle pouvait être sa nationalité ? Il n'avait jamais osé le lui demander.

Son père lui désigna le plateau.

Tan continua de suivre les mouvements de Tatiana. Elle leva les yeux, croisa son regard puis s'attarda sur la curieuse couleur du pantalon. Elle parut amusée. C'était un drôle de dandy, le fils... Un séducteur redoutable, sans doute. Portant son attention ailleurs, Tan chercha une boîte à cigares et s'appliqua à l'ouvrir et la refermer.

Le bruit énerva Richard qui se leva.

— Tan...

Il lui parlait comme à l'enfant de cinq ans dont il ne supportait déjà pas qu'il touche à tout.

Tan avait pourtant bien grandi. Il avait fait sa prépa à Louis-le-Grand, joué intensément au tennis, avait raté Polytechnique mais réussi Centrale Paris, rêvé un temps d'être astronaute puis avait remis les pieds sur terre. Il était parti à Singapour, avant de virer en stratégie chez McKinsey. Un guêpier aux fortes rivalités. Quand le cabinet international de conseil avait organisé une retraite somptueuse à six kilomètres d'un camp d'internement du Xinjiang, Tan avait claqué la porte. Ce cynisme avait été un électrochoc. On ne jouait pas avec les violences faites aux Ouïghours. Dans la vie, il restait tout de même des limites.

Son père l'avait tancé sévèrement.

Des *limites*? Il ne ferait pas carrière avec des scrupules d'adolescent. *On attaquait le monde avec les dents.*

Il lui avait fermé les vannes. Puis il s'était calmé et lui avait fait grimper les marches dans le groupe familial, le mettant à la tête d'une plate-forme de streaming. Les relations entre le père et le fils avaient souvent été tendues mais Richard savait que Tan avait du coffre, plus que son cadet, Tom, qui était dans la publicité. Il voyait en Tan un garçon sensible mais inflexible, atypique et pionnier, dont l'intelligence l'impressionnait. Côté éthique, il espérait pouvoir lui faire perdre ses illusions. Il était en bonne voie. En 2018, Tan avait pris la glorieuse présidence de Wor(l)d, une société d'investissement chère à Richard. En 2022, il en avait acquis toutes les actions. Il n'était pas marié et le père n'arrivait pas à savoir qui il fréquentait.

Tom avait choisi, lui, un mannequin néerlandais. La fille de Schönberg, Tess, vivait entre Londres et Bruxelles, mariée en longue traîne à l'un des plus puissants lobbyistes. Jamais elle n'avait pardonné à son père sa nette préférence pour Tan, alors qu'elle était l'aînée, et la plus impliquée. Ils se parlaient peu, et à couteaux tirés. Quant au mari de Tess, Axel, il prenait le parti de sa femme pour dîner tranquille à la maison et dormir sur ses deux oreilles.

Richard avait le dos tourné. Il venait de remplacer Chopin par la *Sonate Arpeggione* de Schubert et l'*uppster* lui procura la sensation de nager dans les notes. L'homme se frayait un passage dans l'invisible, triomphait mentalement des obstacles. Par-delà l'exacerbation des sens de son père, Tan nota qu'il mettait maintenant une fausse urgence à repositionner les livres d'art de sa bibliothèque pour les aligner parfaitement comme si l'ordre marquait une victoire.

Tan se planta devant les fenêtres.

Dehors, la neige s'affolait.

Elle effaçait tout.

Elle gommait.

Les yeux rivés sur l'allée, il questionna enfin son père.

— Quelque chose t'inquiète ?

Après un silence, Richard répondit en mentant :

— Oui, le temps.

8

Il connaissait le trajet par cœur. Il l'avait fait tellement de fois. Montlignon était à vingt-cinq kilomètres au nord de Paris. Vu la circulation, il dut se résoudre à sortir de la capitale *au bleu*, avec le gyrophare. Ensuite, le trafic devint plus fluide et les banlieues s'enchaînèrent. Cela clignotait de partout, la palme revenant aux gaines LED qui serpentaient sur les façades comme du chiendent radioactif. Dans un déluge de lumières, des pavillons rivalisaient. Une impitoyable guerre des étoiles. Ironie du sort, avec toutes ces loupiotes, le bleu de Rémi en devenait camouflage.

Chez lui, à Montmartre, Rémi avait récupéré son sac et sa combi au pas de course. Heureusement, il n'avait plus de chat. Le propriétaire du maine coon qu'il avait gardé deux semaines durant, et dieu sait que ses plaids s'en souvenaient, venait de récupérer son tigre. Puis Rémi avait foncé quai des Orfèvres chercher son Ultima. L'anti-gang était le seul service qui avait survécu au déménagement du 36 vers les quartiers tout en modernité des Batignolles. Là où les snacks ont encore leurs dents de lait. Là où les arbres n'ont pas eu le temps de pousser.

Comme dans les numéros de prestidigitation, Rémi s'était changé en deux temps, trois mouvements. Il avait mué. Pour redevenir l'homme en noir, de la tête aux pieds. Il avait repensé aux deux corneilles. À l'armurerie, il avait saisi son arme d'un geste décidé. Ses lèvres n'avaient pas bougé quand en lui-même il avait murmuré : « BB, je viens te réveiller. » Le cœur, lui, avait battu imperceptiblement plus vite.

Calé sur le siège de la voiture, il avait mis le contact sans trembler. Puis allumé la radio. Jeff Buckley, l'homme aux quatre octaves, chantait *Hallelujah* et sa voix vacillait comme la flamme de milliers de bougies. L'effet fut immédiat. Sur le volant, les mains de Rémi s'étaient raidies. Au carrefour suivant, il avait failli passer au rouge. Les flashs du passé, le visage d'une femme qu'il embrassait. Sur ses joues, la caresse de ses doigts. Un lit défait. Un thé qui refroidit. Les bougies eurent le goût des larmes. *I used to live alone before I knew you.* Et maintenant, il était plus seul qu'une goutte de sang dans l'eau de l'océan. Jeff Buckley était mort noyé dans les eaux du Mississippi. La femme que Rémi aimait aussi. Dans la Seine, pour sauver un désespéré. Ce soir-là, il y avait eu deux morts. Lily, et le cœur de Rémi. Le désespéré, lui, avait survécu.

Ce n'était pas le moment d'y penser.

Les morts, on ne les enterrait jamais.

Il fit le vide dans sa tête et chassa les fantômes comme les essuie-glaces la pluie.

Cela n'enlevait pas toujours la buée.

Ses doigts triturèrent les boutons et il changea de radio. Il laissa Julien Doré chanter quelques couplets du *Lac*, puis préféra le silence. Trop de souvenirs, ces épines noires de la mémoire… Dehors, immeubles et pavillons se confondaient. La neige se chargeait d'humidité et fondait presque instantanément, en criblant le pare-brise. Les visages des passants disparaissaient sous des capuches fourrées. Le tir à Montlignon ne serait pas un séjour aux Seychelles. Les retrouvailles avec l'Ultima s'annonçaient glaciales. Et pourtant, il la serrerait comme s'il ne l'avait jamais quittée.

Dans le vide-poche, il prit une barre de céréales chocolatée. Puis une deuxième. Il n'aurait pas le temps de manger, il y était habitué. En mâchonnant sa barre (il raffolait de tout ce qui croustillait mais détestait ce qui collait), il se fit la réflexion que le n° 2 de la BRI avait été avare de précisions.

Ce devait être du confidentiel hors classe, pour ne rien laisser filtrer. Surtout qu'au service, tout le monde connaissait son sens du secret.

Rémi tapota son volant. Une fois sur place, on lui dirait l'essentiel.

Et comme il n'était pas friand de ragots ou d'exclusivités, même si pour d'autres ça croustillait, il ne perdit pas plus de temps à se demander pourquoi on le rappelait.

Sur la banquette arrière, il avait posé l'Ultima comme un nouveau-né. Et pris soin de ne rien mettre dessus. Ni gilet pare-balles ni rien qui puisse tomber sur la housse. Pas même un carton de munitions. La précision, c'était, en premier lieu, cette perpétuelle attention. Quand il était à la BRI, certains le chambraient pour ça. Avec un petit sourire satisfait, ils l'appelaient le Valet de cœur. Parce qu'il nettoyait toujours son arme avec soin. Même le chargeur, souvent, il préférait ne lui mettre que trois cartouches au lieu de cinq. Pour le ménager. Semblables aux êtres humains, les objets n'aimaient ni qu'on les maltraite, ni qu'on les pousse à bout. Leur façon d'avoir une âme, même pour une arme.

Arrivé à Montlignon, il salua le planton et passa le porche de contrôle. Plus de guirlandes, plus de brimborions. L'humanité plongeait dans le dur. La neige avait cessé de tomber mais tout était blanc. À sa gauche, des moutons jouaient les résistants. Ils avaient doublé de volume durant l'hiver. Sous les flocons, ils ressemblaient à du coton sur pattes.

Avec ce temps et Noël, les tireurs se comptaient sur les doigts de la main d'un mutilé de guerre. Aucun tir ne faisait résonner la forêt. Les oiseaux s'étaient tus. Seuls des avions brisaient le silence.

Rémi se gara et enchaîna les gestes jusqu'au stand fusil, situé sous un abri. Il hocha la tête en retrouvant le couloir de tir, formé d'une longue tranchée veillée par de hautes murailles couvertes de lierre. Rien n'avait changé. Sur l'un des côtés, un sentier dallé menait aux cibles. Quatre plates-formes rythmaient le fossé, marquant d'emblée les distances à cinquante, cent, cent cinquante puis deux cents mètres. Il avait eu tellement de fois cet horizon face à lui qu'il aurait pu le dessiner les yeux fermés.

Le tireur posa son sac comme on retrouve sa maison, après un long voyage. Il le laissa fermé. Le sol de l'emplacement de tir avait cette texture particulière, rappelant un terrain de tennis, et ce vert tout aussi singulier, qui évoquait les asperges. Rémi avait prévu qu'il serait givré. S'il ne voulait pas se tremper, il devrait enfiler sa gore-tex par-dessus sa combi. Ce qu'il fit. Il retrouva d'emblée ses habitudes et n'eut pas à chercher longtemps une petite boîte en bois, dans laquelle il rangeait des clous. Dans ses affaires, tout était méticuleusement rangé pour réduire les gestes au minimum, et libérer l'esprit. Ce n'était pas être psychorigide, comme les médisants de la brigade le pensaient, mais professionnel. À l'aveugle, ses doigts sentirent son anémomètre qui mesurait la vitesse du vent mais il pouvait s'en passer. Il avait noté mentalement la température extérieure avant de couper le moteur. Il attrapa une cible Hunter 100 entre deux doigts et récupéra le porte-cible. Le temps de marcher jusqu'à la butte de tir, il observa les branches des arbres, guettant une silhouette familière. Peut-être repérerait-il son ami Pic-Pic, le pic-vert. L'hiver, il l'avait déjà vu fouiller des fourmilières dans les troncs en décomposition. Mais ce fut un autre chant qui sonna, moins harmonieux, celui-là. Topaze 2.

— T'es où ?

— À Montlignon.

Un temps de silence.

— Tirer une bastos* ?

— Oui.

— Tu ne pouvais pas…

— Non.

— Le chef voudrait savoir si tu nous rejoins bientôt.

Rémi grimaça. Il s'était déjà expliqué.

— Je reviens direct après, dès que j'ai terminé.

— Il ne comprend pas pourquoi tu perds ton…

À nouveau, Rémi le coupa. Il arrivait à la butte et les minutes étaient précieuses.

— Alain, écoute. Tu sais comme moi qu'aucun T.H.P. digne de ce nom ne reprendrait l'Ultima sans vérifier. Il y a des choses impossibles sur terre. Et même lui, il le sait. La vie des gens, ce n'est pas un coup de dés.

— On compte sur toi. Départ 16 heures. Je ne te cache pas que le patron est un peu sous pression.

Rémi ne releva pas, et raccrocha.

Le patron était toujours sous pression. C'était même sa raison d'exister. S'énerver, terroriser, diviser. Son ancien chef ne lui avait jamais demandé deux fois la même chose. Il n'avait jamais vérifié ce qu'il faisait. Jamais. Parce que le mot confiance était plus fort que n'importe quelle terreur exercée. Mais raisonner un

* Une balle en argot.

dictateur… Ne jamais se justifier avec un pervers. Il connaissait le mode d'emploi. Il l'avait assez révisé. Les cons avaient certes des défauts mais aussi une qualité : leur prévisibilité.

Il n'en fut donc pas plus ému. Pour le perturber, il en fallait plus.

Il était en plein air. Avec son Ultima. Bientôt, il se sentirait à nouveau utile, avec ce fil des Parques, fragile comme une brindille de glace, au bout des doigts. Il n'avait pu sauver Lily. Il n'avait pu arracher à la mort la femme qu'il aimait. Il sauverait toutes les personnes qui méritaient d'échapper à la mort.

Toutes, sans distinction.

Le soir de la mort de Lily, il n'était pas là. Il pouvait refaire l'histoire un million de fois, rien ne le remettrait au bon endroit, au bon moment.

Un autre avion passa. Rémi le suivit des yeux. Il laissa des traces de condensation à sa traîne. Elles se dissiperaient. Tout se dissiperait. Le temps était un fossoyeur.

Il suffisait d'être patient.

Rémi fixa la cible au pan de polystyrène du porte-cible, avec un peu plus d'acharnement que d'habitude.

Il reprit le sentier vers l'abri. Ce fut comme un sas. Dans le fossé, herbes et feuilles donnaient dans la carte de Noël. Cible exceptée. Il sortit l'Ultima de sa housse et retira les protections du canon et de la lunette.

— On va y aller en douceur, BB. Je ne sais pas qui t'a manipulée en dernier… mais tu me connais.

Il vérifia que les tourelleaux* de sa lunette étaient bien sur 0.

---

* Molettes positionnées sur la lunette de l'arme de précision. Elles permettent d'apporter des corrections au tir sur le plan vertical (vers le haut ou le bas) ou sur le plan latéral (vers la droite ou la gauche) pour prendre en compte des paramètres comme la distance de la cible, la vitesse et la direction du vent.

Puis il glissa son chargeur de cinq cartouches dans sa poche, pour commencer à tempérer ses munitions, et prit un petit poncho. Heureux des retrouvailles, il fredonna l'une de ses chansons préférées. *Perfect Day* de Lou Reed. Cette voix, cette nostalgie, Rémi la portait en lui. Comme un soleil noir.

Retrouvant l'air concentré qui faisait son charme, il alla se positionner à cent mètres, cette fois-ci, sans chercher Pic-Pic des yeux. Cette concentration, les pilotes de Formule 1 devaient la connaître — ou les moines tibétains.

Il ajusta son casque et mit ses gants. Puis il s'allongea à même le sol et se positionna derrière sa lunette. Il retrouva instinctivement la distance entre son œil et cette lunette. Ses lèvres étaient presque dans l'alignement du canon. Tranquillement posée sur son bipied, l'Ultima le prolongeait. Le mariage de l'homme et du canon donnait un espadon. Mais un espadon de feu. Les requins pouvaient trembler. Sa joue droite vint reposer contre l'appuie-joue, et derrière lui ses jambes formèrent un V harmonieux. Une position qu'il appelait *en canard*, sans aucune tension, évitant à tout prix la pointe des pieds. Il chambra une cartouche en actionnant le levier d'armement. Tout fut calme. Les doigts de sa main droite prirent, d'instinct, leurs repères. La bonne distance entre détermination et raideur.

Son index droit s'étira. Ce geste en disait long. Il trahissait le tireur. Un ralenti aurait montré le doigt de Rémi, une chorégraphie millimétrée, tout en fluidité, sans brusquerie, et son cerveau qui ne faisait qu'un avec la course de la détente. Une écoute réciproque. Une fusion. Trois rides barrèrent son front. Puis elles se détendirent.

Action.

L'arme eut très peu de recul. Mais un souffle impressionnant. Il vérifia son tir dans la lunette et dégagea le chargeur. Le poncho lui servit à recouvrir son fusil. Alors il se dirigea vers la cible, pour s'assurer du résultat.

La chance, au moins, était avec lui. Il n'aurait pas à régler l'Ultima ni à tirer d'autres cartouches de confirmation. Un sacré gain de temps. Son tir avait donné une belle pupille, bien centrée, sur l'iris de la cible. Il ne lui restait plus qu'à retirer les clous du polystyrène criblé d'impacts d'autres tireurs. La plupart blancs, d'autres grisés. Ce rectangle ressemblait exactement à un morceau de bleu de Gex géant. En moins appétissant.

Ce n'est que lorsqu'il retourna à l'abri qu'il se rendit compte qu'il avait froid.

Dans le ciel, ce fut comme si on secouait un édredon et la neige poudra timidement ses vêtements.

D'une écriture droite et régulière, Rémi reporta sur un carnet qui recensait tous ses tirs le résultat du jour. Quand il écrivit la date, il réalisa pleinement que c'était le réveillon. Il compléta par le lieu, la pression, la température, la munition, le lot et la distance. Là où il mettait d'ordinaire des flèches pour indiquer la position du soleil et la force du vent, il précisa : NUL / NUL. Au cœur de la cible, il dessina une petite croix et il mentionna : « Tir à froid ».

Quand il repartit, sa silhouette, avec ses jambes en V, avait laissé sur le givre deux ailes déployées.

En terres militaires, une colombe de la paix.

Just a perfect day

I'm glad I spent it with you.

Il était prêt.

9

Devant le Musée des arts forains de Bercy, les taxis ne cessaient de livrer des invités tous plus sélects les uns que les autres. La nuit brillait de mille phares, de parures et de guipures. S'il existait un au-delà au 31, on pouvait dire, sans mentir, que les arrivants étaient sur leur 32. Ce qui ne faisait pas grimper le montant des pourboires des chauffeurs qui repartaient, mine dépitée. À quoi servait-il d'être riche si c'était pour être pingre comme un rat ? L'un des chauffeurs, qui stationnait devant l'entrée, se moqua des commentaires et des étoiles, et remit dans la main de l'homme en costard la pièce de cinquante centimes qu'il lui avait laissée. Il lui balança, avec un sourire exagéré : « Quand c'est trop, je ne peux accepter. » Et il partit en trombe malgré la neige, portière à peine refermée.

Un autre taxi arriva et une nymphe virevolta sous les flocons. À la descente, sa cape avait dévoilé une robe lilliputienne, de sequins roses brodés. Elle semblait sortir du calice d'un lys. Un tapis rouge, déployé sur le trottoir, accueillit ses cuissardes souples.

Près de la grille, Richard Schönberg en personne lui tendit les bras, la serrant comme si c'était sa fille rescapée d'un crash. La nymphette en rougit jusqu'aux oreilles. Elle allait lui bégayer quelques mots, mais une assistante la dirigea habilement vers la suite des festivités. Alors la starlette chercha son smartphone à longue chaîne dorée piquée de fleurs blanches et, très émue, ne put s'empêcher d'immortaliser l'instant. D'un geste fraternel, Schönberg tapait déjà dans le dos d'un homme en costume et nœud papillon, aux dents chevalines. C'était Cannes — en réfrigéré. Il fut expédié avec la même efficacité, pour accueillir une élue au brushing parfait, flanquée de deux gardes du corps au costume un poil trop serré. Les muscles d'aujourd'hui allaient mal avec les coupes ajustées. Un œil exercé aurait repéré certaines influenceuses à leurs fautes de goût — qui deviendraient les codes de demain. Si on pouvait reconnaître un mérite à Schönberg, c'était son endurance. Il enlaçait, embrassait, checkait, enserrait, étreignait, distribuait les accolades, s'extasiait, flattait, congratulait, éclatait de rire, murmurait à l'oreille, baisait les mains, effleurait les joues, touchait les épaules, adressait des clins d'œil, s'étonnait, jouait des connivences sans discontinuer. L'automate du musée, le vrai, c'était lui. L'infatigable Schönberg.

Sa silhouette énergique se détachait des chais Lheureux, ces imposantes halles à vin en pierre du XIXe siècle, dont les toits zigzaguaient gaiement. Des bustes en plâtre, s'échappant de fenêtres murées, rythmaient la façade. Comme les gargouilles des cathédrales, elles s'amusaient du spectacle. Triomphant du brouhaha, la plainte voluptueuse d'un violon monta soudain jusqu'à elles. Elles ne pouvaient voir la crinière noire et bouclée de Nemanja Radulović qui tranchait avec le bois miellé, vernissé comme l'écorce d'un marron, qu'il caressait. En pantalon bouffant et queue-de-pie damassée, mais rangers aux pieds, la rock star du violon cassait tous les codes. Ce Serbe, possédé par la grâce, fusionnait diaboliquement avec son instrument.

Penché sur un violon ancien, descendant de l'école de Crémone, le prodige accapara l'attention. Schönberg avait beau être passé à l'ère interstellaire, il préférait la *Czardas* de Monti jouée par un humain.

10

Un regard attentif aurait remarqué, aux côtés de Schönberg, un homme bien moins élégant.

C'était le chef de l'anti-gang. Lionel de Lagune.

Topaze 1 en civil. L'homme au regard torve, en parfaite harmonie avec son esprit tordu. Son col de fourrure flattait la bête en lui. Ne manquaient que les crocs et le sang. Il avait tenu à être à l'entrée, avant de s'éclipser et de rejoindre ses hommes. Histoire de montrer son sens du dévouement.

Une semaine auparavant, Schönberg avait reçu des menaces de mort et le ministre de l'Intérieur avait fait comprendre au préfet de police qu'il était hors de question que le baron des médias prenne le moindre risque pour sa petite fête. Séance tenante, le préfet avait actionné sa ligne directe pour joindre Bernard Bongrain, le directeur du 36. Les menaces n'étaient pas la traditionnelle lettre truffée de fautes et d'insultes, avec des propos délirants. C'était à prendre *très au sérieux*. La PJ et la DGSI* avaient remué leurs indics. Les guirlandes explosives s'annonçaient à la mode pour Noël.

---

* Direction générale de la sécurité intérieure (lutte contre le terrorisme,

Le directeur du 36 avait hoché la tête, bien ennuyé.

Et argué, avec tact, que la BRI n'avait pas pour mission la protection rapprochée, qu'il fallait se tourner vers le service de la protection, le SDLP*.

Que si Richard Schönberg craignait pour sa sécurité lors de ce réveillon qu'il maintenait, en obstiné, il n'avait qu'à revenir à la raison et rester calfeutré chez lui, chaperonné par deux agents chevronnés de la Protec' collés à ses basques. Le préfet en avait conscience. Bongrain avait osé avancer que cette fête, s'il y avait un possible volet terrorisme, c'était *se servir du mec comme d'une chèvre*. À nouveau, le préfet n'avait pu passer outre.

Mais le ministre avait concédé que lui-même subissait *l'effet cocotte-minute*. Qu'*en haut*, Schönberg était intouchable. Alors s'ils ne voulaient pas que *le ciel leur tombe sur la tête*… On n'était pas loin de la volonté divine.

Face à de tels arguments, Bongrain avait cédé. Il motiverait la BRI.

Il faut reconnaître que Schönberg avait été un peu secoué.

Voire beaucoup.

Tout dépendait du degré de reconnaissance…

Au siège de TANATA, dans l'une des tours de La Défense, un émissaire avait remis une enveloppe rose pour *M. Schönberg*. Sauf que l'émissaire, lui, n'était pas rose du tout. L'agent de sécurité ne l'avait pas laissé entrer. C'était un SDF. Le genre de pauvre hère que personne ne regarde dans les yeux. Avec dégoût, on lui avait pris l'élégante enveloppe des mains et il n'avait eu

---

contre-espionnage, cyberdéfense), service du renseignement intérieur français. Elle relève du ministère de l'Intérieur.

* Service de la protection, fusion du Service de protection des hautes personnalités, du Service de sécurité du ministère de l'Intérieur et du Service central automobile. Abrégé en « la Protec' ».

que le droit de filer. L'affaire avait été jugée assez étrange pour atterrir sur le bureau de Schönberg. Au dos, brillaient deux lettres argentées, en relief. *A.I.* Ces initiales avaient, bien sûr, amusé l'homme du futur. Coïncidence ou non, c'était « intelligence artificielle » en anglais. Il ne pouvait rester indifférent.

Dans son bureau avec vue panoramique sur Paris, d'où il *dominait la tour Eiffel*, il n'avait su résister à l'envie d'ouvrir l'enveloppe. Ce ne pouvait être qu'une femme. Avec de l'humour, de surcroît. Donc une femme intéressante. À l'intérieur, ses doigts avaient seulement trouvé une clé USB. Un modèle transparent. Intrigué, il n'avait pas voulu la confier à la sécurité. Si c'était confidentiel… Et si…

Son pouls s'était sensiblement accéléré. Il avait ressenti une petite excitation face à l'inconnu qui ne lui avait pas déplu. L'insérant dans son ordinateur, il avait cliqué sur le contenu — sans l'enregistrer. Il avait reculé dans son fauteuil pour savourer.

Il avait à peine eu le temps de lire le message qui défilait.

Les mots s'effaçaient à mesure qu'il lisait.

Le contenu, son cerveau n'était pas sûr de l'avoir retenu à la lettre.

Et pour cause.

C'était tellement… tellement… surréel.

Le choc rendait la mémoire incertaine. Mais il était presque sûr d'avoir lu :

Le 24, le père Noël va venir te chercher. Attention, il est armé.

L'instant d'après, la clé avait explosé.

Et détruit un Mac dernier cri, par le court-circuit provoqué.

Heureusement, Time Machine était là pour tout sauvegarder.

Mais le pouls de Schönberg, lui, n'avait pas apprécié.

Entre l'étau de ses parois, son cœur avait été violemment comprimé.

Il en avait eu le souffle coupé.

Et pendant cinq minutes, se tenant le bras gauche, il n'avait plus pu bouger.

Schönberg était terrifié.

Mais aussi, et ce point était inavouable, terriblement vexé, *outrageusement* vexé, de s'être fait duper.

C'était pire que d'être blessé.

Tout en appelant le chef de la sécurité, il réfléchissait à la version qui l'arrangerait.

La Crime avait été saisie. La vidéosurveillance autour de la tour épluchée. Le SDF traqué, sans succès. Bongrain était comme un disque rayé, à répéter depuis son bureau du 8e étage : « Bordel, ça se change pas tous les jours, une cloche ! Comment vous pouvez ne pas cravater un mec qui ne se change jamais, bande de bras cassés ? » Loin des reproches, la police technique et scientifique, dite PTS, planchait sur les traces, épaulée par la BL2C*, la brigade de lutte contre la cybercriminalité. L'ordinateur cramé de Schönberg avait été saisi.

Très vite, Bernard Bongrain avait décidé de dégainer la BRI, le bras armé de la police judiciaire. Fidèle à son expression préférée en cas de coup dur : *Ceinture, bretelles — et parapluie pour se protéger de la pluie d'emmerdes.*

Le flot d'invités continuait d'arriver.

Des jongleuses avec des balles phosphorescentes les accompagnaient tandis que Nemanja Radulović jouait désormais du

* La Brigade de lutte contre la cybercriminalité de la Préfecture de police, anciennement Brigade d'enquêtes sur les fraudes aux technologies de l'information.

Bach. La *3e Partita en mi majeur*. Sous le vernis des sourires, qui aurait pu imaginer que Schönberg était tendu ? De temps en temps, il se retournait pour adresser un air entendu au chef de l'anti-gang.

Il le regardait comme le non-nageur passant à côté d'une bouée orange en bord de mer.

En même temps, il ne pouvait se gaver d'*uppster* avec ce chien de garde sous son nez. Une grande journaliste arriva. Une blonde très classe, cheveux raides et lunettes vertes, sur des talons de dix centimètres à semelle rouge. Ses escarpins en daim, à vague orange et violette, comptèrent sur Schönberg pour ne pas glisser. Du sel avait été jeté sur les pavés autour du tapis rouge mais la patinoire n'était pas évitée. À la façon dont le magnat la soutint de son bras, on devinait que ces deux-là n'avaient pas fait que parler actualités. Elle risqua un petit dérapage et ils éclatèrent de rire.

Des fumigations diffusaient des senteurs de pin et d'épices.

Topaze 1 était survolté. Les puissants, il adorait.

Il était le chef des hommes en noir. Le chef des hommes les plus aguerris de France — avec le RAID et le GIGN, détail qu'il éludait. Mise à l'honneur lors des Jeux olympiques de Paris, la BRI avait brillé.

Face à la menace, de Lagune avait réuni avec efficacité, on devait le lui concéder, tous les effectifs disponibles. Ne manquait à l'appel que l'indispensable T.H.P., le tireur de haute précision. Lionel de Lagune avait appris la nouvelle de son second. Le matin même, Sohan Chenguiti avait appelé. Il était cloué au lit, avec 38,5 °C de fièvre. Il grelottait et ne tenait pas sur ses jambes. Et il vomissait. Le sujet était plié. Le problème était que les autres tireurs réveillonnaient loin de la capitale. Impossible d'en trouver un au pied levé. Alors Topaze 2 avait avancé une solution que Topaze 1 avait tout de suite repoussée. Rappeler

Rémi. Leur *meilleur tireur*, passé à l'État-major. Qualificatif qui avait encore plus fait tiquer Topaze 1. Jusqu'à ce qu'il reconnaisse qu'après le plan B, il n'y avait pas de plan C. Topaze 2 avait appelé Rémi. Qui avait immédiatement dit oui.

Quand il avait rejoint la BRI, trente minutes avant l'heure prévue, Topaze 1 l'avait accueilli sur les dents, en le remerciant sans préambule d'un : « Il n'y a vraiment qu'un naze comme toi pour aller tirer une cartouche quand il faut partir sur le dispo. » Rémi lui avait lancé un bref regard puis l'avait salué. Sans lui balancer ce qu'il pensait : qu'il était, lui, réputé pour tirer d'autres cartouches… Bien moins utiles à la nation que celles de Rémi. Face à un abruti pareil, inutile de se justifier. Il se contenta de dire, un doigt sur sa montre : « Départ à quelle heure ? » Ce à quoi le chef répondit, en mentant, sans rougir de son effronterie : « Dans un quart d'heure. »

À ce stade-là, ce n'était plus être tordu. Mais tire-bouchonné.

N'en déplaise à sa montre, une heure plus tard, le convoi partait pour Bercy.

Direction l'avenue des Terroirs-de-France, entre la Seine et les voies de chemin de fer de la gare. Là où le réveillon risquait de crépiter.

11

La neige se décida à faiblir. Le vent tomba. Les trottoirs de la capitale frisaient l'omelette norvégienne. Les derniers invités entrèrent, un couple que le froid rapprochait, vite happé par la fantasmagorie d'un lieu où Paris, en un claquement de doigts, s'effaçait. À chaque pas, le mirage grandissait. Ce n'était plus que rideaux de velours rouge, dinanderie et bestiaire forain de bois peint, aux rehauts dorés qui jetaient mille reflets. Nemanja Radulović amorça une *Danse hongroise*, tandis que des invités, arrivés en premier, tournoyaient, unis par le mouvement, sur un carrousel aux airs d'irrésistible cupcake. D'autres lançaient des boules, comme au billard, pour faire avancer de petits chevaux en compétition.

Sous une gigantesque montgolfière à nacelle d'éléphant, Jean-Paul Favand, le fondateur, discutait avec une journaliste un brin serrée dans sa longue robe lamée. Elle buvait les paroles de cet homme aux allures de Merlin l'Enchanteur croisé avec un mousquetaire. Il cumulait plusieurs décennies mais son charme restait intact. Sur un carnet rigide, elle essayait de prendre des notes. En gros, elle griffonna : « Sculpteur de rêves ». Les chiffres. Les abonnés aimaient les chiffres, non ? Sur 11 400 m^2, il avait rassemblé 25 000 objets et un atelier de restauration. En quarante-sept ans de collection. Elle biffa « objets » et rectifia en « troupe d'objets du spectacle », pour respecter l'expression du fondateur. D'accord. Il avait sillonné l'Europe afin de réunir des antiquités, de la Belle Époque, majoritairement. Un orgue de foire Hooghuys de Grammont de soixante-trois touches, à soufflets et cartons perforés, qui jouait encore *Alleluia*, jusqu'à l'ancêtre des manèges, vieux de cent vingt ans. Un manège vélocipédique anglais, mû à la force des mollets, capable d'atteindre 70 kilomètres/heure. C'était féerique, baroque, foisonnant. Une déferlante de curiosités, de toiles peintes, de lampions, de boîtes à musique, de sculptures polychromes et de miroirs déformants. Et sans vitrines. Le contraire du musée. On pouvait tout toucher. Tout essayer. Face à l'enchantement, chacun redevenait enfant.

Elle s'extasia.

Il lui répéta : « J'ai voulu une rêverie éveillée, un lieu intemporel. Pas du passé. On y vit l'ici et le maintenant. La rupture avec le quotidien. » Elle suspendit son stylo et son regard s'attarda sur la chevelure d'un blanc éclatant et les traits souriants. Elle se surprit à le trouver plus intéressant que les hommes de sa génération. Plus sincère, plus habité. Elle eut envie de l'embrasser. Un silence s'installa puis ce fut lui qui parla. Dehors, il lui montrerait d'anciens rails sur les pavés du jardin où un immense lustre était suspendu, au milieu des guirlandes. Et des gorgones végétales. Et une jambe de géant.

Une hallucination dotée de vie.

En plein Paris.

12

Les hommes de la BRI, en civil, s'étaient fondus comme des ombres dans les halls des immeubles à proximité immédiate du Musée des arts forains. Histoire d'intervenir avant même que les terroristes n'approchent de l'entrée. Et de les accueillir par un déluge de feu avant que ce ne soit le carnage. En prévision, ils avaient enfilé leurs porte-plaques. Le quartier ne faisait pas dans le riant. Le musée était une météorite dans ce règne vertical du verre et du béton. Quatre opérateurs étaient disséminés dans le bâtiment d'en face. La féerie foraine tranchait avec le campus Kedge, une école de commerce qui avait l'avantage d'une grande terrasse extérieure où Rémi avait pu se positionner. De là, il jouissait d'une vue plongeante sur les toits des halles à vins, en forme de long pare-soleil déplié. Et sur l'entrée. Ce n'était pas l'emplacement qu'il pressentait. En amont de la soirée, il avait tenté d'argumenter mais Topaze 1 l'avait fusillé du regard et lâché sèchement : « Monsieur Je-sais-tout est chef de dispo ? » Rémi s'était tu.

Un homme de l'anti-gang était posté sur une terrasse adjacente. Équipé d'un fusil d'assaut HK416, il servait d'appui-feu à Rémi. Il était frigorifié mais n'aurait jamais bronché. Si la neige continuait à tomber, dans trente minutes, il serait en camouflage forcé. Une voiture était garée au premier carrefour, avec un pilote prêt à éjecter ses éléments armés pour gérer la menace ou pour enquiller sur une éventuelle chasse. La rapidité d'intervention avait été privilégiée. Au bout de la rue des Terroirs-de-France, côté gare, la BRI avait son *cheval de Troie*. Un soum' banalisé, avec six policiers prêts-à-l'emploi. La question des pare-brise avait soulevé un débat. Vu la neige et l'heure tardive, un voyou aguerri aurait tiqué. L'éventail noir des balais sur du blanc couvrant, ce n'était pas se fondre dans le paysage… Une fois en place, l'ordre avait été clair pour tous : silence radio. Maintenant, de Lagune arpentait nerveusement le fond du hall du rez-de-chaussée, à l'affût de la moindre information.

La menace, il n'y croyait pas trop. Mais il avait raisonnablement le professionnalisme de ne pas se fier à ses intuitions. Le côté Simenon, au 36, on en riait. À la PJ régnait la culture des faits. Et le taulier lui avait mis une telle pression… Le directeur du 36, Bongrain, l'avait rappelé, heureusement, après qu'il avait quitté Schönberg pour se changer dans les toilettes de l'école de commerce. Fait surprenant, pas un graffiti n'avait assisté au troc de sa veste de costume contre un col roulé sous sa parka à col de fourrure. C'était propre, une école de commerce. Le téléphone avait vibré pile quand il était en train de pisser. Une main sur son sexe, il avait ricané et pensé : le pouvoir parle au pouvoir. La conversation avait été un modèle de brièveté. Le grand manitou devait avoir une gorgée de champagne et deux petits-fours dans la bouche car il avait juste mâchonné : « Tu n'as pas le droit de te planter. »

Et sans écouter la réponse de Topaze 1, Bongrain avait raccroché.

De Lagune s'était rongé trois ongles. Ce qu'il ignorait c'était que le directeur du 36, lui, entre deux gorgées avalées sans apprécier, se mangeait sévèrement la peau bordant ses ongles.

Le chef de l'anti-gang avait passé en revue ses gars. Comme il avait eu la chance de grappiller des toasts, il n'avait pas faim. Contrairement à ses hommes qui voyaient le repas de Noël sacrifié sur l'autel de la nation. Pour respecter la discrétion voulue par Schönberg, la patrouille en uniforme n'avait pas été mobilisée. Le reste du dispo opérait en binôme, en voiture banalisée, supervisé par Topaze 1 et son adjoint, Topaze 2 — qui jouait la mouche du coche en partageant sa nervosité. La DGSI restait sèche. Elle n'avait identifié aucune menace précise. Le responsable antiterro n'avait aucun *client* à se mettre sous la dent — à part *la terre entière*. Ils en riaient jaune.

Les autres immeubles n'offraient pas d'intérêt. Tout se passait dans ces halles en longueur et non dans les ailes des Pavillons de Bercy. Ni dans les jardins intérieurs. Le bel amandier sous la neige ne serait pas le *hot spot*… Il avait été décidé de ne pas mettre de protection rapprochée autour de Schönberg. Le débat avait été engagé mais le magnat avait été inflexible. Avouer sa peur était, surtout, l'option impossible. Si on l'avait flanqué d'un type au costard étriqué salement froissé, avec la plus naze des cravates noires et une oreillette apparente, on aurait été loin du *discret* et les photos à sa gloire auraient été ruinées. Le géant n'allait pas reconnaître qu'il avait une épine dans le pied, et qu'elle l'empêchait de danser.

13

Tan déposa ses affaires au vestiaire et fit son entrée. Ce qui se vit sur le visage de plusieurs femmes. Il avait quitté l'excentricité pour la sobriété. En chemise de smoking, sous un costume sombre en drap de laine à revers en pointe lustrés, il n'attirait guère par les couleurs mais par les détails. Une jongleuse virevolta autour de lui, lançant en l'air des boules souples qui donnaient l'illusion de colombes. Son parfum, doux et solaire, vint délicieusement l'entourer. Il plongea dans un bouquet de lys. Avec une incroyable gracilité, elle se courba en arrière comme si elle saluait le ciel, en continuant de jongler sans faillir. Elle avait frôlé ses lèvres.

Progressant à travers de vastes salles aux murs de pierre, Tan fendit la foule et retrouva un groupe d'amis. Léo, un grand ténébreux aux yeux maquillés, qui tentait de repêcher une tranche de concombre dans son verre, en conversation avec Azaan, un Black charpenté en smoking blanc rayé, pendant qu'une brune en robe de mousseline transparente, qui faisait croire à l'été, serrait déjà Tan dans ses bras. Ses ongles grenat s'enfoncèrent dans le tissu de la veste. Ils s'y attardèrent, avant de desserrer leur prise. À ses côtés, Toy Toy, un jeune homme aux yeux bleu glacé, avec de larges mèches blond argenté coiffées sur le côté, riait à gorge déployée. Il portait un gilet en tartan gris sur une chemise bleutée, avec une lavallière à fleurs relâchée, et un treillis ajusté. On ne pouvait pas le manquer. Ses manches, relevées, révélaient un dragon tatoué sur le bras droit et sur le gauche un voltigeur qui attrapait des étoiles.

La brune sexy murmura à l'oreille de Tan. Son visage s'éclaira et il l'embrassa dans le cou. Son père, accaparé, le surveillait pourtant d'un œil. Histoire de trouver qui était l'élue de son fils dans l'assemblée. Cette brune lui sembla une candidate sérieuse. Des acrobates se faufilèrent. Ils firent semblant de les bousculer et entamèrent des sauts entre les chevaux de bois cabrés et l'assistance. Ils rebondissaient comme des ressorts, glissaient sur les manèges en marche, invectivaient les invités, leur dérobant leurs verres, soulevant une robe au passage. Le blond rigolard s'approcha de Tan et, de l'index, lui désigna une élégante baraque foraine. Le frontispice peint ne pouvait, comme lui, qu'attirer le regard. Avec pour nom LA COURSE DES GARÇONS DE CAFÉ, en belles lettres carminées. Cette appellation s'inspirait d'une course qui avait vraiment existé, durant laquelle six cents participants s'affrontaient sur huit kilomètres dans les rues de Paris, une bouteille et trois verres en équilibre sur leur plateau.

L'animateur en chemise à bretelles, un brun aux cheveux gominés, nota leur intérêt et fit tonner sa voix :

— Installez-vous, messieurs-dames. Bienvenue au Musée des arts forains ! Bienvenue à la Course des garçons de café ! Installez-vous !...

Tan se rua vers un siège, face à une reconstitution de tribune en pente accueillant un public endimanché.

— On y va, on y va ! Go ! Go ! Léo ! Agathe ! Toy Toy ! Azaan ! On y vaaaaaa...

Il s'était élancé le premier. Les quatre autres l'imitèrent et enfourchèrent les sièges-selles, face à douze tables de jeu numérotées. Agathe choisit d'emblée le numéro 4. Azaan hésita et prit le nº 11. Toy Toy, le nº 7 et Tan, le 2. Léo, indécis, opta pour le 8. Sur le côté du jeu, une horde d'automates piaffait. Une rangée de garçons de café, prêts à en découdre pour s'élancer, plateau à la main, sans faire tomber verres et bouteilles.

— Munissez-vous de la balle blanche… Vous avez droit à trente secondes d'entraînement pour aiguiser votre style ! Trois cercles, trois couleurs. On vise le trou avec le cercle rouge qui fait avancer de trois pas ! Les trous bleus, de deux. Les jaunes, d'un seul médiocre petit pas…

Des vitrages latéraux, à miroirs cloisonnés, sur des panneaux de bois couleur mimosa, reflétaient la scène. L'animateur donna le top départ : il baissa le bras et aussitôt Tan, Agathe, Azaan, Léo et Toy Toy lancèrent leur boule.

— Joli coup du nº 4 qui marque trois pas, à la grande stupéfaction du nº 7 qui marque un misérable pas ! Attention, le nº 8 marque deux pas et le nº 11 ne fait pas mieux… Mais le nº 2 vient de marquer trois pas ! Un tonnerre d'applaudissements ! On encourage les sportifs de cette course impitoyable…

Chacun multiplia les envois et adapta sa stratégie.

Toy Toy persista dans sa frénésie hasardeuse, Agathe, dans son efficacité concentrée, Léo, dans un jeu résigné avec le destin et Tan, dans l'amour du défi.

— J'invite le public à venir observer le nº 2. Il y a le style ! Cela va être très serré avec le nº 4. Oh là là là là ! Chapeau ! Mesdames et messieurs, c'est le nº 4 qui l'emporte d'un pas ! Mademoiselle… ? Agathe, très bien. Bravo !

Tan fit un sourire à Agathe.

Il l'avait laissée gagner.

14

Rémi était en position. Plus rien ne pourrait le faire bouger. La neige avait repris mais il serrait son Ultima, paré à protéger et à défendre. Ironie du sort, le fort devenait le faible. Sur Schönberg, il avait voulu en savoir le minimum. Un nom et une identification suffisaient. Le reste aurait risqué de le polluer. On lui avait martelé que l'essentiel était de bien comprendre que Schönberg était l'antichambre du ministre de l'Intérieur. Ou l'inverse. Pigé ?

Du parasitage, qu'il s'était empressé d'oublier. Rémi aurait défendu de la même façon un chef d'État ou un plombier. Du gros, gros bonnet… Il ne s'habituerait jamais à cette expression qui donnait l'impression qu'on parlait de 100 D au rayon lingerie d'un supermarché.

Sous la neige, il n'était plus qu'une conscience rivée à sa lunette.

Dans le dispositif, le T.H.P. avait un rôle singulier. Il était le seul à part, isolé. Tellement isolé qu'à la fin de chaque mission, Rémi demandait à ses collègues s'ils l'avaient repéré dans le paysage. Ce qui s'appuyait sur un fondamental : être en entente et en confiance totales avec le chef de dispo. Si le tireur recevait l'ordre de feu, la légitime défense ne reposerait… que sur l'appréciation du chef de dispo. Et en dernier ressort, sur le tireur, parfaitement conscient qu'en pressant la queue de détente il engagerait sa responsabilité pénale et morale.

Évidemment, ce point avait troublé Rémi. En lui, une petite alarme avait vibré. Avoir confiance en son chef, le pouvait-il seulement ? La réponse, il la connaissait. Il se retrouvait écartelé entre le désir inconditionnel de reprendre l'Ultima, de servir, et la situation impossible d'être rappelé alors que Topaze 1 le détestait. C'était inconfortable. Mais un choix restait un choix. Il devait donc accepter l'inconfort. Et s'y plier.

Les lourds flocons de neige troublaient légèrement sa vision. Il aurait pu s'en protéger dans les immeubles mais la modernité avait un vice caché. Dans ces constructions où le verre dominait, personne n'avait pensé que ne pouvoir ouvrir les fenêtres posait de vrais problèmes de sécurité. Pour un tireur, c'était un obstacle de taille. Retirer une vitre entière restait la seule solution. Pour la discrétion, on repasserait. L'autre option, en retirer plusieurs, pour faire diversion. Mais autant accrocher une banderole avec inscrit en rouge ATTENTION, SNIPER, non ?

L'autre difficulté était la rambarde de la terrasse. Il ne pouvait glisser le canon de l'Ultima entre les deux rails. Non qu'il ne passât pas mais sa lunette aurait gagné une belle vue sur le rail supérieur. Autant dire sur le néant. Comme de mettre une main devant l'optique. Des précurseurs de la brigade avaient repéré les lieux et lui avaient désigné un emplacement exigu pour solution. Ce qui ne résolvait pas la mauvaise visibilité. La neige changeait la donne. Mais Rémi avait la parade. Du temps de l'âge d'or de la BRI, quand elle avait encore un chef digne de ce nom, Rémi avait récupéré avec Jéjé, son inséparable binôme — l'équivalent de McGyver, avec un fusil — , une bâche de travaux sur un chantier près de Notre-Dame. Elle leur avait fait de l'œil. Son imprimé rappelait à la perfection les murs de pierre. À la fin du chantier, bon prince, le chef de chantier les avait laissés en découper un morceau. Celui que Rémi avait à l'instant sur le dos. Dans sa tenue gore-tex, il savait qu'il pouvait tenir des heures. Et rester sur cette terrasse comme une bûche oubliée, pendant que les invités festoyaient.

Il avait enfilé des gants qui permettaient de tirer. Au niveau de l'index, le tissu s'affinait. À la BRI, il avait pris l'habitude de tirer l'hiver avec ces gants, pour que son cerveau intègre pleinement la sensation du doigt ganté sur la queue de détente. Entraînement qui ne s'avérait pas inutile. Comme le répétait Rémi, avec son bon sens terrien : « Avoir un temps d'avance est plus utile qu'un temps de retard. »

Maintenant, il fallait attendre. Un mot qui, au final, était fait pour lui.

Rémi était l'action couplée à la patience.

15

Les lumières s'éteignirent et une femme, en robe rouge ouvragée, entama une danse soufie, en tournant sur elle-même, tandis qu'une voix annonçait : « Et maintenant, l'Iranienne Sahar Dehghan, que vous avez peut-être découverte chez Zingaro, va nous mener vers la lumière ! »

Lien entre le ciel et la terre, pieds nus, elle tournait lentement, inlassablement, un éventail dans chaque main.

Puis elle gagna en vitesse et les motifs des jupons de sa robe prirent la lumière.

Sous les yeux des invités, elle devint une toupie phosphorescente dans la nuit.

Tout le monde se tut, hypnotisé. Elle était la grâce incarnée.

Le tournoiement s'accéléra et le jupon le plus léger s'envola par-dessus tête. Au-dessous de sa taille, le second se gonfla, lui donnant l'air d'un sablier endiablé.

Bientôt, enivrée par sa giration effrénée, elle ne fut plus qu'une torche lumineuse.

Les invités applaudirent.

Richard Schönberg avait fait procéder à un tirage au sort pour désigner les invités qui auraient la chance d'être à ses côtés pour le dîner. En fait, tout était truqué. Une main faussement innocente avait pioché dans les cartons et annoncé au micro les deux élus. Enfin : élues. Et comme le hasard était un parfait maître de cérémonie, il avait choisi une jeune artiste ukrainienne, Veronika Manaharov, et Kyliane B., l'influenceuse, qui s'était écriée : « La chance ! » Dans une grande salle, elles avaient pris place autour du Roi qui avait pu parader. Des fans avaient imploré un discours — et il avait fait semblant d'improviser. Pour lever un toast avec ces mots :

— Vive l'IA qui rendra intelligents ceux qui le sont déjà et nazes ceux qui le resteront !

L'assemblée avait ri et applaudi. Personne n'avait bronché devant cet éloge suprémaciste assumé. Il ne fallait pas blâmer l'alcool. La docilité aveuglée partageait pleinement les responsabilités.

Richard Schönberg se pencha vers le décolleté de Kyliane et la questionna sur ses centres d'intérêt. On ne pouvait même pas dire que l'intention était bonne. Car il se moquait éperdument des réponses. Il hochait frénétiquement la tête, jetait des regards vers les autres invités, avalait une amande au wasabi et ne percevait que des bribes : « post Insta… pas tagué… fringues… trop stylé… communauté… frange haineuse… haters*… jalousie… qu'elle aille marcher sur des Lego… TikTok… une *curve***… colorant mis dans mon shampoing… »

---

* Haïsseurs, dénigreurs sur la toile et les réseaux, associés parfois à des trolls, des individus en quête de polémiques et de relations conflictuelles, encouragés par l'anonymat sur le net, pratique qui peut verser dans le harcèlement. Il existe des « usines à trolls », rémunérés à des fins de propagande ou de déstabilisation, et des trolls virtuels pour accroître artificiellement la notoriété sur les réseaux sociaux. Mais également des meutes de trolls pour triompher d'une opinion.

** Une *curve* ou *curvy*, ou encore *plus-size*, terme des défilés et du mannequinat qui désigne une femme dont la taille de confection est au-delà de 40 et dont le corps présente une forme en 8 ou en X.

Ce dernier point lui fit enfin tourner la tête vers Kyliane B. :

— Dans ton shampoing, ma puce… ?

— Oui, du colorant dans mon shampoing pour louper mon casting. Une vraie chacal… Oh ! Désolée !… Mais, pour de vrai, c'est un truc de ouf… Vous…

Il n'écoutait plus. Elle lui disait « vous ». Bien. Et lui « tu ». Parfait. Ça pouvait continuer.

À sa gauche, Veronika Manaharov, une rousse incendiaire aux yeux presque transparents, s'ennuyait un peu. Elle jouait avec l'un des pompons de sa robe. Une création, criblée d'épingles à nourrice et de boutons de couleur, qu'elle avait cousue elle-même. Schönberg avait fait exprès de choisir cette autre femme, plus mûre, plus réfléchie, plus belle aussi, avec qui il n'échangeait qu'en anglais, langue que Kyliane parlait comme une oie l'esperanto. En stratège de la séduction, il accorda plus d'attention à Veronika. Elle peignait de l'art abstrait. Avec des plumes d'oiseaux et de la feuille d'or. Elle fit défiler un panel de ses œuvres sur son téléphone.

— *The Woodpecker & the Preacher*, ça, c'est top, Veronika. Top. Top. Top. Je vais t'envoyer mon curateur… Top.

Elle battit des mains comme les ailes d'un papillon. Et repoussa la main de Schönberg qui s'attardait sur la sienne. Son art était à vendre. Pas elle.

Kyliane B. lança un regard par en dessous à l'artiste ukrainienne. Salope. Du talent, tu parles, elle accaparait l'attention juste parce qu'elle venait d'un pays en guerre. Salope. C'était inégal. Elle se serait bien inventé un traumatisme inopiné, histoire de reprendre la main. La vraie. Celle du pouvoir.

En vérité, le prédateur se servait de cette jalousie. Il tirait les ficelles. C'était presque trop facile. Dès le début, il avait senti que Veronika ne lui céderait pas. Alors il feignait le désintérêt pour Kyliane B. Dans trente minutes, il n'y aurait plus qu'à récolter les fruits de la rivalité. Et déguster le joli fruit juste tombé.

Il demanda à Veronika de lui envoyer via AirDrop* l'image de *The Woodpecker & the Preacher*.

Kyliane B. vit l'image arriver sur le smartphone high-tech du King, et elle fulmina. Elle vérifia l'échancrure de son décolleté, tira un peu plus sur sa robe pour attirer l'attention de Schönberg. Elle le trouvait pas mal. Consommable. Moins beau que le fils mais elle ne se voyait pas attaquer le jeune homme alors que le père lui semblait plus faillible. Avec les hommes mûrs, il fallait se glisser dans les *failles du système*. Et les *exploiter*. Comme ta fichue IA, connard. Elle lui adressa son sourire, qu'elle savait ravageur. Plus que ce tableau minable avec des plumes à la con. Pauvre colombe sauvée du champ de mines.

Schönberg tâta sa poche. Oui, sa boîte miracle était là.

Dans cinq minutes, il avalerait discrètement son *curaçao*, sa pilule bleue miracle — le salvateur *uppster*.

D'abord profiter du repas.

Il tapa sur un verre et réclama la parole, tandis que les festivités s'annonçaient.

— Mesdames et messieurs, je vous demande d'accueillir un plat d'anthologie. J'ai fait appel au chef Bruno Verjus pour vous ravir le palais!

Il y eut des murmures. Un ministre chuchota à son voisin, en initié : « Classé troisième meilleur restaurant du monde... » Son interlocuteur eut honte de ne pas être initié, et fit semblant de connaître. Ne pas perdre la face pour du *name dropping*.

---

* Transmission sans fil et de courte portée d'images ou de vidéos entre appareils de la firme Apple, recourant à un cryptage sur une connexion wi-fi pair-à-pair, susceptible de piratage.

— Pour tout vous dire, j'ai demandé au chef d'improviser sur le thème de l'immoralité…

Salve d'applaudissements.

— Vous aurez donc… en mise en bouche… un beignet… de cervelle de veau tigré, pibales frites et croustillantes, condiment gingembre et curcuma pour débuter…

Il l'avait dit sans notes. Kyliane B. était impressionnée.

Le ministre commenta : « Les pibales, vous connaissez ? Non… ? Ce sont de petits alevins. Délicieux, les petits alevins… » Son voisin, un célèbre avocat en droit des affaires, gigota sur sa chaise.

— Puis vous aurez un homard ni cru ni cuit… Oui, du jamais-vu ! En plat, un vol-au-vent de langoustine et de ris de veau, sauce champagne rare et caviar… Car oui, c'est Noël, indéniablement.

Cette fois-ci, l'avocat sentit que le ministre allait encore ajouter ses commentaires d'exception. Ce qui ne rata pas : « J'adore le caviar. » On lui avait jeté des étoiles dans les yeux et ça brillait de mille feux.

Schönberg continua les présentations.

— Vous connaissez mon goût pour l'exceptionnel… *Vous*, bien sûr… mais aussi l'exception d'une vache tigrée corse, la plus rare du monde, que vous aurez le *privilège* de goûter. Et vous finirez par l'incomparable tarte chocolat, câpres, yes… si, si, *câpres* et caviar, hommage au chocolatier Jacques Genin. L'incomparable, lui aussi.

Les mines étaient grisées. Le vin, le champagne et le saké enivraient les gosiers. La salle fut une ruche qui encensait, chacun dans son style, le King.

Il s'assit et, effet ou non, se releva comme un ressort pour déclarer :

— J'oubliais… Nos amis très sains les végétariens peuvent aller fumer.

Il se cala sur sa chaise, quitta son sourire et serra les dents. Le chef avait refusé de venir saluer. Verjus et sa sale indépendance. Il ne se laissait pas mettre la laisse au cou. En plus, il était venu avec un jeune cuisinier italien, un Giuseppe aux boucles diaboliques, qui faisait des ravages auprès de ses collaboratrices. Elles donnaient du *Giusi* par-ci, *Guisi* par-là avec des trémolos dans la voix.

De l'insoumission et de la concurrence. De quoi ne pas pardonner à Verjus. Il trouverait le biais.

Le King chercha des yeux son fils, et repéra Agathe et la clique hétéroclite, qui entamaient un théâtral compte à rebours pour célébrer l'arrivée des plats. À qui lui faisait-elle penser ? Il saisit la nappe entre ses doigts et la froissa nerveusement. Ça y est. Il y était. À Penélope Cruz. Cette brune avait de faux airs de Penélope Cruz… Il admira son style calculé, entre naturel et sophistication. Et cette robe, sacrément osée. Sa façon de se coiffer, cheveux tirés en arrière, rappelait les danseuses, avec une natte qui cerclait la tête comme un diadème. Rien à dire, un beau spécimen. Son fils savait s'entourer. Il croisa son regard. Elle plissa légèrement les yeux. Quelle intensité ! Elle avait les sourcils bien dessinés, et un maquillage smoky dégradé. Fait rarissime, il baissa les yeux avant elle.

La vache allait arriver, et il s'éclipsa derrière un pilier. La boîte coulissa entre ses doigts. Pour trouver dans l'*uppster* la désinhibition et la démesure qu'il aimait. Quand il revint, les lumières s'éteignirent. La salle bascula dans l'obscurité et le déroutant *Lovesong* de Chaya Czernowin, aux notes fuyantes, insaisissables et indomptables qui désorientèrent les esprits. Puis ce fut *Raw*, de Nicolas Sani, au violon digne d'une roulette de dentiste. Né de l'obscur, Diego Salles surgit, coiffé de tissus rouges qui le couvraient jusqu'à mi-corps. Suspendu à unc corde, l'acrobate brésilien fit des pas de danse, piégé. Vêtu d'un simple boxer-short et d'un corset de cuir, il s'éleva dans les airs, sous les yeux fascinés du public. Puis il revint à terre. Des coups retentirent, comme de puissants battements de cœur. Sa tête émergea des tissus et, sortant de sa mue contorsionniste, il déploya son long corps. Une musique électronique enfla : l'hypnotique *Midra*, de Gidge, un duo suédois inspiré par les bois. Diego Salles s'essaya à son nouveau corps. Des rampes émirent une pulsation lumineuse. Le danseur entama un triomphal catwalk et ce fut l'euphorie. Pas du côté de Schönberg qui tiqua. Le mélange des genres avait le don de l'énerver. Ces types efféminés… Au beau milieu du numéro, il eut envie de *douceur*. Il se pencha avidement vers Kyliane B. et chuchota à son oreille.

— Je te fais le pari que tu ne me rejoins pas aux toilettes…

Protégé par la pénombre, il se leva. Prise de court, elle ne sut quoi répondre. Alors, elle sourit. Qu'est-ce qu'il croyait ? Qu'elle allait se dégonfler ? Dans sa minaudière en forme de lèvres surdimensionnées, le *cultissime* et rarissime modèle Hollywood Smile The Kiss & Tongue, elle chercha un baume givré qu'elle s'appliqua à la hâte.

Et lança à Veronika un regard à mi-chemin entre le malaise et la revanche.

Quant à cet homme… Il ne lui déplaisait pas. Il voulait du divertissement ? Elle le lui offrirait. Sans illusion, froidement. En elle, nulle vaine attente. Le seul désir de créer une proximité par le rapprochement fortuit. Et de jouer de son corps comme du destin.

L'Ukrainienne porta son verre à sa bouche. Elle soupira. Une femme d'affaires, Vera di Benedetto, au prénom presque en miroir du sien, l'avait accueillie, avec son mari, pour plusieurs mois à Paris. Une âme sincère, pour qui la philanthropie n'était pas un alibi. Alors le vernis… Sans surprise sur la nature de l'âme humaine, Veronika entrevit, dans la pénombre, le dos strassé de sa prétendue rivale qui scintillait. Ses yeux revinrent au corps de l'acrobate. Les deux bandes de tissu rouge tombaient du plafond. Elle le regarda évoluer jusqu'au sommet, s'enrouler merveilleusement et mimer des chutes. Son voisin ne lui manquait pas. Sa presque voisine encore moins. Paupières mi-closes, elle sourit à la beauté.

On n'avait rien inventé de mieux pour passer le temps.

Dans les toilettes, Schönberg savait qu'il avait cinq minutes pour réapparaître.

C'était amplement suffisant.

Kyliane poussa la porte et, contre sa peau, il respira l'oubli.

16

Autour du Musée des arts forains, des yeux scrutaient, fouillaient chaque recoin, palpaient les ombres, sondaient les interstices, guettaient l'arrivée d'un rare véhicule, tandis que les heures s'étiraient. La voiture et le soum' avaient évité de se garer sous un réverbère. Rien à signaler. Ils n'avaient à surveiller que les guirlandes rouges qui serpentaient entre les branches. Quel drôle de Noël… On était loin de l'odeur du sapin et des éclats de rire. S'ils pensaient à leurs familles, ce n'était que fugace. L'instinct du traqueur l'emportait. Dans la voiture garée au premier croisement, côté Seine, Christian Gallois bâilla. Il touchait presque le plafond de l'habitacle. Depuis sa naissance, le beau bébé avait bien poussé. Le champion de CrossFit était doté d'une carrure qui comptait double dans une voiture. Il avait la mâchoire carrée du légionnaire et le cœur tendre du chamallow. Le grand gaillard aux traits fins, désigné comme chauffeur, était, lui, du groupe varappe. Habitué aux descentes en rappel de la tour Montparnasse, de la tour Eiffel et de la Bibliothèque nationale, il savait aussi observer et patienter. Il mâchonnait, sans bruit, un chewing-gum mentholé. À l'arrière, un garçon discret, ni grand ni baraqué, faisait mentir les standards de la BRI. Il avait le regard doux. Mais la gâchette redoutable. Rien n'aurait su le déstabiliser. Le baraqué jeta un œil aux cristaux liquides de sa montre. Elle était comme lui, surdimensionnée.

Minuit passa. L'acharnement de la neige aussi.

Sans un mot, Christian et son équipier se souhaitèrent joyeux Noël.

Un sourire avait suffi. Topaze 1 n'avait pas réussi à semer le mauvais vent de la division sur des amitiés soudées par le feu à essuyer. Derrière une porte, les mecs de l'anti-gang savaient qu'entrer sans sonner revenait parfois à dire bonsoir à la mort.

Vers une heure du matin, la noria des taxis s'amorça. L'effet psychologique des heures rondes. Quelques invités sortirent. Les silhouettes brillaient comme des ablettes. Fin de la récré. Exit le chewing-gum.

À une trentaine de mètres, Topaze 1 avait du mal à tenir en place dans son refuge de verre. Ses yeux faisaient des va-et-vient nerveux. Mais il avait un bon feeling. Jusque-là, tout se passait bien, les terroristes devaient avoir *trop froid aux couilles*.

Il redoutait un faux taxi d'où surgirait, de l'ombre d'une banquette, un tireur patenté. Des pétards de réveillon qui feraient de drôles de célébrations.

La BRI comptait scrupuleusement les invités sortants pour évaluer le nombre exact de personnes restées à festoyer. Le cercle le plus éloigné quittait les lieux tandis que les fidèles s'accrochaient à leur rocher.

Deux heures à la montre de Christian. Nouveau flot, toujours mesuré.

Trois heures. Un bataillon plus étoffé. Des démarches moins assurées.

Sur les hauteurs, Rémi était en passe de se statufier. Son haleine, discrète, restait le dernier bastion de chaleur. Dans les bacs à plantes, même les sapins du Musée paraissaient gelés.

Sorti de nulle part, un chien apparut au coin côté gare.

Topaze 1 n'avait jamais été bon en races de chiens. Il fixa toute son attention sur le déplacement erratique de l'animal. Et pria pour qu'il n'ait pas les pattes bourrées de TNT. Avec les malfrats, on ne sait jamais où se situe la nouveauté. En bon parano, il se méfiait de tous et de tout.

Même des chiens.

Et encore plus des humains.

Mais le chien vaqua à sa vie de chien.

Et disparut sans décliner son identité.

Trois heures et demie du matin. Schönberg avait prévenu Topaze 1 qu'il comptait rester raisonnable sur le clap de fin. Il avait une notion relative du raisonnable.

Christian comptabilisait les noctambules.

Plus que trente-sept.

Dix minutes après, il ne restait plus que dix-huit personnes, Schönberg compris.

À l'image d'un apnéiste, Rémi régula sa respiration pour être le plus calme possible. Un état qu'il recherchait en toute situation.

Trois heures quarante-sept. Nouvelle grappe humaine.

Puis Schönberg, enfin, qui sort.

Il pose sa main sur l'épaule d'un homme moins haut que lui, drapé dans un manteau kaki trop long pour son gabarit. Sous la lumière des projecteurs, le crâne luit comme un œuf.

Rémi renforce sa concentration. Son index est comme surconnecté à son cerveau. Il se méfie de la moindre gestuelle. Les amis sont parfois les mieux placés pour être l'Ennemi. Les voyous sont aux premières loges pour le savoir. Et les cols blancs en coulisses.

La main de Schönberg quitte l'épaule de l'homme.

Rémi ne bouge plus d'un pouce. Enraciné, il fait confiance à ses appuis.

L'homme adresse un sourire de reconnaissance à Schönberg.

Hochement de tête de Schönberg.

Et soudain, IL N'Y A PLUS DE TÊTE.

Qu'un corps écroulé dans la neige.

Une seconde de stupéfaction. Deux peut-être.

Une incompréhension totale. Une sidération qui s'abat comme la main du destin.

Puis des hurlements.

Des hurlements d'une femme éclaboussée de gerbes qu'elle n'oubliera jamais. Faites d'un intérieur qui aurait dû le rester.

L'être humain, revenu au cerveau primitif, qui hurle pour échapper à la mort. Des silhouettes qui courent en tous sens se réfugier. Des diagonales de l'épouvante, incompréhensibles. Et la neige, criblée. Criblée de pas qui ne savent plus où aller, de semelles qui rougissent du sang du mort.

La mort, rouge sur blanc, signature irrémédiable.

17

— Quel cooooooon ! Mais quel coooooooooooon !

De Lagune, aussi, a hurlé.

Le menton de Rémi se détache de sa lunette. Comme pour vérifier, *désarmé* mais incrédule, que la réalité, contre son désir, n'a pas bougé. Ses mouvements, décomposés, instinctivement au ralenti.

Mais c'est bien la même réalité, sous ses yeux, cruelle et crue.

Les cris le disent mieux que toute vision.

Presque en simultané, les hurlements ininterrompus dans l'oreillette de son casque.

Des hurlements immaîtrisables.

— Connaaaard ! Connaaaaaaaaard !! Je vais te fumer, connaaaaaard !

Le regard de Rémi balaie tous les toits, un à un, à la recherche d'un mouvement, d'une forme qui l'alerterait, inspecte chaque façade, chaque angle mort possible, la moindre vitre entrouverte, enfin les dizaines d'arbres, les caches possibles, d'éventuelles poubelles. Un détail, un éclat. Tout. Rien. Inlassablement. Désespérément.

La douleur, immédiate, de chercher sans comprendre.

La conscience de l'abîme qui s'ouvre. D'emblée.

Du trou qui vous enterre.

D'un coup.

Et quelques minutes après, de Lagune qui déboule, fou de rage, qui le crible d'insultes, qui fouette la neige de coups de pied rageurs en direction de Rémi.

— Connaaaaard, blaireauuuuu! Blaireau… Connard. Crack de mes deux… Tu vas me le payer… Tu m'entends bien, connard? Tu vas me le payer.

Violente décharge bilieuse. Yeux révulsés. Des poignards. Les mots… Tant de haine… Tant de haine dans un seul corps… Un nuage de neige dans la gueule. Ferme les paupières. Encaisse. Respire à fond. Maîtrise-toi. Contrôle-toi. Retiens-toi. Ne dis rien. Tais-toi.

— Connaaaard, tes pompes, je vais te les faire bouffer. Bouffon. Tu vas bouffer tout court… Je te le promets…

Les cils chargés de neige, Rémi avale le liquide glacé. Les propos le sont encore plus. Le froid le traverse. Inspire. Respire. Reprends le contrôle.

Et l'autre, un buffle déchaîné qui revient à la charge :

— Buzard. Connard… Je savais que c'était une connerie de te rappeler… Je t'ai jamais dit de tirer, abruti! Jamais.

Le choc. Une déflagration. L'impossible qui se fraye un chemin, qui gagne la raison. Ne pas sortir de ses gonds. Se verrouiller. Résister. Ne pas frapper ce monstre. Rémi déglutit, fait mille efforts pour garder son calme et plante son regard dans celui de Topaze 1.

Il balbutie :

— Je n'ai… Je n'ai…

Sa voix reprend de la fermeté.

— Je n'ai pas tiré. Aucun tir réalisé.

Il ne peut tout de même pas penser ÇA ! Pas penser qu'un T.H.P. en opération puisse avoir dégommé un mec par erreur… Il sait que c'est impossible. IMPOSSIBLE.

Qu'est-ce qui lui prenait ? Il avait pété les plombs ? Était devenu fou pour de bon ?

Rémi écarte les bras, puis les baisse en signe d'impuissance. Enfin, il dit, s'obligeant à rester calme :

— Il y a toujours une cartouche chambrée. Et quatre dans le chargeur. Constatez par vous-même… Il n'y a pas d'étui au sol… Trouvez-moi un seul témoin qui ait entendu une détonation…

L'autre n'écoute pas même les arguments. Alors Rémi comprend qu'il veut se servir de lui comme fusible, l'accabler plutôt qu'endosser la responsabilité de l'échec du dispositif. Il tourne en rond, comme un fauve, dérape, fulmine, sans retenue, obstinément, l'incendie, piétine sur place, furibond.

Comment désamorcer une bombe ? Le cerveau de Rémi retrouve toute sa vélocité. L'instinct de survie. Ne pas paraître désaxé par la situation. L'affronter. Assumer.

Il se redresse comme un cobra pour défier l'injustice qui s'avance, l'injustice incarnée, qui ose brandir son poing vers lui, à trente centimètres de son oreille gauche.

Rémi le fixe droit dans les yeux. Avec une intensité qui ferait douter.

Il doit y avoir du Gandhi en lui.

La main se relève d'un cran, dans l'air polaire, vibrante.

D'un coup, stupidement flasque, retombe.

— Connard.

Cette fois-ci, le chef avait grommelé, dents serrées.

Fin de l'éjaculation. Topaze 1 avait tellement hurlé qu'il était soudain à court de munitions.

Entre eux, la neige striée de gris.

Un fossé infranchissable.

Et le blanc, insolent.

L'abîme qui engloutit.

18

Tandis que le Doc avait prévenu les secours et s'était précipité vers l'homme abattu, Topaze 1 avait rejoint ses troupes et s'époumonait sur chacun, à tour de rôle. Il en postillonnait. Le moindre mec qu'il croisait, il le réfrigérait. Rémi était son bouc émissaire. Les autres, sans exception, étaient les victimes collatérales. C'était des pluies de « Vous avez été nuls ! », des « Je vais être viré à cause de vous, pauvres branques ! » et toute une escalade insensée de boucliers brandis et de reproches pas particulièrement fleuris. Entre deux flots, il n'en oubliait pas, en formaliste qu'il était, de remplir sa mission. Il avait ordonné à Topaze 2, son adjoint, d'appeler l'État-major en lui dictant les instructions puis s'était mis à l'écart, derrière un sapin en bac, pour se résoudre à l'appel redouté. Appeler le grand patron. Le directeur du 36.

Il décolla son téléphone de son oreille gauche et vérifia l'écran. Il n'en revenait pas. Cela sonnait dans le vide.

Le bac du sapin reçut un grand coup de pied.

La neige tomba en lourds paquets sur ses chaussures montantes.

De Lagune jurait. Jamais la nuit n'avait été autant insultée.

La sonnerie de son portable le coupa en plein juron. Le nom de Bongrain s'afficha.

Topaze 1 inspira un grand coup. Il n'en menait pas large et savait qu'à partir de maintenant, il ne dominerait plus rien. Oubliant que c'était déjà fait, et que le destin ne s'achetait pas avec un billet.

— Oui, chef…

— Désolé, j'étais en train de…

Sans s'en rendre, il coupa le patron :

— Chef, ça a merdé… Il y a… (Il toussota.) Il y a un invité qui s'est fait descendre. Oui. Descendre… Non… pas Schönberg… Je t'attends sur place.

Au bout, un temps de vide. Le directeur devait se tamponner à l'aide d'une serviette. Il avait pris une voix sépulcrale et précisé qu'il se chargeait de prévenir le préfet. Qui préviendrait, à son tour, le ministre de l'Intérieur et, en bout de chaîne, le président. La remontée verticale de l'information, dans toute sa tradition.

De Lagune délégua à ses hommes la tâche d'appeler du renfort. Ils avaient besoin, très vite, des collègues de la sécurité publique pour boucler le quartier. C'était urgent. Une partie du dispo était accaparée par la gestion des derniers invités, paniqués. Ce n'était pas leur spécialité. Il fallait les protéger et les regrouper, en attente de l'arrivée des cravatés — la brigade criminelle du 36. Et du 2e DPJ* — le district de police judiciaire dont dépendait le XIIe arrondissement. Deux femmes s'étaient évanouies. Faire rappliquer dare-dare les pompiers. Un homme en costard brillant, recroquevillé, glapissait qu'il avait entendu une détonation. Traumatisé, il le répétait en boucle. Aux trois éléments de la voiture garée au croisement, de Lagune ordonna

* 2e District de police judiciaire de Paris, anciennement Division de la police judiciaire. Il regroupe six arrondissements du nord et de l'est de Paris et relève de la sous-direction des services territoriaux.

de repérer tout véhicule suspect qui s'enfuirait et de le prendre en chasse, et de vérifier tous les points hauts. Rien n'assurait qu'ils étaient en sécurité, tant que la menace n'avait pas été identifiée.

Il s'en retourna vers le corps qui gisait. Quelques flocons hésitaient dans l'air. Plusieurs se posèrent sur les cils du mort. La furie de Topaze 1 retomba d'un coup, comme un soufflet. Il se sentait exténué. Au pied du mur, il devait gérer l'ingérable, une scène d'une extrême confusion. Encadrer l'hystérie grandissante le dépassait.

Un seul homme avait échappé à sa furie.

Le Doc.

Genoux enfoncés dans la neige, l'ancien chef du service de réanimation de l'hôpital Pompidou surplombait, très calme, au moins en apparence, l'homme terrassé au sol, et l'examinait. Le manteau du défunt, en laine doublée de satin, était d'un beau vert bronze. Il se gorgeait à vue d'œil d'un flot intarissable de sang. Le défunt se vidait, littéralement. Il devenait tout blanc.

Malgré ses soixante-dix-sept ans, le Doc n'abandonnait jamais une colonne de la BRI. C'était plus fort que lui. Le sens de sa vie. Le profil de cet ancien professeur de médecine était reconnaissable entre tous. En dépit de son âge, la calvitie ne l'emportait pas. Comme si rien en lui ne lâchait prise. Des cheveux drus, grisonnants, couvraient ses tempes, tandis que de plus clairsemés, taillés de près, résistaient sur le sommet de la tête. Il avait un visage massif, un menton volontaire et un cou de taureau. Ses lèvres pincées, encadrées par deux plis marqués, faisaient la moue. Non qu'il fût dégoûté. C'était son air à lui, résigné face à la mort. Elle était sa seule limite. Son unique aveu d'impuissance. Les horreurs, il les cumulait. Le Doc avait tout de suite compris qu'il pourrait sauter l'étape de la prise de pouls. Il n'avait pas sorti ses fidèles ciseaux non plus. Cette paire héroïque, mise à rude épreuve lors du Bataclan pour découper les vêtements…

L'homme reposait sur le trottoir, bras en croix, un œil légèrement plus fermé que l'autre, l'air ébahi. Fauché en pleine vie. Un effet ravi de la crèche qui, à la morgue, marquait les novices. Ou *Dormeur du val.* Une stupeur figée, et cette auréole de sang qui le sanctifiait sur la neige… Un coup fulgurant, qui ne lui avait laissé aucune chance, lui emportant une partie du crâne. Autour de l'impassible Doc, ce n'était pas l'agitation mais la panique. Les hommes de la BRI tentaient de la contenir. Un escarpin, perdu dans la course, gisait au sol, échoué. Christian Gallois, le policier à la carrure réconfortante, perçut des sanglots et des hoquets, provenant de corps terrés sous les nappes. Un homme, réfugié entre les pattes d'un éléphant, s'agrippait à une défense. Protégé par la statue, il n'arrivait plus à prononcer un mot. Il avait cassé ses lunettes qu'il serrait dans son autre main. Il sanglotait. D'autres noyaient de questions un policier qui ne savait que répondre. Le Doc, lui, avait le don de calmer toute personne qui l'approchait, mais il ne pouvait se démultiplier. Topaze 2 avait mis Richard Schönberg en sécurité. Prostré sur une chaise à l'assise rouge grenat, il se tenait la tête entre les mains. Fred, un policier de la BRI qui ressemblait à d'Artagnan, ne le quittait pas d'une semelle. Quand les équipages de la DSPAP* allaient-ils arriver ?

Soudain, encouragé par le directeur du Musée des arts forains, Nemanja Radulović traversa la salle du manège et, avec une infinie pudeur, fit monter des notes de son violon. Il jouait sans emphase, très bas. Sans envahir, sans s'imposer. Sous ses rangers montantes, le verre brisé crissa tandis que ses doigts jouaient le

* Direction de la sécurité de proximité de l'agglomération parisienne, sous l'autorité du préfet de police.

Nocturne n° 20 de Chopin, opus posthume. À l'âge de cinq ans, il avait connu la guerre des Balkans. Il savait traverser le feu. Apporter le vent de la paix. Promettre l'évasion, proposer une trêve. L'effet fut immédiat.

La peur ne quitta pas les corps. Mais quelqu'un leur parla.

De Lagune, lui, avait l'expression « opération discrète » qui restait coincée au fond de la gorge. Entre deux coups de fil, une idée le parasitait. Comment s'en tirer ? Accabler son T.H.P. Ou ces putains d'islamos. De toute façon, Rémi, il le détestait. Il lui avait porté la poisse. Jamais il n'aurait dû laisser Topaze 2 le rappeler. Il allait l'enfoncer. Le charger à mort. Dévier le courroux qui promettait de s'abattre sur lui. L'électrocuter. Une chose était certaine : il ne s'en relèverait pas.

19

Aussitôt après le tir, Arès avait rangé son fusil de précision à verrou — un SAKO TRG 22. Sans trembler, il avait replié le bipied et rassemblé ses affaires. Ne pas oublier de brouiller les traces dans la neige. Il était prêt à partir quand il réalisa que l'excitation lui avait fait perdre le plus élémentaire des réflexes. Il lui manquait un gant. Il fallait faire vite. Ne pas s'éterniser. Ses yeux eurent beau chercher dans la poudreuse, impossible de le retrouver. Il ne pouvait prendre le risque d'allumer une lampe. Les flics l'auraient aussitôt repéré. Arès tâtonnait à l'aveugle et, malgré lui, le stress montait. Avec Athéna et Hadès, ils avaient tout envisagé. Sauf un détail. La neige. Rester deux minutes de plus là où il était l'exposerait dangereusement. C'était le gant ou la vie. Le choix fut vite fait. C'est alors qu'il le vit, à moitié enfoui.

D'un hochement de tête inquiet, il salua le lieu avant de le quitter, et repositionna sa cagoule. Il enjamba son *balcon*, s'il pouvait se permettre l'expression. Son poste de tir perché, à l'angle de la rue Lheureux et de l'avenue des Terroirs-de-France. C'était le moment de vulnérabilité, où il saurait rapidement si le T.H.P. du dispositif l'avait débusqué. Il y en avait forcément un… Mais il n'avait noté aucune fenêtre ouverte. En dépit de la peur, l'idée de ne pas l'avoir trouvé lui arracha un sourire. Il avait un adversaire de taille. Ils se défiaient… à armes égales. Pour tout dire, cet adversaire, il l'avait provoqué. C'est à lui seul qu'il se mesurait. Il se servait de lui pour sentir son attachement à la vie. Il se servirait de lui pour continuer à exister.

Son pouls s'accéléra.

Si le flic voulait le descendre, c'était maintenant.

Pour la première fois, il connut la roulette russe. La vraie. Celle qui ne plaisante pas.

Il prit une profonde inspiration et sauta puis se rétablit sur ses appuis. Sans s'attarder, il progressa jusqu'à une porte-fenêtre qu'il fit glisser et traversa l'appartement précautionneusement. Il prit les escaliers et sortit sans courir. Ne restait plus qu'à emprunter le chemin de repli, mémorisé lors d'un unique repérage, grimé. Il emprunterait la sortie à l'arrière de l'immeuble, après avoir traversé une grande cour noyée d'obscurité où il récupérerait son sac, planqué.

Il changea rapidement de chaussures et prit une paire qu'il confierait avec les autres à une casse d'Aubervilliers. Planquées dans la Mini qu'il sacrifierait. On n'était jamais trop prudent.

Quand il ressortit, près des quais, ce fut enlaçant Athéna, un couffin à bout de bras. Et des bagages sans signe remarquable. À l'épaule, Arès portait un grand fourreau de pêche noir qui dissimulait son fusil de précision. Ils déverrouillèrent la Mini Cooper, garée à proximité immédiate. À l'arrière, Athéna déposa avec soin le couffin, tandis qu'Arès rangeait les bagages dans le coffre. Il revint vers la portière passager avant qu'Athéna n'ait eu le temps de s'y engouffrer. Là, dans la nuit glacée qui colorait ses joues, il agrippa le revers poudré de neige du manteau d'Athéna. Et plongea ses yeux dans les siens. Ses joues tremblaient. Elle avait froid. Ses lèvres aussi.

Ce fut bref mais intense. Il la serra comme jamais. Et il l'embrassa, pour la première fois. Elle eut de grands yeux étonnés. Il eut l'impression de l'avoir poignardée — et se retint de parler. Les feux arrière s'allumèrent et la Mini démarra. Alors, Arès, mains sur le volant, comme s'il expirait une fumée viciée, prit le temps de souffler. Il avait besoin d'évacuer le stress accumulé. Il eut un sourire. Un pauvre sourire triste. Du coin de l'œil, Athéna l'avait vu se dessiner, sur ces lèvres qui venaient de l'embrasser. Elle n'osait rien dire. Souriait-il parce qu'il avait réussi ? Souriait-il de l'avoir sentie faiblir dans ses bras ? Elle n'était plus sûre de rien, son esprit cherchait une bouée où s'accrocher.

Elle coulait.

Ce rien prenait beaucoup de place dans la voiture. Il était palpable, désagréable.

Elle s'enfonça dans son manteau. Le baiser l'avait désorientée. Elle ne savait pas si l'acte faisait partie du jeu, pour se couvrir. Ou si Arès… Elle soupira à son tour. La deuxième option, elle refusait de l'envisager. *Chasse tout ça de tes pensées.*

Arès perçut le malaise qui s'installait. Sans détourner son attention des rétroviseurs et de la route à suivre, ses doigts lancèrent un mp3. Les craquements d'un vinyle. Des sons intergalactiques. Une voix éloignée qui fait des présentations, des distorsions sonores, des glissements aquatiques, un scintillement d'étoiles. Athéna avait reconnu cette musique d'emblée. Elle détourna la tête de la route, et son regard se perdit sur les reflets de la Seine. Par la vitre, elle s'évada.

À nouveau, l'indécision. Avait-il choisi ce morceau parce qu'il se souvenait de la fois où ils avaient découvert Linkin Park ensemble ? Ou était-ce le hasard, ce grand ordonnateur froid ?

Linkin Park… Leurs bras qui se frôlaient, au cinéma. Une soirée spéciale *Matrix* au Grand Rex. L'odeur chaude du popcorn. La main qui se glissait dans son paquet. Tenu sur son ventre… Les sourires à peine esquissés que l'on ne voit pas, dans l'obscurité. Mais qui sont là. Et qu'on sent. Autrement.

Il y avait tellement longtemps, Arès… Déjà… Tant d'années… Et cet instrumental incroyable, *Session*, cet astéroïde sonore qui gravitait, mélancolique, dans *Matrix Reloaded*, amplifié par les enceintes, qui revenait les hanter. Elle avait besoin de réconfort. Elle aurait voulu savoir. Elle rêvait de se réfugier dans ses bras. Qu'il arrête la voiture. Tout de suite, là. Qu'il lui explique. Qu'il lui promette. Qu'ils cessent de fuir. Mais la voiture filait en direction du périphérique.

Sauvés.

Arès l'avait murmuré. Mais pouvaient-ils encore être sauvés ? Quand on est allé si loin, n'est-on pas déjà condamné ? En face, le bleu des voitures de police déboula. Athéna regarda, figée, hypnotisée. Plus rien n'existait, que ce baiser baigné de bleu, cette forme d'éternité.

Au bout de deux minutes, Arès brisa le silence trop pesant. Il se tourna vers elle.

— Joyeux Noël, Athéna.

Elle essaya de répondre, entrouvrit même les lèvres. Mais non, elle n'y arrivait pas.

Les phares renvoyèrent la blancheur de la neige.

Elle avait quitté la chaleur des lèvres d'Arès. Le monde était froid.

Sur la droite, la passerelle à poutres de béton de Charenton, massive et lugubre, s'imposa.

Le gris triompha.

Athéna frissonna.

Noël… Elle l'avait pourtant aimé, ce mot. Impossible à repousser, fulgurant et déchirant, le baiser la retraversa. Comme une balle qui cherche sa proie. Elle s'enfonça profondément dans le siège pour disparaître. L'instrumental de Linkin Park tournait en boucle. Sa litanie s'insinuait, coulait dans les failles, l'envahissait. Elle ferma les paupières et, par-delà la tristesse, ressentit une étrange ivresse. Pourquoi ce vide ? Pourquoi ce manque ? Se pourrait-il, non… qu'elle… qu'elle l'aime ? Qu'elle aime Arès ? Après tant d'années… Leurs doigts sur les claviers qui tapaient, qui tapaient, qui tapaient… Mais alors elle aimait… un meurtrier. Pour elle, rien ne justifiait de tuer. Pourtant, leur cause était juste… Elle eut envie de pleurer.

La route défilait.

Arès accéléra. Ils avaient franchi la ligne blanche. Elle n'avait jamais été d'accord, elle avait accepté l'idée d'un assassinat… pour Arès. L'idée du couffin… c'était lui. Du couple, c'était lui. Des assassinats pour dénoncer la corruption effrénée et le machiavélisme à l'œuvre derrière les technologies, c'était Hadès et lui. Tout s'était emballé. Le jeu les avait brûlés.

Soudain elle se revit, enfant, jouer à la marelle. Sur des cases tracées à la craie. La joie qu'elle avait d'accéder au ciel, en sautillant sur un pied. Cette légèreté… L'odeur de la glycine, le parfum du muguet. Et maintenant, la joie était brisée. Elle voulait revenir en arrière. Elle allait le raisonner. Lui demander de se rendre, de tout arrêter. Elle avait peur. Non pour elle. Mais pour Arès.

C'était pire.

C'était une preuve.

Sous sa perruque blonde qu'elle n'aimait pas, se libérant de cette autre, enfin, elle pleura.

20

Avec soulagement, de Lagune vit arriver les premiers équipages de la sécurité publique dans des voitures sérigraphiées.

L'avenue des Terroirs-de-France était un sapin de Noël à elle seule, saturée de gyrophares bleus qui tournaient, projetant sur les façades des flashs blafards.

Une Passat noire s'approcha. Son gyrophare amovible éclaira le cadavre par intermittence. Il passait du livide au bleuté, n'était plus un homme mais un fantôme, une enveloppe étrange, abandonnée entre les mains des vivants. Avec lui, il avait emporté le dernier des secrets, la mort.

Côté passager, un policier descendit en claquant la portière. Un basketteur plus qu'un flic. Il avait poussé tout en longueur. Ce brun avait une mâchoire carrée et les traits tirés d'un homme qui vit, par rapport au commun, aux antipodes, dans les tréfonds de la ville.

C'était le chef de la BAC de nuit. Son chauffeur venait de le déposer. Aux feuilles de chêne sur sa combinaison d'intervention, chacun sut qu'il était le commissaire. Il reconnut immédiatement de Lagune qui se tourna vers lui.

— Le sang des glaciers, dit-il en guise de bonjour.

Le policier avait accompagné sa remarque d'une poignée de main vigoureuse.

De Lagune parut interloqué.

Le commissaire s'expliqua brièvement, regard baissé sur le DCD.

— Les glaciers au printemps, qui se teintent de rouge.

— Tiens donc, dit de Lagune qui ne comprenait rien.

— À cause d'une algue… La nostalgie de l'océan, Lionel !

Il faisait mouche. Ce détour imagé, inopiné, abaissa d'un cran les tensions.

— Alors, tout le monde ne passe pas un bon Noël ?

— Non, maugréa de Lagune.

— Qu'est-ce qu'on peut faire pour toi ?

Tandis qu'il finissait sa phrase, la patrouille arriva, sirènes hurlantes. Pour la discrétion, on faisait mieux. Une dizaine de fourgons et de voitures de la DSPAP. Des gradés et des gardiens en tenue qui se présentèrent et se mirent aussitôt à disposition. Ceux qui les traitaient de flicards oubliaient que c'était eux, les Sisyphe qui tenaient la rue.

— Tu boucles le quartier. Et tu m'évites les curieux — et surtout les fouille-merde. Tu me tiens à distance les badauds décidés à se les peler…

— Sûr, opina le géant.

— Et tu me contrôles tous ceux qui se pointent. Ou qui s'en vont…

— T'as des éléments ? Une voiture ?… Une description ?… Une vague idée des auteurs ?

De Lagune resta évasif.

— *Nada*…

Le commissaire tiqua. Non qu'il fût vexé qu'on lui cache des informations. Mais pour montrer qu'il n'était pas dupe.

Quant à de Lagune, il n'allait pas lui balancer son T.H.P.

Une idée monstrueuse jaillit en lui. Mais il se tut et ne jeta en pâture que quelques miettes, tel le traître qui sème le venin. Attendre. Guetter. S'abattre. Mais au bon moment.

— On sait que notre client a forcément une arme longue...

— Ça ne se planque pas dans un sac à main...

— Exactement, je ne t'apprends rien.

— On sait qui c'est... lui ? dit-il en direction du cadavre.

— Aucune certitude à ce stade, éluda de Lagune.

Doser l'explosif. Ne pas répandre l'information. Quand la mèche serait allumée, les médias s'en délecteraient. La déflagration, il ne voulait pas l'imaginer.

Autour d'eux, des groupes se formaient. Après un bref salut militaire, le chef de bord des équipages en tenue se rapprocha pour récolter les instructions. Un blond au visage poupin, qui faillit glisser en jetant un œil au cadavre. Il avait vu la bouillie qui chapeautait la tête.

Le lieu se satura vite de flics qui grouillaient en tous sens. Pour ajouter au fourmillement, les pompiers arrivèrent. Ils échangèrent avec le Doc et gérèrent les malaises. Le Doc tria les invités en proie à de vraies crises nerveuses, dont on ne tirerait rien en tant que témoins, et qui exigeaient d'être pris en charge à l'hôpital. Une femme avait saisi son bras. Elle y enfonçait ses ongles, et ne voulait plus le lâcher.

Les radios crépitaient, les ordres fusaient et de Lagune se préparait à l'arrivée des *tauliers* en s'agitant.

Mais cinq minutes après, ce fut le 2e DPJ qui se présenta. La scène de crime aspirait tout ce que le coin avait de flics. Le service de police judiciaire compétent sur ce secteur, c'était eux. Deux voitures franchirent la rubalise et de Lagune vit que le message était passé. À affaire sensible, la grande voilure des pointures. Six policiers descendirent, presque synchrones.

Un homme très élégant se dirigea aussitôt vers le chef de la

BRI. Il s'appelait Duchesne, était commandant et portait un pardessus clair, sur un costume en tweed trois pièces. Un style soigné qui signait son ancienne appartenance à la Crime du 36, même s'il avait dû lâcher du lest en arrivant dans les services territoriaux. La cravate, « totem d'immunité à la Crime, chiffon rouge au 2e DPJ », avait disparu de ses tenues, après avoir été coupée en deux au détour d'un couloir. L'hiver n'était pas sa saison préférée, il marchait menton baissé, en se tenant les coudes.

Poignées de main franches. Bref coup d'œil au cadavre.

— Quel bordel ! ne put s'empêcher de dire Duchesne en saluant la scène d'un mouvement circulaire.

Et, sans mégoter, le vif du sujet :

— Monsieur de Lagune… vous m'éclairez ?

Au Bastion, Duchesne était connu pour cette façon de s'adresser à ses collègues. Aussi élégant que son style. Un brin désuet. Ce n'était pas de l'afféterie mais de la *tenue*. En tout. D'ailleurs, il se tenait très droit. Les jeunes de son service le taquinaient sur son langage, l'excusant d'un : « Il est né au XIXe siècle. » Avec un franc respect pour ses compétences et son humanisme.

Topaze 1 tranchait. Sur les dents en l'attente du patron et du préfet, il lui fit un topo rapide, dans son style à lui — bien moins châtié. Conflit de personnalités. Mais Duchesne avait l'intelligence de sentir à qui il s'adressait. Les profils crâneurs qui voulaient impressionner en surjouant la virilité, dans la police, il connaissait. Il suffisait de gratter le vernis pour découvrir le fond.

Un irrémédiable ou pitoyable manque de confiance en soi.

Étonnamment, dans toute cette foule, il était sans doute le seul policier à éprouver de la compassion pour de Lagune. Voir un type se faire flinguer sous ses yeux en plein dispo avait de quoi remuer. Même un blindé. À la Crime, au traditionnel jeu du mauvais flic et du bon flic en tandem devant le suspect, Duchesne avait toujours été le *bon* flic. Mais il ne le jouait pas.

— Je vois…, conclut Michel Duchesne en plissant les yeux.

Son regard était marqué. Des milliers d'entailles invisibles dans une rétine qui avait vu l'envers de l'humanité. Il en gardait cet air constamment pénétré.

De Lagune savait pertinemment qu'il pouvait se reposer sur la culture criminelle du commandant. Quatre ans de commissariat, dix-sept ans à la brigade criminelle du quai des Orfèvres et treize ans à la tête de la section enquêtes et recherches de la 2e DPJ donnaient une patine incontestable. Une médaille d'or informelle qui précédait Duchesne partout où il allait. *L'avantage de vieillir*, comme il le résumait.

— Monsieur de Lagune, on ne va pas se leurrer, entre vous et moi, je sais que la direction va vouloir mettre les moyens dans la durée. Et qu'en raison de la qualité de la personne, la Crime va revendiquer l'affaire.

De Lagune acquiesça d'un hochement de tête. Le diagnostic était infaillible. La Crime avait déjà en main l'affaire des menaces de mort reçues par Schönberg.

— Je vous propose qu'on fige la scène et qu'on prépare le terrain pour la Crime.

Duchesne commençait à avoir la goutte au nez. Dans l'une de ses poches fourrées, il repéra enfin le mouchoir en tissu qui se planquait. Ses doigts, gelés et malhabiles, ne l'avaient pas aidé.

Il retourna vers ses hommes en dérapant avec ses souliers à bouts carrés. À cette heure de la nuit, le sol verglaçait par endroits. Il avait été à deux doigts de se retrouver les quatre fers en l'air devant tout le monde. Cette maladresse aussi lui ressemblait.

— Les gars, vous vérifiez que tous les accès à la scène de

crime soient bouclés. On se garde de polluer les lieux. Je veux des cavaliers autour du corps pour préserver toute trace ou indice susceptible d'intéresser l'enquête.

Les regards, braqués sur lui, témoignaient d'une loyauté totale.

Duchesne s'adressa à un policier très calme, aux tempes grisonnantes :

— Thierry, tu vas faire les constatations aux petits oignons. Que la Crime puisse reprendre sur du solide.

Puis il se tourna vers un plus jeune au teint bronzé, avec autant de considération que pour les plus aguerris.

— Nacer, toi, tu me repères toutes les caméras PVPP*. Celles de la Protection… mais aussi, tu te souviens, si on n'a pas un commerce dans le coin, dont l'une des caméras donnerait justement sur la rue.

— O.K., chef, sachant qu'on aura des rideaux fermés, vu le jour et l'heure plus qu'avancée…

Il avait mis du zèle dans sa voix.

— Et Nacer… tu me mets un bonnet, tu vas geler… La Crime reprendra l'affaire à zéro de toute façon… Naëlle (il se tourna posément vers une jolie fille à la tignasse d'ébène), tu dis aux collègues de mettre un policier par témoin-clé. Je ne veux pas qu'ils se polluent entre eux. Il faut que chacun garde sa version, sans se faire influencer. C'est fondamental. S'ils échangent entre eux, ils vont se conditionner. Tu te fais aider pour trier ceux que tu écoutes en priorité. Ah ! J'oubliais… Tu me vérifies qu'ils soient tous au chaud, on ne sait jamais… Parfois, les évidences sont maltraitées…

* Caméras du plan de vidéoprotection de la Préfecture de police de Paris.

Pour seule réponse, elle lui décocha un sourire de connivence.

— Toi, Jean-Luc, tu amorces gentiment avec Nadia l'enquête de voisinage, sans trop creuser. Tu me trouves d'éventuels témoins auditifs ou visuels. Le soir du réveillon, il reste des éveillés… Et cette fête foraine (il désigna l'agitation alentour et le bleu qui tournait) doit susciter la curiosité. Et la curiosité, ça fait parler. À tous : je veux qu'on regarde sous chaque voiture. (Il baissa les yeux au sol, la neige resplendissait.) Vous allez vous mouiller le mollet… On cherche tout et rien. Une douille éjectée, une arme… Si un témoin dit qu'il a entendu quatre détonations, vous me mettez la main sur quatre étuis. Avec un peu de chance, on chopera de l'ADN… D'autres relèvent les immatriculations de toutes les voitures. Vous me faites aussi les conteneurs, nos amies les poubelles… Souvenez-vous, une scène, ce n'est pas un petit cercle autour du corps, c'est un périmètre qu'il faut geler. Une scène est éphémère. Elle ne reviendra jamais. Les voitures présentes, les gens de l'instant, c'est maintenant qu'il faut tout graver. Cette obstination, n'oubliez jamais, vous la devez à la victime… La vérité naît parfois d'un détail. D'un détail qui vous aura semblé aussi futile qu'un grain de blé. Je me répète mais la répétition fixe la notion. Je compte sur vous tous. Allez.

Ils opinèrent de la tête. Le message, ils le connaissaient. Les six avaient fait leurs les trois commandements de Duchesne qui résumaient ce qui forgeait un bon flic.

Notre boussole, c'est le bon sens.

Dans le doute, je m'abstiens mais en police judiciaire, dans le doute, je fais.

Car au final, ce qui compte, c'est l'humain.

Alors ils allaient faire. Jusqu'au bout. Quitte à attraper le rhume de leur vie. Parce qu'un bon chef savait tirer le meilleur de ses effectifs, et décupler l'énergie. Sans rabaisser ni tempêter. Sans ordonner ni humilier.

Le commandant Duchesne parlait désormais avec le responsable de la sécurité publique.

À ce stade, il n'avait aucune certitude. Juste l'impression que la dépouille n'avait pas trop envie de parler… Il chercha de nouveau de quoi se moucher. Pour mieux respirer l'air du crime.

De Lagune l'observait du coin de l'œil. Le calme des autres le dérangeait. Tout était pris en main. Il aurait dû souffler. Mais il ne pouvait s'empêcher de se demander jusqu'à quel point se décharger sur Rémi, le T.H.P., allait faire diversion et sauver sa peau.

Duchesne revint vers lui d'un pas hésitant. Concentré sur ses chaussures, il répétait : « C'est vraiment la patinoire, ce trottoir ! » Face à lui, de Lagune ne pourrait plus donner libre cours à sa nervosité. Et Duchesne avait une façon de vous regarder qui vous scannait de la tête aux pieds. Même le doute dans votre orteil gauche ne lui aurait pas échappé. Pas étonnant qu'il ait réussi à faire avouer un type au cerveau cadenassé : Guy Georges. En sentimental, il avait rapatrié au 2e DPJ le fauteuil des aveux. Il n'était pas propriété de l'État, l'unanimité avait donc décidé qu'il devait partir avec le crack des auditions.

Ils échangèrent des évidences. Collé à son portable, de Lagune dit que le patron du 36 n'allait pas tarder, et que le préfet le suivrait de près. En son for intérieur, il espérait que le ministre aurait un réveillon d'exception, et des réticences à le quitter, surtout à cette heure tardive. Les huiles n'étaient plus sa tasse de thé quand la situation le dépassait. Il s'efforça de ne rien laisser paraître de ses appréhensions, effort qui le mit encore plus mal à l'aise.

La crispation de Topaze 1 n'échappa pas à l'attention de Duchesne. De Lagune *avait vraiment besoin de se faire masser les épaules.*

21

Fraîchement débarqué de sa 508 hybride, Bernard Bongrain, le patron, arriva. Il avait la mine des très, *très* mauvais jours. Renfrogné n'était plus le mot. Il était fripé. Son front et sa bouche, affreusement crispés, le rapprochaient du sharpeï.

Et du sharpeï qui va aboyer.

Noël n'avait rien à voir dans l'affaire. Être sur le pied de guerre en permanence, quitte à sacrifier ses nuits, ses congés ou ses dîners, ne l'avait jamais dérangé. Au contraire, il accourait. Ses yeux, cernés tous les jours de l'année, sauf en août peut-être, l'attestaient. Non, c'était ce guêpier qui le plombait. Cet inextricable guêpier. Pour le moment, il ne voyait pas comment s'en dépêtrer. Il entrevoyait des dominos qui tombaient en cascade, qu'il ne pouvait arrêter. S'avançant vers de Lagune qui serrait déjà les fesses, il écrasa lourdement la neige de ses richelieus qui n'apprécieraient pas d'être détrempés. Le champagne et le vin n'arrangeaient rien, même s'il n'avait pas vidé des casiers. Sa démarche n'était de toute façon pas connue pour son élégance. Topaze 1 vit donc un char d'assaut progresser implacablement vers lui. Inutile de bomber le torse. À vue d'œil, il se sentait rapetisser.

Le patron salua Duchesne et de Lagune, puis stoppa net à

trente centimètres de ce dernier. Il était plus grand de dix bons centimètres, et dans ces cas-là c'était encore plus écrasant.

Il se racla la gorge.

— Dis-moi ce qui s'est passé ?

Topaze 1 regarda le bout de ses chaussures puis, par réflexe, se redressa. La distance de tir et la neige les dispensaient au moins des surchaussures.

Entre eux, le corps gisait mais une fraction de seconde avait suffi à Bongrain pour piger qu'il ne se relèverait pas. Sans attendre sa réponse, il demanda confirmation :

— C'est donc le député européen Marc Devrier ?

Un silence.

— Exact. Sur déclaration verbale de Schönberg.

On attendait l'arrivée du service enquêteur pour manipuler le corps. Duchesne n'avait aucun doute sur le fait que Bongrain dessaisirait le 2e DPJ au profit de la Crime.

— Nous allons avoir le président de l'Assemblée qui va rappliquer.

De Lagune hésita :

— Non, il était député européen, ils ne peuvent pas cumuler…

— Alors redis-moi ce qui s'est passé ? Je ne comprends pas bien. Ce n'est pas Schönberg qui était visé ? Il est en sécurité ?

Topaze 1 le confirma. Loin de ses prévisions, Bongrain restait calme. Seule la barre des rides du front persistait.

— Bon, le dispo, tu le connais… On était là quand Schönberg est sorti avec Devrier parmi les derniers. On était focalisés sur lui. Il était exactement 3 h 49.

Il marqua un temps puis reprit, en évitant le regard de Bongrain.

— Schönberg se trouvait à la gauche de Devrier. Ils marchaient à un bon mètre de distance. Une femme les suivait de près. Mon T.H.P. était posté. Je n'ai jamais donné l'ordre de tirer.

Bongrain ne releva pas.

— Mes hommes étaient dispatchés en civil dans les halls environnants, dans une voiture au croisement avec la rue Lheureux. Et un soum' à l'intersection avec la rue Baron-Le-Roy.

Le commandant du 2e DPJ écoutait, lui, sans interrompre, en laissant ses yeux s'imprégner de l'environnement et rebondir sur des détails. Son cerveau amorçait un lent travail de croisement de données.

Topaze 1 tendit à Bongrain le plan du dispositif puis le refila à Duchesne. Ce dernier fit tomber l'un de ses gants en tirant son étui à lunettes de sa poche. Il les chaussa et examina le document.

D'une attention constante, il resta collé aux explications du chef de la BRI, et aux commentaires ponctuels du grand patron. Il n'intervint que pour ajouter son bon sens.

Par-delà l'acte, ce qui le tracassait était la personnalité du tueur.

Dans sa mémoire, Duchesne brassa toutes les histoires de flingage qu'il avait connues. Des règlements de comptes sordides, du contrôle de territoire et de trafic bête et méchant, de l'élimination froide de la concurrence, du pur commercial, donc, des histoires de jalousie qui tournent mal, du passionnel où Valentin, loin du saint, devient le diable… Sans oublier le tueur en série psychopathe, qui assassine selon une logique qui échappe, où le lieu prime sur la personne. Comme dans l'affaire du tueur de l'Essonne, qui avait descendu quatre personnes au pistolet, calibre 7.65, sans lien entre elles, au hasard… Le fameux mauvais endroit, au mauvais moment. La croix noire de l'espace et du temps. Les affaires les plus dures à sortir… Mais non, ici, cela ne cadrait pas. Il y avait une volonté. Une intentionnalité. Il laissa son esprit vagabonder, méthode qu'il avait toujours appliquée — la plus efficace.

Le mobile… Trouvez le mobile, et vous trouverez le meurtrier… Mais pour cela, il aurait fallu en savoir plus sur la victime. Qui était ce Devrier ? Était-ce l'homme ou le député qui était ciblé ? Ou les deux… Que cachait sa vie ? Et si c'était vraiment Schönberg qu'on visait, et que la balle ait manqué sa cible, pour toucher un innocent ? Duchesne tiqua. Les politiques et les hommes d'affaires avaient perdu une part d'innocence depuis longtemps…

Avec précaution, il laissa Bongrain et de Lagune deviser tranquillement, et s'approcha de la dépouille. Il plongea dans les yeux de l'homme à terre. Dans cette fixité absolue qui n'avait pas vu la mort arriver. L'instant T. Pour éternité. Duchesne se pencha. Par réflexe, il posa trois doigts sur son ventre. Une fois, sa cravate avait trempé sa pointe dans l'hémoglobine. Il avait dû la jeter. Au poignet droit du mort, une montre qu'il n'avait pas gagnée à la fête foraine. Une Audemars Piguet. Cadran champagne large, avec chiffres Art déco. Devrier aimait le luxe. Les aiguilles, bleues et or, trottaient dans le vide.

Vidé de son sang, le député était pâle comme la neige. D'une pâleur cireuse. Un côté Grévin que Duchesne connaissait trop bien. Et cette bouche grande ouverte, stupéfaite. Au trou béant de la bouche, sombre, caverneux, répondait celui de la tête, où les os, explosés, nageaient dans le sang et les caillots qui prenaient cette couleur grenat.

De rares cheveux formaient des brins incongrus, dressés sur l'étang sanguinolent. Et ce front, brisé à mi-hauteur, encadré par deux estuaires qui se frayaient un chemin entre les entailles… Sur ce rectangle de peau découpée sur les côtés, les rides avaient été comprimées. Il ne put s'empêcher de penser à la chair plissée de l'aile de raie qu'il avait mangée l'avant-veille, dans un restaurant de la rue des Dames. Le rapprochement n'était pas plaisant. Mais il ne le perturba pas. Il finissait toujours par cloisonner. Revenir à l'essentiel, conserver l'affût intellectuel.

Il releva la tête et observa l'immeuble d'en face, imposant. Grandiloquence du verre et de l'acier. Le bâtiment Lumière, qui abritait, en journée, maintes sociétés, et une direction du ministère de l'Intérieur. Il se souvenait d'y être passé. Dans cette scène de crime régnait l'absent. Ce fameux mobile. Il pouvait être présent autrement. Il considéra à nouveau le mort. Il avait les bras au-dessus de la tête. Comme s'il se rendait. Beau manteau, ruiné par le désordre de l'exécution. Un drap de laine coûteux, une doublure de satin. De l'embonpoint. Une vie faite de déjeuners et de dîners qui s'éternisent. De détours chez Petrossian. Pas de sandwichs jambon-emmenthal avalés à la va-vite en évitant les crottes de chien sur le trottoir. De maîtresses, aussi, peut-être. Sa chute avait relevé son pantalon et mis l'accent, involontairement, sur ses chaussettes parme. Un mélange de laine et de soie. Elles restaient bien tirées sur le mollet, seul ordre qui subsistait. Dans l'attente de la Crime, il ne toucha à rien.

Il revint à ce qui le travaillait. De Lagune n'avait pu lui cacher que Schönberg avait reçu des menaces de mort. Qui était la vraie cible ? Schönberg ou Devrier ? Il médita longuement, tout en frissonnant. Le tueur avait-il raté Schönberg ? La cible était mouvante… Et si… Et si Schönberg était une diversion pour atteindre Devrier ? Cette hypothèse, il ne fallait pas l'écarter. Brasser large, ouvrir l'angle. Ne pas repousser l'idée que ce puisse être une tueuse, non plus, même si les statistiques n'allaient pas dans ce sens. Laisser toutes ses chances à la vérité. Ne fermer aucune porte. Explorer, mouliner. En matière criminelle, la précipitation n'avait jamais fait ses preuves.

Il se prit le menton dans une main. Un côté intériorisé qui le caractérisait. Pas d'indices visibles, mais un symbole fort. Donner corps à l'absent. Si l'on se concentrait, on pouvait sentir les prémices. Non la globalité logique mais des bribes. Ressusciter le mort. Faire parler les silences… Écouter.

Duchesne remonta son écharpe écossaise contre le froid qui cinglait, avivé par ce petit vent qui se levait… Il aurait dû prendre un cache-col en plus. La nuit, déjà bien entamée, promettait d'être longue. Ses yeux revinrent au mort, à cette tête qui avait perdu son intégrité et qui ressemblait à une fleur défaite, à un coquelicot qui sème ses pétales… Et ce trou sanglant, ce grand chambardement, là où un cerveau avait pensé, espéré, aimé… Il hocha la tête en silence. Non, cet assassinat reposait vraiment sur le spectaculaire.

Ce n'était pas discret. Il sentait… une tuerie revendicative.

Il revint vers les deux hommes et déclara :

— Pour moi, que ce soit Schönberg ou Devrier, c'est un message de violence qu'on cherche à nous faire passer. On a en face quelqu'un qui ne reculera devant rien.

Bongrain partageait cette opinion.

De Lagune opina. Cette vision de la situation l'arrangeait.

Une munition dont il n'hésiterait pas à se servir.

Contre un ennemi qu'il se ferait une joie de sacrifier.

22

Topaze 1 consulta sa montre — une Panerai imposante, édition limitée, rien que pour la BRI. Elle n'optait pas pour la discrétion mais l'effet ne déplaisait pas à de Lagune. Il ne restait plus beaucoup de temps avant que le préfet n'arrive. Il frappa ses mains l'une contre l'autre pour chasser le froid qui les engourdissait. Fichu hiver. Il préférait encore l'été, quitte à se farcir les discours déprimants sur le réchauffement climatique.

Le commandant Duchesne partit à la rencontre de l'un de ses hommes.

C'était le moment.

En tête à tête avec Bongrain, il lui dit :

— Bernard, y a une hypothèse à envisager…

— Je t'écoute ?

— On ne peut pas se permettre de l'écarter d'emblée… Je t'avoue que ce n'est pas de gaieté de cœur que je te balance ça… Mais j'aurai ma conscience pour moi.

— Je t'écoute, répéta Bongrain, avec une nuance d'impatience.

— Tu te rappelles le plan ? Mon T.H.P. était posté juste en face, en surplomb… rien n'exclut qu'il ait tiré…

L'imperturbable Bongrain changea de tête.

— Tu déconnes, Lionel…

Il le fixa longuement dans les yeux, interloqué, puis reprit :

— T'es sûr de ce que tu dis ?… C'est énorme, ce que tu me racontes… T.H.P., c'est toute une sélection… Le mec est un pro. À l'excellente réputation.

— Excellente… ça se discute. Il n'a pas tiré depuis longtemps. Et le froid sur les doigts…

Bongrain lui jeta un regard par en dessous.

— Lionel, je ne suis pas sûr de suivre ton raisonnement tordu. C'est toi qui l'as choisi, non ?

Le froid priva de Lagune d'une bonne suée bien méritée. Il s'enferrait. Il fallait cacher son air mauvais.

— Par défaut. Pour moi, c'est un bouilli.

Il n'avait pu s'empêcher de le dire.

— Un *bouilli* ?

Bongrain fut dubitatif. Il avait vu passer ses états de service.

Le patron prit le temps d'observer de Lagune. Il était dans ses petits souliers. Ce qu'il devait trouver moins noble que des rangers. C'était un bon flic, accrocheur, il n'en avait jamais douté, courageux quand il le fallait. Un chasseur, qui savait dénicher des informateurs de qualité. Mais aussi un soupçonneux invétéré. Un maniaque de la critique d'autrui. Capable de mensonge et de fourberie. Il lui faisait penser au saule tortueux, aux branches incapables de pousser droit.

Une bourrasque de vent fit tourbillonner la neige à leurs pieds.

— Un tir involontaire, c'est impossible, s'obstina Bongrain.

Il en revenait aux faits. Trop tôt pour s'avancer sur le terrain du jugement.

Pour échapper à la critique, de Lagune, lui, préférait s'essuyer les pieds sur son T.H.P. Si la piste n'allait pas loin, elle aurait le mérite d'apporter une diversion et de faire payer Rémi pour la situation, par humiliation.

Sur l'invisible échiquier, il avait posé sa pièce empoisonnée.

Il guetta l'effet.

— Écoute, finit par dire Bongrain, visiblement gêné par le tour que prenait la discussion, je te propose qu'on demande aux techniciens de vérifier les traces de poudre…

— Ça coûte rien, jubila de Lagune. Principe de précaution…

— Mais je resterais prudent. Tu te fais discret là-dessus car c'est pourri. Je veux pas de discrédit.

De Lagune acquiesça. Il avait ce qu'il voulait. Une tête à couper.

23

Un Renault Espace sombre arriva. Le préfet parcourut les derniers mètres à pied. Si son prédécesseur était connu pour sa froideur, ce dernier savait mettre de la chaleur — même en terres glacées. Les autorités vinrent à sa rencontre. Il avait l'air sérieux et non grave. Le regard intense mais non fiévreux. Le pas décidé, mais non précipité. Duchesne apprécia ce sens de la mesure, et nota qu'il avait encore changé de lunettes. À la PJ, il y avait des paris sur les lunettes du préfet : rondes, rectangulaires, à monture plastique ou métallique ou à monture invisible. Car des lunettes, cela changeait le regard d'un homme — de pouvoir, encore plus. Et le pouvoir forçait l'attention.

Il se dirigea directement vers la scène de crime. Le haut du crâne explosé du député accusa les deux plis entre ses sourcils. Le préfet remonta la capuche de son long pardessus sur ses cheveux noirs grisonnants, taillés à ras. C'était un réflexe, la mort donnait encore plus froid. Il croisa les bras. Son col formait un V sur sa chemise blanche, la faute à sa cravate nouée à la hâte. Sans doute l'étape du matin qui échappait à son perfectionnisme, contrairement au rasage.

Il se dit qu'on pouvait vraiment lire dans les pensées de ce pauvre député. Il n'avait plus rien à cacher… Remarque qu'il garda évidemment pour lui, avant de demander au patron du 36 de lui exposer les faits. Se pouvait-il que le sniper ait manqué sa cible ? Perturbant. Et si le député était visé, qu'avait pu faire le pauvre homme pour mériter une fin pareille ? Ne pas oublier que la victime pouvait cacher un bourreau... Contrat, jalousie, hasard ou vengeance ?

Il croisa les bras sur sa poitrine, et écouta. Avec un principe simple : rester d'autant plus calme que le stress autour était grand. Depuis l'estrade de la PP*, que ce soit directeur ou préfet, la gestion du stress ressemblait à une course en haute montagne. Il ne s'agissait pas de savoir si on mettait de la crème solaire ou non, mais si on faisait les bons choix pour éviter une catastrophe. La pression participait du job. Évacuer, par exemple, les 60 000 personnes du Stade de France sur *simple* menace d'attentat *ou* se reposer sur les mesures de sécurité, déminage et fouilles minutieuses était la gymnastique d'usage, qui posait la seule vraie question : la responsabilité. Ce qui rendait le patron très performant sous la pression. En revanche, face à une alternative banale, comme lorsque sa femme lui demandait s'ils choisissaient poisson ou viande pour leurs invités, il se retrouvait totalement démuni. Sa femme devrait peut-être revoir sa stratégie, et lui demander s'il fallait tuer un poisson ou neutraliser une vache pour leur dîner...

En plein courant d'air, Louis-Marie Faury régnait sur le petit cercle de ses initiés.

La Crime du 36 débarqua et Bernard Bongrain annonça, sans surprise, qu'il s'était calé avec le parquet pour les charger de l'affaire. Ce qui conforta le commandant Duchesne dans son appréciation. Il n'en conçut aucune frustration, d'autant que

* Préfecture de police (de Paris).

c'était le commandant Desprez, son acolyte de toujours, depuis le quai des Orfèvres, qui héritait de l'affaire. C'est avec lui qu'il avait joué si souvent le numéro de duettistes du *bad cop* et du *good cop* face aux criminels récalcitrants. Le Rugueux, comme il le surnommait, était chef de section. À la Crime, il dirigeait plusieurs groupes. Depuis que Michel Duchesne était parti, Desprez rêvait de s'envoler pour le Burkina Faso, en tant qu'attaché de sécurité intérieure, avant de raccrocher pour de bon et de fuir le crime dans les plaisirs simples de la vie, un verre de vin, un plat mitonné et des amis, sur une table de jardin au soleil.

Il avait un visage plein et une frange clairsemée qu'il s'acharnait à faire tomber sur le haut du front. Lui aussi avait changé de lunettes. Un modèle plus profilé, bicolore, qui le rajeunissait. Au cou, une écharpe bleu Klein en nœud gonflant. Avec son manteau déboutonné, on ne voyait qu'elle. L'amour et sa cure de jouvence. Duchesne lui posa la main sur l'épaule et l'accueillit en lui chuchotant à l'oreille : « Monseigneur porte le jabot de l'amour ! »

La procureure de Paris, la flamboyante Laurence Barthe, les suivit de peu, conduite par son chauffeur, qui n'avait pas les mêmes notions de la conduite sur neige que sa cheffe. Il lui avait donné des frayeurs. Elle en gardait encore une crispation qu'elle n'arrivait pas à chasser. La justice et la police avaient beau ne pas dépendre du même ministère, et diverger sur les appréciations de la délinquance, la procureure était conduite par un flic, avec du bleu sur le toit et une plaque POLICE. Cette femme avait un côté routinier. Il ne fallait pas s'y fier. La détermination, elle connaissait. Elle marcha vers eux, nimbée d'un nuage de parfum sentant la rose et le jasmin. La seule sensualité à se frayer un chemin dans toute cette horreur.

Un homme à la silhouette fine mais athlétique arriva à point, en dérapage contrôlé. Il salua la belle brochette de Noël avec respect et efficacité. Poignées de main viriles, déférence sans excès et sourire éclair. Tout en lui respirait l'énergie. Le chef de la brigade criminelle du 36, Philippe Lefort, n'était pas de permanence mais rien n'aurait pu le retenir au coin de la bûche, qu'elle soit de chêne ou de sucre, fût-elle parsemée d'or. Son visage à lui, à l'opposé de celui de Desprez, était taillé, creusé. Il avait ce que Bertillon, le pionnier de la police scientifique, appelait une *insertion en pointe* des cheveux — un front dégarni sur les côtés, avec des arcades saillantes.

Mais surtout, plusieurs relevèrent qu'il avait l'œil gauche un peu fermé, auréolé de jaune-vert. Le cerne était piqueté de points rouge violacé. Le patron du 36, à qui il ne pouvait rien cacher, savait de quoi il retournait. Séquelles de l'entraînement de boxe au Bastion avec coach Pierrot, l'entraîneur des champions. Maquillage maison d'un respectable hématome périorbitaire. Son côté *Fight Club*. Au fil de ses postes au 36 — de la BRB* au SDPJ** 92, avec un passage à la BRI, un sacré pedigree qui donnait de la légitimité —, son visage avait séché. Il avait un tel sens de l'engagement que son métier vampirisait son corps. Bientôt, il ne resterait que des muscles d'acier tendus sur les os. Mais des muscles qui se battraient — jusqu'au bout. Les recherches autour des menaces de mort et l'ordinateur n'avaient encore rien donné. Il ne fallait pas rater le coche.

À la demande du directeur, Lionel de Lagune fit un compte rendu à la procureure. Tous les regards étaient braqués sur lui. Le chef de la BRI était au centre de l'attention mais loin de la remise

* Brigade de répression du banditisme, l'une des brigades centrales de la Direction de la police judiciaire, au Bastion.

** Service départemental de police judiciaire du 92 (Hauts-de-Seine), installé à Nanterre.

de diplôme. Ce qui lui rappela des souvenirs désagréables, quand, étudiant, il n'était pas encore fixé sur son avenir, et plus porté sur les filles peu regardantes que sur les bonnes notes.

À la fin de son récit, Philippe Lefort se permit une remarque :

— C'est pas tous les jours qu'on a un sniper qui vaut les nôtres. Et qui fait un carton.

Contrairement à la procureure, il avait parlé très vite. Ce qui donnait encore plus une impression d'exécution. Ce débit lui était coutumier. Certains disaient que c'était intentionnel, pour ne s'adresser qu'aux esprits éveillés. Que les lymphatiques comprenaient direct qu'il fallait s'accrocher.

— Et vous en pensez quoi, vous ? s'enquit la procureure.

— En penser ? À ce stade, rien, mais l'esprit est là.

L'expression fit sourire.

— L'auteur a voulu frapper fort. Nous montrer sa détermination et son cran. Reste à savoir qui il visait. Et qui il est, question qui n'échappe à personne.

Elle rassembla ses idées puis, convaincue, déclara, non sans solennité :

— Très bien… Monsieur le directeur, je vous confirme la saisine de la brigade criminelle.

En retrait, Michel Duchesne avait échangé avec Desprez pour qu'il puisse dérouler à la suite du 2e DPJ. Il lui glissa :

— De mémoire de poulet, on n'a jamais eu un tel calibre…

— Je me demande vraiment qui préfère lyncher un député depuis les toits plutôt que de fêter Noël en famille.

— Toi et moi, on sait qu'il faut garder l'esprit ouvert.

— Il venait peut-être de recevoir un fusil de la part du père Noël… Il voulait l'essayer…

Plaisanter leur avait toujours permis de trouver la juste distance entre le sordide et la réalité.

Au cours de leur carrière, ils s'étaient pris tant de scènes de crime dans la tronche que l'humour faisait partie de l'hygiène. Sinon, en rentrant chez eux, ils n'auraient su fermer la porte sans ramener le Mal à la maison.

La permanence de la police technique et scientifique avait rejoint les lieux en même temps que la Crime. Ils étaient arrivés en civil, à trois, pour recevoir le brief du procédurier de la brigade criminelle. Entre eux, ils s'étaient réparti les rôles. La cheffe de groupe, Lydie, prendrait les notes et ferait le plan, tandis qu'Yvan serait chargé de la photographie, et Dino, un technicien iconoclaste mais hors pair, repositionnerait les cavaliers et s'occuperait des techniques spéciales. Yvan avait chassé tout le monde hors du champ pour commencer par des prises de vues de sécurité et figer la scène. Un moment jouissif où les autorités se dispersaient comme des moineaux suite à son injonction. Il reprenait les démarches à zéro et avait amorcé un travail de cheminement, après s'être imprégné des comptes rendus et des récits. Avec ses collègues, ils avaient élargi le périmètre pour traquer d'éventuelles traces de sang. Partant du principe que tous les invités étaient venus en taxi, ou avaient été déposés par un chauffeur, Dino avait eu une piste inattendue : localiser des pas orientés à rebours dans la neige — un possible parcours de fuite du tireur.

De ses contacts avec l'Association québécoise de criminalistique, il venait de rapporter d'un stage au Canada une technique innovante, qu'il rêvait de tester : une bombe de *snow print wax*. Au début, les autres lui avaient ri au nez, protestant que Paris, ce n'était pas l'Alpe d'Huez. Il comptait saupoudrer du polystyrène sur Paris pour ses tests, peut-être ? Dino avait rétorqué que ce n'était pas parce qu'ils n'avaient jamais fait de scène de crime dans la neige que la probabilité avoisinait le zéro. Maintenant que la neige couvrait la capitale, ils révisaient leur jugement

— et Dino jubilait. L'idée était simple mais ingénieuse : les traces de pas dans la neige avaient du charme mais un grand défaut. Leur durée de vie. Et leur fragilité. On ne pouvait les mouler sans les écraser ou faire fondre la neige. Grâce à cette bombe de *snow print wax*, Dino procéderait à un essai de fixation d'empreinte qui garderait la trace intacte. Le seul problème, et non le moindre, était de trouver une trace utile à l'enquête. Vu le tir, le sniper venait d'un périmètre large. Ce n'étaient pas les pas à proximité du cadavre qui le trahiraient. Pour une bonne raison : il ne l'avait pas approché. Alors, où chercher ? Ils avaient repéré de nombreuses empreintes mais reconnaissaient immédiatement celles des pompiers. Ils devaient s'écarter, profiter de la neige moins foulée plus loin pour relever la moindre incongruité. Dino avait argumenté en disant que le ministre allait rappliquer à coup sûr et qu'il y avait toutes les chances que, dans l'attente de sa venue, on les fasse poireauter.

Les trois techniciens avaient continué à arpenter les rues côté Seine. Dino avait l'impression de tirer, à la laisse, deux terre-neuve qui refusaient d'avancer. Quand soudain, rue Lheureux, au pied d'une des grilles du Musée des arts forains, côté salons vénitiens, il s'était écrié :

— Et là, que voilà ? On a, merci la neige, de très belles traces ! Elles partent en sens inverse de l'arrivée au musée, dos à l'action. Regardez, on a deux types d'empreintes…

— Dino, cela veut dire tout et n'importe quoi, objecta Lydie, fatiguée.

— Entièrement d'accord avec toi, Lydie. Mais dans tout et n'importe quoi, il y a *tout*.

Il prit l'air le plus persuasif du monde.

— Allez, c'est l'occasion de tester le matériel. On est les pionniers de la PP, allez ! Paris, cette nuit, c'est les Pyrénées !

— O.K., Dino, ça va, t'as gagné… En plus, on se les caille… On met de la rubalise, on protège tout…

— Lydie, tu peux ramener le Crimescope*, qu'on voie mieux les reliefs en lumière rasante ? Et toi, Yvan, tu fais des vues de sécurité avec ton test millimétré ?

— Ça marche.

Dino enfila une deuxième paire de gants. Il voulait suivre son instinct, et qui sait ? Il ne croyait pas au miracle mais au coup de veine. Entre les deux, la marge de l'espérance. Un mot qui le guidait tout entier. Depuis le temps qu'il rêvait d'essayer cette technique… Il propulsa la bombe sur les traces de pas, attendit et renouvela plusieurs fois les couches. Elles prirent une teinte rouge rosé.

Ils revinrent à leur SUV Yeti. Au cul du véhicule, protégés des flocons par le coffre ouvert, ils enfilèrent leurs gilets pare-balles. Puis sortirent des combis blanches que le vent soulevait, tels des fantômes qui se préparaient à rendre visite à un spectre, et se glissèrent, pour plus d'aisance, dans les tailles XXXL. Par ce temps, ils étaient aussi invisibles dans leur environnement qu'un ours blanc sur la banquise. L'écologie en moins, car les combis étaient jetables. Pour une fois, ils n'allaient pas regretter le sauna du tissu imperméabilisé… Les regards échangés le disaient. Pour couronner le tout, ils s'équipèrent de leurs gilets tactiques multipoches avec encart scratché POLICE TECHNIQUE ET SCIENTIFIQUE. Pour les démarquer. Indispensable, à cause des médias qui n'allaient pas rater l'affaire. Dino était un prestidigitateur, tant il était passé maître en enfilage de gants. Ses collègues l'appelaient David Copperfield. Dino n'était pas sûr que ces

* Appareil de détection des traces ADN et papillaires qui émet des lumières de longueurs d'onde différentes pour révéler des traces peu visibles ou invisibles à l'œil nu (débris, éléments pileux, traces de pas, liquides, drogues, fibres).

plaisanteries ne cachent pas de la jalousie. Alors il se concentrait sur le bon geste : attraper le gant par le poignet pour ne pas le contaminer puis enfiler une paire l'une sur l'autre, et traquer traces et indices.

Tout s'enchaîna ensuite selon le protocole établi par Écully, une fiche réflexe de l'intervention qui bétonnait les investigations. Préserver traces et indices, observer, recueillir tout détail utile à la compréhension, faire une vidéo de sécurité, rechercher les traces en s'aidant de sources lumineuses puis les matérialiser. Photographier, relever les cotes, pour finir par les prélèvements et la révélation d'éventuelles traces… Chaque détail serait noté et transmis à l'État-major. Le problème était la tablette numérique, qui supportait mal les températures glaciales. Sa batterie se déchargeait d'un coup. Ils avaient décidé de revenir au bon vieux bloc-notes A4 sur support avec pince de serrage. L'énergie humaine se dispensait de lithium.

Chacun s'affairait, les radios crachotaient. Ce petit monde s'agitait, discutaillait, devisait dans la nuit qui s'étirait. Au fond, peu agissaient vraiment. L'essentiel était de préserver les enquêteurs, de faire barrage autour d'eux pour qu'ils puissent bosser tranquilles.

Yvan avait multiplié les photographies, du plus éloigné au plus près, du général au particulier. Le cadavre se méritait. Il était la cerise sur le gâteau — au sens de la récompense après de minutieux efforts, le graal qui exigeait de longues épreuves qualifiantes. Tous trois restaient en hypervigilance, l'esprit à l'affût. Dino avait même vérifié les arbres alentour pour s'assurer que le tueur n'ait pas eu l'idée d'y grimper. Avec ses sept chats, il était habitué à observer les troncs et les branchages. Côté empreintes et A.D.N., les techniciens ne trouvaient pas grand-chose à se mettre sous la dent. Les recherches de proximité n'offraient pas d'intérêt, le cadavre ne risquait pas d'avoir de marques de défense… Pourtant, il fallait tout vérifier. Dino avait passé le Crimescope, ce puissant générateur de lumière, blanche en l'occurrence. Les mains du député rayonnaient, encore plus blafardes. Pas de marques ni de coupures. Désolidarisées par la lumière du reste du corps, elles semblaient vouloir parler. Retracer des bribes de vie.

— Rien de pertinent. On continue.

Depuis le début, cette phrase, ils ne cessaient de la répéter.

Dino prit la précaution de passer ensuite les mains à la lumière verte, pour traquer d'éventuels fluides biologiques. Ce fut en descendant sur les vêtements que la luminescence révéla un fluide.

Au niveau de l'entrejambe du député.

Dino ajusta ses lunettes à filtre rouge.

— Petit cachottier, ne put-il s'empêcher de dire au mort à voix basse.

Il préleva le vêtement et le conditionna dans un sac papier pour le transmettre en urgence au laboratoire biologique.

Il prit un air satisfait. Monsieur le député n'était pas complètement muet.

Puis il aida Lydie à effectuer des mesures très précises au laser en se servant de sa main pour arrêter le faisceau.

Aidés du procédurier de la Crime, ils soulevèrent avec d'infinies précautions le reste du visage du député pour vérifier que le projectile ne se cachait pas dans la mare de matière cérébrale et de sang. Dans le fatras, rien ne brillait. Lydie et Yvan avaient beau se pencher sur les pavés à la vitesse de croisière d'un escargot de Bourgogne, impossible de trouver le moindre projectile. Dino s'était enfoncé sous le porche avec sa lampe torche.

— Le trottoir est en déclivité, remarqua Dino. Possible qu'il ait roulé sur le tapis rouge. On regarde en contrebas. On n'oublie pas non plus le fer de la grille sur lequel il aurait pu ricocher, ni la gouttière.

Il se souvenait du Bataclan et des angles inattendus. Les ricochets avaient leur logique propre qui défiait parfois toute prévisibilité.

Ce fut tout aussi infructueux.

Dino refusait d'abandonner. Il regarda le corps, imagina des trajectoires, et décida d'inspecter les murs de l'entrée du Musée des arts forains. Il scruta chaque interstice. La brique et la pierre. Sans oublier l'enduit, plus friable. Il s'imagina une fourmi qui évoluerait, millimètre par millimètre, se glissa dans la lenteur. Et alors il le vit.

Le métal qui, sous le faisceau de la lampe, ne pouvait plus se cacher.

Le métal qui avait traversé l'air et la chair et qui avait fini sa course dans la pierre. Dans l'une des poches de son gilet tactique, Dino prit la lame de son couteau suisse. Patiemment, il gratta autour de la tête aplatie pour la dessertir. Puis il changea de gants et l'attrapa avec ses doigts : le couteau aurait ajouté des rayures malvenues pour l'analyse des balisticiens. Dans un sachet cristal, il déposa le métal torturé par les obstacles rencontrés. Il le protégea dans une enveloppe kraft. Afin de mettre toutes les chances de leur côté, il ferait procéder à des recherches de traces papillaires.

Ce n'était déjà pas si mal. Tant que l'emplacement du sniper n'aurait pas été trouvé, ils mangeraient leur pain noir. Et avant qu'un balisticien puisse modéliser les trajectoires de tir…

Sous leur tenue, ils étaient les seuls à ne pas grelotter. Les autorités s'étaient repliées dans le musée et voir le patron du 36 et le préfet discuter sérieusement entre un éléphant et un manège ne manquait pas d'incongruité. Il y avait un côté irréel, comme si les cubes du réel avaient été mal assemblés.

La femme baptisée par la cervelle ensanglantée du député restait en état de choc. Son témoignage était capital. Fred, le policier de la BRI qui, avec sa moustache soignée et son bouc en pointe, ressemblait à d'Artagnan, lui avait retrouvé ses lunettes vertes cassées et son escarpin en daim. Il l'avait remis au pied de cette Cendrillon éplorée, dont le khôl coulait. On avait envoyé le commandant Duchesne, le plus délicat de tous, pour lui tenir la main et l'écouter. Duchesne lui expliquait qu'elle pouvait voir la psychologue du 36, une femme remarquable qui saurait bien l'orienter. Elle lui serrait tellement la main qu'il en avait le sang coupé. Quand elle la retira, Duchesne découvrit ses doigts blancs, totalement engourdis. Mais elle commença à lui parler.

Le chef de la Crime, en concertation avec de Lagune, avait décidé de retrancher Richard Schönberg dans une zone sécurisée. Dans l'enceinte du musée, ils avaient traversé la cour et trouvé, sur leur gauche, le lieu parfait. Un pavillon à part, circulaire, le Magic Mirror. Un bâtiment des années 1920, aux miroirs biseautés, où l'âme se reflétait. Au milieu de ce temple de bois aux vitraux colorés, sous le regard muet de billards japonais et d'un piano mécanique, Schönberg tentait de rassembler ses forces. Le choc avait, en lui, pulvérisé les idées. Son cerveau le bombardait de mille impressions qui s'entrechoquaient. Il y avait, pêle-mêle, de la terreur, de la culpabilité, de l'incompréhension, des intuitions, un violent désir de savoir, le dard puissant de la vengeance et des questions en suspens qui ne trouveraient peut-être jamais de réponse. Il restait persuadé que c'était lui que l'on visait. La menace de mort ne s'adressait qu'à lui.

Le commandant Jo Desprez avait l'habitude. Il écoutait. Il observait le moindre détail dans l'attitude de Schönberg. Il savait qu'une part du King lui en voulait de le voir en situation de détresse. Qu'il aurait préféré ne pas avoir de témoin. S'écraser en solitaire.

Schönberg serrait les poings. Il se sentait le jouet du destin. Lui qui avait l'habitude de tout manipuler devait accepter que le vent avait tourné. Que quelqu'un prenait un malin plaisir à ce que ce soit lui désormais le lapin ébloui, pris dans les phares d'une voiture. Il y avait de quoi ne pas apprécier. Surtout avec du sang sur sa chemise de gala et un mort sur les pavés.

Il était trop tôt pour expliquer à Schönberg que la vérité n'était pas un dé. Qu'il n'y avait pas qu'un chiffre sur chaque face. Que sa complexité permettait toutes les combinatoires. Même les plus insensées. Et que son métier à lui le poussait à tout envisager.

Coudes sur ses jambes repliées, Jo Desprez hochait régulièrement la tête. Le commandant savait qu'il pouvait en imposer, alors il repoussait cette carte et jouait le rocher massif perdu dans le paysage, capable de se faire oublier. Ce phare indéboulonnable, contre les assauts furieux des lames, que rien ne déstabiliserait.

Au bout d'un certain temps, quand le King, à bout d'arguments, eut épuisé ses réserves de paranoïa et d'agressivité, Desprez vit ce que presque personne ne connaissait de Schönberg, un filet mince comme le dernier croissant de la lune.

Une part d'humanité.

24

Dans la nuit qui se mourait en épuisant l'ombre, dans cette nuit qui bouleverserait à jamais leur vie, le faisceau des phares s'éteignit. Athéna était descendue de la Mini. Ses larmes avaient séché. Son cœur, lui, restait trempé. La neige gravait ses pas. Elle crissait comme une fleur de crépon qu'on froisse. Face aux silhouettes sombres des arbres, ses doigts tremblèrent pour ouvrir la serrure du chalet. Puis ce fut la chaleur, accueillante, l'impression que rien n'avait existé. L'odeur du cèdre qui gomme le sang. Les habitudes que l'on reprend.

Les bougies qu'une à une on allume. La cire qui commence à couler.

La flamme contre le dos de la main qui projette sa lueur orangée. Ce manteau qu'on laisse sur une chaise. Celui d'Arès qui vient l'entourer, manches mêlées. Arès qui prépare un feu. Le brasier des gens heureux. Arès, dos baissé. Les bûches qui se mettent à craquer. Les étincelles qui fusent dans la gaieté.

Mais Athéna sentait que le bonheur n'aurait plus le même goût. Qu'on avait versé l'amertume dans le liquide ambré. Que son sourire cacherait toujours la peur. Qu'elle ne vivrait plus que dans l'attente du jour où la police viendrait frapper. Cette façon autoritaire de toquer, ce ton sans appel, déjà, elle les attendait.

Elle avait envie de le crier à Arès. De le forcer à regarder la réalité en face.

Explicit lyrics, tu comprends, Arès ? *Explicit.*

Au fond, elle avait l'impression qu'il avait joué avec la mort, qu'il avait un compte à régler avec elle. Depuis le confinement, sa vision du monde avait changé. Comme s'il ne croyait plus en l'avenir. Il avait cessé de se projeter, ne parlait plus voyages, et avait abandonné son projet de partir en Islande pour étudier les mousses et les lichens sur les coulées de lave. Auparavant, parler de cette vie qui repoussait deux siècles après sur ces coulées le passionnait. Le triomphe patient de la vie, sa fascination pour les volcans… Mais ses rêves… avaient perdu le goût du rêve.

Elle redoutait qu'il se retourne. De voir l'air qu'il adopterait.

Elle prit un coussin contre son ventre et le serra fort. Elle avait froid. Elle frissonnait.

Dans un coin de l'entrée, Arès avait posé le couffin et ce bébé plus vrai que nature, au joli bonnet bleu, ouvragé.

Elle détourna violemment le regard. Ce couffin, elle ne pouvait plus le voir. Lui aussi, allait-il le brûler ? Effacer toutes les preuves de l'impensable pour retrouver une virginité ? Mais Arès, mon pauvre Arès, ton cerveau, tu ne pourras lui faire subir aucun *reset*. Il gardera tout, le moindre détail, gravé dans son disque dur.

Elle le suivit des yeux. Comme s'il refusait d'affronter son cauchemar, il avait dégagé le fusil de précision du fourreau de pêche pour le déposer dans sa cache étanche, comme si de rien n'était.

Enterrer le meurtrier.

Celui qui, dans son viseur, avait décidé de la mort d'un homme.

Elle se revoyait rire aux côtés d'Arès et d'Hadès. Ce n'était pas si loin. Cette foi qui les animait, ce désir qui les liait… Le souvenir, pourtant, s'éloignait. Repliée sur le fauteuil, genoux sous le menton, elle réfléchissait. Leur automne avait fané.

Elle se concentra et ferma les yeux. Remonta le temps. Les jours en arrière, un par un, comme un horloger. Il lui sembla descendre l'échelle de sa mémoire. Elle revit Arès comme dans un film muet. Arès, en treillis brun chamois et col roulé marin, qui repère un tronc suffisamment large et pose une cible. Hadès qui taille les branches sur la trajectoire. Elle qui s'applique à viser. Et à rivaliser avec Arès. La cible qui jamais ne saignera. Arès qui, soudain, a une idée. Son index désigne des amanites tue-mouches et décrète qu'il faut décapiter au fusil d'assaut le chapeau des champignons. Enfin, à l'arme de poing, à dix mètres, dégommer au Glock 17 des pommes de pin alignées sur le sol. Leur fête foraine à eux…

Arès finit premier. Athéna deuxième devant Hadès qui feint de ne pas être vexé. Ce qui l'agace le plus c'est la complicité des scores qui rapproche Athéna d'Arès. Comme si l'un était le double de l'autre, comme s'ils se reflétaient.

Arès qu'on ne peut plus arrêter, qui multiplie les exercices, invente des challenges. Arès, l'hyperactif. Arès, la tornade qui, en tirant, retrouve un but, une raison de vivre. Des progressions, du tir couché, puis du tir coordonné entre eux, pour n'entendre qu'une détonation à l'unisson. Et ce moment de bascule. Où Arès, plus souriant que jamais, lance :

— On va faire un tir de confiance.

Athéna qui ne veut pas comprendre. Hadès qui s'arrête, muet, puis froisse les feuilles du pied.

— Athéna, je me mets à dix mètres, et tu tires.

— Sur… quoi ?

— Sur moi.

— Sur toi ?! Mais tu es fou ?

— Non… j'ai confiance en toi… Mais toi, est-ce que tu as confiance en toi, Athéna ?

Hadès ne peut réprimer un petit rire. Hadès, persuadé qu'elle n'osera jamais.

Arès, lui, est déjà prêt. Il a tout prévu, jusqu'au gilet porte-plaques à protection en céramique qu'il enfile pour amortir l'onde de choc. Et au cercle de bois qu'il suspend à son cou, entre ses poumons. Un drôle de médaillon.

— À dix mètres, quinze centimètres de bois plein arrêtent le 9 mm.

Il prononce cette phrase sans ciller. Déjà, il a cessé de bouger. Il inspire lentement et sourit.

Athéna le voit plus nu que nu, à son tir offert. Son regard, enfiévré.

Peut-elle décevoir sa confiance ? Peut-elle repousser le défi ?

Elle essaie de viser… Non… Elle ne peut pas. Trop risqué. Hadès hoche la tête en silence. Lui non plus, il ne pourrait pas. Il n'aurait pas le cran.

— Écoute-moi, Athéna, dit posément Arès. Écoute-moi. Tu te fies au point rouge de la visée laser. Il n'y a plus que lui et toi au monde. Tout se passe entre lui et toi. Et le plus important : tu me dépersonnifies. Je ne suis plus là. Tu te focalises sur la cible. Sur le cercle de bois. Tu m'entends bien ? Plus que le cercle de bois. Lui et toi.

Elle ne veut pas penser aux calculs sur l'arrêt du projectile par le bois. Elle ne veut pas douter. Elle ne veut pas reculer. La voici, bien calée sur ses pieds, pointes légèrement rentrées vers l'intérieur. Comme un boxeur. Sans raideur. Buste engagé. Son arme qui, sans précipitation, d'un geste mesuré, se lève. Arès qui la fixe du regard, déterminé. La forêt qui se tait. Le bras qui s'arrête, à hauteur des yeux. Sa respiration qui ralentit, le souffle, lent, maîtrisé. Le doigt qui connaît la course de la détente, qui l'a depuis longtemps apprivoisée. Elle gonfle ses poumons sans tension, s'arrête juste avant d'aller à fond, puis tire, sur l'apnée, pour ne pas trembler.

La poudre a parlé. L'odeur, caractéristique, addictive. Arès, qui s'est pris une sacrée claque dans le poitrail. Ses yeux qui ont à peine cligné. Hadès qui est estomaqué. Arès qui adresse à Athéna un sourire unique. Comme si… comme si… ils avaient partagé le plus grand des secrets.

Hadès qui rit nerveusement, qui ne veut pas réaliser.

Arès qui se détend et s'avance vers Athéna. D'un bras, il la serre contre lui puis se penche vers son oreille et, à voix basse, avoue, soufflé :

— Tu sais, Athéna… je ne l'aurais jamais fait.

25

Si l'on avait demandé à Dino s'il aimait son métier, il n'aurait pas même compris la question.

Il aurait répondu de ce sourire qui irradiait. De ce sourire d'un homme qui a triomphé de l'ombre. De ce sourire que seul un enfant de la DDASS peut avoir. Celui d'un garçon qui s'est longtemps cherché, qui a toujours refusé d'être une victime ou un jouet cassé. Et qui a trouvé dans le combat contre le crime une famille. Celle d'une justice à procurer. Contre la mort qui prend et ne rend jamais.

Son frère jumeau et lui avaient grandi en Ariège. Dans leur enfance, ils avaient connu la fuite au fond des champs, les caresses aux animaux pour oublier les coups des humains. Un père alcoolique. Une mère invisible. De quinze à vingt et un ans, ils avaient été placés dans un foyer au nom à la joliesse plaquée : Amaryllis. Cette fleur, ils ne pouvaient plus l'approcher. Elle sentait les bagarres à coups de poing pour survivre, les Noëls tristes et le vent glacé du suicide.

Sans la troupe de théâtre qu'ils avaient créée, ils n'auraient pas résisté. Le sens de la vie, ils l'avaient trouvé dans l'art, la culture et le sport, au lieu d'embrasser le paradis artificiel des drogues. L'élévation avait triomphé de la chute. Ils avaient refusé la souffrance, ce disque rayé de l'âme.

Depuis, ils s'étaient juré d'être utiles aux autres, animaux ou humains. De voyager, d'aller en Corée, de voir le Tibet, le Viêtnam — oh oui ! l'œil divin de Cao Bang, perdu parmi les trente-six lacs, pour croire à ce ciel qui perçait la pierre… Oui, de garder en soi ce fragment céleste au milieu des tempêtes.

Dino consolait les vivants, il recueillait les bêtes, il était volontaire, bénévole, répondant téléphonique, référent pour les familles dans l'Unité police d'identification des victimes de catastrophes, officier de liaison pour la cellule Infopublic en cas de catastrophe majeure.

Alors, quand Lionel de Lagune, avec son air de mauvais père, s'était avancé vers lui pour lui ordonner, d'un ton condescendant : « Il faudrait procéder au plus vite à des prélèvements de résidus de tir sur le T.H.P. », d'instinct, quelque chose en lui s'était raidi. D'instinct, il avait reconnu cette voix qui cherche à blesser, à abîmer, à flétrir, à dégrader.

Il n'avait pas compris.

Il connaissait Rémi. Il savait que le même esprit les guidait. La protection du prochain.

Dino avait pris son courage à deux mains. Du haut de sa petite taille, il avait levé le menton vers ce chef qui le surplombait d'un œil mauvais, et osé décréter :

— Demandez aux autres, je suis désolé. Je ne l'ai jamais fait.

De Lagune avait dû mettre la pression sur ses collègues pour que Lydie finisse par céder.

Personne ne comprenait.

Elle était allée à la rencontre de Rémi en s'excusant. Il l'avait regardée, incrédule.

Il avait voulu se révolter. Dire tout haut ce qu'il en pensait.

Mais son bourreau le fixait. Son bourreau épiait ses réactions. Se réjouissait à l'idée qu'il allait, enfin, sortir de ses gonds.

Pousser à bout l'être le plus calme qu'il connaissait. Ce policier qui avait le malheur d'être séduisant, respectueux et compétent. Pour un médiocre, des qualités inacceptables.

Rémi sentit un abîme qui s'ouvrait sous ses pieds. Une force obscure qui l'attirait pour le broyer.

Lydie avait enfilé des gants, ouvert le tube du tamponnoir sans oser croiser le regard du tireur, et retiré l'opercule transparent à l'aide d'une pince stérile. Sa main tremblait légérement. Et comme on ne raisonne pas un scorpion ivre de son propre dard, Rémi avait tendu ses mains en ravalant sa colère. Les résidus étant invisibles à l'œil nu, Lydie avait multiplié les applications autour des doigts, à l'intérieur et à l'extérieur, puis changé de tamponnoir pour l'autre main. Rémi résistait contre les assauts puissants de la haine. Détester était accorder trop d'importance à son ennemi. Il imaginait les deux plots qui seraient analysés au laboratoire pour rechercher au microscope électronique les microparticules métalliques — plomb, baryum et antimoine. Trois à quatre heures d'analyse par tamponnoir. Près de huit heures de travail d'un technicien, dans le seul but de l'humilier.

De Lagune avait surveillé les étapes, non sans satisfaction, tandis que Rémi s'interdisait de le faire entrer dans son champ visuel. Il ignorait le traître. Sinon, il l'aurait massacré.

Topaze 1 avait même ajouté :

— N'oubliez pas les effets vestimentaires. Ni les gants.

Le faire déshabiller… Rien ne lui serait épargné. Il fit un nouvel effort pour ne pas lever les yeux vers de Lagune. Son esprit n'avait pas besoin de le fixer. Sa mémoire n'oublierait rien. Jamais.

Dans la vie, tout finit par se payer.

L'aube perçait quand le ministre de l'Intérieur arriva. Grâce au réveillon, il n'arborait pas sa traditionnelle cravate bleu marine, d'une élégance toute relative, par son côté pompes funèbres. Il enchaînait les poignées de main, chacun y allait de son mieux pour le crocheter avec virilité. Desprez, Duchesne et Lefort, eux, s'en fichaient. Les ministres passaient, le crime restait. Le ministre corrigea son air naturellement jovial par des lèvres pincées. Avoir l'air sérieux et pénétré, et le garder. Le rictus gagna en sincérité face au cadavre.

— C'est horrible… Pauvre Marc… Horrible. Mais comment peut-on… ?

Le ministre n'acheva pas sa phrase qui l'entraînait sur un terrain d'interrogations sans fin et sans réponse. Il était clair qu'il se projetait à la place du mort, rapprochement qui le perturbait.

Il n'eut pas de mal à détourner son regard de la tête morcelée. Elle était si différente de celle de l'homme qu'il avait connu… Marc Devrier était… décapsulé. Le ministre posa ses élégantes chaussures cirées dans la neige comme sur du velours, un peu à la façon d'un chat qui répugne à se tremper. Sauf que c'était un fauve. Et qu'il allait affronter sa horde préférée : les médias qui rongeaient leur frein.

Pour se donner du courage, il se remémora les paroles de son prédécesseur, qui restait son modèle : « Ministre de l'Intérieur, ce n'est pas être un marin d'eau douce qui mange du saucisson sur un étang en se disant qu'il ne veut pas se faire peur. »

Il releva la tête, chassa l'image horrifique et se répéta : « Je suis en haute mer. Je gère. »

Il faut dire que c'était un peu abrupt, à quelques heures du chapon qui avait pris du plomb dans l'aile.

Derrière la façade, le marin eut le mal de mer.

Dans les rangs des journalistes, ce fut l'agitation près de la rubalise. La procureure venait à leur rencontre, accompagnée du directeur du 36 dont le visage s'était refermé. Elle leur fit un point presse qui manquait de biscuit pour nourrir leur fringale d'informations. Pas de glamour. Pas de frisson. Du factuel débité avec prudence. Ils auraient rêvé d'interviewer Schönberg à chaud. La procureure n'était pas une ingénue qu'on manipulait. Elle avait trouvé la formule finale pour prévenir toute pente glissante.

— Je ne répondrai à aucune question. Merci de votre attention. Mesdames, messieurs, au revoir.

L'orgueil de Schönberg avait songé à venir leur livrer ses impressions. Juste pour montrer à la face du monde qu'il n'avait pas peur. Qu'il en fallait plus pour le mettre à terre. Une façon de s'adresser au tueur et de lui envoyer un bras d'honneur.

Le commandant Desprez l'en avait dissuadé. La discrétion ne brillait pas, certes, mais dans son ombre, on était protégé. Surtout face à un sniper caché dans la quatrième dimension de l'impunité. Le ministre, lui, ne put résister à l'appel de la lumière. Il s'approcha des caméras avec un aplomb retrouvé pour l'occasion. Et débita, sans hésiter, un compte rendu carré et rassurant sur les moyens déployés. Avec un sourire millimétré.

Le commandant Desprez soupira. Ce que les caméras ne montraient pas était la chargée de communication du ministre qui avait exigé des médias qu'ils cadrent l'homme politique en plan poitrine.

Pour couper, entre ses mains, les invisibles notes qu'il lisait.

L'homme maîtrisait.

26

Elle avait dormi d'un sommeil sans rêve, une nuit sans trêve.

Elle s'était sans cesse retournée, sur ce lit de camp où la couverture glissait.

Arès récupérait. Elle l'entendait respirer fort. Et s'agiter. Aux fenêtres du chalet, nul rideau. Rien qui protège du monde. Les branches des arbres qui tapent presque au carreau, comme si elles surveillaient. La buée qui voile les coins. Une brume sur la réalité. Et la lumière du jour qui vient vous chercher. Le blanc éblouissant. Le bois qui craque.

Elle regarda Arès, encore endormi. Elle observa ses cheveux en bataille, s'appropria la liberté des mèches, s'attendrit sur la nuque et la coupe qui finissait en pointe. Puis la nudité du cou. Le cou du condamné.

Elle ressentit un tel serrement au cœur qu'elle sut qu'elle l'aimait.

Comment avait-elle pu l'ignorer ? Depuis tant d'années…

Comment une amitié avait-elle pu cacher des sentiments aussi puissants ?

Elle en avait la bouche sèche, le ventre creusé. Cette bouche déjà orpheline de ne pouvoir l'embrasser. Elle vivait deux cauchemars éveillés. Prendre conscience de son amour de façon aussi brutale, comme une hache qui s'abattait. Et aimer un meurtrier. C'était insupportable.

Réalisait-elle seulement qu'elle l'aimait parce qu'il était désormais en danger ?

Dans la nudité du chalet, dans ce lieu presque dénué d'objets, où les sentiments prenaient vite une place insensée, elle frémit. Fallait-il qu'Arès ait fait couler le sang pour que le sien à elle ne coule plus que pour lui ? L'idée était dérangeante. Inconfortable. Affolante.

Arès ne ressemblait à personne.

Il était tellement unique qu'il semblait qu'aucune femme ne pouvait, avec lui, fusionner.

Elle avait envie de le toucher, de l'étreindre follement, de se donner à lui sans rien garder. En même temps, elle redoutait tant de lui déclarer ses sentiments qu'elle aurait été incapable de l'entendre lui répondre que tout n'était qu'amitié.

Cela l'aurait tuée sur place.

Elle, si courageuse, préférait encore souffrir en silence. Et il y avait son compagnon. Hadès.

Hadès qu'elle avait déjà trahi. La dernière fois qu'ils avaient fait l'amour, alors qu'il s'agrippait à son dos en tendant le cou, alors qu'il cheminait en elle, elle avait fermé les yeux et gémi. En pensant à Arès.

Elle en avait rougi. Hadès avait saisi ses tempes entre ses mains. Et posé son front contre le sien. Elle avait tourné la tête. Insensiblement. Heureusement, les émotions savent taire parfois leur nom.

Quand elle disait je t'aime, elle pressentait, déjà, que la phrase s'était chargée. Qu'elle portait non plus un mais deux êtres. Qu'une image venait en chasser une autre. Qu'un intrus s'était immiscé dans ses pensées. Un voleur.

Un voleur de cœur, qui l'ignorait.

Midi approchait. Midi de ce jour qui, doublement, était le premier.

Un soleil timide s'invita dans la pièce.

Mais il ne sut rien éclairer.

27

Schönberg n'avait pas eu grand-chose à dire sur place. Sous le coup de l'émotion, les propos manquaient de cohérence. Le commandant Desprez avait besoin de l'auditionner posément. Il fallait fouiller plus loin et rapidement. Le rouleau compresseur de la Crime était lancé et au 36, le 6e étage fourmillait. Desprez savait qu'il n'avait pas fini de bâiller. Mais si on voulait compter ses heures, autant changer de métier.

Quand son chef lui avait dit que Schönberg était fatigué et qu'il souhaitait que l'audition ait lieu chez lui, Desprez avait pris un air bougon. La Crime, ce n'était pas le Crillon, pas menu à la carte aux petits oignons. Ils n'avaient pas de temps à revendre. Ils n'étaient les larbins de personne, encore moins des puissants. Les droits et privilèges avaient bien été abolis, non ?

En bon diplomate, Philippe Lefort lui avait dit de mettre de l'eau dans son vin. Desprez lui avait répondu qu'il était au café depuis 4 heures du matin, et pas près de trinquer. Bref, le ton était un peu monté. Pour redescendre… Les montagnes russes de la PJ. Et Desprez avait pris les clefs de sa voiture et un 6e de groupe* pour taper à l'ordinateur portable.

---

* Le dernier arrivé dans le groupe, constitué en général de six personnes, le moins

Dans la voiture, les deux générations de flics avaient mangé des viennoiseries en traversant Paris et ses trottoirs de sucre glace, des Batignolles jusqu'à Pigalle. La neige ne tiendrait pas. Le redoux était annoncé. Le commandant Desprez avait laissé conduire le jeune homme et n'avait cessé de maugréer, du sous-sol du parking jusqu'à la grille d'entrée. Son collègue, Yoann Guilloux, un brigadier OPJ* élancé et soigné, avait tapé le code et secoué in extremis les miettes de croissant qui s'accrochaient à son pull en laine au graphisme contemporain. Il l'avait tricoté lui-même. Les nouvelles générations n'arrêtaient pas de surprendre Desprez. Elles serraient les dernières technologies dans une main, et une pelote de laine dans l'autre. Il n'était pas encore habitué.

En montant l'allée privée, Desprez songeait qu'une audition était une partie de ping-pong. Schönberg était, il l'admettait, une victime, baptisée le soir du réveillon du sang de son invité. Mais celui qui ne se prenait pas pour le dernier doigt de la main allait jouer sur son terrain, à domicile. Ce qui, sur le plan sportif, lui donnait l'avantage. En football, les spécialistes parlaient d'un *pic hormonal de testostérone* des joueurs à domicile, une *réaction de défense territoriale*. Sur les auditionnés, le 36 avait toujours un effet impressionnant. Nul n'y entrait l'esprit tranquille. Pas un être humain qui n'ait une petite part de culpabilité cachée. Avenue Frochot, Desprez perdrait cet avantage. Sur ses terres, Schönberg aurait moins de scrupules à mentir ou à diluer la vérité. Restait à lui faire comprendre où était son intérêt.

Desprez écrasa son index droit sur la sonnette d'entrée. Une très belle femme vint leur ouvrir.

---

expérimenté, chargé des tâches subalternes.

* Officier de police judiciaire, qualification qui permet d'exécuter des actes coercitifs.

— Monsieur vous attend.

Son accent rappela au commandant les pays de l'Est. Sa blondeur aussi. Il en fallait plus pour l'éblouir. Depuis le milieu de la nuit, Desprez en avait marre des gravures de mode. Il avait l'impression de se promener dans une réalité préfabriquée. Il rêvait de parler à un type en bretelles mal rasé ou à une femme à la teinture fanée. Et de manger une raclette. Aux côtés de Guilloux, il se sentait, sans vouloir se l'avouer, d'une autre époque.

Pour être totalement honnête, il était comme tous les flics : pénétrer dans cette villa aiguisait immanquablement sa curiosité. Mais il n'avait pas envie qu'on lui en impose juste parce qu'il y avait une domestique impeccable à l'entrée.

Elle poussa la porte vitrée et ils entrèrent dans un hall impressionnant, en rez-de-jardin. Jo Desprez tapa les semelles de ses chaussures l'une contre l'autre pour secouer la neige. Guilloux l'imita. Il s'arrêta net, stupéfait par la beauté de la villa. Desprez le devança. Sous leurs pieds, un sol en mosaïque contemporaine dessinait l'alliance inattendue d'oiseaux de feu et de méduses. Sur leur droite, une petite pièce ouverte servait de réception. Tatiana demanda leurs manteaux et les accrocha, avec élégance, sur des patères à tête de serpent, gueule ouverte. Guilloux, fasciné par la fluidité de ses mouvements, ne put s'empêcher de la questionner :

— Vous avez fait de la danse ?

— Oui…

Comme elle restait interdite, suspendue à sa remarque, il ajouta :

— Ma femme est professeure de danse… Une élève d'Hofesh Shechter.

Elle écarquilla les yeux. Desprez les observa à tour de rôle. Il se sentit de trop. En une minute, elle en avait appris plus sur la vie privée de Guilloux que lui en une année. L'oisillon de la Crime était d'ordinaire très discret.

Guilloux s'attarda sur l'ambiance du hall, qui tranchait avec le froid qu'ils venaient de quitter. Il s'aperçut sur un pan de mur couvert de miroirs assemblés, aux courbures douces. Il corrigea une mèche indisciplinée par le bonnet qu'il avait retiré avant d'entrer. Il croisa le regard de Desprez. Devant eux, un bouquet de branchages surdimensionné s'évadait d'un vase extraordinaire, en grès bleu et vert, mariage de vagues et d'algues, terminé par une tête d'hippocampe dont les nageoires rayonnées semblaient des flammèches. Mais ce fut une chaise, également en grès, qui attira l'œil de Desprez. Il n'en avait vu nulle part une semblable. Et pourtant, dieu sait que son métier le menait autant dans des bouges que dans des palais. La forme était classique, mais ses montants en bois imitaient des branches d'arbres couvertes de lierre, de mousse, de feuilles, de fraises des bois, de fleurs et d'une salamandre jaune.

Tatiana nota son intérêt. Elle précisa, dans un français où perlait parfois une erreur :

— C'est une chaise de Muriel Persil. M. Schönberg grand amarteur, vous savez ?

Tatiana arracha un sourire à Desprez, qui se dit que le mot écorché, *amarteur*, avait plus de sens que le mot exact, par le rapprochement avec l'art. Ses notions de justesse et de précision s'en trouvèrent perturbées.

Elle ajouta, avec un clin d'œil :

— Toute l'utilité de la chaise est de n'en avoir aucune. Qu'un papillon peut se poser dessus.

Remettre les lettres dans le bon sens amusait beaucoup Yoann Guilloux. Ils firent quelques pas et passèrent devant un ascenseur intérieur, une cage en verre et en bois patiné qui ressemblait à un confessionnal, protégée par une porte en fer forgé.

La gouvernante les interrogea du regard et Desprez désigna les marches sans hésiter. Elle les précéda et ils montèrent sur le tapis d'escalier blanc et bleuté, aux motifs d'angelots et de Vénus détournés en marinière.

Gêné par le déhanché délié de Tatiana, Guilloux baissa les yeux en gravissant l'escalier. Il ne voulait pas qu'elle le surprenne en train de l'admirer, si elle venait à se retourner. Elle ressemblait à une orchidée sauvage dans l'herbe d'un talus. Sa beauté aimantait, sans que l'idée de la cueillir ne vienne tout polluer. Desprez, lui, gardait son air fermé. Le jeune brigadier s'absorba dans les détails du tapis tringlé. C'était aussi vivant qu'une BD. Il réalisa que c'était un bon moyen de ne rater aucune marche.

La sécurité par la beauté.

L'escalier donnait sur le salon. Richard Schönberg vint à leur rencontre.

— Je ne vous salue pas… On ne se quitte plus, dit-il d'un ton fataliste.

Il ne les remercia pas de se déplacer jusqu'à lui. Peut-être était-il encore trop choqué. Le bénéfice du doute…

Le King s'était changé. Il portait un pantalon en toile de laine à rayures, un cardigan à col montant zippé et des bottines en cuir. Le souci évident de ne pas faire vieux jeu.

— J'ai un *call* avec Hong Kong à 14 heures… on aura terminé ?

— Monsieur Schönberg… dois-je vous faire remarquer qu'on n'a pas commencé ?…

L'homme tourna sur lui-même, une main sur la bouche.

— Excusez-moi… c'est vrai.

Desprez et Guilloux échangèrent un regard.

Incroyable, il s'était excusé.

— Café… ?

— Non, merci, le coupa Desprez. Juste une table.

Guilloux n'osait rien dire. Il prenait de la graine en observant l'aîné.

Tatiana s'éclipsa. Elle sourit à Yoann Guilloux. Elle avait des joues joliment rosées mais il n'avait jamais été fort pour savoir si c'était naturel ou maquillé.

Schönberg leur proposa de s'asseoir autour de son bureau en verre.

— Ici ? Cela vous convient ?

Desprez hocha la tête et Guilloux fit de même, d'un air déférent. Il ne fallait pas s'y fier. Derrière la politesse et la réserve se cachait un tempérament opiniâtre. Trait que la Crime avait détecté lors de son stage d'évaluation.

Le mobilier était moderne. Une villa du XIXe siècle, mais une volonté franche de se démarquer du passé.

— Vous avez avancé sur les menaces de mort ?

— Monsieur Schönberg, si vous le voulez bien, c'est nous qui poserons d'abord les questions, dit Desprez d'un ton assuré. Vous êtes victime, certes, mais il va falloir nous en dire un peu plus si vous souhaitez voir le dossier avancer. Nous ne sommes pas des magiciens. Nous sommes des laborieux. Des chiens de traîneau, si vous préférez… Une meute obstinée et tenace, qui charrie le fardeau de l'humanité.

Il jeta un œil par les grandes portes-fenêtres. La neige appuyait son idée. Les deux hommes se jaugèrent. Un duel muet, sans vainqueur.

— Mais rassurez-vous. On n'abandonne jamais.

— Je comprends, je comprends, répéta Schönberg, l'air absorbé.

Il désigna deux fauteuils, et les policiers prirent place.

28

Les articles étaient tombés à l'aube. *Le Parisien* avait dégainé le premier.

BFMTV tournait en boucle sur le sujet. La voix de Nicolas Jaar se superposait aux propos de la présentatrice. Les paroles du morceau *A Coin in Nine Hands* évoquaient Víctor Jara, un chanteur chilien engagé, assassiné de quarante-quatre balles lors du coup d'État de Pinochet en 1973, après avoir été emprisonné et torturé.

Dans son salon qui lui servait de bureau, Hermès écoutait cette même et unique chanson depuis au moins trois heures. C'était un trait à lui : l'obsession. Elle lui permettait de gagner en concentration. Hadès s'y était habitué. Et il était dans l'appartement d'Hermès, il n'allait pas protester. Après avoir fêté le réveillon, ils étaient rentrés ensemble à moto, malgré la neige. Hermès avait laissé le temps à sa Royal Enfield de chauffer. Quelle que soit la saison, il avait du mal à la quitter. Il l'avait customisée avec une pin-up sur son cache latéral droit. Ses gestes avaient parlé durant tout le trajet avec douceur à « la Vieille », le surnom de sa moto, comme s'il rassurait une bête apeurée. Il avait roulé dans les traces de pneus des voitures et cherché l'adhérence en comptant sur le frein moteur. À l'arrière, Hadès était plus crispé que d'habitude. La neige n'était pas la seule coupable. Arrivés rue du Mail, les devantures en enfilade des marchands de tissus d'ameublement n'avaient jamais eu un effet aussi réconfortant. Hermès s'était garé et au n° 8, il avait tapé le code de son immeuble. Hadès avait dormi chez lui. Une courte et mauvaise nuit.

Hadès baissa le son pour écouter l'annonce de la présentatrice : « Spectaculaire assassinat cette nuit dans Paris. Un mystérieux tireur a abattu un député. Un important dispositif de sécurité ce matin avenue des Terroirs-de-France, dans le XIIe arrondissement. Bonjour Amélia, que sait-on du déroulé des faits ? Bonjour Fanny. Les faits se sont produits peu avant quatre heures du matin. Un homme a été touché à la tête par un tir d'arme à feu. L'homme est mort sur le coup. Malgré l'intervention rapide des secours, le médecin de la BRI, présent sur place, n'a pu que constater le décès. C'est la première attaque de ce genre dans la capitale. La victime, âgée de 51 ans, sortait d'une fête organisée au Musée des arts forains. L'organisateur de la soirée est le célèbre magnat des médias Richard Schönberg, présent aux côtés de la victime lors du tir. Le mobile reste mystérieux. La brigade criminelle du 36 a été saisie pour assassinat. Qui en voulait à Marc Devrier, le député européen ? En ce jour de Noël, la question est sur toutes les lèvres. Rien ne permet, pour le moment, d'éclaircir les circonstances du drame. Selon *Le Parisien*, personne n'a vu de tireur ni entendu de détonation. Les témoins de la scène sont très choqués. Nous avons pu... ».

Sur sa chaise pivotante en bois, Hadès resta scotché un moment à l'écran. Puis il se tourna vers Hermès qui attendait le feu vert sur son clavier.

Hermès leva la tête. Dans la pièce assombrie par la lumière d'hiver, leurs écrans brillaient comme des aquariums.

— Putain, il l'a fait, dit Hadès. Waoooouh... C'est un truc

de malade… Il l'a fait… C'est… dément. On passe dans une autre dimension. J'arrive pas à réaliser le truc… Non, vraiment.

Hermès lui lança un regard appuyé qu'il ne sut déchiffrer. Un vrai regard de hacker.

— On lance DEFCON 4 ? dit Hermès. La phase de revendication…

Hadès avait hoché la tête, sans commenter.

DEFCON 1 à 5 était l'échelle des degrés de réponse des forces armées américaines en cas de menace. Dans *WarGames*, ces paliers décident du déclenchement d'une guerre nucléaire mondiale. Ils ne juraient que par ce film de 1983, qui les faisait encore rire comme des gosses. *WarGames* méritait autant le titre honorifique de Vieillerie remarquable que la Enfield d'Hermès. Pourtant, il n'avait pris aucune ride. Quarante et un ans après, il correspondait en tout point aux enjeux d'UniKorn.

Hermès était le plus doué en informatique. Biberonné à la technologie, il avait, au long de son adolescence, trouvé plus de plaisir derrière un ordinateur, sur des réseaux IRC*, que dans n'importe quel bar. La jouissance qu'il prenait à cracker des systèmes sans laisser de traces derrière lui était infinie. Au grand désespoir de la gent féminine qui languissait devant ses yeux désespérément bleus et son look d'irrésistible hipster-nouvelle-vague. En fait, pas que les femmes. Hermès plaisait à tout le monde. C'en était agaçant. C'était un sacré joueur, un redoutable parieur. Alors séduire, certes, il se prenait au jeu. Entretenir une relation, en revanche, n'était pas au-dessus de ses forces mais au-delà de sa nature. Il se lassait vite. Sans doute avait-il peur de ne pas être à la hauteur, de vieillir sous le regard de

* Internet Relay Chat : protocole de dialogue en temps réel avec d'autres utilisateurs simultanés, créé en 1988, utilisant peu de bande passante et différenciant des conversations en *channels* (groupes de discussion) et en messagerie privée.

l'autre. Il préférait prendre les devants. Partir avant. Rester un bon souvenir. Ne pas s'engager était peut-être une défaite mais le grand marathon des sentiments, il n'aurait pu l'achever.

Hermès avait donc toujours une « bonne copine », parfois un « super copain » mais surtout le meilleur des chiens. Phrack. Un bouledogue français bringé qui le faisait fondre au quotidien. Tous les jours, Phrack avait droit aux déclarations d'amour d'Hermès. Son nom, il le devait à un magazine underground du net. Le mot rayonnait sur leur page d'accueil — PHRACK, en capitales inspirées des grilles de fer forgé des donjons, sur fond enflammé d'un Satan multicornes. Bienvenue. Un nid de hackers tapis au fond de la toile, aux pseudonymes plus proches du doom metal que de la guimauve. Knight Lightning, Datastream Cowboy, Evil Jay, Razor, de quoi secouer les LolitaPop2008 ou les Sugarbabe75... On y retrouvait en partie l'esprit originel du COMPUTER CHAOS CLUB : écrire dans un style qui ne s'adresse pas qu'aux chevronnés, et qui laisse une place aux novices.

Le beau gosse sortait d'Epitech, une école informatique d'un groupe privé, née juste après le lancement de Google. Il avait appris la sécurité par la porte rouge : en jouant à saute-mouton avec elle, en triomphant des cadenas, en trompant l'ennemi, en ne laissant aucune trace derrière lui, avec l'idéal libertaire majoritaire chez les *geeks* de se promener dans l'espace du web où il le voulait, en toute liberté. Les pancartes ZONE SURVEILLÉE ou INTERDIT DE MARCHER SUR LA PELOUSE l'insupportaient. Elles étaient des incitations à la transgression. « Sans déc', t'ordonner de ne pas faire ton lézard au soleil sur la pelouse, dans un espace payé par le contribuable, alors que le saurien rêve juste, entre deux trottoirs, d'oublier le béton sur un joli tapis vert, franchement, *c'est abusé !* » était le genre de phrase qu'on entendait quand on traînait avec Hermès. Il savait reprogrammer un téléphone cellulaire, s'introduire sur le réseau local d'un bateau de plaisance pour prendre le contrôle des moteurs et du gouvernail, ou baratiner pour obtenir des mots de passe, en digne héritier de Kevin David Mitnick, «le Maître», qui avait figuré parmi les objectifs majeurs des hackers traqués par le FBI. Un pirate, c'était, d'après lui, un aventurier avant tout, un sauteur de haies, un illusionniste, un cambrioleur, un curieux compulsif et un nettoyeur hors pair. Celui qui laissait des traces derrière lui n'était, héritage de la culture skate, qu'un *lamer*. Un flambeur boiteux, un mytho sans talent qui n'avait rien compris à l'esprit : un bon pirate avance caché.

Phrack se mit à gigoter. Oreilles en arrière, il se cala sur son postérieur. Et il tenta de poser ses pattes avant sur la jambe gauche d'Hermès.

— Ah non, Phrack, décréta Hermès. J'ai compris que t'avais faim. Mais ce n'est pas le moment. Pas du tout, du tout le moment.

Hermès repoussa tendrement Phrack d'une main, sans lâcher des yeux l'écran.

— Attends, Phrack! C'est sérieux. Sé-ri-eux.

Phrack se tapit à ses pieds, en rangeant son museau du mieux qu'il put.

Le pirate relut le texte en tortillant ses mèches désordonnées entre ses doigts.

> «*Nous revendiquons le tir sur le député Marc Devrier. Nous aimons la mort autant que vous aimez la vie. Nous prêtons serment d'allégeance à l'État islamique. Nous voulons venger Abou Ibrahim al-Hachimi al-Qourachi, Abou Bakr al-Baghdadi et Adnane Abou Walid al-Sahraoui. Nous préparons notre* al-'âkhira. *La vie* al-dunyâ *ne vaut que dans le combat. Nous imposerons la charia. Prenez garde à l'injustice vis-à-vis d'Allah. Que notre dieu, Allah, accepte notre martyre si nous devons mourir.*»

— On balance, Hadès ?

Hadès hocha la tête en signe d'assentiment.

— Oui, il faut les mettre face à leurs responsabilités. Plus le choix, Hermès. Ce n'est pas un pavé qu'il faut jeter dans la mare…

— Mais une pyramide… ouais, du lourd. De la dynamite…

Phrack aboya. Il s'alliait à la majorité. Ou il s'impatientait.

— Allez, *folks*, on y va. DEFCON 4. Tu vas voir, la frange la moins sourcilleuse des médias va se jeter sur l'os et les réseaux sociaux vont répandre la fausse information à foison. On va créer une réaction en chaîne à partir d'une pure invention. On va jouer avec le besoin d'instantanéité pour montrer la dangerosité de l'illusion.

D'une main, Hermès décoiffa à nouveau ses mèches, puis balança la fausse revendication. En lui combattaient à proportions égales l'excitation et l'inquiétude. Ils jouaient avec le feu pour dénoncer un système vicié.

Hadès s'était levé. Il observait l'écran, penché au-dessus d'Hermès. Il ressentit un pincement. Aurait-il dû sourire ? Les émotions le submergeaient — un tambour en phase d'essorage.

Pour garantir leur anonymat, Hermès comptait sur le chiffrage des données. Si tout était chiffré, tout serait indétectable. Il avait créé un logiciel que les membres d'UniKorn n'utilisaient que sur des connexions de commodité. Pour faire transiter les informations et les publier sur les plates-formes sociales, il s'était résolu à passer par une zone de non-droit pour ses relais. Il avait choisi la Russie.

Le choix de l'ombre.

Hermès se leva. Il éprouva le besoin de se poster devant l'une des fenêtres qui donnait sur une cour intérieure de son immeuble. Le réveillon avait calmé l'agitation. Les sapins de Noël lançaient spasmodiquement leurs battements de cœur lumineux. Du rouge, du vert, du jaune et du bleu. Tout respirait non la vie heureuse mais l'après-*combat* des fêtes. Le silence post-excès. Ce n'était pas encore le défilé jusqu'aux poubelles pour les gaver de bouteilles vides, de rubans aux boucles endiablées, de papiers métallisés et de cartons qui les feraient déborder.

Phrack se dandina jusqu'à son maître et se dressa sur ses pattes arrière, quémandant une caresse. Hermès repensa aux poubelles. C'est fou les gestes que l'on répétait, à rabattre un couvercle pour y abandonner sa mauvaise conscience et la refourguer aux autres. Il se pencha vers Phrack et lui flatta le museau.

— C'est pas de l'amour, ça, patate écrasée, c'est de la dépendance affective.

Il revint vers Hadès qui, toujours assis sur la chaise, étirait son long buste et ses bras. En chemin, il s'accroupit pour choisir une bouteille trapue sous une petite table rouge. Comme il n'était pas doué pour la logistique contraignante d'un sapin de Noël, il avait posé sur cette table une lampe en forme d'étoiles. Elle projetait, le soir, un ciel constellé.

Il prit deux verres et les remplit en tremblant légèrement.

— Tiens, Hadès ! Noyeux Joël… Non, sincèrement, je sais pas quoi dire…

Hadès se leva et trinqua :

— Joyeux Noël… Waouh. C'est fort ?

— Ça titre 32 %. C'est mexicain. Humo. Tout ce qu'on aime. Fort et pimenté. Du chile chipotle.

Hadès approuva. Un voile triste passa sur ses yeux. Sa longue silhouette accusait la nuit. Il se tenait un peu voûté. Tous deux ressemblaient à des gamins qui, dans l'euphorie, viennent de déballer leurs cadeaux, mais qui jettent à peine un regard à leurs jouets.

Tête inclinée, Phrack les épiait. De nouveau, il aboya. Une seule fois.

— O.K., Phrack, pleure pas. Allez, Davy Croquettes, on y va.

Hadès leur emboîta le pas.

Dans le salon, le bleu des écrans, solitaire, rayonna.

29

Yoann Guilloux ouvrit l'ordinateur, tandis que Desprez s'efforçait de ne pas bâiller. Il pensa au nombre de Noëls qu'il avait passés au bureau dans sa carrière. Schönberg et lui devaient avoir ce point commun : une frontière très mince entre leur travail et leur vie personnelle.

Le brigadier venait de découvrir le tableau qui leur faisait face. Il reconnut le style de Basquiat. Sa femme était abonnée à la revue *Beaux-Arts*. Il lui arrivait fréquemment de la feuilleter. Pas un instant il ne douta que ce fût un original. Chez les gens fortunés, même l'oxygène semble enrichi.

— Je suis sûr que c'est moi qu'il visait.

Schönberg n'avait pu s'empêcher de parler.

— Pourquoi *il*? lui demanda Desprez.

Son interlocuteur parut décontenancé.

— Vous avez quelqu'un en tête? précisa le commandant.

— Non… Vous avez… ?

— Je voulais juste vous avertir… Dans notre métier, on ne ferme aucune porte. On n'énonce que ce que l'on sait. Tout le reste n'est que supposition. Il faut se méfier des idées générales… On n'est jamais à l'abri d'une exception…

— D'accord… Allons-y. Je suis prêt.

Le King avait l'air fatigué. Épuisé, même. Affronter la réalité était un terrain risqué. On ne savait jamais ce que cachait la porte que l'on poussait. Ni si on avait envie de savoir, au fond. Tout au fond.

Il s'était enfoncé dans son fauteuil. Soudain, il parut plus vieux. Moins assuré.

Desprez sembla lire dans ses pensées qu'il n'aimait pas se sentir fouillé.

Le jeune brigadier gardait les mains au-dessus du clavier. Il hésitait à se lancer. Desprez l'encouragea d'un clignement des yeux.

— Monsieur Schönberg, on va commencer par de brefs renseignements sur votre identité.

— Vous m'avez déjà entendu sur les menaces de mort et l'explosion de la clé. Ne me dites pas que mon identité a changé !

Il tapotait nerveusement sur la table.

Desprez souffla un bon coup et reprit la main :

— Vous êtes assez *cérébré* pour comprendre que les dossiers sont, pour le moment, scindés. Pour qu'on gagne du temps sur ce qui ne mérite pas le trébuchet, je vous propose de nous faire confiance et d'avancer. On ne va pas révolutionner la procédure juste pour vous, monsieur Schönberg.

Blessé, le lion rentra ses griffes. Et se plia aux demandes, en fixant parfois sa montre.

Guilloux lui fit décliner son identité puis se remémorer les faits. Il tapait très vite, avec tous les doigts. Le cliquetis, régulier, était rassurant. Desprez posa ensuite des questions plus ciblées.

— Qui a décidé de la liste des invités ?

— Moi.

— Seulement vous ?

— Oui.

— Quelqu'un a-t-il ajouté des invités ?

— Non… (Schönberg parut réfléchir.) Mon fils m'a confirmé le jour même qu'il venait avec cinq de ses amis. Mais c'était le quota prévu.

— Personne ne s'est désisté ?

— Non.

— Pour tout événement, on parle d'une marge de 10 % d'absents…

— Pas pour nos soirées très privilégiées, sourit Schönberg. Les gens viendraient sur les mains, s'il le fallait.

— Donc, la liste finale que votre assistante nous a remise est la liste effective.

— C'est exact… Avec mon staff, les artistes et l'équipe du restaurant Table. Je n'ai pas la liste du personnel du musée présent.

— Rappelez-vous bien, monsieur Schönberg, la liste finale n'a jamais bougé ?

— Attendez… si… j'ai demandé à l'un de mes conseillers de ne pas venir…

Ce souvenir sembla l'embarrasser.

— Plus exactement, corrigea-t-il, je lui ai fait transmettre le message.

— Pour quelle raison ?

— Eh bien… c'est un peu compliqué à expliquer.

Il ne pouvait dire ouvertement que c'était pour l'humilier. Il baissa le regard avant de continuer :

— Il n'avait pas… rempli les objectifs. Il ne méritait pas de vivre cette soirée d'exception pour laquelle les gens se bousculaient.

— Quelle est sa fonction exacte dans votre société ? Et son adresse personnelle ?

Schönberg dut se résoudre à leur parler de Jeanlin. Et du petit différend qui les opposait. Il évita d'entrer dans les détails.

— Cet homme pourrait-il vous en vouloir ? Avez-vous des motifs plus sérieux de querelles ?

Non, il ne voyait pas. En même temps, sait-on vraiment ce que la frustration et les vexations pouvaient semer ? Desprez lui demanda de vérifier l'emploi du temps de son conseiller sur les deux dernières semaines.

— Savez-vous s'il rencontre des difficultés personnelles ou financières, en ce moment ?

Il réalisa qu'il n'écoutait pas les confessions de ses proches. Seul le travail l'intéressait.

— Monsieur Schönberg, un point m'étonne. Vous nous avez dit avoir deux fils et une fille. Pourquoi Tristan Schönberg était-il le seul invité parmi vos enfants ?

Décidément, il n'aimait pas les questions des policiers. Parler de sa famille lui répugnait.

Schönberg chercha ses mots.

— Les familles… ne sont pas toujours… unies. Ma fille aînée, Tess, n'a pas un tempérament facile… Elle me ressemble, peut-être…

— Pourriez-vous nous en dire plus ?

— Elle… Elle a toujours pensé que j'avais favorisé son frère, Tristan. Elle a une forme de rancœur. Elle est l'aînée. Elle estime qu'elle n'a pas la place qu'elle mériterait.

— Pourquoi avoir cultivé ce sentiment au lieu de la détromper ?

— Ma fille est dure. Très dure. En elle, il y a ce défaut impardonnable de croire que tout lui est dû. Pour bien diriger une société, il ne faut pas penser qu'en héritier. Avec cette mentalité, on sait d'emblée la fin de l'histoire. Vous connaissez le proverbe ?

Les deux policiers firent non de la tête.

— *La première génération construit, la deuxième consolide et la troisième dilapide*. Mon père a jeté les bases d'un empire. J'en ai fait la réussite que vous savez. Ma fille aime trop le luxe pour avoir le goût du combat. Il y a les gens qui sèment. Et ceux qui récoltent. Quant à mon autre fils, Tom, il est actuellement à Singapour. Son côté jet-setteur le place dans cette catégorie aussi. Seul Tan montre de la ténacité.

— Vous aimez aussi la fête..., dit Desprez en *off* de l'audition, sans le juger.

Le King recula dans son fauteuil et forma un triangle avec ses pouces et ses index.

— Peut-être, commandant. Mais à mon niveau, c'est comme piloter une Formule 1. Tous les paramètres comptent. Les excès se paient cher. Vous pouvez me trouver beaucoup de défauts mais j'ai une qualité. Je supporte la pression. La très haute pression. TANATA est une Formule 1. Passer de 0 à 100 kilomètres/heure en deux secondes, ce n'est pas la vie de M. Tout-le-monde. Atteindre 375 kilomètres/heure sans se planter, ce n'est pas à la portée du premier péquin. Êtes-vous seulement capable d'imaginer la sensation ? Jamais vous ne pouvez décrocher... Une Alpine, c'est 1 070 chevaux. Alors la plaque de verglas, vous ne la négociez pas de la même façon. Cette Formule 1, c'est ma vie de tous les jours, commandant. C'est TANATA. Je sais parfois décompresser mais je ne vis que pour cette course. Le reste est trop lent pour m'intéresser. Je fais la fête comme on respire, parfois, entre deux apnées.

Guilloux resta à écouter, sans rien taper, ce qui mit en confiance Schönberg. Il laissa errer son regard sur le bureau de l'homme d'affaires, et s'arrêta sur une sculpture à la fois étrange et fascinante : une fleur de lotus bleu outremer qui virait progressivement au vert. Elle évoquait un artichaut qui lui-même muait en langues de corail qui tenaient entre leurs doigts de feu des fruits duveteux, d'un vert anis. Il fit le lien avec la chaise du hall. Ce devait être de la même artiste. L'œuvre parlait à son cerveau reptilien, l'alliance du végétal et de l'océanique, une puissance de vie en perpétuelle métamorphose. Schönberg ne pouvait avoir posé cette sculpture sur ce plateau de verre où figuraient si peu d'objets sans s'y identifier, d'une manière ou d'une autre.

C'était peut-être la clé de cet homme. La puissance de vie, sans cesse renaissante.

Après ses dires, aux allures de profession de foi, Schönberg se leva et se dirigea vers un meuble en laque noire, d'où il sortit une bouteille de whisky.

— J'imagine que je ne vous en propose pas ?... Je n'ai pas de mère supérieure, moi, alors, si vous permettez... Toujours pas de café ?

Nouveau refus.

Ses mains tremblaient.

— Monsieur Schönberg, je ne voudrais pas donner de l'amertume à votre whisky, mais qui pourrait vous en vouloir ?

— C'est une plaisanterie ?

Il posa son verre sur son bureau et embrassa l'espace de ses deux bras.

— Sérieusement... Un homme comme moi ne peut avancer sans dommages collatéraux. Un char ne se préoccupe pas des coquelicots sur son passage, si vous me permettez l'image.

Guilloux leva la tête. Les coquelicots, c'étaient les pétales les plus fragiles — et rouge sang.

— Dans le ventre d'une baleine, que trouvez-vous ? continua-t-il. Trois tonnes de krill par jour. Chez les baleines à fanons, les proies ne sont pas même mâchées. Je suis un char — et une baleine. Dans ma vie, je le reconnais, j'ai dû beaucoup écraser. Et beaucoup dévorer. Je vous laisse imaginer le nombre d'ennemis au final. De quoi vous occuper jusqu'à la retraite…

— Monsieur Schönberg, je ne discuterai pas avec vous des conséquences de votre parcours. Mais il nous faudrait savoir, concrètement, si vous avez eu, dernièrement, des échanges vifs avec quelqu'un, une dispute ?… Si un individu précis vous a adressé des reproches ou formulé des menaces, des injures ? Si un détail, même infime, vous revient ? Un différend commercial ? Si vous étiez en passe de signer un contrat qui aurait pu déranger quelqu'un… Une femme qui aurait exercé du chantage… j'en passe et des meilleures. Un concurrent contrarié… Tout l'arsenal de la revanche ou de la vengeance…

L'homme remua son verre entre ses mains. Il ne croyait pas aux grands coups de nasse dans le vide.

— Je suis assez protégé, vous savez…

— La preuve.

Desprez avait marqué un point. Guilloux se mordit les lèvres, tandis qu'il suspendait à nouveau sa frappe.

— Vous avez un garde du corps ?

— Non… je tiens plus à ma liberté qu'à une laisse avec un chien. Même s'il est armé… La preuve.

Chacun son point.

Desprez ne se laissa pas démonter.

— Des menaces caractérisées… Une prophétie explosive et morbide qui vous évite d'un cheveu… mais exécute froidement votre invité, monsieur Schönberg, je vous conseille de jouer franc jeu avec nous. Sauf si mourir vous importe peu.

L'homme, qui mettait un point d'honneur à se tenir droit, marqua le coup. Il fixa le parquet puis vérifia l'heure à sa montre. Il aurait eu besoin d'une sieste pour trouver l'aplomb nécessaire à ses affaires avec Hong Kong.

— Je vais essayer de réfléchir posément à tout ça…

— À quelle distance vous teniez-vous de M. Devrier quand il s'est effondré ?

— J'ai du mal à me rappeler exactement… Je dirais… un mètre maximum.

— Était-il prévu que M. Devrier reste jusqu'au terme de la soirée ?

La question déconcerta Schönberg. Il fit des efforts visibles pour se souvenir.

— Je… Non… En fait, il voulait discuter affaires durant la soirée mais l'occasion ne s'est pas présentée.

— *Affaires*… un député ?

— Le terme n'est peut-être pas le plus approprié…

— Sauriez-vous préciser ?

— D'opportunités technologiques… Autour du numérique. Voilà, vous êtes satisfait ?

Desprez ne broncha pas et continua, sans relever la pique. La réponse de Schönberg voulait dire qu'il faudrait gratter. Et que sans éléments, en qualité de victime, il resterait fermé.

— Lors du dîner, Devrier était-il à vos côtés ?

— Non… on avait tiré au sort qui serait à mes côtés…

Il baissa les yeux.

— Et le sort ne peut que sourire à quelqu'un comme vous, non ?

— Oui… pour tout vous dire, il a désigné deux charmantes femmes, il est vrai.

— Connaissez-vous leurs noms et leurs professions ?

— Euh… Il y avait une… ah… (Il repensa aux voitures.) Une influenceuse. Kyliane… je ne sais pas son nom… Et une artiste, une peintre… Veronika Mana… quelque chose. Elles sont sur la liste.

— M. Devrier occupait quelle place ?

— Attendez voir… il était… à une… deux… trois… quatre têtes de moi.

Le mot *têtes*, sorti instinctivement, le fit grimacer.

— Vous ont-elles entendu échanger, à un quelconque moment, avec M. Devrier ?

— Eh bien… sûrement. Nous avons eu des échanges durant le repas… Et je parlais fort, à cause du brouhaha.

— La journaliste qui était derrière vous en sortant, Mme Laura Benicci, où était-elle placée au dîner ?

— En face de Devrier.

— Durant le dîner, M. Devrier s'est-il levé, avez-vous remarqué un détail particulier ? Si quelqu'un l'accompagnait, si quelque chose a pu le troubler ?

Schönberg avait rougi. Desprez ne pouvait savoir qu'il se sentait visé par la question.

— Difficile de vous répondre… Il ne m'a pas échappé que le courant semblait passer avec Laura.

— Étiez-vous en train de parler avec le député, quand vous êtes sortis ?

— Nous étions sur le point de nous séparer… Si je me souviens bien… je parlais à Laura Benicci, cette amie, qui était juste derrière moi… J'étais tourné de trois quarts vers elle. Marc Devrier m'a dit qu'on se reverrait prochainement à Monaco quand… quand on l'a abattu. Ça a été fulgurant. Je n'ai… je n'ai pas entendu de tir… c'est bizarre, non ? Un tir, ça s'entend… Vous pensez que c'est… le choc ? Je n'ai pas tout de suite compris… Une fraction de seconde après, les cris de Laura m'ont fait réaliser ce que j'avais à mes pieds… Vous savez, vous ne réfléchissez plus. Je me souviens d'une panique générale… Plus rien de précis. Tout est comme… emmêlé et flou. Ce sont les hurlements qui me restent. Ce sont eux qui écrasent tout.

— Je vous comprends… Je ne souhaite ce genre de scène à personne… Dites-moi, vous évoquiez… Monaco ?

— Oui.

— Pour quelle raison ?

— Un truc à me montrer.

— Pourriez-vous préciser ?

— Je ne pense pas que ce soit utile à l'affaire…

Face à l'air buté de Desprez, il se sentit acculé.

— J'aime les voitures… Il avait un garage là-bas… Ou un ami à lui, je ne sais plus… je ne sais pas… Il m'avait parlé d'une Ferrari 250 GT coupé Boano de 1956.

Il lâcha cela comme s'il parlait à des amateurs de kart. Il ignorait que Desprez était très calé en voitures. Mais le flic n'avait pas besoin de frimer. Ce dernier resta muet.

— Je ne pense pas que ce soit un motif pour se faire descendre, dit-il avec un petit ricanement d'agacement.

— Quelles étaient vos relations avec le défunt ?

— Excellentes… Des relations professionnelles, plutôt, mais aussi amicales.

— Depuis combien d'années connaissiez-vous M. Devrier ?

— Laissez-moi réfléchir… Depuis… je dirais, une dizaine d'années. Depuis qu'il avait pris du poids dans le monde politique.

Guilloux pensa, malgré lui, à la baleine.

— Comment le décririez-vous ?

— Hum… comme un opportuniste. Peu de convictions politiques. Ce que j'appelle un homme à certitudes variables. Mais un rusé. Il savait flairer le vent qui tournait.

— De quoi bâtir de solides amitiés, ironisa Desprez. Il vous avait parlé d'inimitiés ? De problèmes d'argent ?

— Non… Je ne sais pas comment le tourner mais Marc… avait les plumes qui trempaient dans le goudron…

Le brigadier releva la tête.

— Je veux dire… que le pouvoir peut vite faire dérailler.

— Pourriez-vous nous en dire plus ?

— Le pouvoir, ce n'est pas un état. C'est un morceau de pain que des becs acérés veulent vous piquer. C'est compliqué, le pouvoir…

Guilloux regarda droit devant lui. Un rouge-gorge venait de se poser devant les bambous, sur la rambarde en fer forgé.

— Le pouvoir, reprit-il, il faut la carrure pour ça.

— Monsieur Schönberg, vous êtes sans doute fatigué… De notre côté, on joue la montre. On ne veut pas vous priver de votre *call,* et nous, on va retourner bosser… Si vous rajoutez des énigmes sur une affaire qui n'en manque pas, vous ne nous aiderez pas. Au final, c'est vous que vous desservirez…

Desprez sentait qu'il n'en dirait pas plus. Pas pour le moment. Cela viendrait. La peur finit toujours par rattraper les gens. Même les puissants. C'était une question de temps. Ne restait plus qu'à plier leurs affaires et à turbiner. Passer sa journée avec le Sphinx, il n'était pas payé pour ça.

Schönberg les salua.

Il eut un sourire d'excuse. Une fin de non-recevoir.

Il but une lampée de whisky. Et la savoura. La gorgée du rescapé, sans doute.

Quand les deux policiers furent dans l'allée, le portable de Desprez sonna.

— Je t'écoute, Michel.

Au bout du fil, son acolyte du 2e DPJ avait le ton qui ne plaisantait pas. Il eut ces mots, qui perforaient l'oreille : « L'E.I. a revendiqué l'assassinat. »

30

Rémi s'estima heureux de rentrer chez lui. Il était vivant, non ? Donc, il se relèverait. Capituler devant l'adversité et la perversité… non, il ne leur ferait pas ce plaisir. Pleurer, il n'avait jamais su faire. Subir, non plus. Son cerveau devait être plein de larmes qu'il ne savait déverser. La douleur, d'aussi loin qu'il se souvienne, il l'intériorisait. Pourtant, mille rasoirs lui tailladaient l'esprit. Tandis qu'il marchait, médusé par ce tsunami qu'il n'avait pas vu arriver, l'une des expressions de sa grand-mère lui revint en tête : *Quand tu ne peux manger le gâteau, sois heureux des miettes.* Bouge-toi. Il devait se raccrocher au moindre détail. Dans toute cette fange, trouver son fragment d'étoile. Sur cette terre, personne n'éteignait totalement la lumière. Personne. Et comme le disait Jéjé, son ancien acolyte : « Quoi qu'il arrive dans la vie, souviens-toi que la Terre continue de tourner. »

Le plus dur était le décalage violent entre le plaisir de retrouver son Ultima, vingt-quatre heures auparavant, et l'instant présent. *Perfect Day*, la chanson de Lou Reed lui revenait… Le sort était vraiment doué pour l'ironie. Pourtant, de Lagune ne l'empêchait pas de marcher.

Il amorça la montée, particulièrement raide. Elle longeait les vignes de Montmartre, ce bastion de résistance de la nature en plein Paris. Il ne pouvait passer sans les regarder. Ce confetti de verdure et de culture résistait à toutes les pressions immobilières et fêtait ses vendanges chaque année. Un exemple de ténacité. Grâce à ces ceps noueux, il suivait les saisons. Pour se donner du courage, il se dit qu'elles aussi, à force, l'observaient. Ces vignes devaient lui trouver un air fatigué. La nuit blanche. Le choc… Tout passerait. Il grimpa, se concentrant sur chaque pas.

En sens inverse, des enfants s'élancèrent sur leurs luges. Il évita l'un d'eux de peu. Sous un bonnet à oreilles en forme de raton laveur, le gamin lui cria :

— Joyeux Noël!!!!!

Il avait les joues toutes rouges. Rémi s'efforça de sourire. Ce même amour pour la neige le toucha. Ce blanc venu du ciel avait le don de tout adoucir, formes et bruits. *Et même toi, la noire injustice.* Montmartre gardait cet esprit village. Montmartre, ce n'était plus vraiment Paris. Y régnait un microclimat. Des voitures, on ne voyait plus que les roues et la plaque. Le confiseur du ciel les avait plongées dans de la glace royale. Alors que sur les grands boulevards, en contrebas, il l'avait vu, elle commençait à fondre. Sur la Butte, la couche de neige s'accrochait.

Au plus haut point de la colline, le Sacré-Cœur se mit à sonner. Rémi releva la tête. C'était Françoise Marguerite, à toute volée. Elle l'arracha à ses ruminations. Françoise Marguerite, la cloche savoyarde la plus lourde de France. Elle pesait autant qu'un apatosaure, un dinosaure herbivore — presque dix-neuf tonnes. Lors d'un exercice varappe de la BRI, il avait descendu le campanile de la basilique. Cela changeait du viaduc des Fauvettes de Bures-sur-Yvette, où avec ses collègues il s'entraînait sur les piliers des douze arches, et à travers les deux trous du tablier. Depuis, les cloches du Sacré-Cœur, il les connaissait toutes.

Françoise Marguerite, Félicité, Louise, Hyacinthe, Nicole — *l'essaim de bronze*. Il les remercia d'être là. De ne pas bouger. De veiller. Comme lui, elles restaient fidèles à leur mission.

Il en voulait à Topaze 1. Il ne comprenait pas son acharnement contre lui. Il avait croisé plusieurs fois son regard. Celui d'un homme qui voulait l'abattre. D'une certaine façon, de Lagune aussi exécutait les êtres. Froidement, sans jugement ni punition, sans faire couler le sang. Par son seul pouvoir de nuisance. Une forme d'ivresse irrésistible, irréfrénable. Le shoot mégalo de l'ego. Ce qu'il venait de faire à Rémi n'était que le bouquet final de multiples assauts au fil des ans, des remarques assassines aux vexations, en passant par les humiliations publiques.

Avec les nouveaux faits d'armes de cette nuit, tout remonta lentement en lui. Une profonde géologie. Des plaques de mémoire qui se chevauchent et font ressurgir à la surface le patient travail d'enfouissement du refoulement. Il revoyait le matin où son chef était arrivé en décrétant sans préliminaires, lors d'une réunion de chefs de groupe : « Rémi, vous n'êtes plus tireur fusil. » Avant d'ajouter, comme si c'était un privilège et la preuve de sa grande, si grande magnanimité : « Vous pouvez, éventuellement, garder le titre honorifique de chef de groupe pour les T.H.P. » Il avait fait semblant de clore, pour mieux enfoncer sa dague : « Ah ! J'oubliais. Vous devrez rendre votre fusil. » Après cette salve bien fournie, il s'était empressé de passer à un autre sujet. Là où Rémi avait réalisé combien son chef outrepassait les limites fut le moment où seul le *lierre grimpant* du tyran tenta de raisonner de Lagune. Son dévoué. Il s'était ému de la situation. Retirer son fusil à l'un des deux tireurs les plus expérimentés de l'unité, c'était, il s'était excusé de l'image, *se tirer une balle dans le pied*. Le mufle n'avait pu mettre à *exécution* son plan de démolition. Alors il avait raffiné sa torture : il avait suspendu sa décision. L'épée de Damoclès, après tout, avait le charme discret du couloir de la mort. Rémi en avait conclu que l'injustice était un poison. Une savante distillation. Un goutte-à-goutte qui, chaque jour, intoxique le corps et l'esprit.

Oui, il s'en souvenait.

Oui, je m'en souviens.

C'était un lundi matin.

L'aube de la semaine.

Le scorpion ne pouvait s'empêcher de le piquer. De ce dard si douloureux, si venimeux, il jubilait. Rémi était resté ahuri face au fantasme d'un chef qui, soudain, voulait sa dose d'essai transformé. Comme un drogué. Que son désir soit. Là, tout de suite. Que ses délires prennent corps. Comme un despote. Vicelard. L'abus de pouvoir dans toute sa misère. La splendeur de la perversité. Avec les joyaux de la couronne et les couilles de l'enfoiré.

Oui, il le revoyait.

Oui, je te revois.

Chacun rencontre un jour son tribunal. Ce peut être celui des bancs cirés et des robes noires. Ou celui du regard.

Il revit mentalement Topaze 1. Un soleil noir qui, jaloux de sa propre lumière, l'aurait dévorée. Au niveau de La Maison rose, un restaurant aux couleurs tendres comme un petit nuage auroral, Rémi tourna et prit la dernière rue vers le sommet. C'est là qu'il habitait, au n° 4.

Sur les pavés enneigés, ses pas dérapaient.

Au bout de la rue, son cerveau enregistra la tour élancée du château d'eau. Il avait été construit en style néo-byzantin, en harmonie avec le Sacré-Cœur. Rémi, lui, voyait une tour géante de jeu d'échecs. Ou la Dame qui protégeait de sa hauteur les Montmartrois.

Topaze 1 n'avait pas toujours réussi à l'avilir. Une fois, le préfet était venu à la BRI. Une visite qui n'avait pu être préparée longtemps à l'avance. Elle partait d'une belle intention. La casquette aux feuilles de chêne et d'olivier (l'autorité et la paix publique) était de sortie pour saluer le succès d'une affaire. À l'époque, la cérémonie avait lieu dans l'ancienne cour du 36. Rémi n'avait pas participé à l'affaire. Mais on était venu le chercher pour *gonfler les rangs* et *donner de la gueule* à la reconnaissance du chef suprême. Par décence pour les vrais actants, Rémi s'était positionné tout au fond, en tenue noire, à côté des stagiaires, reconnaissables à leur combinaison bleue. Pas question de voler la lumière aux méritants. Topaze 1 s'en était donné à cœur joie. Le préfet voulait serrer les mains et saluer chacun ? Très bien. Quand arriva le tour de Rémi, de Lagune prit un malin plaisir à le présenter du mieux qu'il le pouvait : « Et *ça*, monsieur le préfet, ce sont les stagiaires. » Ne manquait que l'estrade pour mieux écraser l'objet, puisque le « ça » ne méritait pas même le statut de personne. Quant au préfet, en son for intérieur, il avait été surpris du manque de moyens de la BRI. Un chef assez myope pour ne pas distinguer un stagiaire d'un de ses hommes en noir, avec étui de cuisse et insignes de la BRI, méritait de toute urgence des lunettes.

Avec une grosse correction.

Jusqu'aux marches qui menaient à son petit immeuble, Rémi prit le pouls de ces perversités qui, mises bout à bout, donnaient mathématiquement l'offense royale qu'il venait de vivre. Arrivé à l'escalier, il se baissa, ramassa une boule de neige, et l'envoya contre le mur d'en face.

Comme lorsque, enfant, une boule devient un talisman, une façon de conjurer le sort, et qu'on y met toute sa hargne. Il y avait un mot compliqué pour ça… Il ne le retrouvait pas… Sa grand-mère le lui avait appris, grâce à ses mots croisés.

En rassemblant sa haine, en la comprimant fortement dans la neige entre ses mains, on la lance le plus loin possible de soi.

Ne reste plus qu'à la regarder fondre. Jusqu'à n'être plus rien. Pas même son propre fantôme.

Ça y est, il se le rappelait. Le mot.

APOTROPAÏQUE.

Et la définition des mots croisés : *Contre les mauvais coups.*

Il eut l'impression de retomber sur ses pieds.

La BRI, c'était une famille. La plus incroyable famille que Rémi ait connue. Un âge d'or. À l'anti-gang, il avait découvert l'esprit de cohésion. De Lagune, pour mieux régner, avait cherché à diviser. Il avait placé ses pions dans chaque groupe, compté sur les rapports réguliers de ses *affidés*. La confiance avait été remplacée par la défiance. La cohésion par la fragmentation. Les effectifs de la BRI avaient été doublés. La *motte*, ce pot commun d'argent qui servait à couvrir les frais de mission, avait été supprimée. Elle reflétait les fondamentaux d'alors : fraternité, solidarité et cohésion. La culture essentielle, fusionnelle, de la cooptation avait été remplacée par des tests. Avant, chaque élément, repéré, coopté, effectuait un stage d'une semaine dans chaque groupe de la brigade. Il devait faire l'unanimité. Partager les vertus de courage, de modestie et de discrétion. Une autre mentalité. Ce n'était pas un jugement. Mais le constat d'un changement.

La résistance subit ce que même une falaise doit affronter. L'érosion. Rémi avait dû quitter le rêve de sa vie. Il avait dû quitter la BRI. Dans son fourreau noir, il avait reposé l'Ultima. Un deuil en soi. Pour le comprendre, il fallait avoir connu le regard d'une femme, d'un homme ou d'un enfant aux mains d'un forcené, persuadé qu'il va mourir pour rien, en mauvais jouet du destin. Et pour saisir le départ de Rémi, il fallait admettre qu'on peut mourir pour une noble cause mais non souffrir indéfiniment pour un tyran. À un persécuteur, il faut savoir rendre la tunique de son rêve. On ne sait pas suturer les rêves. Ni les réanimer. Cette blessure, Rémi la portait.

De Lagune venait de lui asséner ce qu'il pensait être le coup fatal.

Il lui montrerait qu'il se trompait.

Passé l'humiliation des tamponnoirs, Topaze 1 avait tout fait pour envoyer Rémi devant l'IGPN, la police des polices. Rémi ignorait un point : le directeur du 36 avait stoppé ses élans haineux. Un, c'était aberrant. Deux, cela jetait le discrédit sur l'ensemble de la police judiciaire. Trois, fin de l'histoire. Il appréciait sincèrement le travail de Lionel de Lagune mais de moins en moins sa personnalité. Dans son grand bureau, il voulait recevoir des fonctionnaires avec le sens de la mission chevillé au corps. Pas des pleureuses. D'où lui venaient ces étranges fixations sur certaines personnes ? Qu'est-ce qui justifiait un tel déferlement de haine ? Il en arrivait à se demander si de Lagune ne souffrait pas d'accès paranoïaques…

Rémi regarda sa boule de neige, explosée. Elle lui fit penser à son rêve. S'était-il pleinement débarrassé de sa haine ou de son rêve ? La haine n'avait jamais aidé à marcher. Le rêve, peut-être suffisait-il de le transformer.

Aux fenêtres de son immeuble, plusieurs guirlandes scintillaient en silence. Rémi monta à pied les trois étages et ouvrit la porte de son deux-pièces sous les combles. Quatre ans, déjà, qu'il avait dû déménager. Pour quitter un petit appartement qu'il adorait, sur les quais de Seine, au terme d'un crédit de dix-sept ans. Le fils d'un journaliste avait cru que la célébrité de son père lui donnait tous les droits. Et installé un conduit d'extraction des buées graisseuses de son restaurant sur le toit, parfaitement illégalement, profitant de l'absence de Rémi, parti former des policiers à l'intervention au Burundi. Qu'on lui pourrisse l'air, il connaissait.

Il n'avait plus supporté Paris. S'était senti délogé de son nid par un coucou qui ne reculait devant aucun mensonge. La justice ?

C'était une guerre d'usure. Il avait fui, comprenant que c'était là son salut.

Par-delà les fenêtres en chien-assis, les arbres nus frissonnaient comme des spectres. Elles donnaient sur le jardin sauvage Saint-Vincent, et Montmartre, c'était la montagne, une vue dégagée sur l'horizon.

Il revint dans la cuisine, ouvrit la porte de son frigo et se versa un verre de lait. Il n'était plus l'homme en noir. Il avait retrouvé son jean et un sweat à capuche kaki. Il s'installa au comptoir de sa cuisine ouverte et lança *God's Gonna Cut You Down* de Marilyn Manson. Une chanson gospel que Johnny Cash avait popularisée. Rémi s'assit sur un tabouret haut en acier, et but la moitié du verre. Il avait faim. Ses amis lui avaient proposé de venir manger les restes de la veille, leur frigo débordait. Mais il avait décliné sans leur raconter sa nuit. Ils n'avaient apparemment pas encore entendu les informations… Il enfouit la tête entre ses bras et s'efforça de détendre sa nuque. Le refrain de la chanson envahit son esprit. Il était question de Jugement dernier. *Sooner or later God'll cut you down.* Tôt ou tard, Dieu te punira. Il retira son sweat, enchaîna sur *KILL 4 ME*, garda son tee-shirt PGM* et se vida l'esprit en *shadow-boxing*, jusqu'à être en sueur.

Alors, il prit une douche brûlante et enfila un tee-shirt à manches longues grisé. C'était son préféré, parce qu'il était confortable à force d'être lavé et que dans le dos était écrit, sur fond jaune : SKIEURS AU-DELÀ DE CETTE LIMITE ZONE DE MONTAGNE NON SÉCURISÉE. D'un placard toujours rangé, il exhuma son snowboard. Rémi n'était pas maniaque mais il détestait

* PGM Précision, entreprise française de conception et de fabrication d'armes de très grande précision (dont l'Ultima Ratio) pour usage sportif, militaire et policier, implantée à Poisy, en Haute-Savoie.

perdre du temps. Ranger, c'était vivre dans la fluidité. Il repensait aux fameuses miettes de sa grand-mère. Son chef avait voulu le traumatiser. Eh bien, il n'était pas une victime, il aurait son quart d'heure de bonheur — qu'il préférait, et de loin, à celui, warholien, de célébrité. Il y puiserait la force de relever la tête. Et d'avancer.

Il finit de se changer et se retrouva presque aussitôt dehors.

La neige ne l'attendrait pas cent sept ans. Une drôle d'expression. Grâce à un livre ancien déniché chez Michael, le bouquiniste en contrebas du Lapin Agile, il en avait saisi le sens caché. Une explication trop belle pour être vraie qui l'attribuait aux travaux de Notre-Dame qui s'éternisaient. Au bout de cent ans d'attente, les railleurs disaient qu'il fallait ajouter sept ans de malheur pour les bris de vitraux. Cette explication était comme tout ce qu'on ne peut vérifier : suffisamment séduisante pour perdurer.

Sous les yeux médusés des touristes, il s'élança et dévala sa rue pentue. Dans la redoutable descente des vignes, il eut juste le temps d'apercevoir Paris d'en haut avant d'amorcer des virages tout en douceur, sans appuis francs et sans insister sur les carres car il n'oubliait pas que sous le blanc, les pavés l'attendaient. Paris, reine de la poudreuse, il ne fallait pas rêver… Ce titre, seuls les Stups pouvaient le lui décerner. Raison pour laquelle il glissait bien à plat, pour gérer sa vitesse et éviter la chute. Au croisement avec le cabaret du Lapin Agile, les passants, bouche bée, s'écartèrent. Il passa souplement entre deux plots de béton et continua à serpenter sur la neige. Puis il remonta à pied la rue des Saules, tel un *rider* en quête de hauteur, et se jeta dans la descente de la rue de l'Abreuvoir. Dans le virage, il fit un clin d'œil au buste en bronze de Dalida, à l'encolure de neige. Il sillonna les rues à travers la Butte, décidé à se payer le luxe de prendre le funiculaire. Une dernière descente sous la meringue du Sacré-Cœur, et il rentrerait.

Au milieu du blanc souverain qui mettait tout à égalité, son esprit se laissa aller. Un jour, il irait là où ses deux passions, la mer et la neige, s'embrassaient. Où ? Le Groenland, la Scandinavie, peut-être. Ou l'Argentine et le Chili… Ah oui, le Chili… Les volcans… L'eau, la neige et le feu…

Un dernier virage.

Il prit une profonde inspiration.

Les tyrans peuvent vous mettre à terre.

Ils ne peuvent vous empêcher de glisser.

31

Il avait réfléchi. Quand on a le sang frais encore collé à ses idées, on est forcé de ne pas se tromper.

Ce commandant avait eu une remarque pertinente. Il le revit en train de lui demander, comme une évidence, s'il avait un garde du corps. Le flic avait plissé le front en posant sa question. Comme s'il abordait un sujet grave, qui méritait d'être soupesé. Dans les plis de ce front rompu aux horreurs, il avait lu l'implicite.

Qu'il était, *réellement*, en danger.

Brusquement, Schönberg se leva. Il s'approcha des portes-fenêtres. La neige commençait à fondre. Cette fausse candeur qu'il détestait allait enfin disparaître. Il croisa les mains derrière son dos.

Avait-il besoin d'un garde du corps ? Ses mains se crispèrent. Il se tint encore plus droit. La vraie question était : avait-il peur ?

Richard, regarde-moi, as-tu peur ?

Son regard se perdit sur l'allée. Il revit le blanc… le sang… Puis le tapis rouge… Puis la tête… À nouveau la neige… Et… non, l'image, il ne voulait pas la *sauvegarder*. Il fallait l'écraser, comme un fichier informatique indésirable. Avait-il peur ?

Dis-le-moi.

Il détestait les gardes du corps. Jusqu'alors, avec toute l'*importance* qu'il incarnait par ses succès, il avait réussi à s'en passer. Un garde du corps, c'était un bouclier. Mais aussi un témoin. Indésirable, lui aussi. Le blanc… le rouge… Il la revit.

Elle.

Si belle.

Non, il ne voulait pas la revoir. Il voulait qu'elle *reste* belle.

Reviens.

Ne me laisse pas.

Il éprouva un élancement violent dans la tempe droite. Les fameux *outputs* de l'amygdale. Ces drapeaux qu'elle brandissait dans le cerveau, près de l'hippocampe, pour transmettre la peur. Le corps était une machine qui ne trompait pas. Un lanceur d'alertes. Il devait l'écouter, sinon, les traumatismes allaient remonter. Alors, l'*uppster* ne suffirait pas.

Il posa une main sur un carreau de l'une des trois portes-fenêtres. Ses doigts glissèrent. Il regarda la trace qu'ils laissèrent. La trace. La mémoire, ce qui reste gravé en nous, malgré nous, parfois. Le sillon rayé de sa personnalité. Dans les moments les plus rudes de l'existence, il se souvint d'avoir éprouvé cette terrible solitude. Celle que l'on doit ressentir, au moment de mourir. Il en frissonna. La mort l'avait frôlé de bien trop près. Elle avait été ce vent froid qui vous nargue. Soudain, il se sentit seul et las. Insupportablement seul.

Schönberg vérifia à sa montre combien de temps il lui restait avant Hong Kong. Vingt bonnes minutes. Pour une fois, il n'avait pas envie de s'occuper de ses affaires.

Il hésita puis se décida à appeler pour *l'autre sujet.*

Son interlocuteur n'apprécierait pas. Sa femme allait le fusiller du regard quand il s'écarterait pour répondre, smartphone dans une main et l'autre en conque, comme pour ne rien ébruiter. Elle se sentirait évincée. Vaincue par ses *éternelles affaires, le jour de Noël, en plus.* Elle n'avait qu'à changer de mari. Choix qu'elle ne ferait jamais.

Il appuya sur le numéro qui était mémorisé.

— Allô ? Oui… moi aussi… moi aussi… Et à Vicky aussi. Oui… je sais que tu sais… C'est… Non… pas facile… Je préfère ne pas en parler… Je sais que je peux compter sur toi… Merci… Je le sais… Écoute, on reparlera de tout ça… J'aurais besoin d'un service. Que tes contacts me trouvent un numéro… Oui… Je suis désolé de te déranger… Noël, oui… Oui, bien sûr… J'ai préféré t'appeler… plutôt qu'un SMS… Que tu saches que tu peux me dire non… Vraiment ?… Voilà, je voudrais que tu me trouves le numéro du sniper qui était sur l'opération au musée, cette nuit… Oui. (Il sourit.) Juste ça… Oui, de la BRI… C'est vraiment super. Tu sais que… Oui. Quand tu veux… Encore un joyeux Noël.

Décidément, dire joyeux Noël, aujourd'hui, il ne s'y faisait pas.

En raccrochant, il souffla un grand coup, comme s'il se vidait de tout l'air qu'il retenait.

Il revint s'asseoir à son bureau et se saisit de la cloche liturgique qui lui servait à appeler Tatiana, avec un élan retrouvé.

Voilà, le plus dur était fait.

Presque aussitôt, Tatiana apparut.

— Oui, monsieur ?

Il resta à l'observer, sans rien ordonner.

Elle l'avait pris de court, avec sa bouche, si tendre, qui frémissait. Et cet air ingénu… Et ses mains posées sur le chambranle de la porte. Non, pas posées. Abandonnées… Il eut envie de la prendre, là, d'un coup, sur le bureau, brutalement, de la prendre à moitié habillée, d'ouvrir ce cardigan de laine qu'elle s'acharnait à fermer jusqu'en haut, de tout déboutonner, de la retourner, de découvrir comment elle s'habillait. *Dessous.* Là, maintenant, de toute la force du fantasme. De tourner son beau visage, contre le verre. Puis de la maintenir, main contre sa joue.

Il se leva d'un bond et elle eut un mouvement de recul. Instinctif.

Schönberg fit quelques pas. Et s'arrêta. Elle ne le lâchait pas des yeux. Cela n'avait rien de séducteur. Il y avait du reproche dans ce regard. Un reproche qui imposait une distance.

Pas un mot ne fut prononcé.

Cette femme était le défi même.

Schönberg fut impressionné.

Ses bras retombèrent contre son corps. Et il dit, sans la regarder, mais d'un ton plus autoritaire que d'habitude :

— Apportez-moi des blinis et du tarama. Et de la vodka. Glacée.

Elle hocha la tête et s'exécuta. Puis repartit. Sans un mot pour ce cinglé.

32

Rémi rentra chez lui le corps froid mais le cœur chaud. Dans la cage d'escalier, les bonnes odeurs rivalisaient, de nobles restes qu'on réchauffait pour le déjeuner tardif. Des fumets de pintade aux épices, de magret laqué, d'orange miellée, de foie gras chaud aux pommes caramélisées, de nages iodées, de saint-jacques au topinambour, de purée de céleri, de champignons au vin blanc, de marrons grésillants, de coings compotés, de figues à la cardamome, de mangue et d'ananas rôtis fusionnaient en d'invisibles volutes. Cette symphonie, il ne pouvait la décrypter mais elle chanta Noël jusqu'à ses narines. Revers de la médaille : elle lui rappela sa solitude. Un jour, il allumerait une petite bougie au milieu d'une table. Ce serait Noël tous les jours car il y aurait deux assiettes.

Sans l'assassinat, cette journée de neige, si rare sur Paris, et de festivités eût donné quelque chose de gai. Sans l'assassinat… Quelle drôle de façon d'envisager la réalité… Pourtant non, dans ce marasme subsistaient des îlots de joie qui faisaient autant partie de la réalité. Rémi poussa la porte et sa première pensée fut de regretter de ne pas avoir de *cat-sitting*. Un chat posté derrière la porte qui lui sauterait dans les jambes pour l'accueillir. Le dernier propriétaire avait récupéré son maine coon la veille de Noël. Depuis la mort de Bengali, son joli chat tigré qui jouait au funambule sur la rambarde de son ancien appartement, Rémi n'avait pu se décider à en reprendre un. Il se rappelait encore quand il l'avait choisi, en Bourgogne. La mère, Matcha, avait eu une portée de deux chatons. Ce qu'elle avait donné à l'un, elle semblait l'avoir repris à l'autre. L'un était tigré, athlétique et élancé comme un lévrier, l'autre était une irrésistible boule à longs poils bleu-gris, argentés, sur de solides pattes musclées. Il avait choisi le plus mince, le futur Bengali, et l'autre, Petit Bleu, il l'avait offert à sa grand-mère qui avait toujours rêvé d'un chat « bleu ». En grandissant, cette merveille avait révélé des gènes d'un félin rarissime : le Nebelung. Il avait une queue en panache, un côté chat botté, une crinière léonine et de grands yeux absinthe. Sa grand-mère, Marie-Jeanne, surnommait ce chat mystérieux le Sphinx : « Il est comme toi, Poussin, affectueux mais réservé. » Elle l'appelait toujours Poussin. Certaines données relevaient de l'immuable. La Terre tournait sur elle-même et il resterait Poussin à vie pour sa grand-mère. Rémi saisissait qu'elle voulait, ainsi, lui montrer l'essentiel : la permanence des sentiments.

Il reprit une douche pour se réchauffer. Tout en se frottant énergiquement, il songea qu'il appellerait ses parents. Et sa grand-mère, bien sûr. Dans les odeurs océaniques de gel douche, il entama le décompte des amis à qui il devait répondre. Depuis la veille, les SMS formaient déjà un beau paquet. En premier, il répondrait à ceux qui lui avaient envoyé un message personnalisé. Sans doute avait-il de la communication une vision un peu *old school*. Écrire, pour lui, demeurait un lien à établir, un vrai. L'autre existait plus que lui-même quand il répondait. Il était comme le Nebelung. Non pas timide mais prudent et discret. Ce chat devait son nom au brouillard — *Nebel* en allemand. À sa grand-mère qui appréciait d'enrichir son savoir à partir du moindre détail, il avait fait remarquer qu'en allemand on disait « *in einer Nacht-und-Nebel Aktion* » pour « au cours d'une action commando ». L'expression avait tristement servi de nom de code pour poursuivre les opposants au Reich sans laisser de traces. Alain Resnais en avait fait un film du même nom, sur la déportation. Sa grand-mère avait enchaîné sur son mari, qui, du fin fond du Limousin, avait rejoint la Résistance. Rémi tenait beaucoup de lui. Son côté humble mais inébranlable, farouche et fidèle. Son versant protecteur de la nature et des êtres humains, aussi. Sans revendications. De la guerre, son grand-père était revenu sans autre haine que celle de la bêtise humaine, qui n'avait aucune patrie. Était-il ce que l'on appelait un homme bien ? À sa modeste échelle, oui. Il lui avait enseigné le tir, l'art du camouflage et la pêche à la truite. Le Poussin, jaune, se cachait remarquablement dans la brume.

33

Quelques mots sur les réseaux sociaux, et la nouvelle se répandit comme une traînée de poudre. C'était la puissance de l'information, la puissance d'une déflagration. Une façon de courir que même les marathoniens d'Iten, cette ville des hauts plateaux kenyans, ne pouvaient égaler. Non pas une foulée régulière ni une pose du pied bien à plat mais une précipitation tous azimuts, effrénée, comme si le monde n'avait plus le temps de penser. Des mots colportés non par le vent mais par les ondes. Et qui reproduisaient le vieux fantasme de l'humain, piqué au divin, l'ubiquité.

Frapper fort et tout de suite, partout. Et rester.

Hermès et Hadès savaient qu'ils n'avaient pas lancé une information mais mis le feu à la poudrière. Ils avaient donné naissance à cette créature qui réduisait les monstres mythologiques à des animaux de compagnie. Que seraient les douze travaux d'Héraclès aujourd'hui ? Nos ancêtres imaginaient Cerbère avec cinquante têtes, L'Hydre de Lerne, entre cinq et neuf. L'historien de César, pessimiste, lui en attribuait cent. Qui aurait imaginé une hydre aux têtes si nombreuses qu'on ne puisse plus les compter ? Qui aurait pensé que la tour de Babel se muerait en tour de contrôle ? Où l'idéal de s'élever et de parler serait contaminé par la haine et la vengeance.

Les réseaux firent leur devoir. Diffuser. Un geste aussi simple que d'appuyer sur un spray. Qu'importe l'haleine fétide de l'hydre! L'important était de reprendre, de répandre. La rumeur… un bruit qui court — et que rien ne peut rattraper. Aveugle, sourde et anonyme — mais jamais muette, la rumeur aux innombrables têtes distilla son venin.

La nouvelle se propagea. L'E.I. avait revendiqué. L'E.I. avait encore frappé. *Encore les terroristes islamistes!* Hydres et hyènes jubilaient. Les commentaires commentaient. La crédulité prenait le relais. Les vidéos appuyèrent l'*information*. Parfois, ce n'était qu'une minute nourrie d'un morceau de rubalise filmé dans le quartier. Le Musée des arts forains avait l'avantage d'être très *instagrammable*. Et comme rien ne vaut un crime sur carton doré, ce fut parfait. Se trouvait toujours quelqu'un pour avoir vu (quoi?), pour avoir entendu (quoi?), pour décréter qu'il aurait fallu agir autrement (comment?), pour condamner sans preuve, pour faire parler l'invisible.

Bientôt, quelques médias reprirent l'*information*. Avec des conditionnels que peu remarquaient. Quant à retenir… De toute façon, en cas d'erreur, seule la source pouvait être tenue responsable. Dans la course à la publication, il n'y avait pas de mal à devancer ses petits camarades, *au cas où*… D'autres médias, plus circonspects, émirent des réserves. Ils cherchèrent l'avis des spécialistes.

Une frange plus aguerrie attendit.

Laura Benicci, la journaliste aux premières loges de l'exécution, était la cible de toutes les attentions. Chacun voulait l'interviewer. Mais du cliché de la blanche colombe, cette blonde n'avait rien gardé. Le journalisme n'avait pas été, dans sa vie, une porte poussée mais une carrière embrassée. Ce que l'on appelle d'un mot suspect : une vocation.

De son mentor, un homme à l'air candide mais à l'esprit

redoutablement affûté, elle gardait un idéal qui reviendrait bientôt en force, elle en était persuadée : l'éthique. Et ces boussoles qu'il avait mises entre ses mains : « Être journaliste, c'est être toujours bousculé », « Le doute vient avant la curiosité », ou encore, cette dernière, qui lui avait évité bien des chausse-trapes : « Un journaliste n'a pas d'amis. À partir du moment où on a des amis, on perd son indépendance. »

Elle se méfiait des amis. Ce ballet autour d'elle ne l'étourdissait pas. Elle savait que lorsqu'elle décrocherait, ces sourires et ces flatteries s'effriteraient du jour au lendemain. Qu'il ne resterait rien.

Que la garde rapprochée. Une poignée de fidèles. Pas plus.

Schönberg n'était pas son ami. Il était une connaissance. Quand elle avait débuté, il l'avait cueillie. Il avait voulu mettre dans un vase cette nouvelle fleur du jardin. Tester son parfum. Montrer à *ceux qui auraient bien voulu mais qui n'avaient pas pu* que lui, il pouvait — sans effort, il prenait. Une simple question de pouvoir. Il respectait Laura car, dès le début, elle l'avait traité d'égale à égal. Comme un homme à qui elle se donnait mais qui n'était ni le Messie ni le seul et l'unique. Elle n'accourait pas quand il le demandait. Elle osait s'afficher avec d'*autres*. Le comble était qu'il l'avait traitée de *cœur d'artichaut*. Elle avait souri : le King pouvait souffrir.

Depuis, elle s'était mariée. Elle avait rangé sa vie sentimentale. Elle mettait sa passion au service de la vérité. Et si ce but était hors de portée, elle partait au moins en quête des faits. En luttant inlassablement pour préserver ce qu'elle jugeait plus fort qu'une virginité : l'indépendance et l'intégrité.

Au-dessus de son bureau, entre deux reproductions des globes de Coronelli, elle avait affiché cette citation de son mentor : « IL NE FAUT PAS SE RACONTER D'HISTOIRES. » Chaque fois qu'elle rédigeait un papier, elle allumait en elle cette veilleuse.

Schönberg, avec ses courtisans et ses faux-semblants, n'atteindrait jamais la cheville de son mentor. L'éthique forgeait non des puissants mais des résistants. Mais quelle définition donner au pouvoir ?

Passé le choc et les pleurs, elle s'était raccrochée à ce qui comptait le plus pour elle outre sa famille — son métier. Au musée, après le tir meurtrier, un policier de la BRI lui avait rapporté l'un de ses escarpins en daim. Quand il s'était approché pour le lui remettre au pied, elle avait été touchée par ce geste d'un sauveur penché sur sa douleur. Face à sa détresse, il lui avait pris la main. Elle revoyait son regard bleu comme les reflets d'un glacier. Elle se souvenait de cette main qui la réchauffait. De ce bras posé sur son épaule, sans équivoque, du flot régulier des paroles qui la calmaient. De ce regard serein qui avait pourtant vu défiler, dans son viseur, les forcenés, les terroristes et le grand banditisme. Il lui avait même donné des conseils pour nettoyer les taches de sang sur ses vêtements. *La terre de Sommières*. Elle s'en souvenait. Le policier lui avait recommandé de la mélanger à de l'eau froide, d'appliquer cette pâte et d'attendre une paire d'heures. Avec le gras, ça marchait encore mieux. C'était Josy, leur mère à tous à la BRI, qui le leur avait appris. À la brigade, cette secrétaire *multitâches* en gardait toujours pour eux dans son placard. Entre deux pleurs, la journaliste avait souri. Dans la vie *normale*, c'était elle qui gérait les taches de ses enfants. C'était elle qui chassait les pleurs. Un policier du 2e DPJ lui avait succédé. Un commandant, ancien de la Crime. Ils les recrutaient tous avec des yeux bleus ? Il avait les rides de l'humour. Elles tranchaient avec son air grave. Les deux allaient de pair, en vases communicants.

Il l'avait interrogée avec tact et douceur, sans l'accabler. La journaliste en elle avait repris le dessus, et tout de suite senti l'homme de métier. Un bref instant, l'interrogatoire s'était inversé : « Où étiez-vous, avant ? » Cela lui avait fait du bien de retrouver cette bouée de l'enquête. Le désir de savoir, de comprendre, de *pénétrer*. « La Crime. » Sans ajouter le 36. Elle l'avait deviné. « Longtemps ? — Dix-sept ans. » Elle avait hoché la tête, lentement. Brusquement, les pleurs étaient remontés. Elle s'était accrochée à son épaule droite. Il lui avait tapoté la main : « Vous pouvez pleurer... La douleur des victimes... Une école d'humilité, vous savez... » Elle l'avait remercié du regard.

Quelques heures plus tard, de retour chez elle, on lui avait fait part de la revendication. Son mari, un type obsédé par les régimes hyperprotéinés et les marathons, avait ouvert les robinets de la baignoire à fond. Il avait même mis du bain moussant. Elle s'était plongée dans l'eau très chaude. Elle s'était laissée couler. De longues secondes, elle n'avait plus eu envie de ressortir la tête. Jusqu'à rejaillir d'un coup à la surface. Ses yeux l'avaient piquée. Elle s'était sentie vivante. Elle avait replongé la tête dans l'eau. Puis, rompue de fatigue, avait répété : « Je ne crois pas en cette revendication. Je n'y crois pas. Vraiment, non. » Son mari lui avait conseillé de ne plus y penser. De ne plus penser du tout. Il était là. Pour elle, pour deux. Il n'était pas doué pour les grandes déclarations, mais il lui ferait couler des bains jusqu'à ce qu'elle soit lavée de... Il peinait à trouver un mot. De... *cette horreur*.

Non, elle ne voulait pas oublier mais comprendre. Elle allait rassembler ses forces, mettre à distance ses émotions, réfléchir. Pas tout de suite. Quand elle aurait passé cette barre terrible de l'angoisse et de la fatigue. Que disait-on des séries de vagues ? Qu'elles venaient par trois ? Elle les franchirait... Une par une... Elle allait résister. Surnager. Puis écrire. Elle le sentait. Trouver le pourquoi. L'aborder. Non comme une approche mais concrètement, comme un abordage. Monter à bord de ce canot à la dérive, de cette barque des Enfers.

34

Yoann Guilloux venait de piler. Sur la neige qui fondait, la voiture avait mis plus de temps à freiner. Sans surprise, la place de Clichy était en croix. Le jeune brigadier avait tout pour faire un remarquable procédurier mais il ne fallait pas lui laisser un volant. La ceinture de sécurité retint le commandant d'un coup sec.

Il jeta un regard noir à Guilloux qui lui renvoya son irrésistible air de cocker. Desprez se dit qu'il avait appris à amadouer ses supérieurs dans *Boule et Bill*. Il portait en lui la palette entière des émotions du chien.

La conversation avec le commandant Duchesne fut coupée.

— Bordel, dit Desprez en remontant le chauffage pour retrouver un peu d'autorité sur cette voiture. Guilloux, d'abord, je ne sais pas comment vous avez réussi à vous faire bloquer à gauche sur cette maudite place alors qu'il faut se tenir à droite pour le Bastion, et deuzio, sans vouloir être désagréable, je crois qu'un petit stage de conduite rapide vous ferait du bien… Un escargot nous doublerait sans problème… Bon… je rappelle "Michael". Essayez de ne pas nous massacrer cette voiture.

Son côté fou des espaces américains avait déteint depuis

longtemps sur le prénom de Michel. Guilloux, sous haute surveillance de son passager, joua presque à touche-touche avec les voitures.

— Tournez à droite… Allô ?… À droite !

— À droite ? Allô ? *Buongiorno !*

— Non, c'est Guilloux qui conduit plus mal qu'un GPS. C'est pour dire. Tu parles italien, maintenant ?

— Depuis que je suis allé en Italie, je mets des « i » et des « o » partout et je ramène trois fois par semaine à la maison de la mozzarella. Et des artichauts à l'huile ! La faute au lac de Côme…

— Et ta femme apprécie ?

— Disons… qu'elle a hâte qu'on parte en Espagne ou en Suède pour changer de régime.

— Bon, Michael, comme on fait du tourisme parisien grâce aux embouteillages, je voulais rebondir sur ce que tu disais. Je ne mise pas un kopeck sur la revendication de l'E.I.

L'avis de Michel Duchesne comptait toujours pour lui. Même s'il avait quitté le 36 pour la 2e DPJ, Duchesne restait sa matière grise externe. Ensemble, ils avaient tellement arpenté le boulevard du crime. *Deux putains d'enquêteurs.*

— Moi non plus. Tu as beau être venu manger sur nos plates-bandes, je vais te dire ce que j'en pense. Ce n'est pas le mode opératoire de l'E.I… Non… J'y crois pas.

— Complètement d'accord avec toi.

— Tu sais combien ils aiment que leurs sbires mettent une petite vidéo à l'appui, pour *garantir l'authenticité de leur œuvre…*

— Bien sûr.

Mains rivées au volant, Guilloux hocha la tête. Desprez l'observa du coin de l'œil et pensa : *S'il se tourne vers moi, je jure que je lui ôte le gouvernail des mains.*

Desprez réfléchissait. Les rues défilaient sans qu'il y prête attention. Il précisa sa pensée.

— Un côté trop poli pour être honnête.

— Un peu de ça, oui.

— Pas de martyr. Pas de kalach. Un sniper, c'est pas M. Tout-le-monde, ça fait plus US ou pays de l'Est…

— Je te l'accorde.

— Tu penses que le parquet antiterro va se saisir ?

— Si la revendication tient debout pour eux, oui. Mais, Mike, c'est trop fragile et tu les connais, ils croulent sous les dossiers. Avec la Crime, l'assurance de qualité devrait les rassurer.

Guilloux venait de rater l'embranchement de l'avenue de Clichy. Il se mordait la lèvre inférieure.

— Michael, je te laisse, Piou-Piou vient encore de me foirer l'itinéraire. On va être obligés d'enquiller sur la rue de Rome… Tchô !

Il le fusilla du regard. Qu'on ne lui parle plus de circulation dans Paris. Rien ne circulait, tout piétinait. À force de ne voir que les feux de stop des voitures, il en eut marre du rouge. Il ferma les yeux et laissa son esprit se distancier de la scène. Un exercice salutaire. Embrasser d'autres logiques en embrassant d'autres focales. Il essaya de se glisser dans l'esprit d'un sniper.

Que racontait ce penseur entendu à la radio, déjà ? Il se concentra et fut rassuré de voir que sa mémoire fonctionnait par-delà la nuit blanche.

Ce terrible proverbe : « Pendant que le sage réfléchit, le fou réfléchit aussi. » Voilà ce qu'il disait.

Oui, là était tout le problème.

L'autre, le sans-visage, le sans-mobile-identifié, réfléchissait aussi.

Ce qui le ramena à la réalité. Il se redressa sur son siège.

— Guilloux, vous venez d'où ? De Saint-Léonard-de-Noblat, c'est ça ?

— Oui… Absolument. Saint-Léonard.

Il fut soudain inquiet. Ses mains se crispèrent sur le volant. Il redoutait la suite.

— Et on ne mange jamais, à Saint-Léonard-de-Noblat ?

— Ah si, on ne raterait pas un repas, dit Guilloux, rassuré.

— Vu qu'on roule à la vitesse exceptionnelle de 5 kilomètres / heure, on est capables de repérer de quoi remplir notre estomac… Avec Noël, la mission est un peu plus compliquée. Mais comme on n'aura le temps que d'avaler un sandwich… Non, Guilloux, vous regardez tout droit. C'est moi qui épluche les rues. Y avait pas la Fédération française de l'apéritif dans le quartier ? Ils font un sandwich raclette qui ira très bien avec le froid…

L'instinct du chasseur se réveilla.

Guilloux, lui, redoubla de zèle au volant. Le mot *raclette* lui donnait l'eau à la bouche. L'effet boomerang du réveil en pleine nuit. Il se consola en se disant que la faim était un excellent signe de vie.

35

Rémi était en train de chercher le contact de sa grand-mère dans ses favoris quand son portable sonna. Un numéro inconnu. Il fronça les sourcils et tint son téléphone face à lui, indécis. Il s'enfonça dans son fauteuil en fixant l'écran. Ce devait être une erreur. Il ne donnait son numéro qu'en cas de nécessité. Le jour de Noël, les gens n'ont pas toujours l'esprit clair... Ils ont vite fait de taper n'importe quoi. Rémi, lui, avait cessé de boire de l'alcool depuis qu'il avait arrêté le rugby, au sortir de l'adolescence. Il avait vu trop d'humains changés en gorilles par une bouteille. Depuis, sans que ce fût un dogme, il buvait du lait ou de la Volvic. Et du thé. Ce qui, au Bastion, lui valait des moqueries. Puisqu'il ne vivait pas dans le regard des autres, ces railleries glissaient sur lui comme sur le pelage d'une loutre — encore une expression de Marie-Jeanne.

Il ne répondit pas, et la sonnerie cessa.

Il repoussa l'assiette qu'il venait de finir sur la table basse en verre. Version plus sobre que les fumets de sa cage d'escalier, il s'était préparé du riz japonais avec du wasabi, des tranches de gingembre en saumure et du vinaigre de bonite. Il avait mangé ensuite le meilleur des desserts. Un vacherin sur du pain. Il raffolait de ces notes de bois que prenait le fromage cerclé d'épicéa.

L'odeur (éloquente!) lui rappelait le Haut-Doubs où il avait grandi. Il s'était coupé une grosse tranche de pain (son autre point faible avec le chocolat mais comme il le disait, *on ne peut considérer le chocolat comme une faiblesse*) et avait repris deux fois du fromage. Dès qu'il mangeait du fromage et du pain, il avait l'impression d'être à la montagne. Il avait grappillé aussi quelques noix.

Il en prit une dernière, et se leva. Une brève pression dans son poing fermé, et il l'ouvrit. Par la fenêtre, il eut envie d'observer si les traces de sa planche dans la neige résistaient. Oui. Elles étaient là. Un joli tortillon déroulé souplement. Des traces de pas croisaient sa courbe, c'était émouvant. Il pouvait suivre tous les mouvements des passants. Cette mémoire de la neige le fascinait. Comme lorsque, enfant, il courait voir quels animaux étaient passés durant la nuit. Sa rue, peu ensoleillée, prêtait des reflets bleus à la neige.

Son portable se remit à sonner. Toujours ce même numéro inconnu.

Il hésita. Et si c'était… ? Cet abruti de Topaze 1 faisait tout pour le faire passer devant le conseil de discipline. Il l'avait bien compris. Il devait affronter la situation alors il répondit. L'avantage du téléphone : le mauvais suspense serait de courte durée.

La voix le surprit.

Un vague souvenir. Son cerveau qui travaille à fouiller la mémoire. Une façon très décidée de parler, à la manière d'un médecin qui établit un diagnostic. L'homme connaissait son prénom et son nom. Il les avait prononcés sans hésiter. La curiosité de Rémi fut immédiatement ferrée.

— Oui ?

Dans ce oui, on sentait de la méfiance. Une marmotte qui risque son museau hors du terrier, prête à se faufiler dans la moindre faille des éboulis.

— Richard Schönberg... Je crois que je n'ai pas besoin de me présenter...

— Effectivement...

La surprise fut une claque. Qu'est-ce que Schönberg lui voulait ?

Rémi retourna s'asseoir dans son fauteuil. Deux grandes photographies de vagues, en couleurs, lui faisaient face. L'une de Jaws, la célèbre « mâchoire du Pacifique », le monstre d'Hawaii. Les surfeurs qui l'avaient baptisée ainsi jouaient de l'analogie avec la soudaineté de l'attaque d'un requin. Et l'autre, de Teahupo'o, la plus belle vague de la création, sur la presqu'île de Tahiti. En son cœur, elles rivalisaient avec l'Ultima.

Dans son champ de vision, l'image carnassière de Schönberg et la mâchoire de Jaws se superposèrent.

— Je vous dérange, peut-être... Noël...

Vu les circonstances, Noël fit dans la conversation l'effet d'un mot inventé par des Martiens.

— Non... je vous écoute.

— Eh bien... (Schönberg se racla la gorge.) Je pense que vous aimez, comme moi, l'efficacité et la clarté.

Rémi resta silencieux, aux aguets.

— Voilà, reprit-il. Le téléphone est une invention merveilleuse. Mais je dois lui concéder des limites... Que diriez-vous de me rejoindre chez moi aujourd'hui ?

Pris de court, Rémi se cala bien au fond de son fauteuil pour soupeser ce que le requin était en train de lui proposer. Il ne voyait toujours pas le lien entre cet homme et lui. À part une tragédie qui reliait deux inconnus, d'univers radicalement opposés.

L'homme le plus public et l'homme le plus secret.

— Je... je ne sais quoi vous répondre. Ne sachant pas de quoi il retourne, vous comprendrez que...

— *Capitaine*, vous êtes flic… un des meilleurs, d'après ce qu'*on* m'a dit… Un bon flic sans curiosité, ça n'existe pas, non ?

Comment savait-il qu'il était capitaine ? Rémi aurait dû passer commandant mais il s'était acharné à refuser de devenir chef de groupe quand il était à la BRI. Il n'était même pas syndiqué… S'il continuait à refuser tout carriérisme, il finirait le plus vieux capitaine de la PJ. Gagner du galon pour diriger, non, vraiment… son tempérament s'obstinait à rester un homme de l'ombre.

— Vous…

— Je peux vous appeler Rémi… oui ? (Il n'attendit pas la réponse.) Eh bien… Rémi… Faites-moi la confiance de venir. Nous avons des intérêts communs à nous rencontrer, je vous le promets. Ce genre d'intuition, croyez-moi, c'est mon fort… J'oubliais, j'habite vers Pigalle. Je vous envoie un chauffeur ? Vous habitez Paris ? La banlieue ?

— Monsieur Schönberg, vos sources ne sont pas intarissables ? avança Rémi, mi-étonné, mi-railleur.

Qui donc ce requin avait-il pu joindre pour obtenir son numéro ?

— Ha ! ha ! Un bon point pour vous… Je me suis juste renseigné, je ne vous ai pas traqué… Alors… ?

Pigalle… S'il y avait bien un lieu que Rémi n'associait pas à Schönberg, c'était Pigalle. Même si les rues avaient perdu de leur exotisme canaille, voire franchement salace, on était loin du XVIe arrondissement… Sa garçonnière, peut-être ?

— Je ne sais pas quoi vous dire…

Rémi n'arrivait pas à quitter des yeux la mâchoire de Jaws. Dehors, des enfants devaient avoir entamé une bataille de boules de neige.

Il entendait leurs cris de joie.

Ou de guerre.

— Alors, dites oui. Vous gagnerez du temps.

C'était risqué, Rémi n'était pas du tout le genre d'homme qui appréciait qu'on pense pour lui. C'était provocateur, aussi, et le King misait sur cette carte. Il avait entendu le chef de la BRI le *descendre* après le tir. Lui témoigner de la considération revenait à lui tendre l'autre joue du destin. Schönberg était certes un cynique mais un cynique qui connaissait le fond de l'âme humaine. Et qui flairait la valeur là où elle était.

Dans un état presque second, Rémi tira sur son sweat et chercha sa réponse.

— D'accord. Pour le taxi, merci à vous, mais j'ai des jambes.

Fier, avec ça. Ce trait plut à Schönberg.

— Très bien. Je vous attends au nº 5 de l'avenue Frochot… J'imagine que vous avez un dîner… Dans une heure, c'est O.K. pour vous ?

— Euh… oui, oui. Pour le code…

— Quelqu'un guettera votre arrivée. Nous aurons tout le temps de parler chiffres ensemble plus tard…

Il le salua et raccrocha.

Rémi ne sut que penser. Quelles raisons poussaient cet homme à vouloir le voir ? Et comment allait-il s'habiller ? Les codes des uns ne seraient jamais les codes des autres. Mentalement, il passa en revue ses tenues. Elles étaient soit trop sportives soit trop habillées. Et encore, trop habillées, avec un homme comme Schönberg, il ne doutait pas qu'elles paraîtraient franchement *cheap*. La seule cravate qu'il avait ne brillait pas par son chic. Il en avait acheté une pour une réception chez l'ambassadeur du Burundi quand il s'était occupé de la formation des opérateurs. D'un bond, il se leva et se dirigea vers sa penderie. Il n'avait pas de dressing, lui. Ses mains déplacèrent les cintres en bois. Tout était impeccablement rangé — et repassé. Question cravate, le choix serait rapide, il n'avait que celle-ci. Entre ses doigts, il la considéra, sceptique. Elle qui lui parassait fort convenable jusque-là, classique mais sobre, lui sembla soudain manquer de tempérament.

Elle était banale.

Pire : elle ressemblait à une cravate de flic. Pas assez fine, avec des rayures obliques. Le minimum — parce que des rayures droites, il n'osait imaginer. Il poussa un soupir d'exaspération. S'habiller n'était pas sa première préoccupation. Il n'était ni un courtisan, ni un ara, ni un chanteur de rap, alors, ses tenues…

Mais là… la question se posait.

Il rejoignit le salon et se demanda pourquoi il avait accepté.

Puis il se demanda pourquoi lui qui se fichait des apparences en faisait une telle histoire.

Il comprit alors qu'il avait beau être au-delà des apparences, il ne supportait pas d'être en deçà des convenances. Une question de respect. Il retourna à sa penderie, décidé à en finir au plus vite avec cette affaire de style.

Son esprit retrouva l'efficacité. Il choisit un jean bleu marine, une chemise bleu clair et des chaussures de ville. À cause de la neige, il eut un doute sur les chaussures. Il avait une belle paire en cuir, montante mais élégante. L'un des rares objets sur lesquels il ait craqué, avec une ceinture, chez la Rolls des cordonniers, à l'Atelier Cattelan, près du métro Jourdain. Depuis que les deux frères de l'Atelier lui avaient appris comment les nettoyer, il aurait pu se raser dans le miroir de ses souliers. Ou presque. Mais il fallait bien parfois un peu exagérer…

36

Arès changea de voiture. Il se débarrasserait de la Mini plus tard. Par précaution, les plaques étaient en doublette. Près de la cabane se situait un petit garage souterrain, en contrebas. Il en avait sorti sa vieille Maserati Khamsin coupé. Un modèle de 1974, un prototype, dont seuls les carburateurs et la pompe à essence n'étaient pas d'origine. Cette voiture n'avait connu que trois propriétaires. Avec elle, il entretenait un rapport fusionnel. Elle était sobre, couleur bleu nuit avec intérieur en cuir noir, mais des lignes parfaites. Profilée, aérodynamique, avec élégance, sans agressivité. Pas le modèle frimeur. Rien de l'électronique moderne qui ne cesse de tomber en panne ou de vous causer des problèmes à la chaîne. Le modèle qu'il imaginait droit sorti d'un film d'espionnage. Qui donnait envie d'aller voir la mer et d'aller jouer au casino. De ramener l'argent à ce qu'il était : une farce qui avait pris le pouvoir sur le seul système juste qui existât — le troc.

L'air était encore plus frais en forêt qu'à Paris.

Leurs pieds s'enfonçaient dans la neige avec un bruit d'air comprimé. Les feuilles des arbres ajoutaient un crissement de papier cristal froissé.

Avant de monter, Athéna prit le temps de finir un sandwich

à l'anguille fumée. Elle vérifia qu'elle avait, dans sa poche, une pochette d'Eau d'orange verte pour s'en frotter les mains. Arès avait mangé plus vite qu'elle. Et bu du jus de grenade glacé. Ils n'avaient pas eu besoin de réfrigérateur. Elle le regardait. Son cœur était lourd. Chaque geste d'Arès la torturait. Un regard, et elle aurait voulu plonger le sien au fond de ses yeux. Y retrouver l'innocence. Le temps béni d'avant la haine. Arès connaissait-il seulement l'amour ? Dans la chevelure nue des arbres, un oiseau passa. Elle aurait aimé qu'il soit coloré comme un quetzal. Que ses longues plumes battent l'aile de leur pinceau turquoise. Mais il était noir. À travers son vol, elle eut peur de lire de funestes présages.

Arès s'approcha de la portière. Il avait l'habitude de laisser sa main courir jusqu'à la poignée. Comme une caresse. Il mit le contact — une clé qui paraissait antédiluvienne aujourd'hui — et laissa chauffer le moteur V8. Une forme de préliminaires…

Un nuage de condensation s'éleva de la Maserati qui réchauffait l'air froid. Arès le traversa. Un instant, elle le vit dans cette brume. Elle songea aux « vaines ombres » des « rives sombres » des marais de l'Achéron. À la barque de Charon qui fend les nappes de brouillard du Styx pour le dernier voyage des morts. Elle frissonna, avec l'impression de n'avoir jamais eu aussi froid. Elle frappa ses mains pour disperser les miettes. Et s'essuya chaque doigt grâce à sa pochette parfumée.

Arès contourna la voiture et vint lui ouvrir la portière. Il accompagna son geste de son irrésistible sourire triste. Elle lui proposa sa pochette parfumée et s'efforça de regarder ailleurs. *Arrête de l'observer.* Les arbres d'hiver évoquaient un bataillon. La même espèce, la même taille, les mêmes silhouettes grises au garde-à-vous, droites, entre ciel et terre. Écho inversé aux nombreuses balles qu'ils avaient tirées, les arbres allaient-ils exécuter Arès en retour ? Une main sur la portière, Athéna prit une longue inspiration et ferma les yeux. Quand elle les rouvrit, elle eut peur de ne plus voir qu'une ombre.

Mais il était là. Il n'avait pas bougé. Qu'attendait-il ? Qu'elle l'embrasse ? Qu'il s'effondre ? Qu'il implore de remonter le temps ? Elle eut envie d'envoyer de grands coups de pied dans la neige. De s'en prendre à toute cette blancheur. De crier contre l'irréversible.

Arès, lui, contemplait Athéna comme si rien n'existait. Elle avait mis de jolies bottes en cuir qui montaient à mi-mollet. Elle avait tellement plus de charme que les filles qu'il côtoyait. Mais un gros défaut… Hadès. Les jolies filles à la tête bien faite partageaient souvent ce genre de défaut. Et le plus grand problème restait en lui-même. Dans ce cœur si cadenassé que la lumière ne se frayait aucun passage.

Dans ce cœur mort depuis longtemps.

Depuis l'accident.

37

Devant sa glace, sous la lumière crue des spots qui figurait déjà un interrogatoire, Rémi s'essaya à plusieurs sourires. Quand il doutait de lui, il aimait ce jeu. Il regardait le miroir et se lançait dans une série de « Bonjour, monsieur ! » suivis de l'audacieuse variante : « Monsieur ! Bonjour ! », imaginant la poignée de mains qui viendrait. Franche, virile ? Certainement. Il aurait une microseconde pour analyser la façon dont Schönberg tendrait, lui, sa main. Il serait sûrement jugé sur cette première empoignade. Au bout de quelques essais où il tentait de caler le ton adéquat et la mimique la mieux adaptée, en adoptant toutes les attitudes possibles, il jugea ce spectacle tellement factice qu'il gagna en confiance. Un sacré jeu de rôles, cette vie… Qui échappait au ridicule ? Puisque rien n'était, au fond, *grave*.

Sauf la mort.

Topaze 1 ne réussirait pas à l'achever. Quoi qu'il fasse. Et M. Schönberg devrait se contenter de son naturel. Rémi avait une carte maîtresse qu'il ne pouvait méconnaître — son sourire. Quelque chose de solaire qui soudain irradiait. Sa bonté qui affleurait. Dans ce *motu* de réserve et de mystère, la soudaineté d'un partage. À l'ancien 36, n'était-ce pas lui qui avait été choisi pour une série de photos sur les célèbres toits, en tenue d'intervention et en position de tir ? Chacun avait un rôle où il excellait. Parler d'un *supérieur*, au sens strict, n'avait aucun sens.

Le miroir lui renvoya un visage volontaire. Il avait un menton carré, des sourcils bien dessinés qui lui donnaient un air ténébreux, intériorisé, des lèvres faites pour embrasser, et des yeux de la jolie couleur d'un banc d'église ciré, vifs et pénétrants. Face à eux, le mensonge devait se sentir menacé. Il vérifia sa coiffure, remarqua que ses cheveux commençaient à grisonner, puis tira sur sa chemise pour s'assurer qu'elle n'avait aucun pli. Pour finir, il attrapa un flacon de parfum épicé-boisé et s'entoura discrètement de cette première carte d'identité, invisible. Un dernier regard à sa silhouette — il était prêt.

15 h 20. Il avait juste le temps d'appeler sa mère pour lui souhaiter un joyeux Noël. Bien sûr, il résumerait ses aventures à leur strict minimum, pour ne pas l'inquiéter. Souhaiter un joyeux Noël à sa mère en l'accablant de ses problèmes serait égoïste et malvenu. Elle n'avait que lui pour la divertir de ses propres soucis. Vieillir en était un en soi.

L'appel passé, il fut rassuré d'avoir trouvé une bonne voix à sa mère. Ne pas être à ses côtés pour Noël n'allait pas sans un léger pincement de cœur. À son père, il adressa un SMS sobre. Pour se détendre avant son départ, il fit défiler ses titres préférés, et mit *She Said to Me Quietly* de Kyson. La musique était l'une des grandes passions de Rémi, avec le surf, le ski, la plongée et la pêche. Elle lui permettait de traverser toutes les épreuves en modifiant ses états émotionnels. Kyson lui faisait l'effet de voler, en albatros, au-dessus de l'océan. Au-dessus des problèmes.

Il se laissa planer.

Restait l'essentiel. Appeler Marie-Jeanne. Il entendrait cette voix unique. Une voix tournée vers l'amour, qui ne connaissait ni l'envie ni la haine. Une voix qui rachetait l'humanité.

Elle décrocha au bout de sept sonneries et il l'imagina se dépêcher, alors qu'il le lui interdisait.

— Joyeux Noël, Marije !

— Joyeux Noël, mon Poussin…

Elle était émue dès qu'elle l'entendait. Il se demanda ce qu'il donnerait pour que cette voix de mésange continue d'exister, pour qu'elle ne l'abandonne jamais… Rémi sentit qu'elle envoyait immédiatement toutes les bonnes fées vers lui.

Ils échangèrent sur ce qu'on appelle, par condescendance, la pluie et le beau temps. Ce n'était ni plus ni moins que l'interrupteur de la communication, pour vérifier que tout fonctionnait. Marie-Jeanne avait grandi en Creuse, en pleine campagne, là où même les clochers restent cachés. Son mari, qui était fermier et bûcheron, avait la passion des livres. Sa joie était d'en rapporter de la bibliothèque. Passion dont Rémi avait hérité. Il dévalisait les bouquinistes. D'aussi loin qu'il se souvienne, sa grand-mère, elle, avait été abonnée à *Historia*. Rémi l'avait fait rire en lui apprenant que Madame Claude exigeait de ses *filles* qu'elles lisent *Historia* pour tenir une conversation. Ses clients voulaient une superbe plante au restaurant, avec de la *tenue*, dans tous les sens du terme, et de la repartie. Vu le nombre d'heures qu'ils passaient au restaurant…

Sa grand-mère en vint inévitablement à son émission préférée, *Affaire conclue*, une émission sur la 2 où des détenteurs d'objets les faisaient expertiser avant de les proposer aux enchères.

— Poussin, on parle de mots rares, mais tu sais quoi ? Ils ne sont pas si rares, pour que quelqu'un comme moi les rencontre deux fois en quinze jours. Tu te souviens de cette bête étrange (elle parlait des mots comme d'animaux), *apotropaïque* ?

— Bien sûr !

Il jeta un œil à sa montre.

— Eh bien, Poussin, je te le donne en mille : dans *Affaire conclue*, ils ont dit le mot !

— C'est dingue… Sans toi, je ne l'aurais jamais croisé de ma vie.

— Tu vois qu'on apprend plein de choses dans *Affaire conclue* ! Alors, quand on méprise les émissions *populaires*… je ne suis pas d'accord… vraiment pas…

— Je sais que tu adores *Affaire conclue*, Marije, sourit Rémi qui en oubliait tous ses soucis.

Il cala un coussin dans son dos.

— Ils en parlaient au sujet des gargouilles. Tu sais, comme la gargouille que tu avais sur ton écusson de la BRI ? Eh bien, ta gargouille, elle est *apotropaïque*. Elle détourne le mauvais sort.

— Tu crois au mauvais sort ?

— Bien sûr, Poussin…

— Et tu fais toujours tes mots croisés ?

— Ah oui, Poussin. Tous les jours. Je reste fidèle à Philippe Dupuis. C'est bon pour ma mémoire. Là aussi, je *croise* des mots qui me donnent parfois du fil à retordre. Ça me fait penser à tes enquêtes… Et puis, j'aime l'idée que les mots croisés font se rencontrer des mots qui devraient se tourner le dos. Comme la haine et l'amour…

Son sourire s'agrandit. Il l'aimait vraiment. Comme un diamant. Non… bien plus fort qu'un diamant. Comme le plus beau galet poli dans l'eau folle d'un torrent de montagne.

— Le Sphinx va bien ?

— Oooh oui, dieu qu'il est mignon… Si tu savais… Il me donne tout l'amour du monde. Il dort sur mon bureau, là, avec son petit ventre argenté… Dis-moi, Poussin, tu dînes au moins avec quelqu'un, ce soir ? Noël…

— Non… personne, j'ai besoin de récupérer. J'ai passé… une longue, longue nuit.

— Tu sais, moi j'ai mes mots croisés, le Sphinx et ma télé… Et mes livres… Mais toi, tu ne peux rester éternellement seul, mon Poussin. À un moment, il faut… non pas oublier… mais s'autoriser à vivre *autre chose*… Je n'ai rien à te dicter, mon Poussin, mais une vie est vite passée… Crois-en mon vieil âge…

— Tu es la plus jeune des mamies, Marije… Je t'aime. Prends soin de toi. Le travail m'attend…

— Le jour de Noël ? protesta-t-elle.

— Tu sais que dans mon métier, Noël n'est qu'un des 365 jours de l'année…

— Alors, file Poussin ! Prends soin de toi aussi.

Drapé des pensées de Marie-Jeanne, il descendit les marches de son immeuble au pas de course et partit affronter le froid.

Et Schönberg.

38

Fatigué par les maigres heures de repos qu'il n'osait pas appeler une nuit, de Lagune était rentré chez lui pour fêter le déjeuner de Noël en famille. *En coup de vent avant d'y retourner.* Il avait mis les pieds sous la table en prenant un air harassé. Et n'avait cessé de regarder son portable et de répondre aux messages. On ne pouvait lui reprocher de ne pas s'impliquer. Et il était endurant. Tenir le siège d'un dispo en étant présent à 100 %, il savait faire.

Sa femme, Aurélie, une grande tige aux cheveux châtain mi-longs, s'était maquillée de façon spectaculaire, avec du fard bronze et or et un long trait de khôl. À ses oreilles pendaient les boucles qu'il lui avait offertes lors de leur échappée à Venise. *Quand il avait enfin pris du temps pour eux.* Dans sa robe fluide, en dentelle noire, doublure chair, elle avait de l'allure. Au-dessus des seins, des paillettes réfléchissaient la lumière.

Leur fils était venu avec sa nouvelle petite amie. La deuxième en six mois. Une brune aux cheveux lissés et des lunettes fantaisie — la norme, puisque les lunettes sobres étaient en perte de vitesse. L'étudiante en communication boudait chaque plat en calculant les calories. Au bout du troisième refus, de Lagune, excédé, lui fit remarquer que sa femme avait une ligne parfaite en goûtant de tout. Elle eut une petite moue dédaigneuse et rétorqua que *sincèrement, elle n'y tenait pas*. Il voulut lui verser du vin et elle posa sa main sur son verre. De l'eau, ce serait parfait. De Lagune jeta un regard à son fils, en grande conversation avec son assiette. Il s'appliquait à entortiller ses pâtes aux langoustines autour de sa fourchette. Son père se dit qu'il n'aimerait pas manger tous les jours la nourriture de sa copine. Il lui souhaitait bon courage pour les décennies d'ennui à venir. Décennies qui ne dureraient que quelques mois…

— Tu as fait un mot à mes parents ? demanda Aurélie à son mari.

— Oui, oui, bien sûr.

— Maman va recevoir la Légion d'honneur…

— Ah oui ? Déjà ? Telle mère, telle fille…

— Pourquoi *déjà* ?… Ressers-moi en vin, chéri. Je disais à Paul et à Virginia (à une lettre près, ce couple éphémère rentrait presque dans la littérature) qu'on avait de la chance de t'avoir au déjeuner. Quand j'ai vu les nouvelles sur BFMTV, j'ai parié devant tout le monde que tu ne viendrais pas.

— Je vais repasser au service…, dit de Lagune en s'essuyant avec sa serviette comme s'il retirait du cambouis.

Il s'était pris la tête avec le patron du 36 à qui il avait fait remarquer que Sohan Chenguiti, le T.H.P. qui les avait plantés, était musulman et qu'en raison des revendications de l'EI, on ne pouvait faire l'impasse sur un criblage approfondi le concernant. Qu'il fallait vérifier ses relations, son agenda, ses fréquentations à la mosquée et sonder ses collègues. Il s'était laissé pousser la barbe, cela le chiffonnait pour un type qui était habilité secret-défense. À force de soupçons, il avait eu raison du directeur qui en avait conclu : « Vu ce qui s'est passé en 2019 dans la cour de la Préfecture de police avec Harpon, tu as raison, on ne peut prendre aucun risque. Pour ce qui est de la barbe, on ne peut plus dire que ce soit un critère pertinent, Lionel... Aujourd'hui, c'est comme si tu me disais qu'un mec a fait de la taule parce qu'il a trois tatouages sur le bras. » La vérité était que le patron ne croyait pas du tout à cette version mais que de Lagune avait le don de mettre le ver dans le fruit et rien n'est plus désagréable que le doute dans l'esprit. L'autre vérité était que Sohan Chenguiti avait été, en 2000, le premier *rebeu* à intégrer la BRI. À l'époque, existait un besoin urgent d'avoir d'excellents traducteurs habilités secret-défense. Même les rares anciens légionnaires de la BRI n'avaient jamais eu une remarque déplacée pour Sohan. Mais de Lagune, en alchimiste maléfique, avait le vice de changer l'or en boue.

Il avala sa part de bûche aux fruits exotiques en quelques fourchetées. Son esprit était ailleurs. Il avait d'autres projets en tête...

— Elle est délicieuse, non ? s'enquit sa femme.

— Tu le vois bien, il ne reste plus rien, répondit de Lagune en repoussant son assiette.

Ce n'était pas tout à fait vrai. Sur le pourtour, il avait délaissé des morceaux de gingembre confit.

Au moment des cadeaux, il tendit à sa femme un élégant paquet.

Elle l'embrassa sur la joue. De Lagune se passa la main sur le visage pour gommer d'éventuelles marques.

— Tu vas me mettre du rouge à lèvres, partout, non ? Ça ne fait pas sérieux, du rouge au travail... Allez, ouvre, chérie...

Elle déballa le paquet, et découvrit un pull. De Lagune, qui n'était pas un passionné de psychologie, prit pour de la surprise ce qui était de la stupéfaction.

Aurélie déplia le pull Bompard sous le regard de l'assistance qui attendait ce grand moment de la séance des cadeaux : les commentaires.

— Il est… superbe, mon chéri. Vraiment superbe.

Par fierté, elle n'osa dire devant Paul et Virginia que c'était le même qu'il lui avait acheté deux ans auparavant. Exactement le même. Il avait donc dû l'acheter en avance, et en soldes.

Elle lui tendit, avec une légère crispation, le paquet qu'elle avait mis une heure à personnaliser. Avec des rubans bleu blanc rouge et des branches de sapin.

C'était la statuette en bronze numérotée d'une femme nue qu'il admirait depuis des mois chez un antiquaire des quais, près de la Monnaie de Paris.

Il la serra dans ses bras et s'excusa. Le devoir l'appelait.

Elle *savait.*

Elle *respectait.*

Entre deux SMS pour démolir Rémi, son ancien T.H.P., auprès du patron et d'autres pour en remettre une couche sur Sohan Chenguiti, histoire d'oublier ses propres manquements, il envoya un autre SMS : « Tu es où ? »

La réponse ne tarda pas à venir.

« Chez moi. »

Il tapa vite : « Tu as trouvé ? »

Il était déjà dans la rue quand il lut : « Hôtel Regina Louvre. Géniaaal, non ? Dans une demi-heure ? Dépêche-toi… Tu me manques… »

Avec un sourire crispé, le lot de la mauvaise conscience, il s'empressa de taper : « O.K. »

Un œil aguerri aurait remarqué la célérité avec laquelle il répondait dans ces cas-là. Et la façon, invariable, dont il rangeait son portable le plus rapidement possible dans la poche intérieure de son blouson.

Comme un lâche.

Comme un traître.

39

Il s'éloigna de son immeuble haussmannien, situé dans une paisible rue du XVIIe, et ignora sa femme qui, derrière le lourd rideau damassé, observait la démarche décidée de son mari. Il réajustait son Glock 26, fourré dans son pantalon, à la ceinture. Un tic qu'il avait. Son flingue au plus près du cœur de ses préoccupations…

Quand elle l'avait rencontré, vingt-deux ans plus tôt, elle ne l'avait pas choisi parce qu'elle confondait un flingue et un sexe. Mais parce qu'elle avait cru lire en lui un désir sincère de défendre la nation. Où était le Lionel qu'elle avait connu ?

Elle le vit déverrouiller la Mercedes classe B qu'il avait eu la chance de garer à quelques pas de la porte d'entrée. Cette voiture d'occasion qu'un des groupes de la BRI avait mis longtemps à récupérer, au bout d'un long parcours d'obstacles administratifs. Le jour où le véhicule était enfin arrivé, de Lagune l'avait confisqué pour lui. Privilège du chef.

La silhouette noire glissa sur la chaussée où la neige fondait.

Aurélie resta un moment à la fenêtre, en faisant jouer sa bague de fiançailles entre ses doigts.

C'était un cœur formé par onze diamants et trois flèches argentées.

Une bague au romantisme banal.

Comme le couple qu'ils étaient devenus.

De Lagune s'engouffra dans l'air froid des arcades de la place des Pyramides, à deux pas du Louvre. Il dépassa un sapin de Noël couvert de petits gardes royaux anglais en bois et de guirlandes étoilées lumineuses. Il adressa un bref bonjour au réceptionniste avec un discret mouvement de l'index qui signifiait qu'on l'attendait en haut. Il détestait ce moment où sa lâcheté avait un témoin qui n'était pas dupe. Il ne ressemblait pas aux clients qui déposaient de lourdes valises Rimowa ou Vuitton, accompagnés d'une femme agréée par la chirurgie esthétique, en long manteau impeccable, au brushing tout frais et aux ongles vernis.

Elle était déjà dans la chambre.

Quand il poussa la porte, elle l'accueillit sans qu'il eût le temps de se déshabiller.

Déjà, ses bras l'enlaçaient.

Elle se serrait contre lui comme une rescapée d'un tremblement de terre.

Il se laissa embrasser. Elle avait des lèvres chaudes et vingt-cinq ans de moins que lui.

Il croisa les doigts sur sa nuque. Fidèle à son habitude, elle avait relevé ses cheveux en chignon. Quelques mèches dépassaient pour donner un côté indiscipliné. *Elle était une rebelle, non ? Libre comme l'air, non ? Impulsive, non ? Elle faisait ce qu'elle voulait.* Mais comme sa chevelure n'était pas très épaisse, elle mettait un bun. Il avait appris ce mot grâce à elle. Un accessoire qui ressemblait à un doughnut, artifice qui permettait plus de volume.

Elle portait son chignon haut sur la tête, ce qui lui conférait de l'assurance face aux puissants qu'elle prenait pour cibles. Son mari avait, heureusement, presque la même taille qu'elle. Mais Lionel la dépassait d'une tête. La concurrence était rude dans le milieu des avocates pénalistes. Et son *amie* vivait, elle, avec l'un des plus beaux *spécimens* de la BRI. Avec ses Louboutin et ses tenues provocantes, cette *amie* était l'électron libre du barreau. Une tornade redoutable, à l'éloquence haut perchée. À côté de cette *amie*, elle ressemblait à un bébé. C'était injuste. Elle le savait, elle n'aurait jamais le cran d'être aussi sexy. Pourtant, elle essayait. *L'autre* avait des ongles de croqueuse d'hommes. Pour se rattraper, elle avait réussi à choper le chef, *elle*. Elle était prête à se faire tout le 8e étage de la direction du 36 pour *y arriver* (à quoi ?). Pour se venger, elle assaillait Lionel de SMS pour mesurer sa dépendance et le voler, symboliquement, à sa femme. Surtout le week-end : elle jubilait de lui envoyer des rafales de messages le samedi et le dimanche.

Alors Noël… une consécration.

Le trophée d'honneur du tableau de chasse.

Son amante le fixa droit dans les yeux. Comme les femmes fatales au cinéma, ces mantes religieuses. Elles faisaient bien comme ça ? Détermination et sensualité. Elle porta la main à son chignon. Et se tint droite, fidèle à ses anciens cours de danse. Le port de tête.

Elle se sentait alors moins petite. Moins fragile.

Elle se sentait exister.

Sinon, c'était le tsunami. L'angoisse qui l'envahissait, le doute, la jalousie, l'envie, la peur… la peur d'être abandonnée, de n'être rien, de n'être pas assez… d'être moins… moins que…

À son tour, il planta ses yeux droit dans les siens en la serrant. Elle avait des yeux marron — et regrettait de ne pas avoir les yeux bleus. Sa mère, que son crétin de père avait quittée pour une plus jeune quand elle était adolescente, avait d'incroyables yeux bleus, pourquoi pas elle ? Elle sentit le *gun* de son amant contre sa jupe. Son mari ne rentrait pas avec un revolver à la maison. Il rapportait de l'argent mais il n'avait pas cette noblesse de l'arme.

— Je t'ai manqué ?

Elle lui souriait. Avec cet air un peu contrarié qu'elle gardait tout le temps. Même quand elle jouissait.

— On a combien de temps ?

C'était sa façon à lui de répondre — pragmatique.

Elle se mordit les lèvres comme une gamine qui boudait.

— Une petite heure… Y (c'est ainsi qu'elle appelait son mari), tu t'en doutes, n'a pas compris pourquoi je m'éclipsais… Qu'est-ce que je ne ferais pas pour toi ?

Il fut flatté et commença à bander. Il avait besoin d'oublier sa nuit et de se sentir à nouveau en haut du podium, après le soufflet du dispo raté.

— Qu'est-ce que tu lui as dit ? demanda-t-il en l'entraînant vers le lit.

L'horloge tournait, et ils n'étaient pas là pour bavarder.

— Hum… un mensonge, comme d'habitude.

Elle eut un air satisfait.

— À moi aussi, tu me mens ? dit-il en lui ôtant son pull en cachemire.

Il se demandait ce qu'elle avait mis comme dessous, pour leur rendez-vous. Il rêvait qu'elle cache un porte-jarretelles. C'était Noël, après tout.

Il se pressa contre son corps et la fit tomber sur le lit. Ils rebondirent légèrement. De Lagune se demanda combien il y avait de centimètres sous ces draps pour que ce soit aussi confortable.

— Tu sens bon… Défais tes cheveux. Tu sais que j'aime quand tu as les cheveux libres.

À regret, elle ôta les épingles qui retenaient son chignon. Il allait mettre du désordre dans sa chevelure. Puis elle se glissa contre lui, visage contre sa poitrine.

— Et toi… tu sens X (c'était ainsi qu'elle appelait sa femme, il n'avait pas le droit non plus de prononcer son prénom). Elle porte quoi pour que ça sente si fort… *Opium* ou un truc de ce genre ?

— Je… je ne sais pas.

— Tu ne connais pas le parfum de X ?

Elle avait relevé la tête et le considérait, incrédule.

— Je ne sais pas… Elle en change tout le temps… Mais il y a peut-être d'autres sujets que ma femme, non, bébé ?

Il était à deux doigts de lui demander des nouvelles de ses enfants. Ils n'étaient pas bien grands… Mais cela allait tout gâcher… Elle allait encore se mettre à pleurer. Et l'enfant, ce serait elle. Il faudrait la consoler et non *la baiser*. Il la repoussa et se leva pour ôter ses vêtements. Il les arrangea sur le fauteuil du bureau, et prit un macaron sur le plateau d'accueil.

— Pas mal, les macarons… Comment as-tu fait pour trouver une chambre le jour de Noël ? T'es trop forte, bébé…

— Sur Dayuse… Un *jeu d'enfant*… Il y a toujours des désistements et les hôtels sont toujours prêts à rentabiliser.

La vérité était que Dayuse, qui surfait sur le business de l'adultère, avait noué un pacte faustien avec Gleeden, les pros des rencontres extraconjugales. Il existait même des sites pour se forger des alibis aussi solides que des noces de diamant… Les hôtels, eux, optimisaient leur taux d'occupation grâce aux cinq-à-sept. De Lagune se dit que ce ne serait tout de même pas donné… Heureusement, il avait pensé à prendre du cash. Malgré toutes ses protestations féministes, c'est lui qui réglait à chaque fois. Une fraction de seconde, la mention du site Dayuse l'étonna. Elle lui jurait qu'il était sa première expérience extraconjugale…

et elle avait des réflexes d'habituée... Mais le désir d'être l'exception finit par vaincre ses soupçons et il ne posa aucune question.

— Sois gentil, mon cœur, ferme les rideaux, tu sais que je n'aime pas quand il y a trop de lumière...

Elle ne voulait pas qu'il voie ses défauts. Les défauts physiques préoccupent plus que les défauts moraux... Il s'exécuta. Et posa son Glock sur la table de nuit. Elle était en train de regarder ce qu'il y avait dans sa pochette de produits *Paris is always a good idea*. Il espéra qu'elle n'allait pas se lancer à nouveau dans une conversation de dix minutes sur le magasin où elle achetait des crèmes. Il avait oublié le nom. Jusqu'à un certain point, elle l'amusait.

Il la rejoignit sur le lit et continua de la déshabiller. À mesure qu'il avançait vers sa nudité, il fut déçu. Elle portait des sous-vêtements qui n'avaient rien d'excitant. Après sa courte nuit, ce manque de sensualité n'allait pas l'aider.

— Je n'arrive pas à croire que tu vives des scènes aussi dangereuses et que tu trouves du temps pour moi... J'ai toujours l'impression d'être si peu pour toi...

Elle vint se blottir contre lui. Son père était commissaire et volage. Alors, elle se serra contre ce père d'adoption qui lui accordait enfin toute l'importance qu'elle méritait. Sur ses lèvres, il cueillit, lui, la jeunesse qui flattait son ego.

Chacun était le miroir où l'autre venait combler ses failles narcissiques.

Au final, il y avait deux perdants.

L'amour faux, à défaut de l'amour fou.

— Tu as vu la façade de Dior ?... Non... ? Rue Saint-Honoré... ?

— Non...

— Ils ont fait un truc de malade ! C'est suuuuuper beau. Avec des hippocampes géants et un jardin de corail.... Des anémones de mer… Un déluge de lumière… Et Chanel a rétorqué par un immense nœud lumineux… Qui reproduit leur maille effet tweed. Match nul entre les deux mastodontes!

— Ah oui, Chanel?… Mais moi, ce qui m'intéresse, c'est toi… Rapproche-toi…

Tout reposait sur un jeu de dupes. L'un comme l'autre mettaient une énergie dingue à y croire. À se persuader.

Maintenant, ils étaient tous deux nus.

Leurs corps glissèrent sous les draps impeccablement repassés. Elle fermait déjà les yeux, la tête tournée sur le côté.

Sur la table de nuit, elle entrevit le Glock pointé vers elle.

Elle aimait ce cliché. Le flic et son flingue. Le flingue et son flic. Cet homme qui avait le pouvoir de tuer. De vous priver de votre liberté.

Elle était sa captive… Elle était son bébé…

Plus froidement, elle comptait sur lui pour l'introduire auprès de ses connaissances, pour mettre en valeur ses talents. Car avocate pénaliste, c'était un dur métier. Où les hommes vous toisaient, où les clients masculins continuaient à penser qu'une femme ne pouvait pas les défendre avec la même férocité. En audience, on lui faisait l'affront de l'appeler «mon petit». *Elle le leur ferait payer, à tous.*

Maladroitement, ses doigts la caressèrent. Il n'était pas doué pour la subtilité.

Ses paupières se crispèrent. Il fallait supporter son haleine. Il avait bu du vin rouge. Elle détestait ce souffle chargé. Cela lui rappelait… lui rappelait… son père. *Oh non, pas son père!*

— Plus doucement…, osa-t-elle demander.

Supplique qui n'eut pas un franc succès. Il ne songeait déjà qu'à son propre désir. À cette idée fixe de la pénétrer. Il essaya de la retourner. Mais elle se raidit.

— Non… pas encore… tu sais que ce n'est pas évident pour moi… Il n'y a que toi qui…

Il posa la main sur ses lèvres et opta pour une autre stratégie : rapprocher sa bouche de son sexe. Mais elle résista. Elle ne voulait toujours pas. C'était… *dégradant*… Il devait comprendre… mais *elle l'aimait tant*…

Elle fit non de la tête, comme une enfant butée. Quand elle ouvrit les yeux, son regard croisa le bouquet de roses rouges sur le bureau. Elle se sentit épiée par des dizaines de visages au romantisme déplacé. Et ce parfum… ce mélange du sien et de celui de X… comment pouvait-elle l'accepter ?

Il lui desserra les cuisses et tenta de la pénétrer. Puis ce fut le ressac sans surprise des amours adultérines. Le stress de sa nuit fit qu'il ne brilla pas dans l'endurance. Elle planta ses ongles dans son dos et poussa d'étranges cris. Comme une actrice qui ne croit pas à son rôle.

Il jouit in extremis en dehors d'elle, dans les plis des draps. Elle refusait qu'il se déverse sur son ventre. Elle n'était *pas habituée*…

Elle murmura contre sa joue, en l'embrassant comme un automate.

— C'était si bon, si bon… je n'ai jamais ressenti *ça*… C'est si fort avec toi !

Après un silence, elle vint se coller contre le lobe de son oreille.

— Je voudrais qu'on parte tous les deux… Qu'on aille… je ne sais pas… à Deauville, pour mon anniversaire…

Par moments, il se demandait si elle se souvenait qu'elle avait un mari. Cette cécité l'effrayait. Elle était capable d'une telle permutation…

Elle se releva et tira le dessus-de-lit sur les draps froissés. Elle posa les oreillers en tas sur la table de nuit pour vérifier qu'elle n'avait pas perdu d'épingle. Dans la salle de bains, elle prit une douche rapide. Son chignon exigea plus de temps.

Longtemps, elle laissa couler l'eau pour se laver les dents.

Pendant ces minutes où la solitude l'embarrassait — il allait se mettre à penser — il se rhabilla.

Elle ressortit, pimpante. Il l'embrassa *tendrement.* Ils décidèrent qu'elle descendrait en premier. Suspendue à son bras, elle se fit implorante :

— Tu m'emmèneras au dîner des commissaires à La Poularde ? Dis-moi que tu m'y emmèneras…

Il n'osa pas lui dire qu'il n'y était pas invité. À défaut de réponse, il lui sourit bêtement.

Elle avait la main sur la poignée de la porte quand elle réalisa qu'elle avait oublié la trousse d'accueil.

— Tu n'as pas peur que ton mari tombe dessus ?

Elle parut désorientée. Visiblement, elle hésitait.

— Tu es sûre que tu es avocate ? insista-t-il.

Il n'avait pas envie qu'elle se fasse épingler pour quatre doses d'essai…

Et lui dans le même panier.

— Toi, en revanche, c'est sûr que tu es flic…

La raison l'emporta. Elle prit juste le savon en souvenir, puis son sac, et enfila son manteau.

Ils s'embrassèrent encore.

Ses doigts fins caressèrent ces lèvres qui ne lui donnaient pas tout.

— Tu m'aimes ? demanda-t-elle.

— Oui…

— Dis-le-moi…

— Je t'aime, mon bébé.

Avec son air de chiot perdu, elle était tellement touchante.

Le chiot perdu venait de remarquer les paillettes sur les joues de son amant. Depuis quand un flic mettait des paillettes ? Sans rien lui montrer, elle fulmina. Il l'avait aussi serrée. *Elle*. Celle dont elle refusait l'existence.

Elle.

Un dernier baiser bâclé, et le chignon blond passa la porte. Elle se tenait un peu voûtée, comme si l'amour, ce septième ciel, rapprochait fatalement des Enfers.

De Lagune dévala les escaliers. Le devoir reprit possession de son cerveau.

Sauf quand il croisa le regard de la réceptionniste. Ce n'était plus l'homme de tout à l'heure. Elle était grande, avec de l'assurance et de la classe. Elle lui adressa un bref sourire qu'il ne sut interpréter. Quelque chose le perturbait… Il y était. Une vague ressemblance avec… Aurélie.

À peine avait-il démarré que Julia lui envoyait le premier SMS d'une longue série.

À la hâte, il lut ce qui allait être la marmelade habituelle : « Déjà sortie, et tu me manques. » À croire que c'était écrit par ChatGPT*.

Mais non. Il appuya sur l'accélérateur, et faillit balancer son portable.

Ni miel, ni médaille.

Les caractères, dans leur lucarne blanche, restèrent affichés sur l'écran : « Qu'est-ce qu'ELLE a de plus que moi ? »

On ne pouvait pas lui foutre la paix, aujourd'hui ?

Les vitrines de Noël défilèrent. Il fonça vers l'ancien 36.

---

* Intelligence artificielle développée par OpenAI sous forme de *chatbot* (agent conversationnel), lancée en 2022, reposant sur un transformateur génératif préentraîné. Le modèle de langage GPT-4 est payant. Des médias comme le *New York Times*, suivis par un recours collectif déposé par des auteurs, ont porté plainte contre OpenAI et Microsoft pour « appropriation sans autorisation d'œuvres de l'humanité » protégées par le droit d'auteur.

Aurélie, elle, avait fait du rangement. Elle s'était lancée dans une partie de dés avec Paul et Virginia. Entre-temps, elle avait noté, dans un petit carnet, que le portable de son mari avait été en mode avion durant presque une heure.

En plein Paris.

En pleine affaire.

Ce n'était pas une supposition de sa part. Mais la voyante des temps modernes qui avait délivré son verdict.

Pas besoin d'être enquêtrice pour *ça*.

WhatsApp.

Une coche grise.

De son côté, elle venait de répondre à l'un de ses anciens soupirants, qui lui souhaitait un joyeux Noël et rêvait de la revoir, des années après : « Tu serais déçu. »

Quant à son mari, il voulait jouer ?

Bien sûr, il était libre.

Mais elle allait lui rappeler les règles.

Et pas par SMS.

40

Une sale pluie grise cribla le pare-brise. Dans l'habitacle régnait cette odeur qui mêlait l'humidité au chauffage, le cuir des sièges au parfum des feuilles mouillées. La route longeait une haute muraille qui ceinturait une propriété qui semblait sans fin. Athéna se demanda qui pouvait habiter là. Contre elle, sa parka à motifs modernisés de toile de Jouy la protégeait. Elle avait besoin de serrer *quelque chose*… D'avoir *prise sur quelque chose*… Autour de la cabane, on ne trouvait que des terrains immenses. Il était rare de croiser une maison. Il n'y avait que des prairies, des haies et des murets. Les demeures, ici, on les imaginait. Aucun nom de propriétaire n'était jamais prononcé. Le bruit courait que de grands hommes politiques venaient dans les parages à la chasse… et pour des parties fines au bout d'allées si longues que, le temps de repartir, elles enterraient leurs secrets.

La Khamsin fendait la pluie. Avec ses phares uniques. Des phares escamotables inventés par Gordon Buehrig en 1935… Arès était loin d'être né. Des phares comme des paupières. Des phares qui savaient se cacher pour que la Khamsin garde toute sa sobriété. La voiture traçait une ligne vers Paris… Une ligne du destin, comme une ligne de la main. Arès songea à ces lignes qui brisent tout. À ces accidents broyeurs de trajectoires. Qui font des corps des pelotes.

Il cligna des yeux et réalisa que, plus que la mort, il redoutait le renoncement à l'avenir. Il n'avait plus envie de se réveiller. C'est le lendemain, chaque lendemain, qu'il redoutait.

Athéna ne parlait pas. Elle buvait le paysage entier tellement elle fixait le lointain. De son corps ne semblait rester que l'enveloppe. Arès se cala sur le bruit rassurant du moteur V8. Un ronronnement aiguisé, l'alliance des contraires, un bruit de circuit plus que de route. En temps normal, ce bruit des vilebrequins suffisait à le griser.

Il pouvait revenir sur ses paroles. Il ne pourrait jamais revenir sur ses actes. Le trajet jusqu'à l'appartement d'Hermès se matérialisa en lui, sous la forme de pointillés unis. Il pouvait le faire en sens inverse. Partir et revenir. Revenir et partir. Mais le sentier qui l'avait mené à tuer, jamais il ne pourrait le prendre en sens inverse. Avant *ça*, il n'y avait jamais pensé.

Tuer était, logiquement, comme naître et mourir : à sens unique.

Le ciel s'assombrit.

La pluie gifla le pare-brise. Entre deux balayages des essuie-glaces, elle fit disparaître la forêt. Par moments, Arès ne voyait plus du tout la route. Il essaya de se concentrer, de trouver des repères dans ce… chaos.

— Tu devrais te rendre…

La phrase, il l'avait à peine entendue. Athéna n'avait pas bougé. On eût dit une statue qui aurait juste remué les lèvres.

Elle le répéta, plus fort :

— Arès, tu devrais te rendre.

Il prit une profonde inspiration. Au fond de ses entrailles, il chercha la force de répondre. Se justifier n'était plus le sujet. Ne serait jamais le sujet.

— Athéna… certains actes nous dépassent. Ils ont leur propre nécessité…

— Je ne peux pas te perdre.

Elle n'avait toujours pas bougé. Elle semblait figée.

Comme pour le réveiller, elle le répéta.

— Arès, je ne peux pas te perdre.

Cette fois-ci, elle avait tourné la tête vers lui.

Il devina les larmes qui coulaient.

Perdu dans ses pensées, il dit :

— Les statues ne pleurent pas…

Elle se tourna vers la vitre passager.

— Athéna, quand le monde sombre dans la barbarie, il faut des sacrifiés. Il y a toujours eu des sacrifices.

— Tu seras aussi sacrifié, dit-elle d'une voix étouffée. Ils vont te tuer si tu ne te rends pas…

Malgré l'acharnement de la pluie, il l'entendait sangloter.

Il ralentit, la Khamsin s'arrêta au début d'un sentier.

Alors, il la prit dans ses bras. Il l'attira contre lui et lui caressa longtemps les cheveux, en embrassant le sommet de sa tête, comme un enfant après un cauchemar. La pluie les coupa du monde. Athéna sentit son parfum. Il mettait du vétiver. Du vétiver en hiver. Un parfum chaud et froid, comme le creux de ses bras. Elle était à deux doigts de lui dire qu'elle l'aimait.

Qu'elle l'aimait depuis des années.

Et qu'il avait fallu qu'il tue pour qu'elle réalise qu'il était tout pour elle.

Mais il remit les mains sur le volant et, sous le déluge qui s'abattait sur eux, fit mille efforts pour croire en sa trajectoire.

41

Il avait plus de quinze minutes d'avance.

Être en retard n'avait jamais été dans ses habitudes. Rémi avait fait à pied le trajet de la butte Montmartre à Pigalle. Place des Abbesses, des jeunes avaient modelé un bonhomme de neige. Il était tout rond. C'était fou, il n'avait jamais croisé de bonhomme de neige maigre. Ni de père Noël rachitique. À croire que le personnage était indissociable d'une forme de bonhomie. À deux pas de la sortie du métro, le manège des Abbesses tournait inlassablement. Montés sur des chevaux de bois, des enfants emmitouflés s'esclaffaient. Rémi remarqua un bateau de police gris avec quatre volants et des lumières bleues et rouges. Le souvenir de la brigade fluviale revint d'un coup. Comme il avait aimé les piloter, ces bateaux ! La liberté sur la Seine, Paris au fil des ponts… Le petit garçon, promu policier, poussa des cris de joie dans sa barque comme si c'était un vrai hors-bord. Ils se sourirent. Rémi se revit, enfant, jouer avec un arc. À l'époque, il était un Indien. Jamais il n'avait voulu être un cow-boy.

Dans la descente de la rue Houdon, il glissa et se rétablit au dernier moment. Pour s'amuser, il se lança dans une série de dérapages contrôlés. Arrivé sur le boulevard de Clichy, le Moulin-Rouge l'accueillit. Il n'en revenait pas du monde que ce lieu attirait. Pour un grand nombre de touristes, Paris était le Moulin-Rouge. French cancan et champagne. Ils dévalisaient la boutique du célèbre cabaret.

Sans raison, Rémi hâta le pas. L'effet de la foule. Au sol, la neige formait une soupe grise. Il ne marchait quasiment jamais sur ce trottoir. Comme il avait du temps, il se laissa guider par la curiosité et continua sur le boulevard. À sa grande surprise, les boutiques érotiques survivaient. Elles avaient même pignon sur rue. Il passa devant de vrais supermarchés où les tenues hésitaient entre celle du gladiateur et de la dentelle minimaliste. Loin des sapins de Noël des beaux quartiers, tout était néons fluo, roses et turquoise, fourmillait de flèches incitatrices, de rideaux lassés qui auraient mérité la retraite et de tenanciers approximativement polyglottes.

Son regard s'arrêta sur un magasin de friandises. Sur les murs, des peintures géantes, façon pop culture. Une femme léchant, entre autres, une glace chocolatée en forme de phallus. Rémi allait de surprise en surprise. Plus loin, une devanture se revendiquait SPÉCIALISTE APHRODISIAQUES & RETARDANTS POUR HOMME. Des boîtes de pilules aux noms tous plus délirants les uns que les autres attiraient le chaland : Big Bang, Star Pills, MaxiMenPills, Powertabs… et autres promesses titanesques. Il ne voulait pas savoir ce qu'on mettait dans ces pilules miracle. Plus il déambulait, plus il découvrait un monde tentaculaire.

En arrivant à Blanche, il tomba sur un endroit qui détonnait. La chapelle Sainte-Rita. Elle accueillait les causes perdues. Il fit soudain le lien… Bien sûr, cette chapelle existait pour accueillir les prostituées qui fleurissaient jadis le quartier. Il entra, alluma une bougie veilleuse, et ressortit par la ruelle de derrière.

Il revint sur ses pas et se dirigea vers l'avenue Frochot. Plus il se rapprochait, plus il sentait une excitation monter. Celle de la nouveauté. Il allait pénétrer un monde inconnu pour lui. Celui de l'un des hommes les plus puissants de la planète. Place Pigalle, la façade du Folies Pigalle cultivait le look underground. En descendant la rue Frochot, qui précédait l'avenue, il vit les façades passer de coquines à coquettes. Les sex-shops se raréfièrent. Quelques bars portaient encore des noms suggestifs. En levant les yeux, il nota le Dirty Dick et le Lipstick mais aussi un minuscule théâtre comique de poche : Le Bout. Comment Schönberg pouvait-il habiter un quartier aussi connoté ? En tournant sur la placette où débutait l'avenue, il comprit. Une incroyable bâtisse Art déco, tout en vitraux et fer forgé, faisait l'angle. Le dépaysement fut immédiat. Comment avait-il pu ne jamais remarquer cet endroit ? Le surfeur qu'il était n'en revenait pas. C'était une verrière géante, aux vitraux colorés comme un Rubik's Cube, inspirés par la vague d'Hokusai.

Rémi était scotché.

Une grille superbe protégeait des curieux le début de l'avenue Frochot. À cause du nom, Rémi s'était attendu à une grande rue bondée de voitures. Il découvrit le seuil d'un royaume, gardé par un petit pavillon à colombages, chapeauté de zinc. Le drapeau ukrainien flottait au-dessus de la porte du gardien. Derrière la grille montait une étroite allée pavée, bordée d'arbres.

Il restait trois minutes avant l'heure du rendez-vous. Rémi se décida à appeler.

Schönberg lui répondit immédiatement.

— Rémi ? Je vous envoie Tatiana.

Il avait déjà raccroché.

Au bout de deux minutes, Rémi vit arriver une silhouette.

Elle ondula dans l'allée. Elle portait une jupe noire longue, très fluide. Et un grand châle en laine où mille couleurs semblaient tressées. Ses cheveux blonds étaient en partie relevés sur les côtés par deux nattes qui s'enroulaient. Il n'avait jamais vu quelqu'un se coiffer de cette façon. Il pensa au *Seigneur des anneaux*, sans vraiment savoir pourquoi.

Une main rivée à la grille, Rémi patienta. Il ne pouvait détacher ses yeux de cette jupe qui dansait. Ce mouvement l'hypnotisait.

Elle appuya sur un bouton. Un bruit de clenche claqua et elle arriva à son niveau. Leurs visages étaient séparés par des volutes de fer forgé en forme de cœurs.

— M. Schönberg vous attend.

Elle avait accompagné cette phrase d'un bref sourire. Il hocha la tête puis marcha dans les pas qu'elle avait laissés dans la neige.

Et la suivit jusqu'au hall d'entrée. Il essuya soigneusement ses chaussures sur le tapis. Elle l'attendit avec un air amusé. Il rit de lui-même. Puis se demanda pourquoi il riait.

Elle le débarrassa, tandis que Rémi, du sol au plafond, ne savait plus où donner de la tête.

— Vous aimez ?

— Je... je découvre, dit-il avec un grand sourire.

Il découvrait aussi son charmant accent. Et elle découvrait le sien. Il ne parlait pas comme M. Schönberg. Il détachait bien ses syllabes. Un côté élève appliqué. Et une façon d'ouvrir plus ses voyelles... Très différent de tout le clan Schönberg. Elle se demanda quel métier il exerçait. Sa curiosité fut d'emblée piquée. Elle aima tout de suite ce qui se dégageait de lui. Quelque chose de sain et de rassurant. Et... quoi d'autre ? De l'espièglerie — dans sa façon de sourire. Comme chez les enfants.

Rémi monta les escaliers à sa suite. Des notes de piano venaient de l'étage. Marche après marche, la mélodie se rapprocha et le mena jusqu'à M. Schönberg.

L'homme se leva énergiquement de son bureau, avança le

bras droit vers Rémi et posa sa main gauche sur son épaule droite. Schönberg fut étonné de la fermeté qu'il rencontra.

Il lui serra la main avec la même énergie, sans la lâcher.

— Vraiment ravi de faire votre connaissance, vraiment. Merci d'être venu jusqu'à moi le jour de Noël… Nous sommes liés par une nuit que nous ne risquons ni l'un ni l'autre d'oublier… pas vrai ?

Il desserra enfin sa poigne.

— Vous connaissiez le quartier ?

Méfiant, Rémi ne livra rien de lui et ne lui confia pas qu'il n'habitait pas si loin.

— Pas vraiment…

— Bien, bien… Je ne vais pas vous balader longtemps, capitaine.

Tatiana arrangeait un bouquet de lys dans un vase du salon. Elle releva la tête en entendant le mot *capitaine*. Elle lui trouvait une allure à part, sans lien avec celle des policiers reçus à midi. Rémi perçut son intérêt et comprit d'où venait l'odeur d'église qu'il avait sentie.

Il en profita pour jeter un coup d'œil à la pièce. Des tableaux contemporains, des panneaux séparatifs de bois blond, des sculptures en bronze, des livres d'art, de grands bouquets et pas de sapin. Il n'osa pas comparer avec son appartement. C'étaient… deux mondes immiscibles.

42

Phrack se fichait de DEFCON 4, de la neige boueuse et d'Athéna et d'Arès sur le point d'arriver.

Il fallait le descendre pour qu'il aille arroser ses lampadaires préférés.

Arrivé dans la rue, Hermès en profita pour allumer une cigarette. Il avait noué un bandana autour du cou de Phrack. Pas les motifs courants de cyprès courbés mais des têtes de morts mixées avec des têtes de chats stylisées.

— Tu mets des têtes de chats sous le nez de Phrack ? C'est une insulte, pour un bouledogue !

— Un, Hadès, ce sont des têtes de chats *et* des têtes de morts et, deux, j'apprends à mon chien la tolérance…

— Vu comme ça…

Ils marchèrent jusqu'à la place des Petits-Pères. Phrack roulait des épaules comme seul sait le faire un bouledogue — ou un garçon de plage italien.

En passant devant la pancarte de la rue, Hadès stoppa.

— Rue du Mail, pour un pirate comme toi, c'était prédestiné…

— Oui, sauf qu'à l'époque, le mail, c'était le jeu de mail. Du maillet.

— Du quoi ?

— L'ancêtre du golf, si tu préfères. T'imagines Louis XIV avec les grosses boucles de sa perruque qui lui chatouillent le pif qui tape sa balle à l'aveugle ? Devait y avoir que les courtisans pour applaudir... Et y avait pas de chaussures de golf, à l'époque... Avec ses talonnettes... putain, Hadès, avec ses talonnettes... je te jure...

Il éclata de rire. Phrack était habitué et il en profita pour renifler tous les SMS olfactifs laissés par ses copains.

Le chien trouva enfin son lampadaire préféré et, levant une patte, le gratifia d'un peu de chaleur. Les restes de neige fondirent instantanément. Hadès n'avait pas pris de gants et il se gelait les mains.

Les cloches de la basilique carillonnèrent, sur fond de cris de mouettes. Une femme à long manteau, très chic, qui frôlait les pavés, passa avec un épagneul nain papillon. Il portait un tricot en laine à col roulé beige avec des broches à verreries et grosses perles. À l'approche de Phrack, il jappa de toutes ses forces et Phrack resta imperturbable. Il aboyait très peu. Comme le disait Hermès : « Cette bonne pâte se ferait bouffer par un caniche. » Dire qu'on lui trouvait une tête de boxer...

Hermès envoya un coup de coude à Hadès.

— Depuis le COVID, sans rire, il n'y a plus un chien qui sorte sans rien. T'as remarqué le marché du manteau pour chiens ? Ils doivent se faire des couilles en or !

Il n'y eut plus de passants. Plus de chien pour faire diversion. Juste une pluie fine qui se mit à tomber sur le parvis de la basilique. Laisse à la main, Hermès fumait. Hadès jeta un œil à l'horloge du portail. Plus haut, la croix du fronton les regardait. Il ne put s'empêcher de penser aux grandes croix, simples, des cimetières militaires.

La lumière s'assombrit. Le silence se fit lourd.

Il était temps de rentrer, de toute façon.

De retour devant leurs écrans, Hermès passa à DEFCON 3.

« SEMPER AD ALTA. Toujours plus haut. Nous sommes la milice KHAN ALPHA. Nous frapperons toujours plus haut. Contre tous les politiques comme le député Marc Devrier qui musellent la masculinité, nous imposerons la volonté de puissance. Il est temps de faire payer le politiquement correct. Nous refusons cette société d'eunuques, et tous ceux qui la flattent. Nous déclarons la guerre à la décadence moderne et à tous les politiques qui participent au déclin. Lâches au pouvoir, nous vous traquerons sans fin. »

Il publia cette nouvelle revendication, toujours destinée à prouver l'inanité de l'information instantanée. Au-dessus de son épaule, Hadès relisait le texte.

— C'est vraiment débile, comme discours.

— Mais tu vas voir qu'ils vont le reprendre comme le premier, sans rien vérifier. Propager la peste sans se poser de questions, c'est cent fois plus terrifiant.

— La plupart des journalistes vont commencer à douter.

— Oui mais une part relaiera l'information. Les réseaux sociaux la dupliqueront. Et des journalistes sincères auront leur sujet sur la nécessaire vérification de l'information avant diffusion.

Hermès se leva. Phrack, qui dormait sous sa chaise, ouvrit les yeux. Fausse alerte. Il n'était pas question d'une deuxième promenade dans l'immédiat. Hermès rapporta la bouteille de Humo et servit deux nouveaux verres.

Près de son bureau, il resta debout, impressionné par l'ampleur des relais de la première revendication. Sur les réseaux sociaux, les commentaires tissaient des kilomètres de réactions. Une fontaine de fiel.

L'interphone sonna. Hermès se précipita à la porte.
— Je vous ouvre.
Athéna et Arès arrivaient.
Le temps de quelques lampées, et ils frappèrent.
Arès entra le premier.
Hermès le serra dans ses bras. Puis il claqua deux bises à Athéna. Hadès l'imita, sauf pour Athéna, qu'il embrassa sur les lèvres. Au dernier moment, elle détourna légèrement la tête. Ce fut presque imperceptible. Sauf pour Hadès qui le mit sur le compte du choc.
La mort n'était pas un jeu.
C'était comme si, à tous, elle leur avait ôté leur vraie virginité.
Plus rien ne serait comme *avant*.
Ils s'assirent sur un canapé en L. Arès, lui, partit se laver les mains.
À son retour, il vint se mettre au bout du L.
— Tu as trouvé une place pour la Khamsin ? le questionna Hermès.
— Non, non, je l'ai mise direct au parking Croix-des-Petits-Champs.
Hadès se rapprocha d'Athéna qui tenait Phrack sur ses genoux. Aussitôt assise, il lui avait sauté dessus.
— Vous buvez quoi ?
— De la liqueur de piment chipotle… c'est délicieux… fumé… Avec macérations d'agrumes, de cacao et d'épices… (Il eut un regard circulaire.) Pour tous ?
Chacun opina et Hermès courut chercher d'autres verres. Il les remplit pour Athéna et Arès.
Personne n'osa dire joyeux Noël.
Athéna était surprise par la réponse d'Arès. Il buvait si rarement de l'alcool…

— Vous avez mangé ? demanda Hadès.
— Sandwich, dit Athéna.
— Qu'est-ce que ça donne ? demanda Arès.
— Pour le moment, rien qui laisse penser à un témoin... Rien de sérieux sur Devrier... Trop tôt. Je t'ai préparé une compilation des réactions.
À nouveau, Hermès bondit sur ses pieds, prit un ordi ultraportable et le lui tendit. Arès fit défiler les pages. Dans ses yeux, on pouvait lire la tristesse d'un champ de ruines. Athéna se rapprocha pour lire par-dessus son épaule.
— Vous avez lancé DEFCON 3 ? s'enquit Arès.
— Bien sûr, répliqua Hermès. Il y a dix minutes.
— Ça va grouiller dans la fourmilière, dit Arès à mi-voix.
Hermès crevait d'envie de demander à Arès *ce que ça faisait de tuer un homme*. Mais son instinct lui disait de la boucler.
Il le regarda comme le seul parmi eux qui ait osé.
Le seul qui ait basculé par-delà bien et mal.
Ce qu'il ne voyait pas c'était les terres arides de l'au-delà.
Cette zone désertique où Arès errait.
Lui seul savait, désormais, que sur ces terres, on avait éteint la lumière.

43

— Vous souhaitez boire quelque chose ? Whisky, rhum… vodka ?… J'ai une vodka incroyable au poivre du Sichuan…

— Euh… je ne bois pas d'alcool, désolé, monsieur Schönberg…

— Pas d'alcool, ah ? (Il resta interdit, un instant.) Je comprends… je comprends…

Rémi se demanda ce qu'il comprenait.

Les notes nostalgiques du piano flottèrent entre eux. Schönberg se tenait debout devant un drôle de tableau. Un homme-cyclope à la tête gribouillée de noir qui chevauchait un squelette blanc. Schönberg comprit que Rémi regardait son Basquiat.

— Curieux, hein ? On dirait un dessin d'enfant, c'est ce que vous vous dites, non ?

— Je n'oserais pas…

— Si, si, vous pouvez. Sauf que c'est l'un des artistes les plus géniaux de sa génération. Basquiat. *L'enfant terrible* s'est quand même tapé Madonna… Quoique l'inverse serait plus juste… Libre, provocateur, transgressif… Un minimum de traits, un maximum d'expressivité. À 7 ans, il a eu un accident de voiture…

Le visage de Schönberg prit soudain une expression douloureuse que Rémi ne sut interpréter. Il en parlait comme si… comme s'il ressentait cette douleur.

— Mais bon, je ne vous ai pas fait venir pour vous parler de Basquiat… Vous m'avez beaucoup impressionné…

— Pardon ?…

Cette fois-ci, Rémi ne put cacher sa surprise.

— Venez vous asseoir, là, en face de moi. Un peu d'eau, peut-être ?

Rémi balaya la proposition d'un revers de main.

— Bon, reprit le King. On a vécu un moment dur… Vous comme moi… Mais on n'est pas des tendres non plus…

Rémi releva les sourcils.

— Je veux dire, on ne nous désarçonne pas comme ça… J'ai entendu des propos de votre chef…

— Mon ancien chef, je suppose…, corrigea Rémi.

— Ah ?… En tout cas, des propos qui m'ont laissé penser que vous étiez en disgrâce…

Schönberg vit que le capitaine déglutissait.

— Loin de moi l'idée de vous blâmer…, reprit-il, je voulais, au contraire, vous dire que j'avais besoin de vous.

— Pardon ?

Là, il était estomaqué. Il regarda autour de lui.

— Écoutez, j'ai reçu des menaces de mort… je vois un ami se faire descendre sous mes yeux… en sortant de *ma* fête… le jour de Noël… Je serais un idiot de ne pas considérer que ce sont là des signes sérieux…

Sur la réserve, Rémi se mordit les lèvres. Il écoutait.

— Vos collègues…

— Qui ?

— Le commandant Desprez et… et… un autre policier, un jeune… m'ont fait comprendre qu'il serait bien que je prenne un garde du corps… Je devine votre réaction, attendez… faites-moi la gentillesse de m'écouter jusqu'au bout… Je suis un homme libre. Et je tiens plus que tout à cette liberté. J'ai une vie… riche. Des contacts… riches. Je ne me vois pas avec un mec qui ne ressemble à rien, une oreillette dans l'oreille et qui me colle aux basques 24 heures sur 24.

— Et?… Vous savez, je suis policier… je ne suis pas dans la sécurité rapprochée et je n'ai jamais été à la protection des hautes personnalités. Et je…

— J'en conviens… j'en conviens… Tatiana?… Tatiana… Apportez à notre ami de quoi grignoter. Du salé, du sucré, il choisira…

Elle avait de nouveau souri à Rémi.

Il décida de rester encore un peu. L'affaire serait vite pliée.

— Je dois vous le dire… je me suis renseigné sur vous… Vous avez, comme moi, vécu cette nuit un affront. Je sais que vous êtes un policier d'exception… Un grand sportif… Quelqu'un d'unique — on me l'a dit.

Rémi détestait qu'on le mette en valeur.

— Personne n'est irremplaçable, monsieur Schönberg.

— J'espère que nous aurons l'occasion de revenir sur la question… Capitaine, j'ai besoin de quelqu'un comme vous. Je tiens encore un peu à cette vie… Je n'ai pas encore tout fini… Vous êtes sniper…

Rémi ne le corrigea pas. Personne ne faisait la différence entre les militaires et les policiers. Il n'était pas sniper. Il était T.H.P. Schönberg nota un léger malaise.

— Je disais… sniper… Le salopard qui a descendu Devrier est un sniper comme vous.

Le policier regimba.

— Comme moi… là…

— Je veux dire… vous êtes le seul à pouvoir comprendre comment il peut raisonner, où il peut se placer… maintenant que vous connaissez votre ennemi. Vous avez un honneur à laver… moi aussi. Je dois la vérité à Devrier. Comprenez-moi bien… je n'ai pas… *peur*, capitaine… avoir un garde du corps, c'est afficher sa peur… mais je ne veux pas prendre de risque inutile. Je voudrais que… tant que l'enquête n'est pas bouclée, vous assuriez ma protection… Plus en homme de confiance qu'en véritable garde, au sens strict.

— Je vous arrête tout de suite… je ne suis pas là pour vous donner de faux espoirs… je n'ai pas le droit de travailler à côté…

Le visage de Schönberg s'éclaira.

— De votre objection, je retiens que votre argument est purement administratif…

Rémi tenta de s'opposer mais l'homme reprit de plus belle.

— L'administration n'est jamais un obstacle. Et il semblera naturel à votre chef de…

— L'État-major…

— … de l'État-major, qu'après ce que vous avez vécu, vous ayez droit à quelques congés. Je sais d'ailleurs, *de source sûre*, qu'il va vous le proposer.

Heureusement, Tatiana arriva avec un plateau. Elle déposa deux verres, deux petites assiettes, une carafe d'eau pétillante et une d'eau plate, des blinis, des croustillants de seigle Petrossian, du tarama, des toasts de pata negra, d'autres au foie gras et au chutney de mangue et une coupelle de cornichons à la russe. Ainsi que des billes de chocolat à la vodka, et une grande boîte de chocolats en damier. Elle détailla le tout, ponctué d'un aromate sans pareil : son adorable accent.

— Je vous en prie, servez-vous, dit Schönberg. Je vais être clair : j'aimerais que vous me conseilliez sur les situations à éviter, et que vous me suiviez, armé, discrètement. Que vous étudiiez tous les lieux où je vais, où un sniper pourrait se poster. En retour, je vous dirai tout ce que vous voudrez sur ma vie pour que vous puissiez vous faire une idée de la personne qui peut m'en vouloir à mort. Si me protéger peut faire avancer sur l'auteur, la brigade criminelle comme vous en tirerez avantage. J'oubliais : vous serez libre de vos nuits. Et je vous paierai… bien.

— Je ne suis pas à vendre, monsieur Schönberg.

— Qui parle de vous acheter ?… Je parle de vous rétribuer pour votre travail. Et je sais très bien que vous ne pouvez recevoir un autre salaire. Mais je vous parle de cash.

Chez Rémi, l'argent n'était pas un levier. Le pouvoir, non plus. Le luxe, non plus. En revanche, Schönberg avait raison sur un point. Laver son honneur. Le King sentit immédiatement le doute en Rémi.

— Et songez à une chose. Vous n'avez pu empêcher la mort d'un homme… Mais que diriez-vous, potentiellement, d'empêcher la mienne, hein ?

Une lueur s'alluma dans les yeux de Rémi.

Cet homme était redoutable. Rémi surprit le regard de Tatiana posé sur lui. Elle avait le visage dissimulé entre deux lys, et elle l'encourageait à manger et à dire oui.

— Vous avez le permis moto ?

— Oui…, dit Rémi qui ne put réprimer un sourire. J'ai… j'ai aussi fait le stage conduite rapide…

— Ah oui ?

Rémi ne pouvait connaître la passion de Schönberg pour les voitures. Il prit un chocolat.

— Oui… sur le circuit tout en courbes d'Abbeville, dans la Somme… on apprenait comment aborder des virages et maintenir la trajectoire dans la courbe…

— Sur quelle voiture ?

— Euh… des Clio RS… 200 chevaux, ça envoyait…

Schönberg eut un petit rire moqueur.

— Sur ce point, je crois que vous serez heureux de travailler pour moi.

— Monsieur Schönberg… j'ai toujours mes Glock 17 et 26… mais si vous me mettez en position de T.H.P., je ne peux pas travailler sans mon arme…

— Je le sais… je le sais… À ce propos… rien ne vaut… suivez-moi…

Rémi lui emboîta le pas dans les couloirs de la villa. En silence, il admira des maquettes de bateaux et d'avions, du parquet marqueté, puis du marbre. Et des tableaux. Toujours des tableaux. Contemporains. Dans un cadre ouvragé, il vit aussi des circuits intégrés avec des perles de culture. Ils descendirent un escalier intérieur en spirale. Après quelques marches encore, ils débouchèrent dans un grand sous-sol. De surprenants lustres tombaient du plafond. Faits de voitures miniatures strassées, de clefs anciennes, de petits soldats de plomb… Schönberg se tint devant une cloison de bois sculpté. Il tira sur une languette d'une ancienne horloge baroque en bronze et glissa ses doigts au dos du cadran. Un petit clic se fit entendre et le cadran s'ouvrit. À l'intérieur, Schönberg composa un code, et la cloison pivota.

Et là, Rémi vit.

Un arsenal.

— Inutile de vous dire que c'est un secret… J'ai confiance en vous.

Sans hésiter, Schönberg se dirigea au fond de la petite pièce.

— Je ne vous fais pas les présentations ?

Rémi tomba du placard. Il restait bouche bée.

Face à lui se tenait fièrement une Ultima Ratio.

Mains en avant, il l'approcha sans y croire, stupéfait comme devant les reliques de Notre-Dame.

Elle était en calibre 7,62 × 51, avec le canon intervention, une béquille de crosse réglable, son bipied, l'appuie-joue et le talon de crosse réglable. Une bretelle reposait à ses côtés, et un rail Picatinny* suffisamment long pour y installer un système de vision nocturne.

— C'est une lunette Schmidt & Bender 5-45 × 56 PM II High Power… Quant au système de vision nocturne, c'est une Hensoldt NSV 600…

— Plus compacte que sa grande sœur, la NSV 1 000, acquiesça Rémi qui sortit de sa réserve. Et largement suffisante en milieu urbain… Pas besoin d'avoir 50 % de poids en plus pour un gain de portée de 150 mètres…

Le King eut un sourire complice. Il ne s'était pas trompé. Ce tireur dépassait ses espérances. Il était l'homme de la situation.

— Je…

— Si vous trouvez notre salopard… il va de soi que je vous l'offrirai. La vie n'a pas de prix.

Schönberg tapota l'épaule gauche de Rémi et lui dit :

— Fiston, vous me répondez demain matin ? Tatiana va vous raccompagner.

---

* Rail mécanique qui permet la fixation sécurisée d'accessoires sur l'arme.

44

— Maman…

Après avoir eu longuement au téléphone Jasmine, son amie d'enfance devenue psychologue, Laura Benicci s'était, sur ses conseils, allongée. Son amie savait que Laura avait, au cours de ses reportages à l'étranger, connu des situations tendues, voire extrêmes. Plusieurs fois, elle avait même failli se faire violer. Mais rien qui s'apparentait à ce qu'elle avait vécu, *aux premières loges*.

Jasmine n'avait pu s'empêcher de penser qu'elle avait vu, trois jours auparavant, un teckel percuté par une voiture sous ses yeux, alors qu'elle marchait boulevard des Batignolles. L'image la poursuivait encore. Un teckel vivant, c'était déjà si près du sol qu'on avait l'impression qu'une pantoufle pouvait l'écraser… Mais une voiture… Et sa propriétaire qui ne voulait pas quitter la chaussée, sur ce boulevard où les véhicules rugissaient. Le plus dur avait été de voir un jeune policier et sa collègue arriver. L'homme, en tenue, avait fait les… constatations. Avec son smartphone, il avait pris des photographies de l'animal qui gisait sur le flanc, gueule ouverte. Cette image lui restait. Jamais elle n'aurait imaginé qu'un policier pût constater la mort d'un chien. Et pourtant… c'était évident… Et cette femme qui pleurait, qu'on ne pouvait arracher ni à son chien ni à la chaussée…

La mort avait une façon brutale d'arrêter le temps.

Alors, ce qu'avait vécu Laura, elle n'osait l'imaginer.

Jasmine avait d'abord écouté Laura. Patiemment. Laura lui avait dit combien le professionnalisme des policiers du 36 et du 2e DPJ lui avait fait du bien. Quand elle avait évoqué ce policier qui l'avait serrée dans ses bras, Jasmine avait mis un nom : le *defusing**. Il lui avait même retrouvé ses lunettes et son escarpin. Jasmine lui avait expliqué la règle des six « i » du traumatisme : *imprévisible, incompréhensible, innommable, insurmontable, inhumain, intentionnel.* Elle lui avait dit combien le chaos ressenti était normal. Puis la confusion. Qu'il fallait se méfier de la culpabilité du survivant, un venin qui tournait parfois à la honte. Laura lui avait raconté qu'elle avait, pendant un moment, perdu la sensation de son propre corps. Comme si elle se détachait d'elle-même et de la situation. Jasmine l'avait rassurée. Le phénomène était connu. Il s'agissait de dissociation traumatique. Un système efficace de protection.

Laura avait posé à Jasmine des questions. Des questions qui révélaient son angoisse. Jasmine l'avait prévenue de possibles réactions d'évitement, d'hypervigilance, de reviviscences et d'insomnies… Des cauchemars, aussi. Il ne fallait rien prendre à la légère et l'appeler dès qu'elle en aurait besoin. Laura avait refusé d'aller à l'hôpital ou de voir la psychologue de la brigade criminelle. Elle avait voulu rentrer à la maison. Retrouver les siens. Son mari et ses deux filles. C'était bien. Jasmine ne doutait pas de la bienveillance et de l'empathie de son mari, et de l'écoute d'Iris et de Jonna. Est-ce qu'il était normal qu'elle veuille savoir ce qui s'était passé ? Sa fidèle amie l'avait rassurée.

* Technique de prise en charge précoce, héritée de la psychiatrie militaire, dans la gestion du stress post-traumatique.

Si elle avait besoin de comprendre, de savoir, de s'informer, il fallait répondre à ce besoin.

Alors, Laura avait lancé cette phrase :

— Je veux tout comprendre. Je remuerai la terre entière pour comprendre. Jasmine, je ne serai en paix que lorsque j'aurai compris pourquoi *il* a fait *ça*.

— Pourquoi penses-tu que c'est obligatoirement *il*? Ton féminisme t'interdit de penser qu'une femme peut aussi tirer et tuer ?

— Tu as raison… Regarde l'affaire des bonbonnes de Notre-Dame en 2016… On n'imagine pas ces femmes en train de *procréer* la monstruosité absolue, d'en discuter sans retour de lucidité…

— Bon, maintenant, pense à Philippe, à Iris et à Jonna… Ils t'aiment et ils comptent sur toi. Et tu peux compter sur eux… Tu as un sapin de Noël ?

— Oui…

— Il sent quelque chose ?

— Oh oui ! Impossible d'acheter un Nordmann qui ne sente rien. Philippe est bien briefé. Un sapin sans parfum est pire qu'un sapin mort.

L'image la perturba.

— Alors, fais-moi plaisir, va respirer ton sapin. Respire la vie qui t'entoure. Ce Noël que personne ne te volera. Sens la forêt, ces grandes balades en liberté… L'air pur de la montagne… La neige qui scintille, là-haut, sous les rayons du soleil…

— Promis…

Elle se dirigea vers la salle de bains, trouva un tube de Lexomil, en prit un demi-comprimé, et s'allongea. Puis elle dormit.

Des rêves éveillés l'avaient fait sursauter. Une balle qui cinglait l'air… sans bruit… Une balle muette… Une balle sans sommation. Une balle qui tournait sur elle-même, ivre de pouvoir, ivre de vitesse, ivre de *toucher*… Elle avait crié. Pourquoi n'était-elle pas même blessée ?

En sueur, elle s'était rendormie.

Un homme de la BRI s'approchait d'elle. Il avait des yeux parme comme la lavande qu'elle ramassait par brassées, l'été. Il sentait le cèdre et l'ambre. Il sentait le soleil et l'océan. Elle pleurait, et il l'avait embrassée. Un *baiser des profondeurs*. Un baiser d'une incroyable sensualité. Un baiser qui réveille le ventre, une onde qui parcourt le corps entier… Elle avait vu son arme. Son pistolet qui la protégeait. Cette bouche d'ombre qui crachait le feu. Ce trou noir qu'il pointait sur l'invisible. Soudain, une détonation déchirante. Les tympans, subitement bouchés. Le monde à distance, dans un nuage gris ouaté. Le policier l'avait tué. Lui. Le sans-visage. Qui n'avait plus de tête, de toute façon.

Dans un demi-sommeil, Laura entendit une voix. Elle avait d'abord cru que c'était dans son rêve.

— Maman ?

Quand elle comprit que c'était la réalité, elle aima ce mot plus que jamais.

Alors elle ne répondit pas, pour l'entendre une deuxième fois.

45

— Qu'est-ce que c'est que ce bordel ?

Au Bastion, Jo Desprez grommelait. Dans son bureau qui avait perdu tout le charme du Quai des Orfèvres, il n'avait osé reconstituer le décor qui l'avait vu travailler durant des années. Plus d'ancien appareil d'écoutes, plus de gueule ouverte d'alligator pour rappeler que seul l'esprit de groupe comptait, et non l'ego qui ergotait, non. *Nada*. Le dépouillement qui allait avec ces bureaux aseptisés. Le côté hôpital, et non hospitalier, de la modernité l'imposait. La salle de restauration avait dû être calquée sur celle d'un EHPAD, avec ses gros piliers qui ignoraient tout du corinthien et ses distributeurs de bouffe asphyxiée sous plastique.

On leur avait vendu un bâtiment moderne inspiré d'un tableau de Sisley — *Vue du canal Saint-Martin*. Et promis un effet de ciel pixélisé (*impressionniste* aurait fait vieillot). On attendait l'exposition *pixelisionniste* au musée d'Orsay, Monet et Cézanne en tête… L'immeuble ressemblait à un empilement de cases avec une façade miroitante, il est vrai. Faites pour *flouter les fenêtres* en cas de tir, on voulait bien le croire. Au sommet, un côté crénelé qu'on n'apercevait pas d'emblée, entre bastion et bunker. On avait regroupé une grande partie des services de la police judiciaire. La vaste cage floutée comptait 1 700 poulets. Au lieu du grand escalier qui entretenait le cardio, ils avaient gagné des ascenseurs. Le dédale intérieur de l'ancien 36 avait fait place à des allées staliniennes où la police moderne voyait loin et droit. On ne crevait plus de chaud l'été car la température était régulée pour respecter l'*impératif écologique* mais en vérité, l'hiver, le gilet s'imposait et la plupart recouraient à un petit radiateur d'appoint. L'écologie restait une étiquette sur le papier. Et pour gagner le droit d'aller travailler à la périphérie de Paris, il fallait braver les embouteillages.

Desprez avait juste gardé des tableaux de paysage. Pour le plaisir de ne voir que de la verdure.

Un bord de mer, des vagues… À peine une mouette.

Une montagne ensoleillée… Ce qui changeait des noyés en pleine nuit, des cadavres calcinés et des jeunes filles lardées de coups de couteau. De quoi replier l'éventail de la criminalité.

Guilloux venait de lui apporter la nouvelle revendication qui circulait. Desprez tenait le document entre ses mains.

— Après les islamos, les fachos… Qu'est-ce que vous en pensez, Guilloux ?

— Moi ?…

— Vous ne vous appelez plus Guilloux ? ?…

— Si… si, commandant.

La face ronde de Jo Desprez le fixait. Guilloux tira sur son pull tricoté. Il faut dire qu'il avait du talent pour les mailles. Sa silhouette, tout en finesse, se pencha vers le colosse.

— J'en pense… que ça ressemble à des discours de suprémacistes, de masculinistes… De plein de trucs en *istes* et en *ismes* pas forcément flatteurs.

— Oui, ça sent l'extrémisme de droite à plein nez.

— Ça rappelle un peu…

— Je vous écoute, Guilloux.

Parfois, Yoann Guilloux avait l'impression que c'était lui, l'auditionné.

— Vous savez, reprit le jeune enquêteur, l'affaire Loïk Le Priol dans le VIe… Au café Le Mabillon.

Desprez opina.

— L'assassinat en plein Saint-Germain-des-Prés, continua Guilloux, en fin de nuit, du joueur de rugby Aramburú par l'ancien caporal Loïk Le Priol, un des leaders du GUD Paris, et par Romain Bouvier dit « le Chamane ». Le Priol était passé par les commandos marine. Envoyé sur l'opération Barkhane au Mali pour neutraliser des chefs djihadistes dans le Sahel… Il avait déjà commis des faits de violence aggravée et de torture sur Édouard Klein, en… 2015, je crois… en mode expédition punitive. Radié de l'armée… si ma mémoire est bonne.

— Elle l'est… On l'avait surnommé « Touche pas à ma jeep », parce qu'il s'était aussi illustré en tabassant deux jeunes qui avaient osé faire des selfies devant sa voiture.

— Au Mabillon, tout était parti d'une banale dispute de fin de nuit entre deux clients et ces gentlemen. Le rugbyman argentin et un ancien coéquipier avaient pris la défense de ces clients, une bagarre avait éclaté. Le Priol et Bouvier avaient suivi en jeep ces deux hommes pour un clash des titans sans merci : Bouvier tira quatre fois et Le Priol abattit Aramburú de six balles.

— Dans le dos…, précisa Desprez. Avec un Long Colt calibre 32… Puis il a fui vers l'Ukraine pour se mettre au Russe… Fin de partie en Hongrie, à Záhony.

— Vous songez à un ancien militaire victime de syndrome post-traumatique, commandant ? La méthode a des affinités… On peut même penser à quelqu'un qui aurait eu vent du dispo de la BRI… Une forme de pied-de-nez à la police. Du genre : je vais vous prouver qui est le plus malin quand on n'est pas assez musclé… Dans le cas de l'affaire Le Priol, l'altercation n'aurait pas eu le même goût si les mecs n'avaient pas été rugbymen, en face. Mettre à terre des baraques de quatre-vingt-dix kilos, ça gonfle l'ego.

— Le calibre ne fait pas l'honneur… On n'a rien à penser, Guilloux. Tout à trouver, tout à prouver. Mais je suis d'accord qu'il faut tout envisager. TOUT. Même un ado qui joue au justicier avec un fusil de précision offert par le père Noël…

— Un ado ?

— C'est pour forcer le trait, Guilloux. Vous montrer le grand écart. Vu que votre femme est danseuse, vous devez avoir des dispositions… Il faut éplucher les caméras. Repérer ce qui cloche. Un djihadiste peut être une femme. Se méfier des apparences, Guilloux.

Desprez piocha dans une coupelle de noix de cajou posée sur son bureau et la proposa à Yoann Guilloux. Le policier déclina. Non seulement il tricotait ses pulls mais il ne mangeait pas entre les repas. Cette nouvelle génération l'impressionnait.

— Mais vous voyez, Guilloux, il y a un gros *mais*.

— Ah oui ?

— Les groupuscules d'extrême droite n'ont jamais revendiqué d'acte terroriste en France.

Guilloux le regarda, perplexe. Le commandant Desprez était les archives de la Crime à lui seul. On pouvait faire confiance à sa mémoire. Vingt-huit ans rien qu'à la brigade criminelle du 36 le rangeaient dans les lettres de noblesse du « hors d'âge ».

— Un loup solitaire, alors ?

Le regard de Guilloux montrait de l'inquiétude. Rien de pire que les actes isolés.

— On peut imaginer qu'un enragé se soit échappé de la meute…

— La DGSI et l'UCLAT* ont peut-être leur avis là-dessus…

---

* Unité de coordination de la lutte antiterroriste de la police, rattachée à la DGSI dépendant du ministère de l'Intérieur, créée en 1984.

— Mais il y a un autre *mais*, Guilloux… Le mais est la sempiternelle épine dans le pied de la PJ.

— Ah…

— Un loup solitaire qui tire avec un fusil de précision, ce n'est pas un impulsif incontrôlable… C'est un type un peu comme vous, Guilloux… (il aimait la provocation) calme, posé, endurant… à qui on met entre les mains, à la place des aiguilles à tricoter, un fusil très, très précis. Et qui, à sa façon, croit en la justice… Une *autre forme de justice*…

— C'est… audacieux comme rapprochement, commandant, mais je comprends.

— Bref, on nage dans le bleu. Et c'est vaste, Guilloux, l'océan. Alors je résume : je veux le point sur la vidéoprotection, sur la téléphonie, sur l'enquête de voisinage, sur les auditions des témoins, que le groupe lance des recherches sur d'anciens militaires qui auraient fait des OPEX*, sur des SPT connus, qu'on croise les données avec celles de la menace de mort reçue par Schönberg, et qu'on en sache plus sur Marc Devrier, le député. Le mobile se dégagera peut-être de son environnement… On m'a demandé de pondre une note de synthèse… rapidement. On fait le point avec le groupe dans deux heures. L'autopsie aura lieu demain matin à l'IML**.

— Entendu.

Son téléphone sonna. C'était Rémi.

— Jo, j'ai du nouveau.

Desprez appréciait particulièrement Rémi. Quand il était à la brigade fluviale de Paris, il avait gagné son ticket pour la PJ en les

---

* Mot-valise pour « opération extérieure », activité opérationnelle de l'armée de terre principalement sur le théâtre d'engagement stratégique (zone et durée).

** Institut médico-légal de Paris, morgue dépendant de la Préfecture de police, situé dans le XIIe arrondissement.

aidant à trouver un tueur en série. Il était tenace, intuitif, courageux, loyal, franc, sportif, discret, fidèle, poli sans être cauteleux, respectueux sans manquer de caractère, humble et, il fallait le reconnaître, doué d'un charme qui ne passait pas inaperçu dans les couloirs du 36. Qualités qui pouvaient se retourner en insupportables défauts, quand on avait la malignité de son ancien chef. Ce dernier venait encore de briller dans son désir de pulvériser Rémi. Ce qui donnait encore plus envie à Desprez de protéger Rémi de ses foudres iniques.

— Ah !

Desprez colla son portable contre son oreille droite, celle qui entendait le mieux. Par réflexe, il saisit son cahier où il notait tout ce qui pouvait être important, et un stylo.

— Je te le donne en mille… M. Schönberg veut que j'assure sa protection, le temps que tout se tasse.

— Alors là… Là… Celle-là, on l'aura pas vue débouler…

— Tu imagines ma position… Il m'a fait venir cet après-midi chez lui…

— On y est allés aussi. Il ne voulait rien montrer mais il était un peu secoué. Bavard comme une pie empaillée, le bonhomme.

— Tu lui as conseillé de prendre un garde du corps… L'idée a dû faire son chemin… Et comme il est logique et efficace, il s'est dit qu'un T.H.P. était le mieux placé pour le protéger d'un sniper embusqué…

— Je vois… je vois.

— Tu te doutes que je lui ai répondu que je n'avais pas le droit de travailler à côté…

— En même temps, l'idée nous sert aussi…

— C'est ce qu'il pense. Il m'a précisé que *là-haut*, on avait décidé de me mettre *en congé*.

— Prendre le large après ce que l'autre tordu t'a fait, c'est pas si mauvais… Il emmerde le patron avec ses soupçons de radicalisation sur Sohan Chenguiti. Sa chasse aux sorcières commence à énerver. On lui a rappelé que le capitaine de police suspendu et désarmé en 2020 pour sa présumée radicalisation avait été réintégré. Que ce genre de mesure conservatoire imposée par le ministère n'était pas du goût de la police… Les courageux anonymes et délateurs de l'ombre ne font pas les bons policiers.

— Je ne ferai pas de commentaire.

— Si tu savais… tu as entendu parler du scandale des abeilles ?

— Ah non ?!…

— L'un des chefs de service a hurlé contre la proposition de mettre des ruches sur le toit du Bastion.

— Pourquoi ? C'est bien, des ruches.

— Non, Monsieur est mort de peur qu'une abeille vienne le piquer… Je te jure… Lui, on le mettra pas à la tête d'une colonne de la BRI… À la place, il a été décidé en *haut lieu* (c'était le nom du 8e) que le toit accueillerait des abris pour les faucons pèlerins…

Rémi ne put s'empêcher de rire.

— Les *faucons* font moins peur que les abeilles…

— Bon, Rémi… je te conseillerais de bien réfléchir à sa proposition. Je pense que ton regard et ton intelligence des situations ne peuvent que nous aider sur un dossier qui s'annonce compliqué…

Desprez allait raccrocher.

— Jo ? Tu sais… comment te l'expliquer. On a l'air diamétralement opposés… mais il a saisi qu'on se comprenait. Il est en confiance.

— Tu le sens comment ?

— Atypique, radical, *franc-tireur*… mais il y a autre chose. Une faille.

— Bon… prends la bonne décision. Tchô !

46

— Putain !

Lionel de Lagune n'avait pu s'empêcher de jurer. Il avait même tapé du poing sur la table.

Alors qu'il devait rédiger une note, *l'impossible* lui tomba dessus.

Il avait oublié son Glock à l'hôtel.

Il n'arrivait pas à le croire. Ce n'était pas une idée, c'était un fait.

Il avait oublié son flingue à cause d'une connerie d'histoire de cul à la noix !

Les oreillers… Tout à coup, il les revoyait. Sur la table de nuit, elle les avait entassés… Oublier son flingue, c'était *perdre la gueule définitivement…* À cause de la fatigue de la nuit. À cause du stress. À cause du dispo foiré qui encombrait ses pensées. À cause des dix mille SMS de débile qu'il avait dû rédiger en plein travail pour lui assurer que non, elle était formidable… Que si, si, il l'aimait. Mais qu'il avait du travail… Du *vrai travail…*

Si seulement elle ne l'avait pas exaspéré… avec ces messages où, au sortir de ses bras, elle arrivait à ne parler que de *l'autre…* Mais bordel, l'autre, c'était quand même sa femme ! Il n'allait pas la tuer et la découper juste pour lui faire plaisir. Ne lui en déplaise, elle existait. Il l'avait pourtant choisie, elle, sa maîtresse, avec un mari… et deux enfants. Qu'est-ce qui lui manquait ? Il n'osait imaginer ses plaidoiries.

S'il ne remettait pas la main sur son flingue, il pouvait tout de suite candidater pour un poste d'attaché de sécurité intérieure au Togo.

En sortant de son bureau, il croisa Josy, la secrétaire administrative.

— Je reviens tout de suite.

La phrase la plus banale, la plus difficile de la journée. Il ne laissa pas le temps à Josy de lui répondre et traversa en toute hâte le hall d'accueil de la BRI. En passant devant le Ramsès, le nom donné par la brigade au bouclier qui avait reçu les impacts de l'assaut du Bataclan, il baissa la tête. Il essayait d'enfiler sa parka mais une manche, repliée, résista.

Le Regina avait au moins l'avantage de ne pas être trop loin du Quai des Orfèvres.

Repasser devant la réceptionniste… Bon dieu… affronter son regard… Mais comment allait-il s'en tirer ? Chaque chose en son temps.

En traversant la Seine avec la Merco, pour la première fois, il pria. Il jura de faire brûler un cierge.

Les deux glorieuses entre ses jambes étaient toutes ratatinées.

Les grandes glaciations de l'infidélité.

Dans la lumière qui déclinait, Aurélie de Lagune se remaquillait. Elle avait changé de tenue. Et troqué sa robe en dentelle contre une robe-bustier qui pigeonnait. Elle connaissait un amateur de vertiges. Un amateur éclairé. Un homme pour qui le plaisir n'était pas qu'une aventure solitaire.

Devant le miroir, elle décida de ne pas mettre de soutien-gorge.

Pas même un modèle sans bretelles. Avec un gros pinceau qui était une caresse en soi, elle poudra sa gorge. Dans sa longue chevelure, elle vaporisa une huile légère à la tubéreuse. Elle se leva et sortit d'un tiroir un ravissant string en dentelle. Elle hésita. En haut d'une étagère, d'une boîte à chapeau qui avait pris la poussière, elle extirpa un serre-taille porte-jarretelles en tulle baleiné, avec six attaches. Voilà. Parfait. Patiemment, elle clippa des bas couture tellement fins qu'ils méritaient des mains expertes pour ne pas les filer. Elle n'avait plus l'habitude de les fixer dans les jarretelles. C'était… acrobatique. Au bout de multiples essais, enfin, tout tenait.

Elle enfila sa robe-bustier et ses seins offrirent toute l'image de la générosité.

Elle se rassit sur le lit conjugal, smartphone en main. Des mots se ruaient dans sa tête mais elle ne les assumait pas. Sur sa joue, elle ne put empêcher une larme de couler. Alors, elle revit le regard fuyant de son mari quand il rentrait. Elle repensa à tous ces moments où son portable montrait qu'il ne lisait pas les messages qu'elle lui envoyait, majoritairement au déjeuner, lui qui était obligé de regarder son portable toutes les cinq minutes, même au cinéma, à ses énervements sans raison, et aux remarques injustes qui les accompagnaient. Aux propos qu'on lui rapportait. À quelques échanges de regards appuyés avec des *connaissances*… Elle repensa aux mille petits mensonges qui n'en formaient qu'un grand. Et elle écrivit : « Paul et Virgina sont partis finir Noël chez des amis. Je sais que ton travail te retiendra très tard. Alors, pour que tu n'aies pas mauvaise conscience, j'ai décidé de prendre un peu de bon temps aussi. Tu aimes les grandes blondes un peu sottes, moi, j'ai la faiblesse des hommes à grosse b…. Chacun son style. Si tu rentres avant moi, ne m'attends pas. *Je t'aime.* »

Lionel, les temps ont changé. Une femme ne passera plus sa vie à te pleurer.

C'était vulgaire. C'était grossier.

Tout ce qu'elle n'était pas.

Mais l'arme qu'il méritait.

De Lagune passa les boiseries et la porte à tambour du Regina Louvre, lèvres crispées.

Dans sa poche, son portable vibra. Il se demandait ce qu'il allait pouvoir raconter à la réception. Certains mensonges sont plus difficiles que d'autres à tourner. Il lut machinalement le message qui s'affichait. Et là, ce ne fut plus la voix qui lui manqua. Mais ses jambes, qui refusaient obstinément d'avancer.

47

Rémi amorça la montée des marches du funiculaire de Montmartre. Il avait l'habitude de la faire en courant. L'air se rafraîchissait, le froid devenait mordant. Deux cent vingt-deux marches l'attendaient pour se réchauffer. Souvent, il les comptait pour ne plus penser à l'effort cardio. Certaines restaient glissantes, même si la neige, peu à peu, fondait. Au moins, il aurait profité de la poudreuse.

Les deux cabines se croisèrent tandis qu'il en était à la moitié. Cette vision, dans Paris, tenait du mirage, autant que sa journée. En quelques heures, il avait vécu une humiliation et une reconnaissance.

Jamais il n'aurait pensé rencontrer quelqu'un comme Schönberg. Il observa la cabine du téléphérique qui délivrait son flot de touristes, ces nationalités mêlées le temps d'une montée… Quelle probabilité existait-il pour que le magnat des médias et lui se croisent ? Infime. Une tête d'épingle dans l'océan des humains. Et pourtant, elle existait. C'était le miracle de la vie. Défier les prévisions, jouer aux dés avec les destinées…

Sur ce drôle d'échiquier, quelle marge de liberté lui restait-il *vraiment* ? La question était abyssale. Pour être heureux, il fallait sans doute se contenter des questions. Pourtant, un policier consacrait sa vie aux réponses.

Rémi avait bien aimé cette citation d'un auteur allemand qu'il avait lue dans un livre déniché chez McGriffs, le bouquiniste de Caulaincourt : *Comment peut-on se connaître soi-même ? Jamais par la méditation mais bien par l'action. Cherche à faire ton devoir et tu sauras ce que tu vaux. Qu'est-ce que ton devoir ? L'exigence du jour.* Certaines citations vous attendent. Elles semblent vous guetter. Encore une étrangeté. Il en parlait, parfois, avec le SDF qui habitait au pied de l'escalier du passage des Abbesses. Dans sa tente, montée au milieu d'un bric-à-brac tellement hétéroclite qu'il en devenait artistique, le sans-abri avait une muraille de livres autour de lui, cornés par l'humidité. Il était encore jeune, la rue n'avait pas détruit une forme de grâce, son corps, maigre, soutenait encore sa volonté, et dans sa détresse il lisait.

Un coureur, avec une casquette jaune sous la capuche d'un coupe-vent, le dépassa comme une fusée et le sortit de ses pensées. Récemment, il avait été surpris d'apprendre qu'il existait un ultra-trail de Montmartre. Sur ces mêmes marches qu'il était en train de monter. Guillaume Arthus, l'homme qui avait fait la Via Alpina de la Slovénie à Monaco — 2 650 kilomètres en autonomie et 1 064 heures —, avait réussi 271 allers-retours des escaliers du funiculaire en moins de vingt-quatre heures. Depuis, Rémi s'interdisait de trouver l'ascension rude. Même après une nuit blanche. Bien sûr, il éprouvait un franc respect pour ces exploits hors du commun. Mais la culture des chiffres et de l'exploit le dérangeait. Cette mise en avant de l'ultra, de l'extra, du XXXL, du méga, du giga, du téra revenait à un culte de la performance. Une forme de vénération pour le *poids* des choses, non pour le sens de la vie qui ne se mesurait pas. Rémi se méfiait des cultes, des revendications, des appropriations. S'il réfléchissait, il avait plus de considération pour la bravoure de l'ombre.

Admirerait-on autant une montagne si elle affichait, à son sommet, le nombre de tonnes de rochers et de terre qu'elle portait ? Une vague si elle clamait le nombre de kilomètres qu'elle avait parcourus ? Une comète si, à sa traîne, elle accrochait sa quantité d'énergie ? Voilà, l'idée était là. Il aimait la nature pour tous les exploits qu'elle taisait. La force et la beauté de l'humilité. Pour les êtres humains, idem. Lui revint le souvenir de l'observatoire du pic du Midi de Bigorre où il était allé au printemps. Il avait naturellement de l'estime pour le général de Nansouty et l'ingénieur Vaussenat, qui dirigèrent ces travaux herculéens, mais sur les photographies, ce qui l'avait le plus impressionné restait ces anonymes qui creusaient des couloirs de neige à la pelle, sans gants, en bras de chemise et béret, et ces autres qui, en pull, portaient, courbés sur des skis, le lourd matériel et l'optique, sous la menace permanente des avalanches.

Schönberg, strictement, ne l'impressionnait pas. Il aurait pu lui sortir tous ses comptes en banque que ces chiffres l'auraient laissé froid. Être riche, c'était aussi être riche de beaucoup de problèmes. Mais l'homme était une telle somme de contradictions qu'il l'avait intrigué. Et découvrir le pouvoir à l'œuvre, observer le jeu des alliances et des trahisons autour de lui, les coulisses et les courbettes, repérer quelles valeurs subsistaient dans ce nid d'aigle de l'ambition, oui… il sentait bien qu'une part de lui résistait mal à cette tentation. Et à celle de laver son honneur…

Schönberg n'était pas une tête vide. Il savait viser juste.

Arrivé en haut de la série d'escaliers, Rémi retrouva le plaisir, intact, de surplomber la ville. Il continua jusqu'au parvis du Sacré-Cœur.

Là, Paris s'étalait, immeubles couleur de bitume, guirlandes de fenêtres qui triomphaient de la nuit, clochers illuminés, et magasins ensommeillés après l'euphorie des fêtes.

La ville glissait dans l'ombre.

Les façades s'allumaient de milliers de petites étoiles.

Rémi était en haut. Au sommet de la capitale. Comme un guetteur. Tel un sniper, perché face à l'immensité. En ligne droite, perdue dans cette constellation, il savait désormais qu'il y avait une villa. Une villa qui comptait sur lui.

Alors, quel choix?

Il avait jusqu'au lendemain matin pour se décider. Au milieu des derniers restes de neige, du haut de son observatoire, son pic du Midi à lui, il essaya de peser le pour et le contre. Posté entre les dômes en calcaire du Sacré-Cœur, travaillés comme des écailles de tatou, il jouissait de cette illusion de dominer la situation.

Rien ne pouvait l'empêcher d'observer.

C'en était épuisant, cette attention permanente. En contrebas, Rémi repéra le ballet des tresseurs arnaqueurs. Ces grillons sautaient sur les badauds pour leur nouer illico un bracelet de l'amitié autour du poignet, leur interdisaient de le couper sous peine de mauvais sort, et exigeaient leur pièce. Ils tournaient en rond, n'avaient pas encore trouvé leur proie. L'escroquerie se greffait sur Noël et son sang neuf de touristes. Ces flibustiers du Paris romantique prenaient la relève de l'arnaque du bonneteau, en perte de vitesse sur la Butte avec l'hiver. D'un seul coup d'œil, Rémi détectait les complices qui feignaient de gagner facilement un billet en désignant le gobelet qui cachait la balle, grâce à leur prétendu don d'observation. Ces interactions humaines le fascinaient. Comment des pièges si simples pouvaient-ils marcher? Le gang du bonneteau avait été démantelé par le service central des courses et des jeux. Le chef du réseau, roumain, se faisait tout de même un million d'euros par an… Pour le coup de filet, la BRI avait été appelée en appui.

De vrais touristes bravaient le froid, serrés les uns contre les autres. Ils tenaient des gobelets de vin chaud. L'odeur de cannelle et d'orange arrivait jusqu'à ses narines. À elle seule, elle sentait Noël. Le petit train stationnait, attendant de cahoter les passagers sur les pavés des ruelles. Un revendeur tentait de fourguer un cadenas d'amour à un jeune homme à frange et moustache noire, en pantalon baggy, collé à une femme aux cheveux violets, fine comme la silhouette de la tour Eiffel. Le baratineur insistait en sortant quelques mots d'anglais pour dire qu'il pouvait le graver à leurs prénoms. Depuis que le pont des Arts avait troqué ses parapets grillagés contre des vitres en plexiglas, les rambardes du Sacré-Cœur croulaient sous ces cœurs tatoués. La mairie avait juré la guerre à l'amour — l'amour était trop lourd —, promettant de retirer ces cadenas dans le cadre de l'opération « Embellir votre quartier », mais les cœurs cadenassés faisaient de la résistance.

Rémi remonta son cache-col. Sa propre respiration lui tint chaud. Pas de coucher de soleil spectaculaire pour le baisser de rideau. Sans coup d'éclat, le jour avait plongé dans la nuit. Des groupes de jeunes buvaient des bières pour se réchauffer. Un autre attroupement s'extasiait devant un *b-boy* qui enchaînait des figures d'équilibre sur un départ de rampe d'appui. Le vent apporta la délicieuse odeur des cacahuètes grillées qu'un marchand ambulant préparait. Soudain, Rémi eut envie de sucré. Mais pas de cacahuètes. Le soir de Noël, tout devait être fermé. Il tapa quelques SMS de souhaits, déclina un dîner, trouva le bon angle pour adresser une photographie de Montmartre à Marie-Jeanne, et continua à réfléchir. Malgré le froid, un homme, assis sur les marches de la basilique, entonnait une reprise de l'*Autumn Leaves* de Nat King Cole. Un couple enlacé dansait. Ne manquait plus que la neige pour valser allègrement dans l'air. Un fait intriguait Rémi : pourquoi Schönberg ne lui avait-il pas demandé de débuter le soir même ?

48

Phrack était heureux de retrouver Athéna. Elle avait des mains douces et caressantes. Quand elle le hissait par les deux pattes de devant, il la regardait en se léchant les babines et il avait l'impression d'être le roi. Une bête qui ne dépassait pas les pieds d'un fauteuil bas, mais le roi. Malgré sa gueule à la Rocky, il avait l'air béat.

— Phrack, mon bon Phrack, tu ferais craquer le plus cynophobe des chats, toi, dit-elle en enfouissant son visage entre ses pattes.

Hadès tenta, lui, d'attirer Athéna entre ses bras. La concurrence avec le chien lui déplaisait.

Ils ne s'étaient pas vus depuis la veille. Il avait eu tellement peur pour elle. Pourquoi ne venait-elle pas se serrer contre lui ? Elle caressait le chien comme si elle en avait été privée pendant des semaines. Il la regarda, de profil, dans sa robe moulante en laine noire, avec cette ceinture de perles jaunes à plusieurs rangées et ces bottes lacées. À ses oreilles, il remarqua qu'elle avait pendu des petits pantins de bois. Ils se terminaient par une boule rouge, suspendue à un fil, qu'on pouvait tirer pour faire bouger jambes et bras. Elle ne ressemblait à aucune autre femme. Il ne l'aimait pas que pour son superbe décolleté. Elle était douce et déterminée, fantasque et très posée, aimante et indépendante. Sensible et intelligente. Après réflexion, il se dit que la trouver unique après cinq années d'amour intense était la preuve qu'il était toujours autant épris d'elle.

Quant à Arès, il avait rapproché de lui un jeu d'échecs. Il avait attrapé le fou noir et le passait d'une main à l'autre. Hadès et Hermès attendaient ses confessions mais elles ne venaient pas. Arès était une fontaine tarie, réfugié dans un silence qui inquiétait ses deux amis.

Hermès vérifia l'heure sur son portable, et posa son verre.

— Allez, on passe à DEFCON 2. Après le shot, Devrier, ce gros porc, va avoir le short qu'il mérite. On ne parle même pas des mineures qu'il se tapait…

Le regard fiévreux, Hermès enclencha la phase *apocalyptique*, au sens fort, originel, de la révélation.

Devrier allait enfin dévoiler son vrai visage à ses semblables.

Hadès et Athéna avaient déplié leurs ordinateurs ultraportables. Ils tournaient tous sur Kali Linux, un système d'exploitation libre et *open source*. Hermès avait ajouté la touche inimitable de la customisation faite maison en matière de cybersécurité.

L'information allait s'afficher, se dupliquer, migrer, gagner sans effort des lecteurs.

Il suffirait d'allumer ces autels modernes où l'écran avait remplacé la bougie.

Et de cliquer, et de scroller…

MARC DEVRIER, PLUS CORROMPU, TU MEURS

Le député Marc Devrier a été tué, non pour ses convictions religieuses mais parce qu'il est l'homme le plus corrompu de la Commission européenne.

Marc Devrier avait compris que l'avenir n'était pas dans les

beaux discours mais dans les basses actions. Après des études de droit en dilettante à Assas, où il obtint une maîtrise, il avait saisi qu'un bon carnet d'adresses valait mieux que de brillants résultats. Avant de devenir l'un des 81 députés européens français, l'homme politique a siégé dans 32 organismes publics et sociétés privées comme représentant de collectivités locales.
À la Commission européenne, il a été nommé vice-président à la commission de la Culture et de l'Éducation et membre de la sous-commission Sécurité et Défense. Il a été membre de la délégation pour les relations avec la Chine. Marc Devrier, chevalier de la Légion d'honneur, chevalier de l'ordre des Arts et des Lettres, s'est fait connaître en effectuant des voyages médiatisés en Russie lorsqu'il était député — et surtout agent d'influence. Il effectuait des activités de consultant pour le numérique, était coordinateur de livrets thématiques sur le sujet, et s'est toujours moqué de la Haute Autorité pour la transparence de la vie publique.
En 2022, l'eurodéputé Marc Devrier a effectué des prestations fictives de conseil pour une Banque centrale, pour un montant de 250 000 €. Auparavant, il avait fait l'objet d'enquêtes pour des soupçons de favoritisme dans certains contrats. En tant que député, il a été mis en examen, en 2011, pour escroqueries, abus de confiance et acceptation par un parti politique d'un financement provenant d'une personne morale. Il a été condamné en appel et son inéligibilité de cinq années a été ramenée à deux ans. Son parti a été condamné à 200 000 € d'amende.
En échange de rapports complaisants dans le domaine du numérique, Marc Devrier a été invité à des voyages de luxe aux États-Unis, en Chine, et en Corée, avec escort-girls pour lutter contre la solitude à l'étranger.

À Noël, il n'a jamais manqué de champagne. Normal, les caisses affluaient.
Des scandales dans la droite ligne du Qatargate, où Eva Kaïlí, la vice-présidente grecque du Parlement européen, a été, en 2022, arrêtée pour des pots-de-vin qu'elle aurait reçus en favorisant les intérêts du Qatar, argent et cadeaux de luxe, aux côtés d'autres eurodéputés.
Follow the Money, plate-forme néerlandaise de « journalisme d'investigation radicalement indépendant », associant 24 médias européens, a révélé que « presque un quart des 704 députés européens actuellement en fonction ont été impliqués dans une affaire d'infraction à la loi ou de violation d'un règlement. 45 des 253 affaires sont liées à la corruption et notamment à l'attribution de pots-de-vin (18 cas recensés) ; 44 à la fraude et au détournement d'argent ». Alors, qui s'étonnera ?
À la Commission européenne, Marc Devrier faisait partie du bureau de l'IA, des acteurs de la plate-forme Technologies stratégiques pour l'Europe (STEP), et du Programme pour une Europe numérique (DIGITAL). Il a également été très investi dans le Règlement sur les marchés numériques qui impliquaient les contrôleurs d'accès Alphabet, Amazon, Apple, ByteDance, Booking, Meta et Microsoft.
Face à une Commission qui encourage une souveraineté technologique européenne, et notamment la souveraineté du *cloud**, avec l'initiative EuroStack pour bâtir un écosystème numérique en Europe, le député européen Marc Devrier a vite compris son intérêt. Il avait une carte à jouer pour freiner la régulation que l'Europe voulait renforcer, et la souveraineté qu'elle souhaitait

* Abréviation de *cloud computing*, « informatique en nuage », moyen utilisé pour stocker et gérer des données à distance d'un ordinateur personnel, en recourant à des intermédiaires, sur des serveurs distants interconnectés.

gagner. D'autant plus que l'eurodéputée Sarah Knafo avait été nommée rapporteur sur le texte stratégique traitant la souveraineté numérique européenne, alors qu'elle soutenait Donald Trump, Elon Musk et xAI, son entreprise d'intelligence artificielle, les cryptomonnaies et l'Américain Michael J. Saylor, maximaliste Bitcoin, président de MicroStrategy, une société qui avait, par ailleurs, remporté un contrat de dix millions de dollars avec McDonald's, *juste* pour renforcer ses tactiques promotionnelles. Saylor, homme soupçonné, en plus, de fraude fiscale portant sur des millions de dollars d'impôts…

Le budget global des subventions pour une Europe numérique (DIGITAL) s'élevait à 8,1 milliards d'euros, dont 415 millions pour l'IA, les investissements dans les semi-conducteurs à 45 milliards d'euros, le soutien aux réseaux et infrastructures haut débit et les énergies ainsi que le programme Horizon Europe de financement de la recherche nourrissaient des intérêts de rapaces. Avec 398 936 euros dépensés par les cent groupes lobbyistes les plus puissants… par eurodéputé, pour influencer les prises de décisions en matière de législation, et dix lobbyistes par député, qui jugerait que le jeu n'est pas truqué ?

Dans le peloton des dix premiers lobbyistes, la tech, juste derrière l'industrie chimique, se porte bien : Meta, Apple, Microsoft, et, un poil derrière l'industrie pharmaceutique, Google. Quand on est politique, il faut être un saint pour résister à l'argent et à la pression.

Marc Devrier ne l'était pas. Il méprisait le bien public. Il profitait d'un lobbying actif pour faire échouer des résolutions parlementaires défavorables aux grands acteurs du numérique hors Europe, et défavorables aux pratiques contraires aux droits de l'homme. Il avait notamment reçu des faveurs de lobbyistes du groupe de télécommunication chinois Huawei, avec un système

de virements passant par le Portugal, et des facturations pour des conférences fictives.
Les GAFAM auraient également rincé Marc Devrier pour qu'il joue de son influence contre les sanctions financières imposées par l'UE. Google ayant reçu une amende de 2,4 milliards d'euros en 2017, Apple, de 13 milliards d'euros en 2016, Google, en 2018, de 4,3 milliards d'euros pour abus de position dominante et Microsoft, de 899 millions d'euros, en 2006.
L'eurodéputé avait aussi décidé de tordre le cou à la CNIL qui contre l'aspiration sans frein des données personnelles, monnaie d'échange indispensable du monde numérique. Marc Devrier avait déjà fait tout son possible pour empêcher la CNIL de condamner Monsanto, en 2016, pour violations de données personnelles à des fins de lobbying. L'eurodéputé a défendu en sous-main 24 lobbys qui récusaient « l'approche conservatrice épousée ces dernières années par les régulateurs nationaux et européens » en matière de protection des données. Et il a soutenu Facebook lorsqu'il a inventé la notion de *contrat* avec ses utilisateurs pour contourner la réglementation sur les données personnelles, en zappant la notion essentielle de consentement.
Transparency International, organisation luttant contre la corruption, avait déjà pointé « la culture de l'impunité » et « l'absence totale de contrôle éthique indépendant » au niveau du Parlement européen.
Marc Devrier n'en est pas la preuve, il en était le monstre.
À une heure aussi grave pour les libertés, l'éthique des responsables publics européens décidera de notre monde de demain.

Athéna tourna la tête vers Arès mais il s'était effondré sur le canapé. Secoué par des spasmes nerveux, il somnolait. À ses pieds, le fou du jeu d'échecs avait glissé. Phrack venait de le repérer, et tendait une patte pour jouer.

49

À bien y réfléchir, Rémi comprit que Schönberg lui ait laissé un délai.

L'homme avait connu un avertissement avec la menace de mort, et un coup de semonce avec l'exécution de Devrier. La mort l'avait frôlé. Son instinct lui disait que le tireur n'avait pas raté sa cible. Pas un sniper. Schönberg était encore ébranlé. Mais comme tout battant, il se raccrochait à sa chance. Elle dopait son instinct de survie. Un garde du corps était une perte de liberté. Il avait sûrement besoin d'une revanche. D'une dernière frange d'indépendance pour se remettre de ses émotions. D'un excès compensateur. Rémi eut une petite idée de la soirée de Schönberg, qui serait très différente de la sienne.

Alors qu'il photographiait l'une des statues équestres, au vert-de-gris spectaculaire, qui encadraient le porche du Sacré-Cœur, il entendit des cris. Il ne comprit pas tout de suite la scène.

Puis il la vit.

Une femme à l'abondante chevelure noire, surgie de nulle part, qui courait éperdument vers le parvis.

Il n'arrivait pas à le croire. Elle était *entièrement* nue. Et échevelée. Comme une enfant sauvage.

Sa course, paniquée, évoquait celle des insectes. Elle adoptait d'incompréhensibles diagonales, rebroussait chemin, courait à perdre haleine.

Rémi avait aperçu la toison noire de son sexe. Tout le monde l'avait vue. Pas de floutage pour la sauver. Elle ne se cachait pas. Affolée, elle fuyait. Cette tornade se précipita vers l'entrée gardée du Sacré-Cœur. Sur son passage, les gens reculaient, effrayés. Les jeunes cessèrent de boire, le clone de Nat King Cole s'immobilisa. Un chien jappa. Ses maîtres n'arrivaient pas à le faire taire. Il bondissait sur place, voulant courir après elle.

Du plus vite qu'il put, Rémi dézippa sa parka noire. Il sauta sur la fille qui s'élançait sur les marches et la maîtrisa avec peine. Il lui jeta sa parka sur le corps, la protégeant des regards avides qui avaient brandi leurs téléphones.

La femme se débattit. Rémi croisa son regard. Un regard de bête traquée. Elle se déroba à l'une de ses prises et Rémi évita de justesse la fulgurance de son bras.

Un instant, elle le fixa.

Elle se calma un peu, et Rémi cria au garde d'appeler Police-secours.

Elle tremblait comme un oiseau blessé.

Aidé par le garde, tout juste émergé de sa sidération, il la transporta jusqu'à la basilique. Les portes passées, elle se détendit comme une corde. Rémi crut qu'elle s'était évanouie. Mais non, elle se laissait traîner. Elle haletait tel un petit chien, cherchait du réconfort dans l'odeur des pierres, de l'encens et des lys. Dans cette odeur mystique qui sentait le sacré, et qui, enfin, l'accueillait. Contre l'insoutenable barbarie, contre l'insupportable monde du *dehors*.

Des gens se retournèrent. Personne n'osa approcher.

Malgré la parka, elle continuait de grelotter. Elle n'avait pas même de chaussures.

Recroquevillée contre Rémi, elle leva les yeux en direction du Christ au cœur d'or de la grande mosaïque du chœur. Dans sa blancheur, il lui tendait les mains. Elle ne le quitta plus du regard.

L'équipage de police arriva. Rémi desserra ses bras, et récupéra sa parka.

En sortant sur le parvis, il songea à la citation, à son *devoir*, à *l'exigence du jour*.

La détresse humaine était un puits sans fond. Il était bouleversé.

Un vent frais, si caractéristique des jours de neige, s'en donnait à cœur joie sur le parvis. La vie continuait de tourbillonner. Les gens s'étaient remis à boire. Le chanteur à donner de la voix. Et quelle voix !

Rémi fit quelques pas, déboussolé. Il se revit, sur ces hauteurs, assister, impuissant, à l'incendie de Notre-Dame. Comme face à l'infinie détresse de cette femme.

L'esprit encore troublé, il ne savait plus comment aider son prochain. Le cadavre de Devrier, cette folie rouge sur le blanc, ressurgit brutalement. Et cette femme à l'éclatante nudité qui, à elle seule, était un cri. Un cri déchirant la nuit. L'ultime geste d'un esprit à l'agonie…

À ses pieds, cet océan, ce n'était plus Paris mais le désespoir qui s'étendait, une marée noire à l'infini. Il pensa à Schönberg, puis, sans savoir pourquoi, à Tatiana. Peut-être à cause de l'odeur des lys de la basilique. Cette odeur… Une chaleur. Un cœur rayonnant. Celui du chœur, celui des lys. Le regard de Tatiana.

Il avait cent cinquante mètres à marcher jusqu'à la rue Cortot. Cent cinquante mètres pour retrouver ses lucarnes à lui. Cent cinquante mètres pour croire à son *devoir*.

50

Au Bastion, Yoann Guilloux venait d'apporter le ravitaillement. Des sandwichs achetés au plus pressé pour tout le groupe, avec de l'eau et des sodas. Ce n'était pas l'Amérique, mais personne n'attendait que ce soit Mar-a-Lago.

Au 6e étage, il parcourut le long couloir, longea la vitrine des casquettes internationales de police qui avaient quitté leurs têtes, rêva devant le champagne de la BC* exposé, et arriva, bras chargés, dans le bureau du chef de la Crime. La nuit renforçait l'intensité des échanges, son bruit, sans éclats, de ruche studieuse. Le commissaire général, Philippe Lefort, n'avait pu s'empêcher de contaminer la froide modernité des lieux par quelques survivances du 36. Son vieux bureau en bois l'avait suivi, ainsi qu'une armoire bien plus ancienne qu'IKEA. Sur un coffre-fort, deux pipes — il ne fumait jamais — et une photo mythique, en noir et blanc, où posait la BRI des débuts, arme défouraillée, en imper, cravate et borsalino, pour imiter Delon dans *Le Samouraï*. Au mur, quelques photographies de ses

* Brigade criminelle de Paris, abrégée en Crime, rattachée à la Direction de la police judiciaire de la Préfecture de police en 2017 et située au 36, rue du Bastion, compétente sur Paris et sa petite couronne.

enfants, qu'il voyait moins que ses collègues, et un ancien planisphère Air France dominaient une plante grasse, un schlumbergera qui refusait de crever. Au milieu des piles parfaites de procédures, et de quelques médailles qui servaient de presse-papiers, le regard de Guilloux fut attiré par un livre rouge. Un *Vocabulaire de la psychanalyse*, de Laplanche et Pontalis. Une grande lampe en papier jetait une lumière douce, proche du jaune d'œuf, comme dans un spa. En raison de sa forme de bouteille, Desprez l'appelait le Mathusalem du chef.

Le groupe entier était massé dans la salle de droite, ouverte sur le bureau, avec le chef et deux observateurs. L'un de la DGSI et l'autre de la SDAT*. La salle de gestion de crise, pratique pour les réunions, offrait la place nécessaire. Au fond, un mur d'écrans relié aux caméras PVPP, au bleu aquarium. Entre deux fenêtres, le bouclier de la brigade et sa fleur de chardon, que Christian Herrebout, le Géo Trouvetou de la Sellerie à la DILT**, avait créé, soudaient l'esprit d'appartenance. Les policiers, regards attentifs, surplombaient leurs notes, au milieu de téléphones inclinés et de liaisons radio.

Le commissaire Lefort, même après douze ans à diriger des services abrasifs comme la BRI et la BC, restait tout en vivacité et en énergie. Il fit signe à Guilloux de déposer les sandwichs en repoussant un dossier.

Guilloux avait encore les joues rougies par le froid. Il déversa les victuailles sur la table avant même de retirer son manteau, et chacun se servit. Sauf le chef qui restait fixé sur son objectif.

— Les gars, annonça Lefort, je monte dans le bureau du

* Sous-direction antiterroriste, service de police judiciaire dépendant du ministère de l'Intérieur, située à Levallois-Perret. Sa compétence est nationale.

** Direction de la logistique et des technologies de la Préfecture de police, anciennement DOSTL.

directeur dans un quart d'heure. Il va falloir alimenter la bête vorace de l'information. On en est où ? Qu'est-ce qui vient de tomber ?

Il parlait toujours par rafales. Avec lui, personne n'avait le temps de bâiller.

— Ça fuse de partout sur les réseaux, dit Desprez.

— Oui, au ministère, on connaît, le rosaire et ses mystères. *Qui est derrière ces messages ?* Et si on ne sait pas d'où ça vient, on est des bons à rien. Donc, on garde son calme et on avance méthodiquement, sans emballement. Notre rouleau compresseur ne compte pas ses heures.

Desprez entra d'emblée dans le vif du sujet.

— On a du plus costaud qui circule sur la toile.

— J'ai lu, dit Philippe Lefort. C'est plus structuré. La BL2C n'arrive pas à les remonter, c'est ça ?

— Non, pour le moment, rien. Que dalle, confirma Desprez. On a de vrais *geeks*. Ce qui s'accorde aux menaces de mort reçues par Schönberg.

En se dévêtant, Guilloux attrapa sur la table le texte qu'il était le seul à ne pas avoir lu. Curieux, il parcourut les lignes à toute vitesse, en écarquillant les yeux.

Il resta ensuite debout, il n'arrivait pas à repérer son sandwich préféré parmi ceux qui restaient.

— Quelqu'un aurait-il pris celui au chèvre, miel et noix ? demanda-t-il d'un air inquiet.

— Ah, je crois que c'est moi, lui répondit Amélie, une brigadier-chef aux grands yeux verts qui ne put cacher une lueur de gourmandise coupable. Tu le veux ?

— Ce n'est pas grave… je vais prendre… brie de Meaux et salade…

— Cette fois-ci, avec cette revendication, on a un accent de vérité, dit Lefort en ignorant l'enquête sur les sandwichs.

Il avait monté la voix. Tout le monde se rallia à l'opinion du chef et personne n'osa toucher à la nourriture.

— Et on a un mobile, ajouta Desprez.

— Si on s'en tient à ce qui est écrit, c'est bien Devrier qui était visé et non Schönberg, affirma Lefort. On est sur une vraie revendication, un genre de manifeste élaboré, spécialisé (il appuyait ses dires avec sa main droite, qui tenait son stylo fermé). Au niveau rapprochements, en ouvrant jusqu'à l'international, le Rens* dit quoi ? Ils sortent d'où, selon vous ?

Il s'était tourné vers les deux observateurs.

Le policier de la DGSI, un grand type à l'ovale du visage bien dessiné, aux lèvres fines et aux sourcils peu marqués, prit la parole. Il portait une cravate bordeaux à points dorés, presque centrée sur sa chemise bleue. Desprez cherchait son nom. Carluis. Quant au prénom, il hésitait. Peut-être Christian.

— Il est impossible de sortir un texte comme ça au débotté.

— Je partage votre avis, dit Lefort.

— Ça sent la fixation, une cause à servir, précisa Desprez. Mais laquelle ?…

Son raisonnement achoppait.

Olivier Dumontet, un policier de la Crime aux larges épaules, serré dans un pull d'où une pointe de chemise dépassait, apporta son point de vue, tandis que les autres, Lefort excepté, attaquaient les sandwichs.

— Tout cela ne fait pas désinformation de groupes complotistes au service d'une déstabilisation des institutions. Ce qu'on a pu vérifier sur Devrier est vrai. On l'a criblé : on n'est pas dans l'intox.

---

* Services de renseignement en général, de la DRPP, de la DGSI et du SCRT (Service central du renseignement territorial).

— On a des clients de sortie qui feraient l'affaire, en loups solitaires ? questionna Lefort.

— C'est vite plié, dit Dumontet. Selon la SAT*, rien parmi les anciens militaires détenus qui ont gagné leur récré. Au passage, on a une sortie définitive. M. Kevin Bonin a déposé le maillot, annonça-t-il avec un signe de croix. Il s'est pendu en prison. On n'aura plus de démonstration excessive de foi, et l'armée de terre ne le regrettera pas… On a un cas qui avait tenté d'attaquer un préfet mais il continue de compter les nuages derrière les barreaux, dans cette belle ville de Nantes qui ne me déplairait pas.

— On a une pensée pour lui…, ironisa Lefort avec un petit sourire. Quoi d'autre ?

L'observateur de la SDAT apporta son grain à moudre.

— Un tuyau sur un taré, excusez du peu, dont l'ordinateur est truffé de 1 200 vidéos d'exécutions, fiché S. Inscrit à un club de tir. Qui possède une arme longue avec une lunette de visée. Son contrat avait été résilié… Mais il est surveillé de près et il n'a pas inventé la poudre… Alors, de là à en faire un sniper…

— Mouais… Merci, glissa Lefort. Quoi d'autre ?…

— Je ne vois rien qui puisse relier l'affaire aux éco-radicaux. Ils restent d'obédience pacifiste… pour le moment, même s'ils reconnaissent les limites de la désobéissance civile non violente. Leurs voies privilégiées sont les incendies et les sabotages contre les pourfendeurs de l'écologie. La cible, là, dépasse l'écologie. Même si on se rapproche du slogan du mouvement écologiste et anticapitaliste Youth for Climate : « Ils détruisent le vivant, détruisons les puissants. »

Il y eut un silence.

---

* Sections antiterroristes de la Brigade criminelle de Paris, groupes situés au Bastion et dépendant de la Direction de la police judiciaire de Paris.

L'homme reprit :

— Avec la revendication Devrier, on se situe plutôt dans une posture… philosophico-politique, je dirais.

— Peut-être est-on en train d'assister, avec cette affaire, à un franchissement de palier dans la radicalisation ? s'interrogea Lefort à haute voix.

Carluis, l'observateur de la DGSI, prit le relais en parcourant ses notes.

— On pourrait penser à un phénomène émergent de radicalisation d'hacktivistes, ces groupes qui déstabilisent administrations et entreprises stratégiques, majoritairement en saturant les ressources des sites internet, ce qu'on nomme *attaque par déni de service*, ou qui divulguent des données. Mais ces temps-ci, c'est plus lié à l'Ukraine ou à la Palestine. Sinon, rien sur le réseau décentralisé Terrorgram. Mais le discours ne cadre pas avec l'accélérationnisme et on est à rebours du suprémacisme.

— Et la mouvance Boogaloo qui prône la guerre civile ? avança Lefort. Leur côté extrême droite radicale amie des armes à feu ? Boogaloo n'est pas un mot hérité de la culture internet ? Ils auraient semé leurs graines chez nous ?

— Si. Aux États-Unis, Aaron Swenson avait diffusé sur Facebook Live sa chasse pour prendre en embuscade un policier et le lyncher. Mais ils sont libertariens — et les Américains n'ont pas la même culture des armes. Ils s'y connaissent bien en explosifs mais ils ont une *philosophie* plus préapocalyptique. Autre point : à propos de cet homme du groupe de la Conspiration des cellules de feu, les anarchistes insurrectionnels grecs, qui borne pas loin de la scène, selon vos criblages téléphoniques. Juste préciser qu'ils font plus dans le colis piégé, les bombes à retardement…

— Intéressant, ça, lança Desprez qui inspecta la garniture de son sandwich.

Il était tombé du premier coup sur jambon cru, beurre et cornichons. Le hasard lui convenait.

— C'est vrai. Ils s'attaquent à des banques, des ambassades, des dirigeants de l'Union européenne, un ministre…

— Ah ? (Lefort leva l'oreille.) Qui au Parlement européen ?

— Ça ne date pas d'hier, continua Carluis. Mariétta Giannákou, une députée conservatrice… en… en 2008. À Athènes. Mais ils agissent aussi en Suisse, en Bulgarie, en Allemagne… Le mode opératoire reste très différent. Plutôt dans l'explosif.

— On a quand même le courrier piégé au siège de TANATA et la clé USB qui explose…, glissa Guilloux, non sans raison.

— Oui, ça mérite de gratter.

Desprez restait prudent.

— Après, reprit Carluis, l'artificier du groupe a été chopé en 2017, et des membres ont été jugés en 2011 et la plupart condamnés en 2016. Deux sont sortis en 2019. Je ne vous cache pas qu'ils privilégiaient les envois par la poste.

— La méthode du SDF livreur de courrier est tout de même gonflée, confia Amélie qui mordit puissamment son sandwich.

— À ce propos, intervint Martial Gentil, un policier discret aux fines lunettes métalliques, qui maintenait la tradition du costard, on a retrouvé le SDF. Il s'appelle Joël Fleury et il ne crèche pas du tout à La Défense. Y a de quoi vous décrocher la mâchoire. Il a sa tente le long du bassin de l'Arsenal, et c'est un SDF qui a reçu selon ses dires le paquet d'un autre SDF qui lui-même se l'était fait passer par un autre SDF… Je ne sais pas jusqu'où il faudrait remonter car on n'arrive pas à tous les identifier.

— Alors là…

Le commandant restait sec. Il en profita pour s'attaquer plus sérieusement à son sandwich et boire une gorgée d'eau plate.

— Il avait été grassement payé, poursuivit Gentil. D'où le zèle de la mission. En cash. Il a dépensé l'argent.

— Comment le commanditaire faisait-il pour s'assurer que le paquet et l'argent seraient bien donnés par l'intermédiaire ?

— Aucune idée. On a quelqu'un qui se creuse la tête. Ça change des bas de plafond…

51

Aussitôt arrivé devant les six marches qui montaient chez lui, Rémi s'arrêta devant la porte de l'immeuble voisin, le nº 2. Elle ne ressemblait à aucune autre. D'une couleur hésitant entre le vert et le bleu, peu courante dans Paris, elle était surmontée d'un fétiche. Une petite chouette en plâtre blanc dans une niche. Pour être honnête, en dépit de son redoutable œil PJ, il avait mis plusieurs mois à la remarquer. Dans le vent et la nuit, il la contempla.

Elle était sobre et discrète.

De vagues souvenirs de collège remontèrent. La chouette, symbole d'Athéna, déesse de la sagesse et de la raison. Il se souvenait surtout d'une pièce de la Grèce antique, une drachme frappée de la chouette et de la branche d'olivier. La chouette était associée à la sagesse parce qu'elle voyait bien mieux que l'homme la nuit.

Rémi songea à l'Ultima qui lui permettait de voir la nuit. Sous les grands yeux de la chouette, il se décida. Il dirait oui à Schönberg.

Il poussa la porte de son immeuble, et grimpa les escaliers intérieurs en courant. Le désir le portait. Protéger… Retrouver l'Ultima. Comprendre, peut-être. Et puis revoir Tatiana. Vingt minutes après, il redescendait. Direction le Bastion et sa salle de tir, inadaptée à l'Ultima mais parfaite pour l'entraînement au Glock.

De nuit, le quartier du nouveau 36 semblait désert.

Les seules voitures croisées avaient toutes les chances d'être celles des flics.

Le palais de justice, reconnaissable de loin, écrasait la direction de la police judiciaire, avec sa pyramide de quatre volumes empilés telles les marches monumentales d'un escalier vers le ciel. Rémi l'appelait *stairway to heaven*. Le nouveau 36 avait coûté 197 millions d'euros. Le nouveau tribunal, 2,35 milliards, avec un étrange partenariat public-privé pour le financer, entre le ministère de la Justice et Bouygues. On comprenait pourquoi la salle de restaurant du 8e étage du tribunal, spacieuse et lumineuse, donnant sur une terrasse arborée, ne pouvait se comparer à la cafetéria du 36, triste comme le crime, digne d'un architecte sous prozac.

Rémi présenta son badge aux hachoirs de l'entrée, enfila les couloirs et descendit au stand de tir du premier sous-sol. Comme il restait moniteur de tir, c'était *open bar*. Il n'avait croisé personne. Pas de joyeux Noël ni de grand sourire, que l'orchestre triste des ventilations et de la machinerie de l'ascenseur. En même temps, qui aurait l'idée de venir s'entraîner le soir de Noël ? Nécessité fait loi. Il ne pouvait accepter la responsabilité de protéger Schönberg s'il ne se sentait pas au plus près du sujet, *au cœur du volcan*.

Il ne voulait pas rentrer trop tard, Desprez lui avait envoyé un SMS pour lui dire que l'autopsie de Devrier aurait lieu dès le lendemain matin, et les résultats seraient déterminants pour lui. Le professeur Marc Goetz en personne, directeur de l'IML, officierait. Rémi priait pour que le légiste trouve la précieuse ogive qui parlerait… Il comptait se renseigner auprès de *quelqu'un* à la morgue. Comme Desprez misait sur Rémi pour en savoir plus sur Schönberg, il ne voyait pas d'objection à ce qu'il en apprenne plus sur la trajectoire des tirs. Entre ses murs fatigués, la morgue recelait un trésor d'humanité — Maya Auger, l'une des rares anthropologues légistes de France qui consacrait sa vie à rendre justice aux morts. Quand il était à la brigade fluviale, près du pont d'Austerlitz, Rémi avait travaillé à deux pas de l'IML. Pour tout dire, juste en face. Ils auraient pu communiquer par des signaux de fumée. Les liens entre la Fluviale et la morgue étaient forts. La Fluv', avec ses 3 400 kilomètres de voies navigables à surveiller sur toute l'Île-de-France, et ses cinquante cadavres par an à remonter des profondeurs, avait, avec la morgue, la mort en partage.

Et la Seine.

Et Lily.

Le chef de la Crime, le commissaire Philippe Lefort, pourtant aux premières loges de l'affaire Devrier, avait pris le temps d'appeler Rémi. Il voulait l'assurer de son soutien. Avant l'arrivée de Lionel de Lagune, il avait été le chef de Rémi à la BRI. Un chef comme on n'en rencontre peut-être qu'un dans une vie, qu'on suit en confiance, en parfaits vases communicants. Philippe Lefort lui avait demandé si c'était lui qui avait décidé de sa position de T.H.P. S'il avait été libre du choix, ou non. Rémi avait dit non. Pour Lefort, la question était pliée. On ne pouvait lui faire endosser une décision qui n'était pas la sienne. Et s'il voulait vraiment son avis, Schönberg, il était d'accord avec le directeur, on s'en était servi comme d'une chèvre. Il aurait dû rester cloîtré chez lui. Un très mauvais choix. La preuve en était. Quant à le soupçonner, il fallait être taré.

Rémi retira sa parka. En dessous, il garda un blouson. Pour la simple raison que ce serait sa tenue, dès le lendemain. Il ne se promènerait pas en pull aux côtés de Schönberg. Il voulait un entraînement en condition, anticiper les sensations, que ce soit pleinement une répétition. Il s'approcha d'une table, sortit ses armes et posa ses munitions. Sans s'agiter et sans jouer les matadors, il grailla les chargeurs de son Glock 17 et de son Glock 26 sans forcer les ressorts. La salle avait cette odeur particulière de balle de tennis et de poudre. La ventilation était forte, pour éviter que moniteurs et utilisateurs réguliers ne souffrent de plombémie trop élevée. Et il y avait cette ambiance, unique, renforcée par la solitude. Une ambiance interlope de parking aux lumières blafardes, qui sent le guet-apens, le règlement de comptes. Rémi s'en imprégna pour exacerber ses sens, travailler l'état d'alerte en maîtrisant ses émotions.

Il prit un casque et des lunettes. Chaque tir, il l'effectuerait avec un départ arme à l'étui. Il se l'imposerait pour roder le geste jusqu'à la perfection, pour le parfaire jusqu'à la fluidité. En mission de protection, ce serait le cas. Il ne se baladerait jamais avec un flingue à bout de bras.

En premier, il s'entraîna au tir de réaction, à cinq mètres. Sur cible entière puis sur demi-cible. Il vida son chargeur sur les silhouettes CNT 5, les cibles classiques de la police. Et enchaîna avec du tir en pivot, son corps effectuant un quart de tour, puis un demi-tour.

Les tirs claquaient. Une puissance colossale galvanisait inconsciemment le corps entier, nourri de cette capacité à fendre l'air, à embrasser la vitesse jusqu'à l'invisible, à perforer, à trouer jusqu'à creuser le vide, à emporter le polystyrène, la vie. Rémi s'imposa ses propres consignes — tirs de réaction sur plusieurs cibles, tirs de riposte en marchant, puis tirs successifs, très rapides, de deux cartouches. Gerbes de flammes et fumées. L'odeur, addictive, de la cordite. Sur chaque balle tirée, il maintenait la pression, pour garder un niveau optimal de concentration, même si le jour J il ne pourrait s'agir de tir de précision. La différence se ferait uniquement sur le degré d'application de chaque balle, pour contrer le tir de riposte destiné à le tuer.

Il termina sa séance par du tir à une main. Dans son esprit, Schönberg était là, avec lui. De son autre main, il le guidait. Il le protégeait pour l'entraîner en lieu sûr. Ensemble, ils reculaient. Le fougueux et le taiseux. Ils reculaient, à corps unis, et Rémi tirait, sans transmettre de stress, orientant Schönberg avec fermeté et assurance. En contrant le feu ennemi, cette balle folle qui tournoyait sur elle-même.

Avant de finir, il eut une dernière idée. Il procéda à des rechargements d'urgence. En cas de menace, il aurait à vider plus d'un chargeur. Puis vint ce moment qu'il appréciait. Après le déluge de feu, il marcha tranquillement vers les cibles, pour juger les résultats et se remettre, au besoin, en question.

Il découvrit de beaux groupements, ce qui le fit sourire, intérieurement. Ce sourire intérieur était la gratification de la confiance. Il ramassa ses étuis, les mit dans un seau, et partit en éteignant les lumières.

Le stand retourna au noir et au calme. Et Rémi à Montmartre.

52

Amélie Lemercier avait fini son sandwich au chèvre et au miel. Dans cette salle de crise, toute lueur avait disparu à l'horizon. La pièce était habituée aux longues nuits. La policière s'adressa à ses collègues, accordant de l'attention à chacun.

— On a un étudiant français de 21 ans qui a posté sur 4chan, un forum anonyme sans modération de l'information, un message incitant à tuer des hommes politiques sur l'espace de discussion des incels, ces célibataires involontaires vindicatifs. Il avait l'habitude de poster des photos des armes qui le faisaient rêver, dont des armes longues, et il a écrit, notamment : « Un jour, je vais flinguer un de ces bâtards de politiques pour donner de la valeur à mon existence. Le chaos est proche. Je ne veux pas être un lâche. Je veux me sacrifier pour punir les propagandes dégénérées. Je veux répandre la vérité pour qu'on ouvre enfin les yeux. Pour que les *chads* (les hommes séduisants, précisa-t-elle) cessent de ruiner ma vie. » Il a été signalé par PHAROS*. On procède aux vérifications.

* Plate-forme d'harmonisation, d'analyse, de recoupement et d'orientation des signalements recueillis sur le portail officiel de signalement des contenus et comportements numériques illicites.

— Pas assez mature par rapport à la dernière revendication, dit Lefort. Et l'enquête de voisinage ? La vidéosurveillance ?

— Rien de palpitant, dit Guilloux. Avec la noria de taxis des invités et ceux venus en voiture, on a beaucoup de va-et-vient. Plus les habitants du quartier qui sortaient ou qui recevaient… Pour le moment, personne n'a rien vu. Sauf un « voisin » qui a juré sur BFMTV qu'il avait entendu trois coups de feu… Pas un homme de la BRI n'a entendu un coup de feu…

— Tu oublies qu'on a eu, corrigea Amélie, au numéro vert de l'État-major, un appel éblouissant d'un voyant ! Il est persuadé que c'est un ancien de l'armée qui se cache dans les Cévennes et qui va récidiver le premier de l'An.

— Sinon, précisa Guilloux, l'empreinte que Dino a moulée à partir de traces de pas qui partaient de la grille du musée, côté rue Lheureux, n'est pas inintéressante. Vous savez, cette technique qui vient du Canada…

— J'avais oublié l'empreinte, avoua Lefort. Un individu aurait pu franchir le mur, donc ?

— Possible, rétorqua Guilloux. On continue de chercher.

— Et notre psychologue, qu'est-ce qu'elle en dit ?

Elle avait quitté sa famille sans hésiter, pour venir les seconder. Lefort appréciait.

— Contrairement au voyant, je ne suis pas devin… Eh bien, dit-elle en posant ses deux poings sur ses notes… Je ne penche pas pour un loup solitaire. Vous noterez que le *je* n'est pas présent dans les différentes revendications. Chaque profil est, bien sûr, différent par nature mais on trouve souvent des invariants. Si on part du postulat que les trois revendications, en salves resserrées, émanent de la même source, on pourrait parler d'une certaine appétence pour la manipulation. La dénonciation semble un point important. Si on réfléchit, cette manipulation pourrait alimenter le schéma de dénonciation.

L'observateur de la DGSI fronça les sourcils. Lefort le remarqua.

— C'est-à-dire, Sandy ?

— Elle servirait peut-être de leçon. La recherche de notoriété, qu'on trouve chez certains terroristes, semble en sourdine. Le ou les auteurs sont très familiarisés avec les réseaux sociaux. Ils comprennent pleinement l'importance stratégique des vecteurs numériques. Ils se comportent comme s'ils jouaient avec l'information. La dernière revendication porte à penser qu'ils s'en jouent pour dénoncer ses mécanismes pervers... Ce qui me frappe c'est qu'on ne sent pas de militantisme. Il n'y a pas d'incitation à commettre des crimes, non plus. L'émotionnel n'est pas mis en avant. On est plus du côté du raisonnement et du pragmatisme. D'une logique de justification. Le passage à l'acte pose problème. L'instabilité émotionnelle ne transparaît pas ni un caractère influençable. Au contraire, on a de la méfiance et de la prise de distance. Mais aussi de la détermination. Le discours est dans l'assertion et la révélation, pas dans le doute. Quant à la menace de mort auprès de M. Schönberg, elle m'intrigue. Désolée par rapport à vos remarques très pointues mais le déroulé me fait songer... à des enfants. Je veux dire, à la façon dont des enfants jouent. Une forme de désinvolture et d'insolence, de moquerie, aussi.

— L'âge ? Le milieu socio-professionnel, une idée ?

— Difficile à dire, Philippe... Le milieu d'origine peut être multiple. Mais c'est cérébral. Et le niveau technologique est avancé. L'esprit de défi, pourtant, me fait penser à une tranche relativement jeune. Pas la logistique. Imaginez TANATA. C'est la forteresse. La tour immense de La Défense — le nom du quartier d'affaires n'est pas anodin non plus. Visible de tous, et de très loin. Une forme de domination sur la ville. Je ne vous ferai pas de remarque sur cette verticalité brandie...

Il y eut des petits rires réprimés. Et le bruit des pochettes d'emballage des sandwichs qu'on froissait.

— Continue…, l'encouragea Lefort qui savait que la psychologue clinicienne de la Crime avait parfaitement sa place à la brigade mais qu'elle se heurtait parfois à des blocages.

La culture bornée des faits. Et des sursauts de virilité.

— Schönberg, poursuivit Sandy, est le redoublement de ce symbole de puissance. Un homme à qui tout réussit, tout sourit. N'oubliez pas la période, non plus, avant Noël. Une période à la symbolique forte. Schönberg reçoit l'équivalent d'une pochette-surprise. Il y a la jouissance, méticuleuse, du piège. Du soin, de l'élégance, de la féminité. Quelqu'un qui sait, probablement, qu'il touche son point faible. Le ou les auteurs s'attaquent à son penchant, voire son vice, prennent plaisir à le berner… et à détruire son ordinateur, en plus de le menacer. Il y a une jubilation certaine. Un contrepied à la force et à la virilité. Quant à la chaîne anonyme de SDF… elle est un autre pied de nez. Réfléchissez : on est aux antipodes de la technologie. Une chaîne humaine, formée de ses maillons les plus faibles… qui déstabilise la forteresse. Comme les pirates qui profitent des failles humaines… mais grandeur nature.

Le commissaire Lefort jeta un œil à sa montre et sursauta :

— Bon sang de Bongrain ! Le directeur ! Je dois y être dans une minute.

Il serra vigoureusement les mains des observateurs.

— Merci pour votre présence, merci.

C'était un tic à lui. De parler tellement vite, et d'enchaîner sans transition, d'où les doublons. La Crime l'appelait parfois « Bonjour, bonjour » ou « Bonsoir, bonsoir ». Ou « Merci, merci ».

Il ratissa les notes sur la table, et les embarqua. À la hâte, il mordit dans son sandwich sans cesser de marcher, avant de l'abandonner presque entier sur le *Vocabulaire de la psychanalyse*.

Au pas de course, il fit claquer ses souliers dans le couloir, et partit gravir les hauteurs.

53

Arès se réveilla en sueur, sur ce canapé en velours pourpre qui gardait encore l'empreinte de son corps. Il avait sursauté et crié, voulant à tout prix sortir de son cauchemar, suffoquant, suppliant comme le dernier des survivants, pour qu'il existe une porte de sortie. Pour qu'elle s'ouvre. Là. Tout de suite. L'*exit* du réveil. Ce saut hors de la terreur. L'inestimable siège éjectable de la conscience. Il était dans une voiture américaine des années 1970, une Ford Mustang rouge, sur de longs lacets. Étrangement, sa vitre était ouverte alors qu'il avait froid. Il faisait la course avec une personne qu'il n'arrivait pas à identifier. Il prenait des virages serrés, accélérait en sortie de courbe, se ruait dans les courtes lignes droites comme si la Mustang allait s'envoler.

Au-dessus de lui, l'orage menaçait. Le ciel mélangeait une palette insensée. Un coucher de soleil à l'orange violent, strié de noir et de violet. Une impression de figue et de mangue écrasées, mélangées à du goudron. La vitesse, sauvage. Le vent, sauvage. L'excitation, sauvage. Et les lacets qui se resserraient, qui prenaient ce tour vicieux des épingles à cheveux. La Mustang traversait maintenant des terres brûlées. Des arbres, rabougris par le feu, dressaient leur pauvre pieu, noir comme le crachat d'une seiche à la face du ciel. L'odeur de chair cramée, l'odeur terrible de la graisse fondue, l'odeur des pals de l'enfer… La terre, grise de ne plus rien porter.

Des nuages bas, chargés d'électricité, conspiraient dans le gris. Cette tension palpable dans l'air. Derrière lui, son poursuivant le rattrapait. Il entendait une musique vaincre le rugissement du moteur. Une musique qui enflait. Une batterie comme la charge d'une cavalerie. Elle cognait, obstinée, ivre de brutalité, s'emballait en roulements tonitruants dans le soir tombant. Il la reconnut. *The Devil in I* de Slipknot. Une chevauchée des Walkyries, version métal nu. Une chanson qui exerçait sur lui tant de la fascination que de l'effroi. Dans le ciel qui virait au violet tourmenté, des masses mouvantes piquetaient l'horizon. Elles s'accouplaient, se défaisaient, tantôt boules compactes, tantôt points d'interrogation, lignes éphémères, ou dispersions d'un noir de fumée, aux formes chromosomiques, hypnotiques. Une nuée d'étourneaux, une incessante diversion de groupe, qui échappait aux prédateurs. *The Devil in I* mugissait sa bave rageuse, torrent d'écume qui le talonnait. *You and I, wrong or right, traded a lie for the leverage.* Le mensonge. Dans ses rétroviseurs, il vit la voiture presque pare-chocs contre pare-chocs. Elle tenta de le dépasser, fit une embardée puis s'envola dans les airs. Soudain, elle ne fut qu'une boule de feu. La violente libération de chaleur envahit la Mustang. Une fumée bleutée forma une fleur diabolique, en éclosion perpétuelle de pétales gris comme l'ardoise. Un corbeau psychopompe s'en échappa, poussa des croassements déchirants et s'engouffra par la vitre entrouverte. L'oiseau, conducteur de l'âme des morts. Derrière lui, la voiture explosa, alors qu'il approchait, à toute vitesse, d'un virage à la courbure très courte. Le corbeau s'attaqua à sa nuque et l'empêcha de maintenir sa trajectoire. Alors il secoua la tête, fut saisi de tremblements et il hurla. « Nooooooon, pas dans ce virage-là !!! Noooooooon ! »

Athéna posa son ordinateur ultraportable et accourut vers lui. Elle s'agenouilla à ses pieds et lui posa une main sur une cuisse, l'autre sur le front.

— Qu'est-ce qu'il y a, Arès ? Qu'est-ce qui ne va pas ?

Il avait le regard perdu. *Non, cela n'allait pas.* Il fixait un trou noir qui l'absorbait, qui le dévorait. Il regardait la gueule du pistolet qui fumait. Il disparaissait en elle. Dans cette chaleur du métal, dans ce goulet rougi qui était comme une naissance à rebours. Comment expliquer cette sensation ? Qu'il s'engouffrait dans le couloir sombre d'un canon. Comment expliquer qu'un homme, si haïssable soit-il, n'était pas une cible de papier ? Que c'était sur lui-même qu'il avait envie de tirer. Et sur *l'autre* qu'il haïssait… Qu'il sentait la poudre. La poudre de tir qui brûlait ses poumons, circulait dans son sang, répandait son venin.

Le venin de l'inéluctable.

Athéna passa sa main devant les yeux d'Arès.

— Arès ! Reviens ! Reviens avec nous ! Là, tiens ma main. Sens sa chaleur, je t'en prie, reviens !

Du coin de l'œil, Hadès remarquait l'empressement d'Athéna. Il essaya de se concentrer sur son écran. Mais les lignes ne signifiaient plus rien pour lui. Sa jalousie se nourrissait de microvisions, se focalisait sur les doigts d'Athéna qui glissaient sur la joue d'Arès, le consolaient comme un enfant, de cette voix si douce, si… si… Cette même voix qu'elle lui réservait pour lui dire qu'elle l'aimait.

Lui.

Pas Arès.

Hadès eut soudain la gorge sèche. Il se passa la langue sur les lèvres. Il n'entendait plus ce qu'elle disait. Il voyait la bouche d'Athéna former des mots, son regard inquiet, non, bien pire, terrorisé, qui ramenait à la vie un noyé. Hadès épiait, aucun détail ne lui échappait, il enquêtait pour conforter ses soupçons, passait l'autre au crible du doute. Hadès compilait des données. Amassait. Gravait. Enregistrait. Sauvegardait. Luttait contre l'attaque du virus extérieur. En lui, repoussait le cheval de Troie. Quelle faute avait-il commise ? Pourquoi ce déplacement de l'affection vers Arès ? Pourquoi ce transfert de cible ? Arès ne savait pas aimer. Arès était incapable d'aimer. Il ne s'aimait même pas lui-même. Il aimait des fantômes. Il était un putain de fantôme lui-même. Un fantôme n'allait pas lui voler la femme qu'il aimait !

Il sentit la haine monter.

Sa première rencontre avec Athéna... dans le jardin du Luxembourg. Les enfants posaient des voiliers sur le grand bassin, suivaient des yeux leur rêve qui voguait. Hadès revoyait Athéna, sous le soleil, elle embrasait le vert des marronniers. Athéna, un bouquet de fleurs à elle seule. Une symphonie de couleurs dans sa robe-tablier couverte de taches de peinture qu'elle avait fait couler artistiquement. Et ses chaussures à plate-forme, aux cerises en bakélite à la croisée des boucles. Athéna sur un banc, qui lisait. *Moon Palace*, de Paul Auster. Elle cornait chaque page qui l'intéressait. Il s'était assis à côté d'elle. Il ne lui avait pas demandé ce qu'elle lisait. À l'autre bout du banc, ajustant ses lunettes de soleil, il avait pris un livre dans son sac. Et c'était elle, qui, lorsque la lumière avait commencé à décliner, n'avait pas résisté à lui demander ce qu'il lisait. *Notre besoin de consolation est impossible à rassasier*, de Stig Dagerman. Elle lui avait décoché son premier sourire. Et il avait mis toute son énergie à la séduire, les jours d'après. Lentement, mais sûrement, goutte à goutte, comme Pollock sur ses toiles.

Un soir d'été, elle l'avait embrassé, de ses lèvres rouge groseille.

Maintenant, Athéna s'était assise près d'Arès, genoux repliés sur le canapé. Elle avait posé sa tête contre son épaule. Pour la première fois, Hadès ne vit plus son ami. Il vit un adversaire. Il souffrit d'être exclu, il souffrit d'en vouloir à Athéna, et il souffrit d'en vouloir à mort à Arès.

Hermès pivota sur son siège. Phrack, qui dormait à ses pieds, ouvrit les yeux. Hermès sentit un malaise s'installer et s'écria :

— Les amis ! Que diriez-vous d'aller manger ? C'est Noël ! On ne va pas bouffer des écrans et des chips toute la soirée… Allez, tous dehors.

Athéna releva les yeux, extirpée d'un songe, projetée brutalement dans la réalité.

— Mais pour aller où ?

— Ben… manger. Dîner. Un truc avec des assiettes et des couverts.

— J'ai bien compris… mais tout doit être fermé, dit Athéna.

Hadès resta silencieux. Il n'avait pas faim.

— Qu'est-ce que tu en penses, Hadès ?

Hermès s'était levé de son siège. Il s'étirait. Son pull et son tee-shirt, relevés, découvrirent son ventre, musclé à force d'abdos et de tractions.

— Rien.

— Hé ! Vous avez vraiment l'air d'une armée de zombies. Moi, je vous préviens, je sors. Je ne peux plus voir un ordinateur.

Il ne plaisantait pas. Il se désapa devant tout le monde et partit en quête d'une tenue qui le changerait de sa journée. Il revint avec une chemise à petits carreaux qui donnait un effet pixélisé. Sans les regarder, il la boutonna jusqu'en haut, enfila une veste grisée, un pantalon à revers à fines rayures, et chaussa des Converse aux animaux peints à la main, achetées à Mexico.

— Bande de *smarties*, moi, je suis prêt.

Phrack se dandina jusqu'à lui.

— Phrack aussi, ajouta-t-il, en se choisissant un chapeau noir à la Bogart dans l'entrée.

— Mais on va où? demanda Athéna, de plus en plus désespérée.

— Je ne sais pas, moi… on pourrait aller dans ce resto qu'on avait repéré, quand on a pris la liqueur de piment aux Caves du Roy, dans cette boutique avec le mur de mezcal entier. Un truc de malade! Tu te souviens, Hadès, quand on a demandé au proprio s'il avait du mezcal, parce qu'on ramait à en trouver…

Hadès sortit de sa torpeur.

— Tu parles… Il nous a demandé : *Lequel?…*

— Puis il a dit : *parce qu'il va falloir passer dans la pièce d'à côté.* Et là! Pam! LE MUR. Des mezcals à faire tourner la tête, rien qu'à les regarder. Des mezcals Koch, des très vieilles eaux-de-vie de Grande Champagne de Grosperrin, et, cerise sur le chapeau, *¡madre de Dios!,* la tequila Clase Azul Reposado, belle comme une quille, peinte à la main par les Mexicains, comme mes pompes du Chiapas… Ce paradis sur terre près de ce boulevard infernal… Barbès. Éternel est mon amour! Donnez-moi l'hostie et enfermez-moi dans cette cave bénie par tous les dieux!… Bon, comment diable s'appelait ce resto?

Athéna piocha dans sa mémoire.

— Oui… Je vois… Avec la super musique. Un nom qui rappelle, bizarrement, les restos japonais… ou italiens… Avec son néon… J'ai trouvé!

Tous la regardèrent, sauf Arès.

— Pantobaguette!

— Gagné, gagné…, déclara Hermès. Je t'offrirai l'apéro.

— Radin…

Hadès vint enlacer Athéna. Il se pencha pour l'embrasser.

— C'est moi qui te l'offrirai.

— Allez, Arès, bouge-toi, dit Hermès. Tu vas bien devoir finir par te bouger. Alors autant commencer.

54

Par chance, Pantobaguette avait ouvert pour Noël. Le nom en néon rayonnait. Sous sa lumière californienne, le barman semblait bronzer. Le *comptoir musical et culinaire* affichait complet. Ils n'eurent plus que des places en enfilade, au comptoir. Les meilleures, au final. Face au ballet des mains du chef, Antonin, qui, sous sa casquette orange et ses cheveux mi-longs, bouclés façon oreilles de cocker, se concentrait pour sortir des assiettes endiablées. Il avait deux passions, « le son et le bon », et avait même fondé un label de musique, Animal Records. Aux platines, un DJ jouait avec le son pour vous propulser dans la cinquième dimension.

Ils s'assirent sur des tabourets en métal. Antonin Girard tenait dans les mains une poêle qu'il avait rapportée du Japon, où quatorze *takoyaki*, du poulpe dans une pâte à crêpe, formaient des boules dorées, qu'il servirait avec une mayo mirin barbecue, de la coriandre et du *furikake*, un assaisonnement japonais.

Hermès avait pris place au fond, à côté d'Hadès. Athéna était au milieu, et Arès au plus près du chef. Ils baignaient dans le reggae nonchalant et espiègle de *Train to Skaville* de The Ethiopians. Hermès, hilare, imita vite le refrain, et répéta, comme un gamin, *« Beep beep, train to Skaville ! »*. Le rôle de chef de gare lui allait très bien. Pour la première fois depuis son retour, Arès sourit. Il laissa son regard errer, s'imprégner des gestes fluides du chef qui jouait à la dînette au-dessus de son marbre, dans sa cuisine de poche. Plus loin, il lorgna l'étagère remplie de vinyles, de livres et de bocaux de navets lacto-fermentés. Des autocollants de musique colonisaient les portes vitrées des rangements.

Athéna commanda un cocktail au mezcal et au piment et une boisson à l'abricot et au zaatar, les deux en même temps. Les autres prirent directement une bouteille de vin orange, et Arès, sobrement, un kombucha jasmin framboise. À côté, leurs mains grapillèrent de grosses olives gildas avec des anchois et des *guindillas*, des piments doux basques vinaigrés, à tomber. Puis ce fut un festival de plats sans chichis, mais où chaque bouchée réveillait, surprenait, déroutait, régalait. Les sens voyageaient, piochaient en Australie, au Japon, en Espagne et en France.

Tout fut servi dans de petites assiettes, et ils partagèrent. Hermès commanda une autre bouteille et opta pour la Loire avec le domaine Mosse. Il adorait le chenin. De la *cecina* de bœuf de Galice arriva. Elle était intense, fumée au bois de chêne et saupoudrée de zaatar, un parfait écho à la boisson d'Athéna. Des langoustines cuites au charbon, beurre blanc et miso fumé suivirent. Elles gardaient leurs sucs et leur sucrosité. Le serveur valsa entre les clients et apporta des huîtres Utah Beach à l'orange sanguine et à l'huile fumée. Hermès voulut absolument goûter les saint-jacques au *binchôtan* (cuites au charbon), *guanciale* (de la viande séchée, marbrée de gras, aux épices et aux aromates), oxalis et confiture de yuzu. Arès arriva à manger des petits œufs de caille dont il raffolait. Drapés d'œufs de truite, d'oxalis et de wasabi. Un ris de veau à l'ail des ours et à la *'nduja*, une pâte de saucisse de porc épicée, s'invita sur le comptoir. C'était savoureux et décomplexé, coloré et goûteux. La cuisine qu'on ne mange pas qu'avec les yeux.

Athéna exigea de ne pas faire l'impasse sur le fromage et commanda son péché mignon : la Manigodine, un fromage de Haute-Savoie au lait cru, proche du vacherin, avec des pickles d'ornithogale, une asperge des bois délicieusement croquante. Hermès voulut tester le cookie chocolat au CBD. Tandis qu'Arès, qui reprenait des couleurs, finit par boire un verre de vin du Jura de Ganevat pour accompagner son morceau de Manigodine.

Pris d'un désir subit de dessert, il demanda des beignets *kasu*, saké et chutney kaki mirin (un assaisonnement proche du saké), des boules qui avaient tout compris au contraste entre le fondant et le craquelin léger de la friture. Le goût était sans pareil. Levuré et addictif, hésitant à basculer dans le sucré. Un magnifique dessert des frontières. Ils terminèrent par un champagne Les Terres jaunes. Hermès, verre tendu à bout de bras, se mit à danser sur *Emperors Dance* de Brian Ring, tandis que Phrack, reclus dans un coin, buvait dans un bol une eau bien éloignée du Jura et du Japon. 100 % parisienne. Il jeta un regard culpabilisateur à Hermès qui ne lui avait pas refilé un petit morceau de *guanciale*. Clairement, il boudait.

Hermès posa son verre sur le comptoir et saisit Phrack dans ses bras, le hissant le plus haut possible pour le faire remuer au son du morceau.

— Bête à claques, tu crois quand même pas que je t'oublie ?

Et il se lança dans une série de baisers sur son petit ventre au cercle plus clair, à la douceur de peau de bébé.

Puis il lui donna quelques morceaux de pain et Phrack lui lécha les doigts.

Dehors, la rue jetait une lumière bleue, comme un écran d'ordinateur en veille.

55

Schönberg avait promis.

Il pouvait être un parfait salopard, sans une once de remords, mais il restait attaché à un principe : la parole donnée. Encore fraîchement arrosé du sang de Devrier, il allait se rendre à ce dîner. Ce dîner chez le ministre, qui témoignerait de son cran et de son rang. S'il n'y allait pas, tout le monde dirait, entre compassion feinte et revanche dissimulée : *Ce pauvre Schönberg, un homme si puissant… Comme quoi…*

Non, il irait. Il mangerait de bon appétit. Pour tenir l'*after*, il débuterait par son *before* : une bonne dose d'*uppster*.

Rien ne saurait déstabiliser Schönberg. Impressionnant. Cet homme, c'est un roc.

Il serrerait les dents, il parlerait affaires. Il clamerait haut et fort son credo. L'avenir n'est pas un chemin tracé mais une route que l'on bâtit, pierre à pierre. Le subir, jamais.

Demain, il perdrait sa liberté.

Il savait qu'aucune volonté n'arrête les balles. Il sentait le danger.

Encore fallait-il que ce T.H.P. accepte.

Ce n'était pas gagné. Chez cet homme, il n'avait pas flairé les leviers usuels. Rien du courtisan. Rien de corruptible. Insensible à la flatterie. Ce n'était pas si courant. L'argent n'était pas non plus sa motivation. Ni la carrière, il l'avait appris de ses sources.

Il avait vu juste en lui parlant d'honneur. Le point faible de ce policier était son intégrité. Si on la remettait en cause, on activait son système de défense. Sa faille système, en somme.

Schönberg avait bu un petit verre de vodka au poivre, et se tenait devant les portes-fenêtres. Avec satisfaction, il avait constaté que la neige disparaissait. Le noir revenait en force. Rien n'effaçait le goudron. On pouvait toujours passer un petit coup de blanc… il réapparaissait. Le vent souffla dans les bambous. Il devrait bien se couvrir.

Il traversa son salon, s'engagea dans les couloirs de la villa et entendit Tatiana qui s'affairait dans la cuisine. Elle faisait couler de l'eau.

Quand il arriva, elle sursauta.

— Je vous fais peur, Tatiana ?

— Un peu, dit-elle en le fixant.

Elle l'amusait, personne ne répondait avec cette franchise.

Il prit un verre sur le plan de travail en marbre, veiné d'or. Et se versa de l'eau pétillante. Il ajouta quelques gouttes de fleur d'oranger.

— Vous aimez la fleur d'oranger ? s'étonna-t-elle.

— Pas tant que ça, mais les femmes aiment.

Elle pencha la tête, l'air intriguée.

— Cela donne l'haleine des *Mille et une nuits*, Tatiana, non ?

Il la fit sourire.

— Vous allez sortir à votre dîner ?

— Oui, cela se voit ?

— Hummm… oui… vous avez l'air de ne rien avoir à me demander.

Il réprima un rire, et avala son verre, en deux fois.

— Vous vous trompez… Je vais prendre une douche… Vous ne voulez pas m'accompagner?

Elle retira ses mains de l'évier, se retourna d'un coup, et le dévisagea.

— Pour quelles tâches m'avez-vous recrutée, monsieur Schönberg?

— Pour toutes les tâches de cette villa.

— Et…

— Et je fais partie de cette villa, sourit-il, en désignant tout ce qui l'entourait et en finissant par lui.

Tatiana saisit un torchon floqué d'un homard doré. Tranquillement, elle lui fit face, coudes appuyés sur le marbre.

— Donc, le jour où vous vendrez cette villa, vous serez à vendre aussi?

— Ha! ha! Là… là… je m'incline, Tatiana… Ne vous inquiétez pas… J'ai suffisamment d'instinct pour savoir que je ne vous plais pas.

— Monsieur Schönberg… j'ai une question…

— Je vous écoute…

Il repositionna les fruits dans une coupelle.

— Vous avez eu peur de la mort?

L'aplomb de la jeune femme le surprit. Comme si elle était habituée à raisonner sur ces sujets.

Il décida de lui répondre et prit une pomme qu'il fit jouer entre ses doigts.

— Peur?… Je ne dirais pas ça. Le jour où la mort arrivera, eh bien, elle arrivera. Je ne serai plus de taille pour lutter. La mort n'est pas corruptible, Tatiana… Je vais être honnête avec vous… J'ai eu peur… de ne pas la voir arriver. Qu'elle me cueille sans s'annoncer. Voilà, Tatiana, ce qui ne me plaît pas. Qu'on ne frappe pas à ma porte.

— Merci…

Elle pivota et ouvrit le robinet doré en croix.

À nouveau, sa réponse l'intrigua. Il pensait qu'elle s'inquiétait de son état… Il perçut une autre intention… Tatiana avait cherché à saisir un détail qui lui échappait. La question avait quelque chose… du ricochet. Elle se servait de lui pour approcher une énigme qui se posait à elle… Après tout, il ne savait rien d'elle. Les papiers administratifs ne révèlent rien du mystère des humains.

Soudain, il eut honte de la laisser dans cette grande maison seule, le soir de Noël.

Elle ne regardait même pas la télé.

— Tatiana, vous avez une famille ?

Elle continua de brosser un céleri-rave dans l'évier. L'eau ruisselait.

— Pour quoi faire ?

— Alors là…

— J'ai une famille… La famille que je me suis choisie…

Ses yeux se promenèrent sur le dos de Tatiana, aux lignes parfaites, armé d'une colonne vertébrale qui soutenait un tempérament bien trempé. Un tempérament qui ne se laisserait pas facilement percer.

Il s'approcha d'elle pour voir ce qui l'occupait avec autant de zèle.

Et il vit ses mains, fines et pâles, brosser avec toute la conscience du monde un légume dont il ne savait même pas le nom, une grosse boule informe, ridée et verruqueuse, avec de sales racines qui lui rappelèrent les mangroves, près de Cancún. Ce monstre était surmonté de tiges vigoureuses et côtelées, d'un beau vert émeraude qui tranchait.

Il recula de quelques pas, et se demanda ce que des mains aussi élégantes pouvaient tirer de ce légume hirsute.

— Bon, je vais me doucher, Tatiana. Seul, cela va de soi. Continuez à laver votre monstre.

Il gravit un escalier de marbre clair et arriva à sa chambre. C'était la pièce la moins meublée de la maison.

Un grand lit avec une housse de couette en satin, entièrement brodée à la main, une diagonale de fleurs et de feuillages où lys, liserons, bleuets, fuchsias et pluie de pétales en relief volaient comme des papillons. Des coussins ajoutaient des touches colorées. Tatiana savait les disposer harmonieusement.

Une longue console vert-de-gris, craquelée comme une coquille d'œuf, accueillait, au bout du lit, des livres d'art. Schönberg venait de rapporter *Living with Flowers* d'Aerin Lauder de la librairie Lardanchet, où il passait souvent, après ses déjeuners. Sur la couverture, une femme se tenait droite, à côté d'une cheminée et d'un miroir immense. Sa très longue robe, semblable à une prairie fleurie, répondait aux peintures de branches et de fleurs sur les murs. Tatiana s'était projetée dans la vie de cette femme, s'était demandé ce qu'elle mangeait, qui était son mari, le prénom de ses enfants. En feuilletant les pages, elle avait vécu auprès d'elle. Le livre refermé, elles s'étaient quittées.

Un plafonnier monumental, de David Szarka, habillait la nudité. Quatre-vingt-treize modules en cristal donnaient l'impression d'un champ de marguerites au cœur d'or suspendues tête en bas, sur des tiges minces comme des rais de pluie. Quand Tatiana refaisait le lit, elle se couchait parfois sous ces fleurs transparentes au cœur d'or, rassemblées en bouquet. De jour, elles jouaient avec les lumières et renvoyaient des éclats irisés.

Dans l'un des coins de la pièce, la lampe « Arc-en-ciel » d'Andrea Bellosi, du studio Alchimia, un cylindre mobile en métal monté sur du marbre blanc, projetait astucieusement des arcs-en-ciel aux murs. Tatiana l'allumait parfois, pour entrevoir des aurores boréales. Et elle rêvait d'Islande. Elle tournoyait, pieds nus sur le parquet en marqueterie, s'imaginait au bas de la cascade Svartifoss, face à cette arène de tuyaux d'orgue basaltiques où le vent glacé soufflait. Sous ce voile de mariée, giflée par l'eau, elle dansait.

Puis elle époussetait le fauteuil-tulipe le plus fou de la création. Une assise gigantesque, couverte de tous les animaux de la savane, de l'éléphant au serpent, en passant par un zèbre, un flamant rose, un lion et autres comparses en fourrure synthétique, et une queue de toucan qui pointait. Quand Schönberg téléphonait, il s'y asseyait très sérieusement. Surtout quand il conversait avec des femmes pour les charmer.

Un tapis arty de Marie-Cécile Aptel, imprimé sur velours coupé, dynamisait la pièce, avec son effet libre, aléatoire et énergique de palette de peintre. Il donnait envie de faire l'amour, pour se rouler dans la couleur.

Un lecteur de vinyles était dissimulé, et des enceintes cachées dans les murs.

Schönberg prit un coffret cartonné et choisit un vinyle. Un disque de jazz. Andy Zimmerman avec Dave Douglas, Kevin Hays et Matt Penman. Il tira le disque transparent de sa pochette. Il était plus épais que la normale. Le King abaissa le bras de lecture et ce fut comme inviter les artistes à ne jouer rien que pour lui. Le son était si pur. Même les gestes et le souffle des musiciens s'évadaient du disque qui tournait. Newvelle Records avait atteint une perfection qu'aucun son numérique n'égalait. Schönberg en était conscient. Mais à un certain niveau, n'existe plus que l'argent. Quitte à raser des temples.

Il tourna des robinets, des hirondelles en cristal de Lalique tamponnées d'or, et fit couler de l'eau chaude pour se raser dans une vasque de marbre en forme de bénitier.

Puis il se laissa masser par une douche où des jets ciblaient les parties-clés du corps. Les mêmes hirondelles de cristal, aux ailes dorées, reproduites en figurines, étaient fixées sur le marbre de la douche.

Il se frictionna avec un savon au vétiver, se rinça, prit une serviette épaisse et s'essuya. Sur son visage, il appliqua une crème aux cellules de tardigrade de l'Himalaya — un animal aux allures d'ourson de mer, extrêmophile, capable de résister à des températures allant de –272 à +150 °C, et que la marque la plus luxueuse de France ne produisait qu'en quantité confidentielle, pour le marché des ultrariches. Sa *beauty advisor* lui avait dit de passer cette crème uniquement avec un *gua sha* en forme de ginkgo, pour sculpter, défroisser, lisser et stimuler sa peau. Cette gestuelle, qui prenait un temps qu'il n'avait pas, en tout cas *pas pour ça*, le dévirilisait. La feuille de ginkgo en métal, dans son tiroir, n'avait pas pris une ride. Schönberg termina par un nuage léger d'Eau d'hiver.

Avec tout cela, il aurait dû être heureux. Mais la douche ne lavait ni l'âme ni le souvenir.

56

De Lagune était ressorti du Regina troublé, humilié. Jamais il n'y remettrait les pieds. Le mensonge qu'il avait dû sortir le hissait au sommet.

Il avait bien vu l'air mi-amusé, mi-embarrassé de la réceptionniste, à qui il avait réclamé son arme, nommée pudiquement *l'objet oublié*. Elle avait été descendue au coffre de l'hôtel. La femme de chambre, effrayée (elle se demandait si c'était grave d'avoir laissé ses empreintes sur… *ça*), avait prévenu la gouvernante, qui avait averti la réception qui, en bout de course, avait alerté la sécurité. À chaque nouvelle phrase, prononcée à voix basse, de Lagune sentait la sueur perler. Prenant mille précautions oratoires, il enquêta pour savoir *si une mention avait été enregistrée sur la main courante informatique de l'hôtel.* Elle l'avait regardé d'un air étonné, et avait posé calmement ses mains manucurées sur le comptoir. « Bien sûr, monsieur… Vous comprendrez qu'on ne peut vous rendre *l'objet* sans votre carte d'identité. » Puis elle avait ajouté : « Nous n'avions pas votre numéro de téléphone pour vous prévenir. » Il n'avait pas eu d'autre choix que de sortir sa brème. Sa carte de police. Pour échapper à l'opprobre suprême, il s'était penché vers elle avec un sourire entendu et avait murmuré : « Ne le dites à personne mais je suis le garde du corps de la haute personnalité que vous avez croisée. Si vous n'effacez pas la main courante complétée de mon nom, je perds mon boulot. »

Le rapiat incorrigible qu'il était n'avait pas hésité à sortir deux billets de cinquante, qu'il avait roulés avant de les lui glisser discrètement. « Désolé pour toutes ces perturbations, Iris (il avait lu son prénom sur son badge doré), et très sincèrement, joyeux Noël. » Jamais il n'avait autant rêvé d'être invisible. Plus question d'aller au bureau. Et il se faisait tard. Sous les bourrasques de vent de la place des Pyramides, il baissa le regard devant la statue étincelante de Jeanne d'Arc. Il avait besoin d'un sas avant de rentrer chez lui. D'un lieu où rien ni personne ne le jugerait. Un verre.

Il allait prendre un verre. Appeler Aurélie le démangeait. Peut-être qu'elle était à l'appartement ? Peut-être qu'elle l'avait provoqué ? Il connaissait sa femme. Elle n'avait pas l'air de plaisanter. Dans sa poche, il sentit son portable et s'apprêta à le dégainer. Mais il n'y arrivait pas. Plus que tout, il redoutait le moment de vérité. L'avalanche de questions où le mensonge finirait par *se mordre la queue*. Il n'avait pas le courage d'être acculé. Pas le courage d'affronter ses lâchetés.

Sous les arcades de Rivoli, il passa en revue les lieux qu'il connaissait. Mais il risquait d'y croiser des collègues. Non, il devait trouver un lieu loin de ses habitudes.

Il sortit son portable et se dépêcha de taper. Loin du confort de l'hôtel, le froid était mordant.

Il entra « bar à cocktails + Paris + nouveau » pour réduire les propositions à des adresses inhabituelles et tomba sur un nom qui l'inspira, Lost Generation.

Il rejoignit la Mercedes et monta vers les hauteurs de la ville. Le plus dur fut de trouver une place pour se garer. Le courage le lâcha et il finit par en improviser une. Il marcha jusqu'à une façade discrète, *parfait*, avec peu de sièges, *nickel*. Sur les étagères en verre, l'armée lumineuse des bouteilles le héla. Et les piles de verres retournés, qui jouaient avec la transparence et la légèreté, l'invitaient à se détendre.

Il poussa le rideau richement ornementé. La bascule de la rue au monde feutré de la nuit fut immédiate. Il s'assit directement au bar, sur des sièges perchés, à l'assise moelleuse. Ils étaient d'un vert grisé qui rappelait l'océan, l'hiver. Une serveuse en longue robe rouge à bretelles lui adressa un clin d'œil. Elle était sexy mais *assez de conneries*, il s'interdit de la fixer.

Derrière elle, des musiciens jouaient du banjo, de la contrebasse, de la clarinette et de la trompette, dans l'esprit de La Nouvelle-Orléans. Le patron, fine moustache et cheveux tirés en arrière, lui expliqua la courte carte. Le moût de bière venait de la microbrasserie à deux pas. La magie des bars de nuit était qu'au bout de cinq phrases, vous connaissiez le prénom du patron — Romain, en l'occurrence. Un barman aux faux airs de Dave Mustaine prit le relais. Cheveux mi-longs, ondulés, lunettes aux verres orangés et boucle d'oreille en forme de larme turquoise : il semblait d'une autre tribu que celle de Romain. Il portait un marcel noir et avait des muscles bien dessinés. Sur sa poitrine pendait un médaillon en argent, surdimensionné. De Lagune sélectionna un cocktail bien relevé : un Shakespeare & Co piperade, du gin infusé au poivron et au poivre, au vinaigre balsamique, crème à l'ail et pickles d'oignon. Il n'avait personne à embrasser, non ? Toutes les trois minutes, il vérifiait son portable. Le rouquin fit danser le *jarabe tapatío*, cette danse mexicaine, au shaker.

Le smartphone de sa femme était éteint. Son cocktail bu, il commanda un gin, sauce soja, vermouth et sirop d'érable, et alluma régulièrement l'écran de son portable. Un phare dans la nuit, impassible face au danger, qui refusait de le sauver. Après un cocktail au rhum et au beurre noisette, il releva les yeux vers le barman et se demanda si c'était ce genre-là que sa femme aimait. Jeune, cool, musclé, branché, un brin rock'n'roll et... Putain, mais elle n'était quand même pas sortie pour... pour... ? Au bout du quatrième cocktail, il vacilla pour se relever et aligna les billets.

Quand il quitta le bar, une bande de jeunes le bouscula et lui hurla « Joyeux Noël » dans l'oreille. Et dire qu'il suffirait de leur brandir son flingue sous la gueule pour qu'ils rabougrissent dans leur pantalon baggy...

Il reprit sa voiture, que la fourrière n'avait pas enlevée, merci Noël, et roula en direction du parc Monceau. En bas de son immeuble, il vit que les lumières du salon étaient éteintes. Aurélie était sans doute dans leur chambre.

Il ouvrit les deux serrures. Et comprit qu'elle était bien sortie. L'appartement paraissait froid. Il alluma et les objets le regardèrent, en étranger.

Son esprit multiplia les ruses pour ne pas se précipiter vers la chambre. Il avait cette impression de pénétrer sur une scène de crime. Il s'y dirigea à reculons et appuya sur l'interrupteur. Sur le lit, deux pulls identiques l'attendaient, et un mot, dans une belle enveloppe, soignée. Assortie de son prénom, d'une écriture qu'il chérissait. Un prénom qui lui fit honte. La chambre sentait encore le parfum d'Aurélie. En s'écroulant sur le lit, il lut : « Paul dort chez Virginia. Ils partent demain en Crète. Je suis chez ma mère pour quelques jours. Je te rends ta liberté mais je reprends la mienne. Question de justice. Au fait, ne t'inquiète pas pour la place du récital d'orgue à Saint-Eustache où tu risquais de ne pas pouvoir aller. J'ai trouvé un mordu de Bach — une bonne âme pour te remplacer. Aurélie. »

Nul témoin pour le voir pleurer.

C'était un homme abattu.

Et sans pistolet.

57

Elle habitait un château fort. En plein Paris. Une forteresse qui, depuis le pont, s'ornait de parties crénelées. Si cette forteresse s'offrait au regard des passants, elle se protégeait de la curiosité. Là, des chevaliers servants allaient et venaient. C'était un ballet régulier d'invités qu'on recevait avec tous les honneurs. Chacun était traité de la même façon, qu'il fût ambassadeur ou SDF. Chacun avait droit aux mêmes soins. À la même dignité. Chacun était regardé pour ce qu'il était. On ne le jugeait pas. Bien sûr, l'apparence était scrutée. Mais l'intériorité méritait encore plus d'intérêt.

Quant au dress code, il était le même pour tous. La nudité. Ici, plus de mondanités. Lorsqu'on vous déposait par la grande porte, vous aviez déjà perdu tout ce qui comptait. Les vanités s'étaient volatilisées. Vous n'étiez même pas revenu à l'essentiel, vous étiez irrévocablement réduit au néant. Au néant qui ouvrait sur un autre, encore plus grand. Un néant que l'homme affrontait dans l'humilité. Le pourquoi. Un pourquoi abyssal. Un pourquoi infernal. Un pourquoi qu'il faudrait combler, pour que les vivants retrouvent leur sérénité. À ces vides, la médecine légale répondrait par des causes et des circonstances.

Maya Auger aimait passionnément ce château fort. Peut-être

même déraisonnablement. Quant au pourquoi, inlassablement, elle le faisait parler. Même des décennies après. Jamais elle n'abandonnerait. Elle avait cette foi rivée au corps, celle de faire *parler les morts* pour faire avouer les vivants. De les faire parler, parfois, juste pour les identifier. Ou de faire parler les dépouilles pour qu'on ferme une porte, avant de sceller un cercueil. La frontière qui séparait un suicide d'un meurtre était comme toutes les frontières, mince et fragile. Il y avait des morts indignes, des morts impunies mais aussi des morts anonymes. La première des justices était de mourir avec un nom. De ne pas sombrer dans l'oubli, à commencer par celui de l'identité. Mourir sous X était une double disparition. À la vie. Et à soi-même. Cette quête contre l'invisible reflétait non le métier de Maya Auger mais sa vocation.

Elle n'allait pas travailler. Elle allait rendre justice aux plus démunis. Ceux qui n'avaient parfois plus que leurs os pour parler, et d'autres, d'ultimes stigmates à présenter. Chaque jour, Maya montait les marches de l'entrée avec conviction. Sept marches, encadrées de deux colonnes blanches — mais à la porte noire.

La porte noire que l'on ne poussait jamais le cœur léger. La porte de l'Institut médico-légal de Paris, sur la place Mazas.

L'IML avait son serpent. La ligne 5 du métro, qui reliait la gare d'Austerlitz à Bastille, en marquant un arrêt quai de la Rapée. Elle s'enroulait brièvement autour de la forteresse de briques, par un viaduc métallique à treillis, qui, de côté, ressemblait à une longue fermeture éclair entre Seine et ciel. Ce viaduc, de 1905, avait vu naître la nouvelle morgue de Paris en 1923. Là, le métro freinait, repartait, amorçait une courbe reptilienne, crissait, chuintait, hululait, lançait des cris stridents, assourdissants. Une forme d'agonie métallique, qui faisait écho aux morts violentes. Des riverains parlaient même d'« enfer acoustique ».

Maya Auger ne se plaignait jamais du bruit. Ni de l'odeur. Comme le professeur Marc Goetz qui avait pris la direction de cette noble maison. Son prédécesseur, une femme, avait imposé de la rigueur, le professeur Goetz avait montré que la rigueur et l'humanité pouvaient parfaitement se concilier. Il suffisait d'aimer les vivants autant que l'on respectait les morts. Ce qui avait ouvert l'IML sur l'extérieur, l'avait enrichi de savoirs neufs et d'une chaîne incroyablement soudée d'équipes vouées aux disparitions inquiétantes et aux morts anonymes. Maya avait hérité de cet esprit de curiosité et d'ouverture.

Elle n'était pas médecin légiste mais anthropologue légiste. Une spécialité à la croisée de l'anthropologie, de la médecine et de l'histoire qui faisait des os d'authentiques témoins à la barre. Grâce à elle, un corps, même mort, retrouvait sa mémoire. Elle secondait Tania Delabarde, la référence en la matière, souvent sollicitée à l'étranger, pour des formations, des protocoles de victimes de catastrophes, des *cold cases* ou des charniers. Tania avait travaillé sur les structures funéraires de la culture mochica au Pérou aussi bien que sur les ossements des fusillés du bois de la Reulle pour rendre son nom à un résistant resté inconnu.

Rémi avait rencontré Tania lorsqu'il travaillait à la brigade fluviale. Il tirait les morts de l'oubli des profondeurs, les ramenait à la surface, en un terrible *baiser du cadavre* où, littéralement, il enserrait le noyé pour l'arracher à sa dérive et le remonter, en corps-à-corps étroit, à la surface. Tania, elle, le tirait de l'oubli des vivants. Un respect mutuel en était né. Tania avait présenté Maya à Rémi. C'est cette dernière qui avait reçu Rémi, quand Lily avait été repêchée, trois mois après sa disparition entre deux eaux. Durant une tentative de sauvetage dans la Seine en crue, le désespéré, que Lily tentait de sauver, l'avait assommée en paniquant.

Chaque jour, quelles que soient les conditions, Rémi avait plongé pour la retrouver. Dans le fleuve boueux et turbide, il avait cherché, désespérément, le corps de celle qu'il avait serrée comme personne. Ce corps avec lequel il ne faisait qu'un. Il n'avait pas cherché une femme, mais sa moitié. Son double. Le visage aimé. C'est un collègue qui l'avait retrouvée. Avec la décrue, le fleuve avait fini par rendre celle qu'il avait prise. Les branches d'un saule pleureur la retenaient. Maya avait été d'une infinie douceur. Comme dans ces moments de désespoir intense, où l'amour et la mort se tiennent la main, Maya avait consolé Rémi. Ils avaient passé une nuit ensemble. Une nuit pour ramener un mort à la vie.

Elle avait proprement ressuscité Rémi. Alors, il ne pouvait l'oublier.

Les jours d'après, Rémi était entré dans un deuil douloureux. Entre Maya et lui, l'étreinte avait fait place à l'amitié. Elle avait attendu que son cœur panse ses plaies. Puis elle avait tellement attendu qu'elle avait fini par se marier. Avec un homme qui n'avait pas le charme de Rémi, mais qui avait celui de l'avenir, et de la stabilité. Rémi, lui, avait appris qu'on ne faisait jamais son deuil.

Qu'on apprenait seulement à vivre avec ses fantômes.

58

La longue silhouette du professeur Marc Goetz avait emprunté l'allée couleur rouille de l'IML. Le matin était frais, d'autres auraient dit glacial, et le revêtement glissait. Il n'avait pas envie de mourir d'une chute banale et brutale au seuil de l'édifice. Il ne fallait jamais se moquer de la mort. Elle était toujours tragique mais parfois non dénuée d'humour noir. Alors il se méfiait. Il posait le pas sans forfanterie. En tout, il tendait vers l'harmonie. Ce n'était pas stupide de parler de la mort comme d'une ligne brisée. La fluidité, la continuité étaient un bon départ pour ne pas la provoquer. Et il aimait la vie. Passionnément. Comme il le répétait : « Je suis d'un optimisme fou car je sais comment je terminerai. »

L'allée était prise en sandwich entre un square banal, aux platanes dont l'écorce pelait (elle lui rappelait le vitiligo) et un quai où les voitures profitaient de la ligne droite pour rugir, et parfois s'écraser, confondant, comme les enfants, vitesse et précipitation. Des lampadaires encadraient l'allée. Deux sphères blondes comme la lune qui réchauffaient l'atmosphère. Le professeur Goetz gravit les marches d'un pas volontaire mais régulier, et passa sous le drapeau français. Il avait la hauteur d'un basketteur mais la gravité l'avait très légèrement voûté. Ses cheveux, bien implantés, frisottaient sur le haut de la tête. La majeure partie de sa vie, penchée sur la peine capitale d'un être arraché aux siens, le ramenait à l'essentiel.

Ses pas résonnèrent sans claquer sur le carrelage de l'entrée. Les teintes en étaient pastel, aux formes géométriques rassurantes. Il n'eut pas à pousser la seconde porte, restée ouverte, celle du hall d'accueil des familles. Le bois de cette porte avait été peint en blanc, apaisant. Au-delà, le carrelage continuait, en lignes de couleurs alternées, pour que l'esprit, fatalement désorienté, affolé, soit guidé. Sur le côté gauche, un élégant patio mettait toute sa poésie au service de l'esprit. Les bustes des éminences grises, Mathieu Orfila, le père de la toxicologie médicolégale, en tête, suivirent la progression du médecin jusqu'aux portes battantes, puis le légiste continua jusqu'à son bureau.

Passé ces portes, l'odeur de la mort était plus prégnante. Elle s'insinuait en vous, gagnait votre cerveau reptilien pour l'alarmer, s'accrochait à vos vêtements comme du lierre grimpant, et ne vous quittait plus. La javel et le formol s'y associaient. Bien sûr, le professeur la sentait. Mais lui et elle avaient appris à se côtoyer. Chaque jour, elle lui rappelait la beauté de la vie, et l'importance de saluer cette chance d'exister. Il n'était pas persuadé qu'il existe de *bonne mort*. Quoi qu'il arrive, la mort était un sale moment à passer. Elle semblait toujours prendre de court la vie, la sidérer. Jusqu'à l'asphyxier. Alors, pour le professeur Goetz, quelle que soit la confession, le souffle restait sacré. Et la justice un impératif.

Seules les *autopsies blanches* dérangeaient son sommeil. Ces autopsies qui refusaient de parler, de révéler la vérité, même si elles ne représentaient que 5 à 7 % des cas. C'était aussi pour ces grandes muettes qu'il continuait à se former, pour elles qu'il croyait dur comme fer aux progrès du savoir, aux examens complémentaires, à l'interdisciplinarité, pour elles qu'il *agréait* (son mot fétiche) autour de lui toutes les intelligences, toutes les spécialités, pour *agréger* le savoir.

Pour dire le vrai, il n'appréciait pas tellement cette expression qu'on entendait partout, *faire parler les morts*. Il lui trouvait trop de prétention. Un côté fantasque qui ne cadrait pas avec rectitude. Il préférait déclarer qu'il *reconstituait les derniers instants* de la victime de mort violente, qui *allait décéder*. Il remontait le temps, laborieusement. Non pas comme un héros aux dons de voyance mais comme un canyoniste, mousquetonné au savoir, qui, à rebours du naturel qui voudrait qu'on descende le lit d'une cascade pour ne pas lutter contre le courant, le remonterait, obstinément, jusqu'à la source. Pour comprendre, il devait affronter l'agonie du défunt, se replacer juste avant ce moment d'une précision sans appel, où la mécanique du corps allait stopper l'incroyable complexité.

L'être humain passait heureusement sa vie à oublier la mort, à s'inventer mille occupations et diversions, à jouer, à aimer, à dormir, à manger, à boire, à rêver, à combattre, à encenser, à médire, à se surpasser, à se perfectionner, à se transformer, à courir, à s'enterrer dans le travail, à décompresser, à méditer… Le professeur Goetz, lui, passait sa vie penché sur la mort. En un tête-à-tête posé, appliqué, pétri d'intimité.

Il se prépara pour l'autopsie de M. Marc Devrier. Le premier de la journée. Il ne l'appelait pas *le député*. Entre ces murs, la qualité d'un homme ne changeait rien aux gestes. Seuls les métiers manuels offraient encore des spécialités qui pouvaient laisser deviner l'activité. Le prénom l'avait retenu car ils partageaient le même. Marc. Il se méfiait de tout ce qui pouvait concourir à des projections. En salle d'autopsie, l'émotion n'avait pas sa place. D'instinct, son cerveau masqua ce prénom.

Maya était arrivée. Pétillante et motivée. Ses cheveux auburn, coupés en carré plongeant, dégageaient son port de tête, élégant et volontaire. Elle cultivait un côté années 1920, renforcé par des sourcils finement dessinés, et surtout, elle avait un regard d'une clarté d'outre-mer qui captivait. *D'avant la méchanceté du monde*, comme le lui avait dit un jour Rémi. Depuis son bureau, elle jetait un coup d'œil à la Seine en crue, qui n'avait rien de la limpidité de ses yeux. Elle observa l'activité matinale sur les pontons de la brigade fluviale, et se prépara un thé. Sa grande passion. Encore un héritage de Tania.

Son plan de travail était encombré de bols asiatisants, d'une bouilloire électrique aux températures préprogrammées (avec des touches *Eau chaude*, *Thé vert*, *Thé noir*, *Thé Oolong*), de gobelets-thermos, de boîtes et de sachets entamés. Son moment de tranquillité à elle, de plaisir et de répit. Elle hésita entre un *sencha* d'Uji que Tania lui avait rapporté du Japon et un Thé des Étoiles. Elle choisit le Thé des Étoiles, pour prolonger encore un peu Noël, et pour ses notes qui sentaient l'hiver — thé vert, marron et fève tonka. Elle détourna un écusson de l'unité d'identification odontologique pour poser sa tasse chaude sur son bureau. Le professeur Goetz vint la saluer. *Mon dieu ! Son bureau ! Elle n'avait pas eu le temps de le ranger, et toutes ces fioles d'huiles essentielles qui traînaient sur les dossiers !*

— Bonjour professeur ! Désolée pour mon bureau toujours aussi bien rangé…

— Ne vous inquiétez pas, je sais que votre cerveau l'est.

Il lui avait adressé son beau sourire. Franc, jamais charmeur. Il parlait avec une diction devenue rare, en détachant distinctement ses syllabes. Un souci d'autrui qui se retrouvait jusque dans la parole. Une habitude due aussi bien aux colloques, qu'au fait de devoir, inlassablement, convaincre les autorités pour obtenir des budgets et moderniser l'IML.

L'homme élégant de l'allée, en costume gris, chemise bleue et cravate jaune (la même couleur que les carreaux de l'entrée, jaune mimosa pâle), fit place au médecin légiste. Chaque année, trois mille corps passaient les portes de la forteresse. Deux mille étaient autopsiés. Deux tiers des victimes d'homicides étaient des hommes. Devrier était le corps de Noël. Fini la fête, il allait rejoindre l'aile des autopsies. Au petit matin, il avait été étiqueté dans la salle des arrivées. Sa cheville l'identifiait. Le bracelet sans préciosité de la mort.

59

Hadès n'avait pas dormi de la nuit. Le mélange des cocktails et du vin… Mais surtout, en pleine nuit, vers trois heures du matin, lorsqu'il avait voulu se rapprocher d'Athéna, elle l'avait repoussé.

Il avait entendu son soupir. Loin d'un soupir de désir. Un soupir proche de… il n'osait le formuler… et pourtant, il en était persuadé, un soupir proche de l'exaspération.

Il était en train de la caresser, de parcourir du bout des doigts ce corps qui était son planisphère, dont il aimait connaître les moindres recoins, le moindre parfum, traverser tous les pays, se perdre, errer, en l'enlaçant, sans se lasser, oh non, jamais… Jamais. *Athéna, comment peux-tu… ?* L'amour ne peut pas filer. Pas en une seule journée. L'infini ne peut sombrer dans le rien en un temps si resserré… Il ne pouvait y croire. Il ne *voulait* le croire.

Dans le noir, il reconnaissait le grain de sa peau, le toucher de ses cheveux, si soyeux. Il était celui qui la faisait jouir. Elle était celle qui l'avait apprivoisé. Jamais il ne s'était autant abandonné. Elle le rendait fou. Depuis qu'elle était partie en voiture avec Arès pour accomplir *leur mission*, elle n'était plus la même. Son regard se perdait au loin. Elle l'entendait mais elle ne l'écoutait plus. Au restaurant, il l'avait bien remarqué. Elle ne prêtait pas attention à ce qu'elle mangeait. Entre deux bouchées, elle jetait des regards à Arès. En un jour, en ces poignées d'heures qui faisaient son malheur, la lueur d'intensité qu'il lui connaissait quand elle se tournait vers lui avait disparu. En un jour, volatilisée. Elle s'était éteinte. Comme une bougie qu'on soufflait.

Et il en souffrait.

Tout son être le ressentait. Il saignait. Une hémorragie de l'esprit. C'était désespéré et cruel. Ce changement, si brutal… Sans signe annonciateur du naufrage. Sous leur soleil à eux. Leur soleil d'amoureux. Arès le lui avait volé. Ce changement, dans leur appartement près d'Aligre, où Athéna avait choisi la décoration, où il avait accepté ses goûts artistiques, planqué ses affaires où il le pouvait pour ne pas dépareiller, dans ce lieu où tout ressemblait à Athéna, où tout était Athéna, des lampes aux savons… En ce lieu où il était rentré, la veille, en étranger. Elle ne s'était pas blottie contre lui devant la porte d'entrée comme elle le faisait d'habitude. En quémandant un baiser, cou rejeté en arrière et lèvres offertes. Il ne lui avait pas tenu la nuque en l'attirant à lui, en la traitant de *sale gosse*. Il n'y avait plus eu ce rire de connivence entre eux.

La main d'Athéna était froide. Les murs étaient froids.

Et lui, il en crevait.

Cette nuit, elle avait ôté sa main qui cherchait son chemin, qui préparait l'étreinte où leurs corps fusionnaient. Il l'avait entendue murmurer, tandis qu'imperceptiblement elle s'écartait. Elle était restée dos à lui. Ce dos avait creusé l'écart entre son désir et elle. Ce n'étaient pas beaucoup de centimètres… Mais pour lui, ce fut un fossé. À quoi se joue la distance entre deux corps, dans un lit, l'insoutenable distance qui délie ?

Il lui en voulait.

Trop de souvenirs intenses le brûlaient.

Il se souvenait de tout. De ce message qu'elle lui avait envoyé, avant leur premier baiser : « Je suis en apnée de toi. » De ce petit mot qu'elle avait glissé dans un livre qu'elle lui avait offert pour son anniversaire : « Je te serre contre moi comme un nuage. » Cette phrase, il l'avait lue et relue. Il s'en était enivré. Il n'avait jamais autant aimé vieillir. À deux. Avec des projets.

Subitement, le passé devenait pesant. D'un coup. Sans prévenir. Ce passé le torturait. Ce passé ne serait plus jamais leur présent. Il le sentait dans sa chair. Et ce présent ruiné annihilait l'avenir. Il était le ver dans le fruit.

Un désir pourri, qui le rendait haineux. Contre elle, contre l'autre.

Et contre lui.

Il se vengerait.

Contre eux tous, s'il le fallait.

60

Rémi avait fait des rêves étranges.

Il était à Beyrouth, entre splendeurs et décombres, avec la BRI. Un ancien milliardaire libanais, Jean Prosper Gay-Para, connu pour avoir érigé le fastueux Byblos à Saint-Tropez par amour pour Brigitte Bardot, l'éloignait du groupe et le tirait par le bras pour le pousser dans une bâtisse des années 1920 devenue musée, la Maison jaune. Il lui montrait ses propres mots inscrits sur une plaque : « Ces esprits malades, obsédés par l'argent ». La guerre, l'argent, ces invariants… Il l'entraînait ensuite pour qu'il voie les trous creusés dans des murs d'un mètre quatre-vingts d'épaisseur sur cette ligne de front de la guerre civile, où des snipers, surnommés Tarzan, Katol et Begin, se postaient pour tirer dans la rue de Damas, parfois en diagonale à travers sept ouvertures du bâtiment.

Rémi s'approchait de l'une de ces meurtrières, et il recevait une balle en pleine tête.

Le souffle court, il avait sursauté et s'était réveillé, rassuré de réaliser qu'il baignait en plein cauchemar. Puis il s'était rendormi.

Il était à la pêche avec Lily. À la Goujonnette, sur la Marne, un parcours entre l'écluse de Créteil et la confluence avec la

Seine. Tous deux pêchaient au lancer. Lui, fidèle à ses méthodes *old school*, à la cuillère. Il existait des technologies LiveScope ou Panoptix qui tuaient tout mystère, des sondeurs en 3D, et des tonnes de leurres artificiels, mais comme le disait Franck, un pêcheur lyonnais qui vivait aux Tuamotu : « La première chose qu'attrape le leurre, c'est le client. »

Patient, méthodique, jamais désabusé, Rémi tentait de transmettre à Lily sa foi entière jusqu'à l'ultime lancer qui achèverait *le possible*. Pour lui, l'indice le plus fiable restait l'observation. Il la sensibilisait à l'heure, à la turbidité de l'eau, à la profondeur, au courant, aux herbiers, aux roselières, aux nénuphars… Lily tentait d'imiter ses gestes souples. Elle redoutait d'accrocher sa cuillère argentée dans les branches, ce qui aggravait sa maladresse. Elle rêvait de prendre un brochet. Ce poisson lui rappelait Rémi, par son art du camouflage, ses chasses à l'affût, silencieuses, et sa nage rapide.

Si Rémi avait pu, il le lui aurait accroché au bout de la ligne, pour le seul plaisir de voir sa joie. Un ami, Jip, lui avait raconté qu'un jour, à Ballynakill, en Irlande, pour faire plaisir à ses petits-enfants qui se désespéraient de remonter des casiers toujours vides, il était allé acheter des homards en cachette, et avait demandé à un plongeur de remplir le casier de cette prise miraculeuse. Il n'avait jamais vu ses petits-enfants aussi heureux sur un bateau. Cette histoire avait longtemps fait réfléchir Rémi sur les bienfaits d'un demi-mensonge, lui qui était si attaché à la vérité. Eh bien, s'il avait pu, ce jour-là, il le jurait, il aurait accroché le brochet au bout de la ligne de Lily. Juste pour voir sa joie éclater. Son désir comblé.

Mais elle n'avait rien pris.

Alors il l'avait embrassée. Pour qu'elle ait une belle prise d'un animal moins carnassier, mais très sauvage. Elle avait caressé les épis fougueux de ses cheveux et lui avait dit, en riant : « Tu sais quoi ? Tu es un diodon ! » Puis elle s'était éloignée. Tandis que Rémi observait un vol de perruches, leur jaillissement de plumes dans les feuillages, Lily était entrée dans l'eau. Elle n'était plus en jean et veste kaki. Mais en longue robe blanche qui, à mesure qu'elle avançait dans l'onde, gonflait autour de sa taille, comme un grand champignon.

Soudain, elle se retournait et lui disait : « Maintenant, il faut aimer ! » Et elle sombrait. Rémi lâchait son lancer, se jetait d'un bond et progressait dans une eau vaseuse, pris dans un entrelacs de plantes aquatiques pires qu'un buisson épineux de prunellier, qui s'accrochaient à lui, ligotaient ses pieds et l'empêchaient de crawler. Un nouveau réveil. En sursaut et en sueur. La douleur de croire encore à ce baiser, de l'avoir *réellement* éprouvé, et de perdre Lily. Le cauchemar qui, petit à petit, s'éloignait. Et Rémi qui courait après les sensations pour qu'elles restent encore, juste un instant. Un tout petit instant. Pour qu'il revive ce baiser.

Sa chair lui fit comprendre le tourment d'Orphée.

Et Eurydice, qui ne reviendrait jamais. Sauf dans les rêves, ce moment où le cerveau se venge de la réalité.

Il quitta ce lit maudit, et se prépara un Tie Guan Yin, un thé sombre et corsé, dans son *zhong* couleur de terre et de rouille, pour chasser ses pensées. Comme il buvait beaucoup de thé, cette tasse à soucoupe était ce qui correspondait le mieux à son exigence de rapidité. Il déposa deux pincées de ces feuilles roulées dans la tasse, entrouvrit le couvercle, le maintint avec l'index, et but ce thé naturellement filtré. Le liquide, chaud, lui fit du bien. C'était miellé et torréfié, suffisamment intense pour s'accorder à ce qui l'attendait. Tie Guan Yin — la spécialiste de la rue Saint-Médard ne lui avait-elle pas dit que cela signifiait, en chinois, « déesse en fer de la miséricorde » ?

Il marcha jusqu'à la fenêtre qui donnait sur le jardin Saint-Vincent.

De vraies perruches à collier voletaient. Elles poussaient des jacassements d'intimidation contre des corneilles qui battaient en retraite. La guerre du territoire, jusque dans le ciel.

Un verre de lait, quelques céréales, une douche bien chaude, une main par la fenêtre pour estimer la température, un jean enfilé, des chaussettes assorties, glissade des bras dans une chemise repassée, une veste et la porte qui claque.

Cap vers Schönberg.

Ne restait plus qu'à guetter les résultats de l'autopsie pour que de Lagune, ce vrai carnassier, boucle sa mâchoire aux dents acérées.

61

En chemin vers la morgue, Olivier Dumontet, le procédurier de la Crime, avait confié à Guilloux, qu'il avait jugé bon d'emmener, qu'on s'habituait à tout. Qu'ils avaient de la chance, qu'on restait sur du frais et pas un noyé putréfié… Qu'il était plus sensible, lui, à l'odeur qu'à la vue. Mais qu'il lui conseillait de ne pas mettre, pour *traverser le Styx de l'IML*, le traditionnel baume du tigre dans ses narines. «Tu connais le paradoxe de ce satané baume du tigre ? Tu le poses délicatement à la base de tes narines. Jusque-là, tout va bien. Ça sent le spa et les forêts d'eucalyptus du Portugal… puis la puanteur finira par l'emporter. Et après, rien qu'à voir le pot, tu renifleras la mort à plein nez. Avant même de commencer, p'tiot, tu auras la nausée. Alors range ce truc au fond de ta poche et garde-le pour les séances de boxe avec coach Pierrot.»

Yoann Guilloux ne pratiquait pas la boxe avec coach Pierrot comme Dumontet et leur chef, Philippe Lefort, mais l'ashtanga yoga. Il lui arrivait, il est vrai, de mettre du baume du tigre sur ses articulations.

Derrière eux, Dino, le technicien judiciaire, regardait, l'air absorbé, le paysage défiler. Et la Seine couler. Envers et contre tout. Il avait perdu sa petite chatte, Éowyn, qui s'était enfuie par le trou du grillage de son jardinet, près du périphérique, dans le XXe. Il partait dans trois jours en mission de formation en Côte d'Ivoire, et il angoissait de ne pas la retrouver avant son départ. Il fredonnait dans sa tête *Dans les yeux de ma belle*, « Quand l'ombre et la lumière s'entredéchirent, le chevalier est malheureux », pour sublimer sa peine. Et il espérait, il espérait, il espérait…

À l'aube, Guilloux, lui, n'avait surtout pas enfilé l'un de ses pulls douillets. La laine était l'amie des odeurs. Pire que la mémoire, elle retenait tout. Déjà que la sienne avait gravé la cervelle de Devrier criblée sur les murs du musée… Au moins, tout s'achevait sur l'attention portée au défunt car Desprez quittait invariablement les scènes de crime en disant : « S'il vous plaît, ayez la gentillesse de recouvrir le corps. »

Ils passèrent à leur tour sous le drapeau, Dumontet le premier. Dino avançait, tête basse. Guilloux lui tint la porte en espérant ne jamais avoir à venir à l'IML pour ses proches. Son aîné, lui, n'avait plus ce genre d'idées depuis longtemps.

Dumontet salua le professeur Goetz puis Maya Auger, l'anthropologue légiste, tandis que Guilloux et Dino avaient commencé, eux, par l'anthropologue. Les policiers déclinèrent un café et entrèrent dans le vif du sujet. Chacun se prépara. L'odeur les devançait.

Le médecin légiste ordonna, au préalable, un scanner dans la housse mortuaire. L'imagerie post mortem sur site était, depuis 2018, son combat réussi. Elle évitait, parfois, d'inutiles autopsies. La thanatoradiologie s'était imposée comme alliée. Dans le cas de M. Devrier, le scanner non injecté permettait l'exploration fine et rapide des plaies balistiques, afin de caractériser des lésions osseuses pour orienter le trajet balistique… dans ce qui restait. Peut-être matérialiserait-il des projectiles… On pouvait même reconstruire les parties fracturées.

Mais les rayons X ne remplaçaient pas intégralement l'humain. L'imagerie post mortem ne montra aucune ogive arrêtée dans le corps de M. Devrier. Pas de doré dans le rosé. Direction la salle de dissection.

Le médecin légiste passa sa main devant un interrupteur sans contact, d'un geste fluide de magicien, et les portes s'ouvrirent sur une pièce étonnamment claire, qui donnait toute sa force à l'expression, essentielle aux assises, de *jeter la lumière* sur la vérité. Une fenêtre, située en face de la porte automatique, répandait une lumière naturelle. Un éclairage sommital provenait d'une verrière. Un plafonnier scialytique puissant, à double coupole, rappelait les salles de chirurgie ou le cabinet du dentiste. Des néons complétaient l'arsenal lumineux de ce lieu pragmatique et efficace.

Yoann Guilloux releva cette chasse à l'obscurité, reflet d'une mentalité. Entre ces murs aux teintes défraîchies, on ne supputait pas, on examinait pour apporter des preuves. La science et l'expertise devaient triompher des angles morts. Guilloux, qui voulait mettre un nom sur la teinte défraîchie de la peinture, fut gêné de penser au houmous dont il raffolait.

Ils se répartirent autour du professeur Goetz. Mais surtout autour de la dépouille, sortie de sa housse mortuaire, au centre de l'attention. Dino, haut comme deux pommes, prit un escabeau. Devrier fut longuement photographié pour constituer l'album qui compilerait les observations des lésions. On ne revenait jamais en arrière sur ce qui aurait pu être oublié.

Un balisticien, Thierry Roux, se joignit à eux. Maya fut heureuse qu'ils fassent de nouveau équipe. Ils avaient travaillé ensemble sur des restes humains calcinés. L'analyste en balistique avait pris le premier TGV depuis Lyon. Il fallait une pointure sur le coup. La période de Noël ne facilitait pas la tâche et Philippe Lefort, le chef de la Crime, n'avait pas hésité à demander à cet homme du LPS69* d'Écully d'apporter ses compétences. Malgré les 16 °C de la salle, il décida de rester en polo noir à manches courtes. On ne pouvait pas le rater, BALISTIQUE était écrit en gros, en blanc, dans le dos, avec un rappel de poitrine.

L'arme n'avait pas été retrouvée. Aucune douille n'avait pu être récupérée. Ce qui ne facilitait pas la tâche. Il ne pourrait y avoir le « confort » d'un tir de récupération dans une cuve à eau, pour comparaison. Pas de précieuse signature balistique. *On ferait avec. Ou plutôt sans.* Grâce à Dino, ils n'étaient pas *quenouilles* (c'était son expression, amalgame de *que dalle* et *bredouille*). Le projectile avait été découvert par Dino. Placé dans une pochette cristal, il avait été mis sous scellés par la Crime. Et il étonnait Thierry Roux qui avait hâte d'en savoir plus.

Dans cette affaire, le balisticien savait que son expertise serait précieuse pour la caractérisation des lésions et pour estimer la trajectoire et la distance du tir.

Avec professionnalisme, le professeur Goetz lança les protocoles. Il savait qu'une autopsie balistique prendrait plus de temps qu'une autopsie normale. Il ne précipitait pas l'action mais il la rationalisait. Devant un tableau effaçable où la liste des prélèvements était affichée, Guilloux fixait, lui, la table d'autopsie, marquée par le pliage diagonal en négatif de l'acier inoxydable qui permettait un écoulement naturel. Le corps reposait sur une croix. La table était en forme de L, dotée d'un évier avec douchette et hydroaspirateur.

Maya Auger, en tenue de bloc bleue fermée dans le dos et charlotte, s'apprêtait à travailler de concert avec le professeur

---

* Laboratoire de police scientifique (Rhône), division armes et munitions, section balistique, dépendant du SNPS (Service national de police scientifique), situé à Écully, à compétence nationale, relevant de la Direction générale de la police nationale.

pour reconstruire le crâne qui avait éclaté. Elle avait mis un masque, enfilé deux paires de gants en nitrile l'une sur l'autre, pour prendre, au besoin, des notes sans souiller ses documents. Elle transpirait moins dans le nitrile que dans le latex. Tous deux œuvraient sur la table d'autopsie sans se gêner.

Le professeur se tourna vers Guilloux.

— Vous connaissez Maya Auger, notre anthropologue légiste ? Elle est d'un secours inestimable sur les corps squelettisés, notamment des *cold cases* qui passionnent l'opinion… Si l'imagerie médicale est un apport remarquable pour reproduire les trajectoires balistiques, le travail de Maya, transmis par Tania, est indispensable pour reconstruire le crâne.

Guilloux lui répondit par un hochement de tête poli qui fit sourire le professeur.

— N'ayez pas peur de lui poser des questions, monsieur Guilloux ! Un curieux vaut mieux qu'un fat. Ici, une mauvaise question est pardonnable, un mauvais raisonnement est dommageable…

— Combien de temps vous faut-il pour reconstruire le crâne ?

Le policier, encouragé par la bienveillance de Goetz, s'était lancé.

— Oh ! Pas si longtemps, répondit Maya d'une voix claire. Une heure, peut-être, quand c'est très dégradé…

Il observa Maya, qui avait suspendu un instant sa rugine pour lui expliquer simplement ce qu'elle faisait.

— Le professeur s'occupe du corps, et moi de la tête. Pour prendre une image simple, notre cas est comme celui d'un miroir. S'il se brise en des dizaines de morceaux, vous ne saurez jamais si sa forme de départ était rectangulaire, triangulaire, ronde ou carrée… Alors, je le reconstruis pour qu'on puisse s'orienter dans l'espace.

— C'est très parlant, dit Guilloux qui en oubliait l'odeur.

Mains croisées derrière le dos, le balisticien écoutait avec intérêt cette façon pédagogique de faire comprendre la cinétique de la balistique.

— Les orifices d'entrée et de sortie d'un projectile sont plus faciles à distinguer morphologiquement sur le plan osseux que sur le plan tissulaire. Pour le professeur, il n'est pas évident, présentement, de déterminer ces orifices. Nous avons des fragments manquants, et il y a eu expulsion de matière cérébrale… Quand la balle entre, elle creuse, logiquement, un tunnel vers l'intérieur du crâne. A contrario, la balle sortante créera un tunnel extérieur.

— Je comprends.

— Je vais donc travailler sur les fragments crâniens, l'os frontal est différent des deux os pariétaux, l'os temporal est plus mince, vous voyez, et je vais orienter les parties par rapport aux sutures… On va pouvoir comprendre si le traumatisme balistique a eu lieu de gauche à droite, par exemple. Sans reconstruction, on ne verra pas les orifices.

— Et vous allez recoller les morceaux ?

— Non, monsieur Guilloux, je préfère les maintenir en place pour les photographies. Ici, nous tenons le plus possible à respecter l'intégrité du corps. De la même façon que nous ne prélevons que les quantités strictement utiles aux analyses.

— Belle philosophie.

— En principe, l'orifice d'entrée dans le crâne fait moins de dégâts que celui de sortie car lorsque la balle touche le crâne, il est mieux maintenu…

Perché sur son escabeau, Dino multipliait les photographies. Il était connu pour sa minutie. Le sang lui rappela Éowyn. Dans *Le Seigneur des anneaux*, la princesse Éowyn était belle et dure. Elle allait s'en sortir. Il ne voulait pas retrouver écrasée sa jolie chatte tigrée aux grands yeux dorés. Dans la voiture, il avait posté un message sur PET Alert Paris 75.

Les gestes du professeur Goetz étaient précis et mesurés. Par rapport à d'autres médecins légistes, il avait une façon bien à lui de reposer les membres des défunts. Sans les lâcher précipitamment. Il repositionnait les bras du corps placé en décubitus dorsal harmonieusement. On ne pouvait parler de douceur mais d'un affût intellectuel doublé de respect et de sérénité. Guilloux était très sensible à ce respect qui lui rappelait le conseil de Duchesne, son modèle : « Ce qui compte, dans notre métier, c'est l'humain. »

Chaque geste s'accompagnait d'une dictée pour qu'aucun élément ne se perde. La mémoire. Toujours et encore, la mémoire des signes et des faits. Dino photographiait chaque étape avec application. Guilloux, lui, écoutait toujours avidement. Il se donnait l'impression d'avoir des oreilles d'éléphant, tellement il stimulait son audition. Il avait expliqué à sa fille, Charlotte, que les éléphants n'avaient pas de grandes oreilles pour écouter mais pour réguler leur température. Et qu'ils s'en servaient comme éventail. Elle avait ri. Alors, Guilloux sourit en se sentant, lui le si fin roseau, éléphant de la Crime, à deux pas d'un corps qui subissait l'autopsie longue réservée, non aux privilégiés, mais aux lésions balistiques.

Le professeur Goetz avait la diction d'un orateur des temps anciens. Guilloux se dit : c'est le Cicéron de Charon. Ce spécialiste prenait le temps d'expliquer, sans prétention. Il comprenait tout. À l'opposé du débit de mitraillette du chef de la Crime, aux propos pourtant béton.

— Vous voyez, là, même un médecin tout frais sorti de la fac comprendrait qu'on n'a pas une dispersion de plombs de chasse. Ne riez pas, c'est évident, mais vous allez comprendre ma remarque. Sans surprise, plus le tir est distant, plus la dispersion des plombs est fine à l'œil. Mais surtout, et j'attire là votre attention, il serait capital de retrouver les plombs. Pourquoi ? On pourrait confondre les passages balistiques des plombs avec une blessure par instrument piquant… Avec un projectile unique, on est dans un cas de figure très différent. Dans tous les cas, le scanner post mortem est, de fait, un parfait examen complémentaire. L'examen anthropologique aussi. Ce qui ne rendra jamais l'autopsie obsolète.

— Vous ne croyez pas à la virtopsie, professeur ? demanda Dumontet.

Le terme le fit tiquer. Il ne quitta pas le corps du regard.

— La virtopsie a le pouvoir des mots-valises : la séduction. La séduction n'est pas l'arme de notre métier. L'autopsie virtuelle a les limites de la virtualité. Elle est un moyen, non une fin. Toute technique est intéressante quand elle vient compléter une approche, non s'y substituer.

Maya était aux côtés du professeur. Elle finissait la reconstitution minutieuse du crâne explosé.

Guilloux observait le bandeau millimétré blanc et noir qui servait aux mesures. Il avait retenu que le diamètre d'orifice d'entrée du projectile était plus petit que celui dudit projectile, à cause de l'élasticité de la peau. L'orifice n'avait pas une forme circulaire, ce qui permettait déjà d'envisager l'angle de la trajectoire, confirmé par le travail de Maya.

Pour comprendre la trajectoire, l'examen des structures osseuses traversées était désormais possible. Maya montra les cônes de dispersion de la matière osseuse. De son doigt ganté, elle pointa le passage du projectile qui creusait un cratère distinctif. Il suffisait d'en observer les berges. Le crâne reconstruit, on pouvait désormais remonter l'action en sens inverse. La voûte crânienne avait éclaté et l'encéphale avait explosé, les pertes osseuses avaient été considérables. Les os présentaient de nombreuses fractures irradiées.

Dumontet, lui, avait presque fini de noter toutes les informations. Lors de l'incision du thorax et de l'abdomen, l'abondante graisse jaune du député l'avait surpris. Comme celle autour du foie gras qui l'attendait à la maison. La dernière autopsie à laquelle il avait assisté était celle d'un joueur de football. La différence était flagrante. Il allait se mettre au régime.

Au bout de six heures, le professeur acheva l'autopsie. Les prélèvements en vue d'analyses toxicologiques, anatomopathologiques et biologiques avaient été faits. Devrier avait été pesé, mesuré, son corps n'avait désormais plus de secrets. Maya, elle, avait recomposé le puzzle de la voûte crânienne, puis elle était restée. Par acquit de conscience, Dino avait relevé les empreintes digitales. Pour le professeur, le projectile avait atteint un organe vital, le cerveau, l'incapacitation avait été immédiate. La plus grande préoccupation des proches était, presque toujours, de savoir si la personne avait souffert. La femme de M. Devrier au moins serait sensible à ce détail. Si le projectile avait défiguré son époux, il n'avait pas eu la cruauté de faire traîner sa basse œuvre. Déjà que l'épouse du député vivait l'autopsie comme une séquestration du corps de son mari… Elle avait posé beaucoup de questions. Et par les articles qui salissaient la mémoire de son époux, elle subissait des révélations dont elle se serait bien passée… L'ancienne directrice de l'IML avait eu la bonne idée de recruter des psychologues cliniciennes à temps plein. Mme Devrier aurait besoin de cette écoute bienveillante, qui poserait des mots sur l'inconcevable, qui adoucirait l'inacceptable.

Le balisticien, lui, allait croiser les coordonnées des orifices d'entrée et de sortie, en s'aidant des hauteurs et des distances. Il rédigerait une « assistance à autopsie » avec album photographique. Grâce au minutieux travail de reconstitution de Maya, et à la baguette qui avait matérialisé la précieuse trajectoire du tir, il pourrait orienter l'enquête sur le positionnement du sniper.

Le certificat de décès fut remis. Puis le professeur avisa par télécopie le parquet de ses conclusions, en présence des officiers de police judiciaire.

Dans la voiture, Guilloux et Dumontet émettaient de nouvelles hypothèses.

Tout en parlant, Guilloux regrettait son baume du tigre. L'habitacle entier lui semblait sentir la mort, le formol et la javel. Un trio qui l'accompagnerait de nombreuses années.

Dino lisait, lui, non sans frénésie, les réponses reçues sur la disparition d'Éowyn.

Il avait beau faire partie des associations de recherche des personnes disparues, du collectif Les Morts de la rue, et répondre aux appels téléphoniques de l'émission *Appel à témoins*, il ne savait par quel moyen retrouver son félin. Il se consolerait dans les pattes d'Éomer, l'un de ses sept autres chats, qui passait sa vie à lacérer ses rideaux.

62

Schönberg n'avait plus l'âge des dîners riches et arrosés. Durant le repas, il avait rêvé d'un *kaiseki* japonais… et d'une geisha… Il n'avait plus l'âge de s'ennuyer, non plus. Dire qu'il avait été à deux doigts d'appeler cette influenceuse, dont le prénom continuait de lui échapper. Toute la nuit, il avait regretté le vol-au-vent, plâtré de pâte feuilletée préparée à l'avance, qui n'avait rien d'aérien. Le ris de veau crémeux, sous-cuit, et les saint-jacques congelées, servies dans de grandes assiettes à bord doré avec une fondue de poireau, l'avaient achevé. Il avait fait semblant de goûter le soufflé aux framboises, glace vanille, sucré à mort. Des framboises, en plein hiver ! Et des virgules de chocolat pour mégoter sur le pourtour…

Les dîners chez les ministres avaient un autre défaut : le culte insensé des vins d'étiquette. Ils vous sortaient de vieux bordeaux avec des effets de manches d'avocat. À croire qu'on vous servait la dernière cuvée du *Titanic*. Ou ce pinot nuits-saint-georges premier cru du clos de la Maréchale, une insulte à la finesse de la Bourgogne. Pour en jeter, ça en jetait. Tu parles, de gros jus extraits, bourrés de sulfites, qui vous flinguaient la tête.

Heureusement, on était en petit comité. Et dans ce salon du ministère au plafond peint de nymphes dévêtues, au moins, il ne risquait pas de finir la tête dans le plat principal, trouée d'une balle. Les convives étaient tous en représentation, ce qui avait agacé Schönberg, que plus grand-chose n'impressionnait. Un designer industriel très, très connu, omniprésent dans les médias, avait feint de s'intéresser à l'assemblée en demandant à chacun de parler de son domaine d'activité. Il n'écoutait rien des réponses, prenait des airs pénétrés comme s'il analysait la symbolique des *Époux Arnolfini* de Jan Van Eyck et hochait régulièrement la tête, main sur sa barbe, en pleine méditation, façon *Penseur* de Rodin.

Poseur.

De l'œuvre d'art, il n'avait que la nature morte. Quand le tour de Schönberg était arrivé, le King avait eu l'audace de lui demander, au lieu de se présenter : « Et vous, monsieur, dites-nous un peu ce que vous faites dans la vie. » Sans mettre une once d'humour dans sa question. Ce qui avait déclenché un rire général. Sauf chez le concerné.

Le reste n'avait pas été très amusant. Schönberg en avait donc profité pour avancer sur les seuls sujets qui justifiaient sa présence. L'intelligence artificielle et le numérique. Il avait pris la parole :

— L'enjeu de l'économie numérique ne peut laisser personne indifférent. Si la France ne veut pas devenir la risée du monde, il va falloir faire sauter bien des verrous législatifs, harmoniser le RGPD*, et intensifier la numérisation. On le sait, l'IA a besoin des données générées par les utilisateurs. Les taux de profitabilité en dépendent, certes, mais surtout l'essor et la compétitivité de nos entreprises.

---

* Règlement général sur la protection des données, texte réglementaire européen entré en application en 2018 pour encadrer, entre autres, les données personnelles, dans la continuité de la loi Informatique et Libertés (1978).

L'architecte-designer avait voulu prendre sa revanche.

— Oui mais les GAFAM et les géants de la tech ne paient quasiment pas d'impôts, relativement à leurs profits. Et la suprématie technologique n'est pas très regardante sur la morale…

Schönberg n'avait pas tout de suite répondu. Comme s'il lui laissait l'avantage. Puis il avait fixé le mondain dans les yeux.

— Vous avez raison de parler de morale…

Le designer, petit sourire en coin, avait croisé les bras sur sa poitrine à la chemise largement ouverte.

Schönberg était alors monté à la charge.

— Vous avez raison, cher monsieur… car notre monde se fiche complètement de la morale.

Le ministre avait fait semblant de repousser l'argument.

— Se fiche, se fiche… Tu exagères un peu, Richard…

— Pour répondre à notre ami designer, les « starchitectes » se fichent aussi complètement de la morale. Exact, non ? Les détournements massifs, les fausses factures et les contrats d'assistance fictifs ne les dérangent pas, n'est-ce pas ? Ou chacun a la morale qui l'arrange ?

L'architecte-designer n'avait pas apprécié. Il s'était demandé si c'était une attaque personnelle. Alors, il avait rebroussé chemin. Et avait redemandé du vin.

— Quant aux urbanistes, avait repris Schönberg sans le lâcher des yeux, la morale ne les a pas toujours inspirés. Tenez, Victor Hugo. J'ai la chance d'habiter une villa où il a séjourné. Il dénonçait déjà, à son époque, l'« acharnement » et la « barbarie » de la « démolition de la vieille France ». Il pleurait sur ces monuments historiques nationaux détruits dans chaque ville… Et soutenait qu'on n'hésiterait pas à détruire une cathédrale pour construire « une halle aux grains ».

— Pour un technophile, vous avez des références qui datent, lui reprocha le designer, le visage abrité derrière son verre de vin.

— Je vous l'accorde. Progressons dans le temps, alors. Tiens… début des années 1970. Vous n'étiez pas encore née, bébé, dit-il à la femme qui accompagnait le designer.

Elle devait avoir dans les vingt-cinq ans. Cette jolie brune balança légèrement ses épaules nues et sourit, gênée.

— Vous voyez sûrement tous l'endroit…, reprit Schönberg. Au début de la montée du cimetière de Montmartre, après la place de Clichy… Vous savez, là où les morts ont gagné le droit qu'on leur roule dessus depuis la passerelle Caulaincourt…

— Ah oui, dit le cinéphile de l'assemblée, un homme survolté, sans doute sous coke, qui travaillait dans la *blockchain**. On le voit dans le fameux plan-séquence de dix minutes de Lelouch. Un truc de ouf, sans trucage. Il avait accroché une caméra sur le pare-chocs de sa bagnole…

— Oui, une Mercedes SEL 6.9, précisa Schönberg, toujours précis sur les voitures.

— Euh… *yes*, on voit la voiture dans Paris, entre 150 et 200 kilomètres/heure, prendre à fond des sens interdits, griller des dizaines de feux rouges et des stops, de la porte Dauphine à la butte Montmartre…

— Pour la plus belle scène d'amour du cinéma… Lelouch roule, dans le film, comme un taré, il ne veut pas faire languir sa belle qui l'attend pour le plus romantique des baisers… L'art et la morale, encore une fois, ont des arrangements… Eh bien, chéri (le designer s'offusqua de cette familiarité), la Gaumont a vendu le plus grand cinéma d'Europe du bas de cette montée, le

* Chaîne de blocs. Mode technologique de stockage et de transmission de données sous forme de blocs indivisibles qu'on peut se représenter comme « un très grand cahier, que tout le monde peut lire librement et gratuitement, sur lequel tout le monde peut écrire, mais qui est impossible à effacer et indestructible », selon le mathématicien Jean-Paul Delahaye, cité par la CNIL.

Gaumont-Palace, élégant bâtiment hyper novateur à l'époque. Pour en faire la verrue que vous connaissez, occupée aujourd'hui par Castorama et Flunch.

— Noooon…, regretta sincèrement la brunette, comme si on parlait du massacre des bébés phoques.

— Le permis de démolir n'a pas dû émouvoir la morale…, insista Schönberg. Il existe pourtant un service de la ville qui s'occupe du « Paysage de la rue », n'est-ce pas, monsieur le ministre ? À la direction de l'urbanisme, je crois…

Le ministre opina.

— Donc, chers amis, gardons à la morale la place qu'elle mérite. Vous êtes des démolisseurs, je suis un démolisseur, vous aussi, mademoiselle, peut-être par procuration, O.K. En nous glorifiant de bonnes affaires *made in China*, vous, moi, nous avons contribué à libérer le plus grand potentiel de productivité chinois, accéléré le *Shenzhen speed*, cette zone pilote des innovations scientifiques et technologiques, et massacré ce village de pêcheurs de la rivière des Perles pour en faire « l'atelier du monde ». Une zone spéciale de 2 000 kilomètres… C'est ce que nous faisons aujourd'hui avec toutes les technologies. Donc, soyons honnêtes. Avançons avec notre temps. Et acceptons d'aller de l'avant technologiquement, si on ne veut pas se la faire mettre.

Il avait ensuite pris des digestifs avec le ministre, pour parler offensives stratégiques autour du numérique. Le ministre avait sorti un magnum de liqueur d'abricot de la maison Roulot, et plus ils enquillaient les verres, plus ils tombaient d'accord sur le sujet. Avant de se quitter, le ministre lui avait demandé s'il était *bien protégé*, et si *l'affaire* avançait.

Schönberg lui avait répondu que *l'affaire* suivait son cours, et qu'il n'y avait que les affaires qui l'intéressaient.

Puis il était rentré.

63

Athéna ne mentait pas.

Non qu'elle voulût à tout prix *être quelqu'un de bien*. Elle n'aurait même pas su poser de frontière claire entre quelqu'un de bien et quelqu'un de mauvais. Déjà, il n'existait pas de vraie réversibilité.

Pour évoquer le contraire de l'expression, on disait *quelqu'un de mauvais*. Pas *quelqu'un de mal*. Parfois, on disait même *quelqu'un de pas bien*. Comme s'il était plus facile de définir le bien que le mal. Et la question était sans fin. Si on *cherchait à être quelqu'un de bien*, on ne l'était plus. Pire, cette question était abyssale. Car si on *faisait* le bien, on n'*était* pas forcément quelqu'un de bien. Athéna sentait le sol se dérober.

L'exemple qui lui avait permis de comprendre ce point était Pablo Escobar. Il avait bousculé toutes ses convictions. Le « criminel le plus riche de l'histoire » avait fait fortune sur le dos de l'addiction des gens, des overdoses, des exécutions, des trahisons, des corruptions, sur le sacrifice de mules, sur l'assassinat de journalistes, de policiers, de civils, d'opposants et de juges.

Ce même homme avait réussi à être élu à la Chambre des représentants, contribué à édifier, en Colombie, des hôpitaux, des écoles, des terrains de foot et des églises, avait lutté contre les taudis des quartiers pauvres de Medellín, avait distribué de l'argent dans les rues, avait fait brûler, en cavale, deux millions de dollars pour réchauffer Manuela, sa fille, qui avait froid.

Avec lui régnait pourtant la plus rude des lois — *plata o plomo*, l'argent ou le plomb. Jusqu'à descendre trois des cinq candidats à la présidentielle de 1989. Malgré ce palmarès insolent, même après sa mort, des pauvres continuaient à honorer sa mémoire, son portrait côtoyant celui la Vierge. Athéna savait que la justice était une illusion nécessaire. Une régulation, non un état de fait. Les héros d'un jour seraient peut-être les condamnés de demain. Athéna comprenait que la question n'était pas *être ou ne pas être*. Mais *dire ou ne pas dire*. Elle se souvenait de cette phrase étrange d'un penseur : « La pureté ressemble à la mort. » Elle avait conscience que toute vérité n'était pas bonne à dire. Et que la sincérité compliquait bien des situations.

Athéna savait qu'un mot pouvait tuer. Athéna n'arrivait pas à définir la pureté. Le ciel sans nuages était-il pur ? Était-il beau parce qu'il était sans nuages, d'un bleu éclatant ? Était-il juste parce qu'il était bleu ? Athéna comprit qu'elle ne cherchait pas la vérité, mais la sincérité. Et qu'être sincère, ce n'était pas être pure. Mais ni bonne ni mauvaise. Simplement elle-même. Humaine.

Alors elle planta ses yeux au fond de ceux d'Hadès qui voulait l'embrasser.

Et lui dit, consciente que la sincérité était un impératif pour elle, et une dague pour lui : « Hadès, je ne peux plus. Je n'y arrive plus. »

Il la gifla.

Une fois.

Deux fois.

Puis il claqua la porte, et s'enfuit, portant courageusement sa haine, et lâchement son désespoir.

64

Même sur les hauteurs de Montmartre, la neige avait fondu. Le vent était froid. De toute façon, Rémi aimait cet air revigorant. Dommage que la neige ne tienne pas plus longtemps. Il contourna la pharmacie la plus haute de Paris, coudoya les touristes en quête de faux souvenirs dans la rue du Chevalier-de-la-Barre puis longea le Sacré-Cœur. Il n'était pas en retard, Schönberg le recevrait à 11 heures, aussi avait-il le temps d'un petit détour pour le simple plaisir de passer voir les chiens dans le square qui leur était réservé, sous le parvis de la basilique. Au passage, il salua un accordéoniste à béret piqué d'un pin's du célèbre Chat noir de Montmartre. Un vrai chat mélomane, noir et blanc, l'accompagnait toujours, lové sur son épaule droite, voire planté sur l'accordéon. L'homme jouait *Ma bohème*, assis sur un siège pliant tapissé de roses anciennes. Sur son cabas, il avait l'humour d'accrocher un sac en tissu *Tournée du Chat noir*. La grand-mère de Rémi, Marie-Jeanne, connaissait à coup sûr les paroles par cœur. Rémi, lui, rêvait de caresser le chat, il avait cru comprendre qu'il s'appelait Linx. Il leur déposa une pièce puis partit se poster contre les rambardes croulant sous les cœurs cadenassés. La plupart rouillaient. Rémi observa le pigeonnier du square. Deux oiseaux en sortaient. Puis il sonda l'horizon et vit que les nappes grises étaient percées d'un rai de lumière. Il s'amusa du jeu des chiens. Il y avait toutes les tailles, tous les styles, toutes les couleurs — et tout le monde s'entendait bien. Ces bêtes donnaient l'impression de retrouver leurs copains au bar. À la différence qu'ici, on ne servait que de l'eau. Les vendeurs à la sauvette rivalisaient d'offres : lettres en bois, bouteilles dans un seau, cadenas et tours Eiffel à foison. De quoi rapporter Paris à la maison.

Rémi quitta le square à regret, et se dirigea vers la place du Tertre. Le seul lieu où Rémi ait vu des serveurs de café avec des nœuds papillon en bois. Peintres et caricaturistes guettaient le touriste. On ne le harponnait jamais. Peut-être manquait-il, à son bras, une femme loin des standards parisiens pour qu'on lui propose un portrait souvenir…

Il s'engagea dans les escaliers de la rue du Calvaire, en haut desquels une glycine centenaire avait été massacrée par des travaux de rénovation. Le jointage des pavés avait asphyxié la glycine qui avait été coupée puis déracinée. Un massacre à la tronçonneuse qui avait eu raison d'un autre arbre, vieux de quatre-vingt-dix ans. Depuis, Rémi ne regardait plus jamais du côté de cette placette. Au milieu des escaliers, il reçut un SMS.

C'était Thierry Roux, l'analyste en balistique de la division armes et munitions d'Écully. Les deux hommes se connaissaient bien. Il était à l'IML avec la meilleure équipe possible, en confiance. Il l'appellerait à l'issue.

Rémi rempocha son téléphone et dévala l'escalier, encore étonné d'être en veste sous sa parka. Une dernière série d'escaliers, et il descendit vers Pigalle, en pente raide.

Face à la grille, il réalisa qu'en l'attente de sa réponse, Schönberg ne lui donnait pas le code extérieur. Tatiana vint le chercher. Elle portait, cette fois-ci, une robe en laine blanche, très moulante. Et une grande étole. Elle regardait ses pieds, qu'elle posait comme sur la corde d'un funambule. Il espérait qu'elle relevât les yeux, il s'apprêtait malgré lui à sourire, mais elle ne le fit pas. Il éprouva un pincement au cœur, un singulier hameçon.

Elle le salua et ils rejoignirent Schönberg. Très affairé, il parlait au téléphone. Sa main droite était posée sur le socle d'une statue animalière en bronze. En patientant, Rémi nota un crâne doré, tenu par un orang-outan suspendu à une branche d'arbre. Puis son regard se posa sur le tableau de Basquiat, cette chevauchée de la mort. Et Rémi pensa aux vanités. La première fois, il n'avait pas repéré que la mort était doublement là, à veiller sur l'univers de Schönberg.

Schönberg parla plus bas mais Rémi entendit les propos du King.

— Il faut tuer le livre… s'attaquer à la francophonie, aussi. On doit vivre dans un monde technologique, bordel !… Putain de pays à la ramasse… Thierry, avec le staff, vous me faites le maximum de dîners jusqu'au Sommet pour l'action sur l'intelligence numérique. T'as remarqué le nom ? Y a *action*, bien sûr… Comme une évidence. On le leur a fait ajouter. Vous infiltrez les cocktails, les politiques et les lieux de pouvoir de toutes parts. Vous ne parlez que des inestimables opportunités de l'IA. J'ai dîné avec le ministre, hier… Ils pigent rien. Trop de gras dans le bide. Ils tiennent toujours au vieil épouvantail des libertés. Va falloir tout défoncer, les encercler de *digital champions*. Bien sûr. L'anglais. Évidemment, l'anglais ! On peut dire ce qu'on veut mais le français n'est pas une langue virile… Trop de nuances. Trop de romantisme. Trop d'élégance. Trop coincé. Ouais… Ça sent l'agonie fin de race, les contorsions de tournures, la rose au lieu de l'acier… Tu sais, Thierry, j'ai longuement réfléchi au sujet. Je sais que je vais y aller fort… Il faut détruire la langue. Tu ne vas pas aimer la comparaison mais les nazis l'avaient fait avec succès. Ils avaient créé une novlangue. Une offensive totalitaire du vocabulaire. Si on détruit la langue, on détruit la cohésion. On détruit l'unité… Oui… T'es d'accord avec ça? On doit valoriser un peu plus l'agressivité. Pousser le cran. Sur les réseaux sociaux, je veux des combats de coqs, comme dans le Pas-de-Calais. Tu m'armes des légions de pitbulls, des hargneux du verbe qui dézinguent la réflexion. Je veux de l'opinion, de la déstabilisation… De la corrida sur chaque sujet… Vous me mettez du clivage, de la division. La culture du clash sous couvert de *free speech*. En parallèle, on fait monter la frustration. Je veux de la vie des mégariches, étalée partout. Le culte de l'argent facile. Vous me financez des clips de rap avec des Merco et des Hummer comme chez Ninho… Tu vois pas? Ben, tu regardes. Tu soudoies toute la chaîne. Et vous bombardez de mèmes les réseaux avec des images *masterclass* et *top fun* et des phrases qui cassent le système. Genre : « Moi, j'ai toutes les manières, même les mauvaises sont bonnes, on fera pas la Sorbonne. » C'est du fameux Ninho… Il a reçu le Grand prix de la comédie humaine… À propos de francophonie, j'y reviens, j'ai réussi un coup, tu sais. La Poste va mettre fin à ces putains de tarifs privilégiés qui favorisaient *le rayonnement de la culture française*… J'ai mis K.-O. ce tarif pariétal qui existait depuis vingt-deux ans. Pan, dans les dents. C'est simple, tu vas passer de 1,74 € à 37,30 € en 2025 pour un livre de 400 pages… T'as compris? Acte de décès complet. Le livre est notre ennemi. Je veux qu'on le dégomme sans merci. Fin du papier. Écran total, mon général… Tu ne peux pas insérer des pubs dans des bouquins. Alors, les livres, ça sert à rien.

À l'autre bout, son conseiller traduisait en plans d'action tout ce que le King disait. Il voyait très bien comment procéder. Il lui suggéra de financer des programmes pour former de nouvelles générations d'informaticiens et de pirates.

— Tu as raison, Thierry. Je veux plein d'articles sur l'opportunité de l'IA. Sur les nouveaux métiers qui s'ouvrent. Sur la facilité. Sur les formations éclair. Vous me créez aussi des stories de filles super bandantes à gros seins pour que les gens cliquent comme des bêtes sur le net. De l'érotisation et du narcissisme. Bouche ouverte, la photo. Du genre Amber O'Donnell, la Cendrillon du net. Tu me les fais sortir de la misère grâce aux plates-formes. Et je veux du texte court, truffé de chiffres sur le gain rapide. Tu me les prends dans la tranche 18-25 ans max. Tu dis à Julie-Anne de mettre du X, du TikTok et de l'OnlyFans à tout va, je veux impérativement les éléments « lancement de carrière sur les réseaux sociaux », « succès », « sans efforts », « réussite », « maison de ses rêves », « voiture favorite », « éclair » et vous m'achetez des paquets de followers pour gonfler la notoriété. O.K. ? T'es nickel. On déjeune ensemble pour faire le point… Quoi ? Si ça va, moi… ? Pourquoi tu voudrais que ça n'aille pas ? Devrier, on ne va pas le pleurer… Allez, go.

Rémi était gêné d'avoir assisté à ce discours qui l'inquiétait. Ce cynisme brutal dépassait ce qu'il pouvait imaginer. En même temps, il comprenait mieux qu'on puisse en vouloir à Schönberg. Cette mentalité devait motiver des contre-pouvoirs, gêner des concurrents, fédérer des bataillons infinis d'ennemis. Il ne pouvait savoir que Schönberg était sous *uppster* depuis son réveil.

Schönberg posa son smartphone sur son bureau et se tourna vers lui. Il arrêta son geste et rappela Thierry de Braguier, son conseiller.

— Encore un truc. T'envoies notre curateur pour acheter une dizaine d'œuvres de l'artiste du dîner. Veronika Manaharov. L'Ukrainienne. Elle me plaît.

Contrairement au prénom de l'influenceuse, il n'avait rien oublié de l'identité de cette femme.

Soudain, Schönberg posa une main sur son bureau, et fronça les sourcils.

— Comment ça… UniKorn ? Non… jamais entendu parler… Eh bien, eh bien, mon petit Thierry, vous me pondez une sorte de manifeste sur le défi du numérique, et vous inondez la toile pour écraser le cafard. Bye.

Rémi ne se froissait pas du traitement que Schönberg lui réservait. Qu'il soit occupé n'avait rien pour le surprendre.

— Voilà, on y est, dit-il en ouvrant grand ses bras. Je suis à vous, tout à vous. Alors… ?

Maintenant, Rémi hésitait… Ce virilisme lui déplaisait. Lui pour qui femmes, hommes, bêtes et nature étaient à égalité. Même une truite, il la remettait à l'eau. Même un galet, il le respectait. Il avait un conquérant en face de lui. Écartelé, il se décida en pensant qu'il ne pouvait laisser un sniper dégommer impunément des gens dans Paris. Fussent-ils des salopards. On ne se substituait pas à la justice. Sinon, on revenait à la loi du Talion et on intronisait le règne des lions.

Schönberg était le seul fil qui lui permettrait de remonter à l'hostile.

— Alors… c'est oui.

— Je suis heureux que vous ayez pris une saine décision.

Il serrait sa main avec fermeté, et le fixait intensément, avec un sourire carnassier.

Sans les sept cents dents du brochet, qui le battait à plate couture, pensa Rémi.

— Bien, bien, bien, on y va, fiston.

65

— Athéna, *c'est la hess*[*]. Y a un vrai, vrai problème qu'on n'a pas vu arriver.

Elle était encore sur le seuil, et Hermès ne s'était même pas retourné. Il avait ouvert la porte de l'appartement quand elle avait sonné à l'interphone, et elle avait juste eu à la pousser.

Il ne remarqua pas ses yeux rougis. Ni l'orage qui grondait sous l'apparente impassibilité.

Afin de stabiliser sa pensée, elle fixait son esprit sur des souvenirs de cours de mathématiques qu'elle se répétait ad libitum pour ne pas sombrer. Depuis qu'elle avait osé parler à Hadès, elle imposait — après ces gifles, les premières qu'il lui eût données — une direction à son esprit, et elle s'y tenait. L'équivalent de maintenir un cap, par les seules ressources de la pensée.

Elle se répétait l'hypothèse d'Andronov, physicien du chaos, et de Pontriaguine, un mathématicien, sur la stabilité structurelle. Ian Stewart la résumait ainsi : « L'hypothèse est qu'un comportement atypique peut toujours être "décomposé" en apportant des modifications très petites aux équations. [...] Si une chaîne de

* Expression idiomatique des jeunes : « C'est la galère. »

montagnes bouge légèrement — disons de quelques mètres — sous l'influence d'un minuscule tremblement de terre, les sommets restent des sommets, les vallées des vallées, et les cols des cols. »

Le comportement inhabituel d'Hadès pouvait se laisser décomposer. Jusqu'à ce que tout rentre dans l'ordre. Au final, la stabilité structurelle triompherait.

Si une chaîne de montagnes… minuscule tremblement de terre… sommets restent des sommets…

La voix de son professeur, elle l'entendait encore.

Cette voix grave et chaude du savoir… Cette voix qui donnait des bases solides à l'existence, qui structurait…

Phrack, qui ne connaissait que la stabilité structurelle de sa gamelle et des caresses, roula des épaules jusqu'à elle et, sans aboyer, vint la lécher.

Elle le prit dans ses bras. Il sentait bon. Un moment, sa tête disparut entre les pattes de Phrack. Elle le couvrit de petits baisers. À force de lui lécher les joues, il lui arracha un sourire. Il la fixa de ses grosses billes chocolatées, mi-langoureux, mi-inquiet.

Hermès baissa le son de *Hawk Eyes* de Leopold and His Fiction, à l'ambiance entre le drama et le western. Elle ôta son manteau, le laissa sur le canapé et arriva jusqu'à Hermès. Ou plutôt, jusqu'à son écran où il restait scotché. Il ne l'avait même pas saluée.

— T'as vu ça ? Non mais, t'as vu ça, Athéna ?…

Chassant la buée des pleurs dans ses yeux, elle fit l'effort de se concentrer sur la photo qu'il lui montrait, et sur les lignes qui l'accompagnaient.

— C'est un truc… de malade, dit-il en secouant la tête. Je suis fracassé…

Athéna s'immobilisa devant l'écran.

Phrack sautait sur place pour attraper sa main gauche qui pendait.

— C'est qui ? dit-elle en désignant du doigt un homme avec une arme longue.

— C'est Zak the Dark.

Elle ne comprenait plus rien. Parcourant les lignes, elle saisit qu'il était l'auteur revendiqué de l'assassinat de Devrier.

— Mais c'est... impossible.

— Je te le donne en mille : Zak the Dark N'EXISTE PAS.

— Quoi ?!

— Tout est fait par IA. Que du *fake*. Je n'arrive pas à savoir qui est derrière ça.

Il se cala contre le dossier de son siège et laissa ses bras tomber sur les côtés. Puis il tourna son visage vers Athéna.

— Y a un truc qui va pas ?

— Non, non... ne t'inquiète pas... *Les sommets restent des sommets...*

Elle semblait dans un état second. Hermès fronça les sourcils. Phrack posa ses pattes avant sur elle et couina.

— Athéna...

— Hermès, explique-moi. On dirait un acteur.

— Ouais... beau gosse, hein ? C'est fait exprès... Pour adhérer.

— Pour adhérer à quoi ? dit-elle, décontenancée.

— Pour « glamouriser », inciter à descendre tous les politiques qui franchissent la ligne... Il y a même des fils de discussion sur 8chan et QAnon pour appeler à flinguer les gens au Parlement européen. Pour une tuerie de masse... Tu as des tonnes de mecs bien virils, voire complètement tarés, qui justifient l'action par les armes pour terroriser les puissants qui se croient au-dessus de la loi, et des gazelles qui prennent le parti de Zak the Dark juste parce qu'il est super mignon. Tu sais, exactement ce qui s'est passé avec Luigi Mangione… quand il a descendu, en plein Manhattan, Brian Thompson, le patron de l'assurance santé UnitedHealthcare…

Plus il parlait, plus Athéna se sentait vaciller. Elle s'appuya contre le dossier d'Hermès.

— Mais… mais on n'a jamais voulu *ça*… Pas *comme ça*…

— L'exemple qu'on a voulu donner est en train de nous dépasser…

Athéna réalisait que Ian Stewart, le mathématicien, n'avait pas envisagé qu'à l'époque des réseaux sociaux, un *minuscule tremblement de terre* à l'échelle local devenait un tsunami mondial. Par la répétition de millions de clics… Par ce raz-de-marée incontrôlé. Pourtant, ils étaient les premiers à le répéter. Comment avaient-ils pu ne pas penser au cas Luigi Mangione ?

Un jeune homme de bonne famille, intelligent, accompli… Au parcours brillant brisé par une opération du dos. Mangione, qui aurait gravé *Deny, defend, depose* sur ses douilles, arrêté le 9 décembre 2024, après quelques jours de cavale. Les policiers avaient découvert un manifeste de plusieurs pages contre le capitalisme. L'une des phrases était devenue culte : *« Frankly these parasites had it coming. »* « Franchement, ces parasites l'ont bien cherché. » Sur les réseaux, les filles l'avaient adulé parce qu'il était le sosie de Miguel Herrán, l'acteur qui jouait Aníbal « Rio » Cortés, un jeune braqueur dans la série *La Casa de papel*. Adulé. Aujourd'hui, cela se jouait sur ça : votre potentiel iconique.

Elle réfléchissait. Il est vrai qu'une grande partie de l'opinion avait considéré Mangione comme un « justicier », un « héros ». Le « Robin des Bois des réseaux sociaux » qui s'en prend à la tête du groupe aux 371 milliards de dollars de chiffre d'affaires par an, et au taux de refus de 27 % pour les remboursements des traitements et des opérations. Mangione, devenu une star sur X et Instagram après son « exploit ». Durant sa cavale, des légendes accompagnaient sa photo : « Il est seul, en fuite, alors ce soir, pensez à laisser des bouteilles d'eau et des collations à l'arrière de votre véranda. » Le bonnet de Luigi, le personnage du jeu vidéo, frère de Mario, s'était vendu en masse sur Amazon après le flingage. Des concours de sosies avaient été organisés aux États-Unis. Luigi, ce proclamé *héros*.

Ils n'avaient jamais voulu que le geste d'Arès soit considéré comme héroïque.

Elle réalisait que tout acte extrême servait une cause. Cause qui pouvait n'avoir aucun lien avec l'esprit d'origine. Que tout acte violent était susceptible de récupération.

Arès n'avait pas voulu commettre un acte de rébellion.

Il avait voulu stopper la corruption. Réveiller l'Europe, avant qu'elle ne sacrifie ses libertés sur l'autel du pouvoir et de l'argent.

Arès l'avait ensorcelée en se réfugiant dans la posture d'un résistant. Mais on ne peut se battre contre une guerre invisible… *Par-delà bien et mal*, ça n'existait pas.

Une nation donnait des médailles à ses soldats, pas à des justiciers. Tuer, seul l'État avait le droit d'en décider. Et cela s'appelait défendre l'intérêt de la nation.

Ils n'avaient pas flingué Devrier. Ils avaient flingué leur réseau de résistance, UniKorn.

Le projet de toutes leurs dernières années… Un projet auquel elle croyait. Un projet qui aurait dû rester pacifiste. Qui aurait fini par agglomérer, par fédérer, lentement mais sûrement.

— Comment peut-on arrêter ça ?

Elle ne pouvait sortir de son effroi.

— *Arrêter*, Athéna ? Arrêter quoi ? On vit dans un putain de monde où il n'y a plus de barrière solide entre la vérité et le mensonge. Où les gens croient aux *chemtrails*… Tu le sais mieux que moi.

Les *chemtrails* étaient les traits de condensation des avions. Les thèses conspirationnistes s'en donnaient à cœur joie, opérations secrètes de l'OTAN pour certains, dispersion volontaire de produits chimiques pour d'autres, *fils de la Vierge* des ovnis…

Athéna s'écroula par terre.

Elle voulait retrouver le monde qu'ils s'étaient créé, *Utopia*.

Le monde d'avant.

Ce monde d'avant le sang.

66

— Vous souhaitez qu'on commence quand ?

Schönberg prit un air surpris.

— Eh bien… maintenant.

Rémi s'en doutait. Il avait une matraque télescopique, compacte, son Glock 26 avec lui, et plusieurs chargeurs. Impossible de jouer les porte-avions en protection. Il le portait à la ceinture, côté droit, ni en *cross draw* ni en *inside**.

— En guise de présentation… je n'ai qu'une chose à vous dire, Rémi.

— Je vous écoute.

— Je ne suis pas quelqu'un de bien.

Cette phrase était la seule que Rémi n'eût jamais entendue de sa vie. Cette franchise le dérouta.

D'un geste de la main, le King l'invita à s'asseoir. Ils s'installèrent l'un en face de l'autre. Schönberg posa ses avant-bras sur son bureau, mains à plat.

— La plupart des gens vous vendront du rêve sur leur vie.

---

* *Cross draw* : étui porté à gauche pour un droitier, question d'incidence sur la vitesse de tir selon les usagers. *Inside* : étui porté dans le pantalon et accroché à la ceinture.

Feront de leurs petits succès des exploits. Je ne regarde que devant moi. Je suis un homme sans passé.

— Soit.

— Cela vous dérange si je mets un peu de musique ? Je ne sais pas vivre sans musique.

— Vous êtes chez vous…

Rémi l'observa choisir soigneusement un morceau. Il lança la *Sonate Arpeggione* de Schubert. Les doigts d'Alexandre Tharaud glissèrent sur le piano.

Schönberg lui fit penser à cette musique, sautillante et grave.

— J'oubliais le principal ! Je ne vous ai pas parlé de contrat.

— Ce n'est pas le principal pour moi, monsieur Schönberg…

— Je sais, je sais… vous avez l'air d'une espèce en voie de disparition. On doit souvent vous le dire.

Rémi garda le silence.

— Bon, reprit le King, je n'aime pas les contrats. L'administration ne fait que compliquer des choses simples. J'avais misé sur votre accord.

Il n'aimait pas les traces… Dans le tiroir central de son bureau, également en verre, il piocha et trouva immédiatement.

— Voici une enveloppe pour vous.

Schönberg la poussa vers Rémi, et l'incita à l'ouvrir.

— Vous pouvez vérifier… Si le montant vous convient… eh bien… il n'y a rien à discuter. Au cas où vous auriez à me protéger d'une agression, j'ajouterais des primes. Et si vous trouvez le salopard qui cherche à m'impressionner, je vous montrerai que je suis homme de parole… et reconnaissant. Vous remarquez que je ne dis pas généreux. Même la philanthropie est un investissement.

Rémi se sentit obligé de regarder. L'argent le mettait mal à l'aise. On parlait souvent d'argent sale mais il ne lui semblait pas qu'existât, *au fond*, de l'argent propre. En entrouvrant, il vit pas mal de billets verts alors qu'il s'attendait à du bleu et de l'orange.

— Allez, allez, ne faites pas le délicat. L'argent n'est rien d'autre que de la circulation. Et n'a de sens que pour être dépensé ou investi.

Rémi ne pouvait se résoudre à accepter. Il fit glisser l'enveloppe au centre de la table.

— Vous me la donnerez plus tard, quand j'aurai travaillé pour vous. Je ne veux pas avoir de dette.

Schönberg poussa un soupir.

— Monsieur Schönberg, j'imagine que beaucoup de personnes doivent vous en vouloir…

— Absolument. Vous avez l'embarras du choix. Mes concurrents, les personnes que j'ai virées, tout obstacle en travers de mon chemin, d'anciens directeurs de rédaction… Ah ! Des personnalités au train de vie royal que j'ai sauvées de la banqueroute… Quand vous savez que rien qu'en France, 2 000 châteaux sont à vendre… Des célébrités qui n'apprécient pas que je connaisse leurs petits secrets… Vous savez, les familles royales n'ont pas tant d'options pour rentrer de l'argent… Travailler quand vous êtes en perpétuelle représentation… on ne mélange pas l'or et l'étain. Et les maîtresses coûtent cher, les enfants illégitimes aussi, quant aux procès… J'oublie les scoops sur les sportifs qui se tapent des mineures… Les combines politiques et les avocats que j'alimente en sous-main pour défendre des tiers contre des concurrents. Au final, soit vous me trouvez lucide et pragmatique, puisque je connais la scène et les coulisses, soit vous me trouvez sociopathe.

Bien sûr, Rémi l'écoutait. Mais surtout, il observait. Le moindre détail, la maison.

— Monsieur Schönberg, puis-je me permettre une question ?

— Sûr.

— Dans les dynasties comme la vôtre… désolé de toucher à votre intimité… on voit souvent, dans les reportages… des portraits de famille… de couple… une certaine fierté familiale… Chez vous, rien de tout ça.

Le King se rembrunit. Il fit résonner la cloche liturgique pour appeler Tatiana. Et regarda au loin, vers les portes-fenêtres. La lumière s'était assombrie. De gros nuages devaient passer. Rémi avait épluché internet, vérifié qui était qui, mémorisé les visages du clan Schönberg. Il savait aussi pourquoi Schönberg ne parlait jamais de la seule et unique femme de sa vie.

— Vous avez raison… Oui… vous avez raison. Les familles sont… une sorte de cocktail. Sauf que dans le shaker, vous ne maîtrisez pas ce que vous secouez. On ne peut pas tout réussir dans sa vie.

Il l'avouait avec dignité. En filigrane, dans les mailles de l'âme, Rémi perçut de la souffrance. Imperceptiblement, cette douleur le rapprocha de lui. Il eut plus envie de le protéger.

— Le soir du dîner, vous rappelez-vous un détail ? Une personne ?

— Non… s'il n'y avait pas eu… cet *incident*… c'était une soirée très réussie. Je dis incident, pardonnez-moi, parce que je ne sais pas quel mot utiliser. Vous parliez famille, eh bien, j'étais fort heureux que mon fils, Tan, me fasse l'honneur de sa présence.

Rémi le reprit.

— Pourquoi l'honneur ?

— Parce que dans cette famille, on n'est pas doués pour se réunir. Ma fille, Tess, est à Bruxelles, parfois à Londres, mariée à un type qui pense encore plus à ma fortune qu'elle. Mon fils

Tom est un jet-setteur à qui l'argent brûle les doigts… Je l'appelle le ravaleur, c'est pour vous dire…

— Le ravaleur ?

— Il passe son temps à soigner la surface. Si vous grattez… Il est marié à un mannequin néerlandais pour qui la coke sert de poudrier, et sincèrement, j'en attends des petits-enfants dégénérés. La dernière fois que je l'ai eu au téléphone, il se vantait d'avoir bu des cocktails à Monaco avec des glaçons de l'Arctique.

Il voyait bien que Rémi pensait que c'était une blague.

— De vrais glaçons de l'Arctique… Un de ses amis russes paradait sur ce bleu iceberg incomparable dans le gin-tonic.

— Et votre autre fils, Tan ?

— Il me ressemble beaucoup. C'est un dur. Il ne lâche rien. Le seul qui mérite d'être mon héritier. Lui, je désespère qu'il se marie…

Tatiana arriva. Elle déposa des rafraîchissements. Rémi se tut un instant. Avec grâce, elle replaça une mèche blonde derrière son oreille.

— Et vous ?

— Moi, balbutia Rémi, distrait, qui ne comprenait pas vraiment la question.

— Vous êtes disponible ? Je veux dire, personne ne vous attendra si vous devez m'accompagner à une soirée ?

— Euh… non… j'ai pour vous tout mon temps…

Il esquissa un sourire. Tatiana le remarqua. Elle leur servit du jus de fenouil et de gingembre et des toasts à la tapenade de Kalamata et aux tomates confites. Tatiana retourna en cuisine. Elle avait laissé un sillage discret. Rémi le sentait. Une fleur qui n'avait rien de sucré. De la tubéreuse, peut-être.

— Monsieur Schönberg, je profite qu'on soit tous les deux… J'ai besoin de comprendre pourquoi vous avez un tel arsenal. Vous en conviendrez, ce n'est pas courant…

Le King prit son verre en main. Il but une gorgée et se tamponna avec une serviette en lin.

— Je suis un grand chasseur. On a toujours été chasseurs dans ma famille. Mon père a vécu une partie de sa vie en Afrique du Sud. Comme Peter Thiel, le fondateur de Palantir Technologies. L'un des créateurs de PayPal. Un redoutable joueur d'échecs… On a fait des parties ensemble… Elon Musk aussi est né en Afrique du Sud. J'ai infusé dans ce milieu… On a fini par jouer à qui mange l'autre au bout de la chaîne… C'est dans ce pays, l'Afrique du Sud, que j'ai appris à tirer. Dans la brousse. Sur des buffles, des rhinocéros et même des lions… Je sais la position de la majorité sur le sujet… Le rhinocéros blanc, on l'ignore souvent, doit sa survie à la chasse au trophée, parfaitement encadrée…

— Je comprends mieux pour les armes de précision…

— Avec ma pratique très ciblée, je ne suis pas non plus l'abattoir le plus grand de France, qui abat, si mes souvenirs sont bons, autour de 135 000 gros bovins par an, plus de 50 000 veaux et deux millions de porcs… Vous imaginez ? Pour combien de viande qui restera dans les assiettes ? Mes parents m'ont toujours appris à finir mon assiette. Je vous laisse vous représenter combien de bêtes pourraient être épargnées si on ne jetait pas autant… Pour revenir à l'Afrique du Sud, ce sont les antilopes qui m'ont le plus formé. Elles ne se laissent pas facilement approcher. Ce fut une école de vie. J'aime ce qui se mérite, viser et toucher.

— Et tuer ?

Rémi avait beau être connu comme le tireur le plus précis de la BRI, il n'aurait jamais pu abattre un animal. Les reportages animaliers étaient les seuls qu'il regardait. À chaque fois, la beauté et l'inventivité de la vie le subjuguaient.

— Tuer… est une question compliquée. Pour tuer, cela va

vous sembler paradoxal, mais il faut beaucoup aimer. Je ne tue que ce que j'admire le plus.

Il reprit le verre qu'il avait posé, et le vida d'un trait. Le salon parut encore plus sombre.

— Vous étiez donc habitué, d'une certaine façon, au sang, lorsque le député a été abattu.

— Oui, le sang… est une longue histoire. Je ne suis pas sûr de pouvoir vous la raconter, celle-là… On ne s'enterre pas dans le travail sans… avoir du noir dans le sang. Je ne peux pas vous l'expliquer davantage.

— Et vous continuez à tirer ?

— Bien sûr… Je ne suis pas un collectionneur, contrairement à ce que la pièce d'en bas pourrait laisser penser. J'aime l'action. Jouir. Utiliser. Il faut avoir une vie très pauvre pour collectionner… L'une de mes rares fiertés est que Tan est, dans ce domaine-là, aussi mon héritier… Il…

Le visage de Rémi changea d'expression. Il ressentit comme une décharge électrique.

— Votre… votre héritier ? Comment ça, monsieur Schönberg ? Pourquoi dites-vous ça ?

— Eh bien… parce que c'est le seul de mes enfants à qui j'aie pu transmettre cette passion. L'amour de la précision. Je vais même vous faire une confession… Tan tire mieux que moi.

Rémi se décomposa. Tout alla très vite dans sa tête. Des microdétails qui précipitaient, telle une solution chimique.

— Monsieur Schönberg… je vais vous demander… de me laisser filer. Je ne serai pas très long… Pour mieux vous protéger, je crois que je dois vérifier quelques éléments au bureau. Dites-moi… est-ce que vous avez une moto ?

— *Une* moto ? Ah non, mon garçon, je n'ai pas une moto.

En réaction, Rémi montra une grande déception. Le visage de Schönberg s'éclaircit.

— Ne faites pas cette tête d'enterrement, je n'ai pas une, mais huit motos. Enfin, douze, ici… Je viens de m'acheter une BMW R80. Customisée par Roughchild… Elle est du même vert que celui des forces armées de l'OTAN. Avec une fourche inversée… Freins Brembo… Ça pourrait vous aller ? Ou je vous laisse choisir ?

— Monsieur Schönberg, je ne veux pas frimer. Je veux juste une moto. Le plus rapidement possible.

Le King vit que Rémi savait aussi demander. Et même commander.

67

Thierry de Braguier n'ignorait pas qu'il devait sa position, au plus proche de Schönberg, à sa puissance de réaction. Entre eux, un accord tacite : ne jamais le décevoir. Ses équipes avaient mouliné et le manifeste pour contrer les publications d'Uni-Korn était prêt à déferler sur toutes les plates-formes. Il l'adressa au big boss, et doubla cet envoi d'un message sur Signal pour que Schönberg le valide au plus vite.

FACE AU DÉFI

Nous demandons la fin du Vieux Monde. Les papys boomers ont fait leur temps. Ils ne doivent pas nous freiner. Qu'on en termine avec cette croûte desséchée qui ne demande qu'à tomber. Les anciennes civilisations sont mortes et rien ne pourra les réanimer. Nous sommes pour la vigueur et la rigueur qui redonneront sa place à notre pays. La France ne pourra continuer à être la 5e puissance mondiale si elle se comporte en timorée. Les évidences sont les évidences. Ceux qui veulent lutter contre l'avancée du numérique et de l'IA sont des ennemis du progrès. Des rétrogrades insensés. Ils ont raté un train et ils courent

après à pied. Ils vont contre la nécessité. Ces probabilistes du pire ne connaissent pas le concret. Ils vont contre la réalité.
Nous sommes pour le franc-parler. Pour des résultats. Pour l'efficacité. Le Vieux Monde se noie dans un verre d'eau, sur des questions de pseudo-liberté. Ces romantiques à l'eau de rose n'ont pas compris que le monde a changé. Le New Deal sera ultranumérique ou ne sera pas. Nous refusons d'être aveugles. Nous refusons d'être sourds. Nous ne sommes pas des nostalgiques occupés à pleurer sur le passé.
Le passé est mort. L'avenir nous appartient. Il faut choisir entre vouloir être l'homme d'hier ou celui de demain. Nous sommes les défenseurs de la croissance. Du bien-être pour tous. Il ne s'agit pas d'être moderne mais actuel. Le numérique est l'égalité. Pour nos vies, il n'est pas une possibilité mais notre opportunité. D'être plus présent, plus puissant. Pour chacun d'entre nous. Où qu'il soit. D'où qu'il vienne.
La régulation léonine de la CNIL est un frein à toute montée en puissance.
On ne saurait laisser les archéo-rétrogrades parler à la place de la société.
Le monde veut du changement. Le monde veut la modernité.
Imposons le numérique au cœur de toutes les filières !
Assez des idées séduisantes. Exigeons des statistiques.
Des chiffres, pas des lettres.
Exigeons la vérité.
Nous sommes pour le minutieux, le saisissant, le vrai.
Nous sommes pour la croissance et l'innovation.
Pour la force de l'initiative.
Nous sommes pour l'intérêt général.
Non pour des particularismes qui ne représentent que des minorités.
Stop aux autogoals !

Nous sommes pour l'open NPI. Pour pénaliser financièrement tous ceux qui voudraient l'entraver.
Les données personnelles ne sont rien, au regard du grand partage des données.
Exigeons le levier fiscal !
Partager, c'est décider d'un monde mieux adapté. Où chacun aura sa place.
Voilà notre défi. À nous d'être des battants, de ramener le trophée.
Car nous ne pleurerons pas sur notre propre mort.
La technologie est plus qu'une religion.
Elle est notre foi, et nous grandirons avec elle.

Chris Rubin, Digital Champion,
porte-parole de l'Action numérique

Derrière la vitre, Schönberg avait regardé Rémi enfourcher la moto qu'il s'était réservée pour lui seul. Ce policier l'étonnait. D'une certaine façon, il l'enviait. Cet homme était entier. Une forme, non de pureté, inaccessible à l'être humain, mais d'équilibre des émotions, des décisions et des contraires. Il n'eut pas le temps de s'étonner de ce départ rapide. Son portable vibra, et il découvrit le manifeste de Thierry de Braguier. Ce type était formidable. Il ne le laissait pas mariner.

Avec deux hommes d'action à ses côtés, Rémi et Thierry, il se sentit bien entouré.

Il renvoya un message sur Signal à de Braguier : « NKL ». L'une des deux abréviations de Schönberg pour répondre à ses conseillers. NKL pour *nickel* — et accepter —, ou DI pour *drop it* — et refuser. Ce qui résumait sa philosophie. Ou c'était bon, ou c'était mauvais.

La rapidité avec laquelle de Braguier avait soudoyé Chris

Rubin, le Digital Champion, l'impressionnait. L'enveloppe devait être substantielle. Et les avantages qui allaient avec suffisamment séduisants. Comme le séjour dans sa villa sur l'île de Porquerolles, promis au ministre lors du dernier dîner, quand ils avaient bu la liqueur d'abricot.

L'abricot, le soleil, le parfum de l'été… Le bon accord.

68

Rémi n'en revenait pas d'avoir sauté sur cette moto. C'était une merveille. Le souvenir de *Top Gun* le traversa. Maverick-Tom Cruise et le vrombissement de sa moto, qui l'empêche d'entendre ce que Charlie-Kelly McGillis veut lui dire... La poursuite en voiture qui s'avère une chasse au baiser... Rémi profita de sa chance, et fila vers le Bastion. À chaque carrefour, des piétons admiraient la bécane. Des sourires, des pouces levés. À quoi ça tenait... Bien qu'il eût son permis moto, il avait revendu la sienne depuis des années. Après une chute. Sévère.

Il dépassa la place de Clichy en se faufilant souplement, et réussit la prouesse de conjuguer prudence et urgence. Arrivé devant l'entrée du parking du Bastion, il brandit sa carte au gardien de la paix qui sortit de sa guérite, plus pour admirer la moto que pour vérifier la carte. À cause de *l'engin*, il ne l'avait pas reconnu. Il siffla longuement. Embarrassé, Rémi prit la peine de préciser :

— Je t'assure que c'est pas la mienne... Et je t'assure que je travaille pas aux Stups.

Il emprunta la rampe de descente et s'arrêta au premier sous-sol. Au moins, la moto ne pourrait pas être mieux garée ni mieux gardée. Il se précipita vers l'ascenseur et monta au dernier étage. Direction la salle d'information et de commandement de l'État-major. Ses collègues furent surpris de le voir arriver.

— Rémi… tu ne… ?

— Pas le temps… pas le temps… bonjour à tous… je vous expliquerai. Une urgence. Une vraie.

Il se jeta sur un ordinateur dédié à PVPP, un système qui donnait accès à toutes les caméras de vidéoprotection de Paris. Rémi inséra sa carte de police dans un boîtier relié et tapa le code secret affilié.

L'un de ses collègues rédigeait une main courante. Un autre, à la demande du 2e DPJ, envoyait le SRPTS* sur les lieux d'un viol. Tandis qu'une femme, au chignon soigné, était en ligne avec une magistrate, qui saisissait la PJ pour un braquage de bijouterie. Chacun avait levé la tête, et s'était aussitôt replongé dans son travail. Rémi devait avoir de bonnes raisons pour faire une telle irruption. C'était un grand taiseux, il n'y avait pas à s'inquiéter.

Un autre téléphone sonna et Rémi lutta contre le réflexe naturel de répondre à l'appel.

Il était juste à côté du chef de salle. À leur droite, le mur d'écrans de la pièce, comme des cartes postales vivantes — le renvoi des caméras de surveillance qui fragmentaient Paris. Il se concentra et s'appliqua à dérouler le processus tranquillement, à rester zen. Ne pas s'affoler. Avancer méthodiquement.

Sur l'ordinateur, il commença à remonter le temps.

Il cibla les caméras qui l'intéressaient. Celles qui couvraient le quartier du Musée des arts forains. Puis il entra la date et le créneau horaire de la fête de Schönberg.

Patiemment, il continua à scruter le temps.

* Service régional de police technique et scientifique.

En parallèle, il écrivit un SMS au commandant Desprez pour qu'il lui rappelle le nombre exact d'invités sur la liste.

La réponse ne tarda pas. C'était ce qu'il appréciait à la PJ. La réactivité.

Il dut faire abstraction des conversations, s'intéresser à chaque image comme si elle détenait la clef. Se méfier de la lassitude laborieuse. Ignorer le ballet des collègues qui venaient encoder leur badge Vigik et en profitaient pour tailler le bout de gras.

Quand les opérateurs de la salle se rassemblèrent sur la table centrale pour manger un morceau, Rémi résista à toutes les sollicitations.

Il ne se laissa pas rebuter par son travail de fourmi. Patient, il l'avait toujours été. Et ordonné. *Chaque chose à sa place et chaque place à sa chose*. Sa mère n'avait jamais eu à le lui rappeler. Il passa à la loupe les vidéos, s'usa à vérifier, à comptabiliser, à comparer les silhouettes. Comme ce n'était pas en direct, il ne pouvait zoomer.

Un travail ingrat. Rien ne sortait.

Au bout de deux heures, un collègue jeta un œil par-dessus son épaule pour voir ce qu'il trafiquait. Rémi devait vraiment être ce diodon, le poisson-hérisson qui lui valait son surnom car ses piquants le protégèrent de toute indiscrétion.

Après quatre heures obstinées, bredouille, sans aucune pause, à douter mais à persévérer, il se dit que c'était exactement comme à la pêche. Jusqu'à la dernière tentative, il fallait espérer.

Après avoir accéléré le défilé du temps des vidéos, et être revenu inlassablement en arrière, il eut trois révélations.

Chacune lui mit une claque.

Tan n'était jamais ressorti par l'entrée principale du Musée des arts forains.

Le groupe avec lequel il était arrivé était reparti dispersé.

Et pour couronner le tout, il avait compris où le sniper était posté.

Dans une nacelle de nettoyage laissée en place par des ouvriers. En métal blanc, suspendue par des câbles à des treuils électriques. La solution alternative aux échafaudages… Mais quel idiot. Ou quelle bonne idée… Mais quelle bonne idée ! Tan n'avait eu ensuite qu'à profiter de l'effet de surprise et à se dépêcher de sauter sur un balcon pour prendre la fuite.

Rémi était sur le point d'en finir avec ses recherches quand il repensa à des séquences qu'il avait visionnées. Un détail le chiffonnait…

Il retourna vérifier.

Un couple… Une Mini Cooper… Un couffin. Un baiser…

Et le détail qui cloche.

Le détail qu'il aurait dû remarquer.

La quatrième révélation.

Une housse de pêche. Le fourreau idéal d'un couple qui quitte Paris après les fêtes. Idéal, mais trop original pour être honnête. Un fourreau non pour pêcher… mais pour pécher. Avec une arme longue, bien planquée.

Il se prit la tête dans les mains…

Un fourreau de pêche…

Il s'entendit lâcher « Putain ! ».

Et pas dans sa tête.

69

Plus Hadès songeait à Athéna, plus la jalousie l'envahissait. Il marchait dans les rues, sans savoir où aller. Comme un frelon contre une vitre, il se cognait aux gens. S'excuser, il n'y arrivait même plus. C'était aux autres de s'excuser de sourire, de se tenir la main, d'être à deux, d'être heureux... Il avait fui cette rue maudite — la rue de Paradis. Cette rue entre gare de l'Est et Grands-Boulevards, *leur rue*, dont même le nom lui faisait mal. Un nom devenu un affront. Il avait tout de suite pensé aux détenus, enfermés rue de la Santé. Ce qu'il ressentait, ils devaient le comprendre, eux, derrière leurs barreaux. Un hiatus. La terre qui se fend sous vos pieds. L'autre rive, que vous ne rejoindrez peut-être jamais. Le cœur qui se fend, aussi, après le grand tremblement. Le cœur lézardé, qu'on n'arrive plus à recoller.

Son paradis était Athéna.

Athéna qui ne l'aimait plus. Elle ne l'avait pas dit comme ça. C'était pire. Elle avait envoyé un message pour dire qu'*il lui faudrait du temps*. Mais du temps pour qui ? Du temps pour quoi ? Le temps = l'éloignement. Dans ce court message, elle ajoutait qu'elle *ne s'appartenait plus*. Mais alors, à qui appartenait-elle ? Qui l'avait enlevée ? L'enlèvement = la soustraction. Qu'est-ce qui avait changé ? Le changement était le nouveau visage du temps. L'évolution. Le changement = l'inconnu. En une nuit… Une seule et unique nuit, c'est si court, pour fractionner deux êtres… Si brutal. Est-ce qu'ils s'étaient embrassés ? Lui et elle ? Est-ce qu'ils avaient couché ensemble ? Elle et lui ? Elle + lui = Elle – moi. La disparition, l'effacement, le néant.

Lui, ce salopard. Son ami.

Hadès avait marché. Sa trajectoire avait été aléatoire. Il avait traîné sa longue silhouette jusqu'au Grand Rex. Jusqu'à ce phare écrasant. Ce repère qui n'en était plus un. Lui, Hadès, le plus grand de la bande, il se sentait petit. Trop atypique. Trop différent. Il n'était pas né avec une cuillère en argent dans la bouche. L'opposé d'Arès. Quand Hadès était entré en prépa, ses parents n'avaient pas compris son choix. Pourquoi n'apprenait-il pas *un vrai métier* ? Les mathématiques, c'était trop abstrait. Les mathématiques, on ne pouvait pas *aimer*. L'informatique ? Il passait sa vie derrière un écran. Il ne se bougeait pas. Il ne faisait rien de ses bras. Alors que son père portait des caisses toute la journée.

Hadès avait renoncé à le leur expliquer.

Il s'était passionné pour les probabilités. Quand il avait fait la connaissance d'Athéna, il s'était demandé quelle probabilité existait pour rencontrer la femme de sa vie. Pour la séduire, il lui avait offert des équations de Laurent Derobert, un mathématicien de talent, et un profond poète, l'auteur des *Fragments de mathématiques existentielles*. Derobert et ses équations mathématiques sur « l'indice des évanouissements » d'un être, sur sa « vitesse de fantomisation »… L'algèbre des sentiments, qu'il définissait comme personne. La « science des fractures »…

Il aimait Athéna comme un angoissé. Comme quelqu'un qui a besoin de l'amour pour exister, pour combler les failles du passé. L'absence de reconnaissance. Le défaut de considération. La louange qui ne vient pas… Ce sourire sur le visage de ses parents, l'éternel absent. L'impression de n'avoir jamais assez prouvé ce qu'il valait. D'avoir été *déprécié.*

Et Arès, qui avait tout, qui n'avait besoin de rien. Et qui lui prenait ce qui le maintenait en vie, lui permettait d'espérer, de se projeter, d'exister. C'était injuste. Insupportablement injuste.

Qu'avait-il de moins ? Il n'avait pas le magnétisme d'Arès, il n'avait pas la nonchalance d'Hermès ni la tchatche et les éclats de rire d'Aazan. Mais il avait un côté ténébreux, mystérieux, qui avait attiré Athéna, l'éblouissante Athéna...

Le Grand Rex accentua sa souffrance. Les films contre l'épaule d'Athéna, les cornets de glace avant les séances, même quand il faisait froid, le goût de noisette et de caramel de leurs baisers... L'impression, si puissante, d'exister parce qu'on aime. De ne plus être seul... Tout souvenir devenait infernal. Le ciel était gris, le ciel était moche, le vent était froid. Il se souvint de cette citation : « La volonté de destruction est l'expression dynamique de la tristesse. » Cette phrase portait l'espoir ou la tragédie. Sur ce boulevard où les voitures rugissaient, où le bruit l'agressait, où les passants le heurtaient, tout était souffrance. Une fulgurance, une prémonition, et il eut peur que cet état se change en *dynamique.* Le vent ne portait rien de bon, des odeurs de friture et de gras.

Il avait été facile de sortir, aisé de fuir. Mais pour aller où ? Le porche passé, il n'avait pas su vers quoi se diriger. Au fond de lui, il ne se pardonnait pas d'avoir giflé Athéna. Il ne voulait pas la frapper. En la frappant, il se condamnait.

Il s'assit sur un banc, et regarda les pieds des gens passer.

Il hésitait à répondre à ses messages.

Elle devait le détester.

Alors il se détesta.

Et il décida d'aller au fond de cette détestation.

Puisqu'il n'était plus rien, il irait jusqu'au bout du rien.

La rue de Paradis était la rue des cristalleries, la rue qui volait en éclats.

Il prit son téléphone, le reposa, le saisit à nouveau, chercha un numéro, hésita, regarda les dix chiffres bleus. L'aléatoire des chiffres. L'appel. Le *coup de dés qui abolit le hasard.*

L'appel à Schönberg. La prise en main du destin.

70

Rémi eut un mauvais pressentiment. Dans cette histoire, quelque chose ne tenait pas. Ou plutôt, il existait une logique qui lui résistait. Schönberg avait été menacé de mort mais c'est Devrier qui avait été abattu, sous son nez. Il dirait même à sa barbe. Une forme de provocation. Un sniper n'était pas un tireur lambda. Un sniper était un calculateur, quelqu'un qui bravait le hasard en lui opposant la patience, la détermination et la planification. Dès lors, Schönberg, soit on le narguait, soit on jouait à le terroriser, soit… Et c'est là que son raisonnement butait. Il n'osait pas aller jusqu'au bout de la réflexion.

Il avait hésité à descendre au 6e pour en parler avec le groupe de la Crime.

Mais rester loin de Schönberg ne le tranquillisait pas.

Sa mission, désormais, il s'y était engagé, était de veiller sur lui.

Maintenant, il lui fallait vérifier ses intuitions.

Schönberg allait lui fournir les informations qui lui manquaient.

Et Thierry Roux, le balisticien, ne tarderait plus à l'appeler. Ils pourraient échanger sur la trajectoire de tir. Sur ses premières impressions.

En sortant de l'ascenseur, il reçut un SMS du commandant Desprez. Il lui précisait que tout ce qui concernait Devrier dans la revendication se confirmait. Le député était vraiment une planche pourrie.

Rémi faillit confier à Desprez le scénario qu'il entrevoyait. Mais non. Il voulait leur apporter du solide. Ne pas les lester tant qu'il ne détiendrait pas des éléments de preuve. De Lagune avait été suffisamment humiliant pour que Rémi montre quelle rigueur l'animait.

Il s'apprêtait à mettre le casque de Schönberg quand le balisticien l'appela.

Rémi regarda l'heure à son poignet. Il était 14 h 10.

— Rémi, c'est Thierry.

— Ah ! Thierry… La Seine te manquait ?

— Je retourne dès ce soir à Lyon… On n'aura pas le temps de se voir. Ce sera pour la prochaine fois. J'ai pensé à toi en voyant, depuis l'IML, les pontons de la fluviale. Il y avait un sacré courant… Sincèrement, je ne sais pas comment tu faisais pour plonger là-dedans.

— Un autre temps… Alors, dis-moi…

— Écoute, on a refait équipe avec Maya. Vraiment une super nana.

— Elle doit penser la même chose de tes compétences…

— Alors, voilà… On est loin du tout-venant. Le bilan énergétique, comme tu le sais, a provoqué une grande perte osseuse.

— Oui, le petit côté JFK…

— Sauf que pour JFK, le calibre était du 6,5 × 52 mm Carcano… Tania a assuré. Elle a reconstitué le crâne. Super tandem avec le professeur Goetz. On a pu identifier un orifice d'entrée en *keyhole* — en trou de serrure. Ce qui signifie que le tir a toutes les chances d'être tangentiel. Sans ricochet à l'intérieur du crâne, un projectile de haute vélocité.

Rémi écoutait chaque détail scrupuleusement.

Une Peugeot 3008 arriva et se gara non loin de lui. Il reconnut le directeur adjoint, et le salua. Thierry Roux, qui avait perçu le bruit de moteur, patienta avant de reprendre :

— On a observé les berges de l'orifice à la recherche de zones d'arrachements. On a pu déterminer les orifices entrant et sortant. Et là, tu vas être content.

— Ah ! Dis-moi…

— À l'impact, on a un champignonnage*. Le professeur a retrouvé une petite pointe en polymère dans le crâne. Un morceau de plastique gris… Et j'ai pu voir le projectile extrait du mur. Qu'on peut considérer comme une trace « fraîche », et comme impact probable.

Toujours aussi pro. Jamais à faire le malin avec des certitudes. Un type pareil provoquait la chance…

— Tu penses à quelle munition ?

La voix de Rémi s'était tendue.

— Franchement ? Je pense à la Winchester Ballistic Silvertip. Ce polymère particulier… Après impact, on retrouve, de plus, des traces qui évoquent le Lubalox. Un fin revêtement noir sur le corps du projectile.

Rémi se mordit la lèvre inférieure. Cette analyse renvoyait de Lagune dans ses 22. Elle le lavait, lui, de tous ces affreux soupçons.

— Tu l'as compris, ce n'est pas le 7,62 × 51 NATO de ton Ultima… Mais ça… je crois que…

— Laissons cela, le coupa Rémi qui passait déjà à l'essentiel : l'hostile. La Silvertip…

— … n'est pas expansive, elle est utilisée pour le tir civil.

* Le métal se déforme à l'impact et prend une forme de fleur ou de champignon.

Avant même que Thierry ne le dise, Rémi pensa : par les chasseurs.

— Ce projectile est habituellement utilisé à la chasse. L'insert en polymère permet une meilleure pénétration de l'air…

Bingo. Le sniper prit des contours effrayants. Pourquoi aurait-il… ?

— Rémi ? Tu es toujours là ?

— Oui, oui…

— Je vais bien sûr affiner tout ça. Tu as pu avancer de ton côté ? Ce que je t'annonce t'oriente peut-être sur une éventuelle position de tir ?

— C'est vraiment précieux, Thierry… Je crois que je commence à avoir ma petite idée…

— Bien ! Je t'avoue que j'aimerais vraiment connaître le fin mot de l'histoire… Ça m'intrigue, un profil pareil…

— Thierry, je te laisse… Dès que j'ai du nouveau, je t'appelle. Et chapeau.

Il enfila le casque et vit une Mercedes arriver nerveusement. Sous les yeux éberlués de Topaze 1, Rémi démarra.

Il dut avoir l'air de Tom Cruise chevauchant sa Kawasaki 900 Ninja dans ce fameux film que Rémi continuait d'aimer, car de Lagune se décomposa.

Il avait une *très* sale tête.

Rémi ne pouvait savoir que son ancien chef payait pour *tous ses forfaits…*

Du tir groupé.

71

— Il ne répond pas, Athéna…

Azaan avait de nouveau tenté de joindre Hadès.

Il la regardait, l'air perplexe. Il en fallait beaucoup pour qu'Azaan perde de son optimisme.

À son tour, Athéna prit son téléphone et essaya.

— Je tombe sur son répondeur. De toute façon, à moi, il ne répondra pas…

Elle ne supportait plus d'entendre le message enregistré. Sa voix… où il tentait de mettre de la légèreté. Mais Hadès n'avait jamais été doué pour la légèreté.

Et quand il n'y a plus personne derrière une voix, la voix enregistrée est une illusion.

Azaan la prit dans ses bras. Un geste fraternel, dénué d'ambiguïté.

— Ça va aller, ça va aller.

Cette phrase, si banale, parut soudain incompréhensible à Athéna. *Aller*… Aller vers quoi ? Il n'y avait rien de moins rassurant que de ne pas savoir vers quoi on avançait. Alors elle angoissait. Elle ne maîtrisait plus rien. Ni ses sentiments, ni Hadès, ni UniKorn… Azaan sentit qu'elle se raidissait et qu'elle était au bord des larmes. Elle avait déjà dû pleurer. Athéna lui avait conté l'épisode cinglant des deux gifles… Puis le départ d'Hadès en claquant la porte derrière lui… Ses pas qui avaient dévalé les escaliers. Athéna sur le palier. Athéna à la fenêtre… Il la serra encore plus fort, en tapotant son dos.

Comparé à Arès, Hadès et Hermès, Azaan était le plus beau. Une beauté indéniable de l'âme. Son visage plein irradiait de gentillesse. Le crâne rasé, le corps bien fait, il avait une peau aux reflets chocolatés. Athéna sentit cette peau veloutée, et ce parfum d'oud qu'il portait depuis quelques années, mystérieux et boisé. Un parfum qui s'alliait à son pull vaporeux comme des plumes d'oiseau. Elle prit une profonde inspiration. Ce parfum dégageait des notes chaleureuses qui la réconfortaient, à moins que ce ne fût Azaan tout entier, son tempérament enveloppant.

Après son passage chez Hermès, elle s'était rendue chez Arès. Il habitait au bout d'une voie à l'abri des regards, loin de l'agitation de la rue Lepic. L'impasse Marie-Blanche, qui s'ouvrait sur un étrange magasin de brocante et d'antiquités. En vitrine, des têtes de licornes en bois, et d'autres curiosités. Athéna ne pouvait jamais la longer sans y voir un signe d'UniKorn. Arès habitait un lieu qui lui ressemblait. Une demeure du XIXe siècle, excentrique, néogothique. Seule la tour, qu'on apercevait depuis la rue Cauchois, permettait d'imaginer un édifice hors norme.

Arès. La forteresse, son côté retranché, cloisonné. Arès qui ne faisait rien comme les autres. Qui ne pouvait pas habiter un immeuble haussmannien… Elle était restée face à la grille. Il ne répondait pas. Au téléphone non plus. Alors elle avait pris un taxi pour ne pas avoir à marcher, pour rester collée contre la vitre, et voir Paris défiler. Son immobilité — et la ville, image après image, un film.

Le taxi l'avait déposée en haut de Belleville. Chez Azaan. Elle avait monté les quatre étages sans ascenseur en s'aidant de la rampe. Elle avait sonné comme on sonne chez le docteur. Pour dire *j'ai mal.* Et *soigne-moi. Trouve le remède ou le miracle. Sauve-moi.*

Azaan était le facilitateur, le guérisseur de la bande. Il aimait les solutions. Quand il riait, il chassait tristesse et gravité.

Mais cela n'avait pas suffi.

Maintenant, Athéna pleurait.

Il partit lui chercher un verre d'eau dans la cuisine.

— Tu veux un peu de citron dans ton eau, Athéna? Le citron, c'est le soleil!

— Un soleil acide…, dit Athéna, pensive.

Il revint vers elle et lui tendit le verre.

Elle se laissa tomber sur un canapé zébré. Il s'assit près d'elle.

— Aazan, je suis dépassée… Je ne le sens pas… Je ne le sens pas… Hadès peut être très buté. Impulsif. Dans ces moments-là, je me dis que je ne le connais pas.

— Tu ne peux pas être dans sa tête… Alors reste dans la tienne.

Elle lui sourit. Puis elle fronça les sourcils.

— On est tous allés trop loin…

— Athéna, c'est le monde qui va trop loin. Il nous échappe. On n'a jamais eu autant de déchets… Comme le dit Andreas Malm, on ne peut plus se limiter à la non-violence. Aux manettes, on n'a plus des inconscients mais des fous. Des fous qui sont comme des paranoïaques. Leur folie est très construite. Elle a sa propre cohérence, sa propre logique. Mais au service de la destruction.

— Comment peux-tu être aussi optimiste que nihiliste, Aazan?

Il l'attira contre son épaule gauche. Elle s'échoua contre lui. Le grand phare de l'amitié. Ces pierres qui résistent à toute corrosion.

— Nihiliste, moi? Mais pas du tout, petite sœur. Aujourd'hui, si tu n'es pas lucide et conscient, tu seras perdant. Il ne faut pas saborder UniKorn. UniKorn, c'est notre bébé. Quoi qu'il arrive, et tu m'entends, Athéna, *quoi qu'il arrive*, UniKorn doit résister. Malm ajoute, et je suis de son avis, que « le capitalisme est incapable de se rendre compte qu'il y a des limites à l'expansion et qu'il faut respecter ces limites ».

— Il a raison…

— Et que comme « respecter des limites est une impossibilité pour le capitalisme », il doit donc « se les voir imposer de l'extérieur ». Il faut mettre un terme à cette « spirale consommatrice de plus en plus destructrice ». Les phrases de Malm m'ont tellement marqué… Il y a un emballement. Notre façon de consommer ressemble à un train sans frein. Plus le monde est ressenti comme angoissant, plus la consommation vient nous consoler, ou nous rassurer. Mais ce sédatif compulsif est de courte durée. Si on continue dans cette voie, on va tout massacrer.

Athéna gardait son portable dans sa main droite. Elle ne le lâchait pas. Pendant qu'elle discutait avec Azaan, elle lançait à son écran des regards désespérés.

— On va renforcer UniKorn, Athéna. Je te le promets. Hermès aussi, j'en suis persuadé. Socrate réveillait les consciences en son temps. Il était vu comme une raie torpille. Il paralysait la pensée pour la pousser à la réflexivité… On continuera à planter le dard venimeux dans ce monde binaire.

— Tu sais, Azaan, s'il n'y a plus UniKorn, il n'y a plus rien. UniKorn est ce qui nous unit, tous les cinq. Les doigts d'une même main. Même si des doigts sont coupés, la main doit subsister. Je ne veux pas voir la démocratie disparaître sous l'hystérie des tyrans.

— Tiens, bois… Finis ton verre, je t'en préparerai un autre.

Elle se réfugia contre lui, pelotonnée comme un chat abandonné.

— Azaan…

— Oui, Athéna ?

— Quand on cesse d'aimer quelqu'un, quel est le plus cruel ? De se mentir à soi-même et à l'autre et de continuer à faire semblant de l'aimer… ou d'être franc avec soi-même et de dire l'affreuse vérité ?

Elle avait l'air terrifié.

Il ne répondit pas tout de suite.

— Sincèrement, petite sœur, je ne pense pas que ce soit une question de cruauté. L'amour est comme tout au monde. Tu ne peux considérer l'amour comme un bien qui t'appartient. Ce monde, on le quittera nu. L'amour est la plus grande des richesses mais tu ne peux la posséder. C'est une grâce. Un oiseau qui se pose sur ta main. Tu ne peux le mettre en cage et l'empêcher de voler.

— Merci, Azaan…

Pendant quelques minutes, elle demeura pensive, jambes repliées. Il crut qu'elle sommeillait. Puis elle murmura :

— Tu crois qu'Hadès va me pardonner ?

Il soupira profondément.

— Je crois… qu'on ne pardonne que ce que l'on comprend. Et que la jalousie empêche de raisonner.

72

Pour surmonter son traumatisme, la grande reporter Laura Benicci avait voulu renouer le plus vite possible avec son métier. La tornade médiatique autour de Devrier était insensée. Cette sacralisation de la haine, à travers Zak the Dark, flattait les bas instincts, encourageait l'animalité. On ne pouvait pas en faire un héros. Cela revenait… à légitimer la peine de mort. Une régression de la pensée inadmissible.

Ce combat contre la peine de mort, Victor Hugo l'avait mené, en France, à l'Assemblée constituante… en 1848. Il parlait, alors, d'« inviolabilité de la vie humaine ». Il l'avait clamé, haut et fort : « La peine de mort est le signe spécial et éternel de la barbarie. » Comment pouvait-on l'oublier ?

Il fallait réagir, et vite. Son mentor lui avait appris à « proscrire les biais, les a priori, les idées simplistes ». Elle y mit toute son énergie, convoqua les experts du numérique, les mathématiciens, les philosophes, les juristes, les économistes, les historiens, les scientifiques, les sociologues, les spécialistes en enjeux politiques, les écrivains, les artistes… bref, tous ceux qui pouvaient fédérer encore les hommes autour de la pensée.

Elle prit contact avec les ténors du barreau. Non les lions qui n'avaient cure, au fond, de la justice et ne servaient qu'une cause, l'éloquence flattant leur ego, mais ceux chez qui elle sentit une conviction. Elle leur offrit des cartes blanches sur la peine de mort.

Des hommes s'étaient battus contre les exécutions publiques. On n'allait plus se rincer l'œil à la morgue comme au spectacle. Laura se fit la réflexion que le côté voyeuriste des médias avait pris le relais de ce défilé devant les cadavres, que le triomphe de l'opinion via les réseaux sociaux avait remplacé les exécutions publiques. Que la victoire de la pensée binaire était la mise à mort de l'humanisme. Qu'on ne pouvait continuer le culte du clash. Les médias devaient retrouver leur éthique. Et leur indépendance. À force de ne se poser qu'en victime d'un système, on annihilait toute forme de résistance.

Elle passa sa journée à envoyer des mails, des messages, à donner des coups de téléphone.

Elle proposa d'autres cartes blanches.

Sur les monopoles numériques et l'ingérence politique, notamment. Elle contacta le politologue américain Francis Fukuyama, coauteur de la tribune « Comment sauver la démocratie de la technologie ? ». Elle voulait l'entendre sur les intérêts communs unissant « béhémoths » et dirigeants, et sur la délicate question de l'espionnage des politiques par les géants de la Silicon Valley.

Elle lança une carte blanche sur l'opinion et la manipulation.

Une consœur, Valérie de Senneville, lui avait envoyé son papier sur *L'inquiétante dérive de la justice-spectacle*, qui rappelait la phrase choc d'un grand avocat, Vincent de Moro-Giafferi, peu avant sa mort, en 1956 : « L'opinion, chassez-la, cette intruse, cette prostituée qui tire le juge par la manche. » Elle évoquait notamment les impasses de la *justice Twitter*.

Elle continua ses propositions de cartes blanches sur le thème des chaînes d'information en continu et de la présomption d'innocence.

Puis sur le journalisme et la décantation.

Elle fit parler les vrais journalistes du *Monde* sur le *faux reporter, vrai tueur* Adam Osmaïev, qui, sous la couverture de *general manager* du *Monde*, avait tenté d'abattre deux Tchétchènes, « icônes des combats contre les séparatistes prorusses du Donbass ». Des sites de presse reconnus avaient relayé la fausse information : « Selon la police, le tireur serait un journaliste français. »

L'immédiateté de l'information était contraire au souci de vérification des journalistes. On devait cesser d'exiger d'eux ce qui les discréditait. Un confrère de *Zadig* lui adressa un billet d'humeur inspiré d'un proverbe chinois : « Quand un chien se met à aboyer contre une ombre, dix mille la transforment en réalité. »

Laura contacta la journaliste Katharina Viner, du *Guardian*, pour aborder le problème des réseaux sociaux sensationnalistes et des bulles cognitives qui concouraient à une désinformation. Où le point de vue s'arroge la place du fait pour influencer l'opinion dans les débats politiques. Laura avait été marquée par l'expression forgée par Viner : « la politique de la post-vérité », et par ses pistes de réflexion sur les algorithmes réflexifs de Google. Elle colla un post-it pour songer à compléter cette approche par celle d'Eli Pariser, cet Américain, fondateur d'Avaaz.org, un site cybermilitantiste alertant sur le rétrécissement du débat intellectuel et culturel par la personnalisation des pages affichées via internet, à l'origine d'un « narcissisme » de la pensée.

Elle voulut également des cartes blanches autour de la sacralisation de la technologie. Elle écrivit un mail à Sylvain Tesson pour lui demander s'il pouvait développer les idées de son texte *Débranchons!* paru dans *Le Figaro Magazine* : « Euthanasions les machines ! Il y a urgence à trancher les tentacules qui nous ligotent […]. Débranchons ! Déconnectons ! Éteignons le téléphone ! Le réel, c'est-à-dire la vie, y gagnera. »

Il lui manquait un artiste pour compléter cette thématique, elle envoya un SMS à Fabrice Luchini qui, du portable, avait dit, en interview : « Je fais du théâtre pour me sortir de cette cochonnerie, pour m'en désinfecter ! », « Tu te mets sur un réseau social quelconque, et on te propose un match de boxe parce qu'ils ont compris que tu aimais la boxe […]. Le génie de cette horreur, c'est que dès qu'on a un trou, il est comblé. Exemple : dès que vous serez parti, Jean-Christophe, j'aurai un petit instant de *fading*, mais au lieu de m'abandonner, de réfléchir sur ce que j'ai dit ou pas dit, de vivre ce petit moment triste, blanc, ce moment du rien qui fait partie de la vie, je vais me jeter sur cet objet catastrophique, diabolique, prodigieux. Le portable me fait sortir de moi. » Et de citer Nietzsche qui pensait que seul « l'ami » pouvait nous sauver d'un face-à-face dangereux entre « je » et « moi ». Luchini en concluait : « Notre ami, maintenant, c'est lui, le portable. Qui est en fait un faux ami. »

Au mathématicien Cédric Villani, elle proposa de parler du bluff de l'intelligence artificielle et de la fabrique du mythe technologique. À la question « Quel est votre outil préféré ? », il rétorqua sans hésiter : « Le cerveau. » Il envoya des pistes de proposition : l'incidence écologique désastreuse de l'IA en Afrique, au Ghana notamment. Et les cybercolonies au Kenya, en Éthiopie, aux Philippines, en Malaisie qui exploitaient des « travailleurs et travailleuses du clic ». Laura apprécierait qu'il évoque, en plus, l'intrication du nucléaire et de l'IA et les hallucinations liées à l'IA, sa faculté inquiétante à rendre crédibles des informations fausses. Son incapacité à réussir des tâches mathématiques simples, à cause de la tokenisation, un processus de division des données.

Impossible de ne pas avoir le point de vue d'un journaliste

chinois. Elle se tourna vers Zhang Zhulin, auteur d'un essai sur *La Société de surveillance made in China*. Elle l'invita à poursuivre ses réflexions sur les désillusions autour de la plate-forme d'intelligence artificielle DeepSeek. Dans *Courrier international*, il avait évoqué « les absurdités de DeepSeek [qui] inondent l'internet chinois » et cité un chroniqueur technologique, inquiet de la « grave pollution de l'environnement informationnel ». Un professeur de Guangzhou avait relevé des « erreurs factuelles », des « résultats erronés » mais surtout des « inventions » de DeepSeek… Elle voulait un sujet sur les « illusions de l'IA » générées par ChatGPT et DeepSeek, sur la duplicité stratégique et la responsabilité légale.

Elle décida d'étendre ces cartes blanches à des citoyens. Qu'ils parlent de leur expérience liée aux chatbots et à la communication. Une femme expliqua que le chatbot de la SNCF ne savait pas prendre en charge les réclamations autour du remboursement d'un billet non reçu par mail. Au final, le chatbot proposait… d'écrire à l'adresse postale de la société pour contester. Quand le numérique est incompétent… il vous renvoie au courrier.

Au bord de l'épuisement, Laura ne s'arrêta pourtant pas là et souhaita des cartes blanches sur l'importance de la langue. Un philosophe avait tout de suite rebondi. Il était parti de la pensée de Cioran : « On n'habite pas un pays, on habite une langue. Une patrie, c'est cela, et rien d'autre. » Cette langue était notre mémoire vive. Elle avait traversé les guerres, les temps de paix. Elle était riche de l'histoire, des flux et des imprégnations. Lentement, goutte à goutte, ce sang des mots qui nous traversait avait filtré ce qui nous cimentait. La langue était le fruit des différences, de la tolérance, de la transmission. Elle recueillait et s'ouvrait.

Refuser sa richesse, confisquer ce bien national au profit des élites était un crime.

Faire croire au peuple qu'il pouvait s'en passer en était un aussi.

Réduire le vocabulaire asphyxiait la pensée. Comme nous, cette pensée avait besoin de la différence, de la nuance, de toutes ces colorations qui nous permettaient de nous connaître, d'appréhender le monde, et de nous comprendre.

De même que chaque couleur était une palette nuancée, que chaque personne était un éventail entier, il fallait redéployer une pensée graduelle, ajustée, dépassionnée.

Elle allait monter un projet : BABEL. Un projet pour rassembler tout en faisant « l'éloge des différences », chère au biologiste-généticien Albert Jacquard.

Les mythes véhiculaient un message fort. Ce qui, par-delà une époque, par-delà un courant ou des influences, constituait les invariants de notre civilisation.

La tour de Babel… L'unité détruite par le brouillage du langage… L'unité détruite par la démesure et l'arrogance, par l'*ubris*… L'unité détruite pour diviser, détruire l'idéal d'un peuple où les différences coexistaient.

Cette compétition des tours, aujourd'hui. Toujours plus hautes. Toujours plus spectaculaires. Pour témoigner de la puissance d'une poignée d'hommes. La vanité qui veut atteindre le ciel. Le fantasme de l'éternité.

Le monde vivait en surrégime. Un être humain ne se résumait pas à un exaoctet. Un milliard de milliards d'octets…

La conquête de l'espace par les puissants n'était plus un rêve d'enfant. Mais des tours ivres d'atteindre la voûte, d'asseoir une suprématie. Contempler les étoiles n'ouvrait plus sur l'infini. Mais sur le désir d'être infini.

Le monde numérique, qu'on nous vendait comme *bien*

commun, se nourrissait d'un appauvrissement de la langue. Alors qu'il se dotait, lui, d'un arsenal linguistique viral, inaccessible au commun. Qu'il excluait. Et le pire était qu'il parlait de *bien commun* alors qu'il se servait des failles de la législation pour piller la propriété intellectuelle. Il faudrait interviewer des écrivains, éditeurs, photographes et musiciens sur le sujet. Un vrai thème pour le *Libé des écrivain·e·s*.

À Luc Ferry qui usait de phrases chocs pour vendre l'IA : « Ceux qui maîtriseront l'IA domineront le monde : l'Europe doit se réveiller ! », elle répondit que domination et démocratie faisaient mauvais ménage. Quand il balayait le problème de la protection des données et de la propriété artistique en vantant les prouesses de l'IA : « De nombreux prix d'art contemporain sont désormais remportés par Midjourney ou Dall-E. Au Japon, une femme a gagné l'équivalent du Goncourt avec une œuvre fabriquée par l'IA », Laura prépara une réponse inspirée d'un texte bien plus ancien que l'ordinateur, « De l'esclavage des nègres », de Montesquieu, paru en 1748. Où l'on lisait : « Le sucre serait trop cher, si l'on ne faisait travailler la plante qui le produit par des esclaves. » Ce texte, elle l'intitulerait : « C'est à ce prix-là qu'on mange le sucre ». Que les plus grandes richesses, les plus grands monopoles se fassent sur le pillage et la gratuité ne pouvait être toléré, tout comme le siphonnage illégal des données confidentielles par de grandes sociétés de conseil en gestion et en analyse.

Comme l'humour servait le savoir, Laura se pencha sur les rapports entre mémoire et société, Henri Salvador à l'appui. Qui se souvenait de sa chanson *Beta Gamma l'ordinateur* ? Elle méritait de ressurgir de l'oubli :

Je suis l'homme de l'an deux mille / Je suis sans problèmes ma vie est facile / Je ne pense plus du tout / Nous avons un roi qui pense pour nous / C'est Beta Gamma […] Quand je vais me promener / Je ne vais jamais au hasard / J'ai une voiture téléguidée / L'itinéraire est fait avant mon départ / Par Beta Gamma [...] Nous sommes tous conditionnés / Alors à bas Descartes et la pensée / Nous vivons l'âge d'or je vous le dis / Moi je ne pense plus donc je suis / Viv' Beta Gamma / L'ordinateur.

Cette chanson d'Henri Salvador datait... de 1968.

Sur les réseaux sociaux, Laura tria le bon grain de l'ivraie. Dans ce flot d'opinions à l'emporte-pièce existait aussi une sincérité. Le désir de communiquer. C'est lui qu'il fallait encourager. Sinon, nous allions nous entretuer. Si l'on redistribuait la richesse de la langue, par l'éducation notamment, on redonnait à chacun les moyens de comprendre et de se défendre.

Parmi ses lectures, Laura Benicci tomba sur des publications d'UniKorn, un mouvement qui luttait contre la *nouvelle religion technologique* du numérique. Très actifs sur Mastodon, un réseau social alternatif à X, à but non lucratif, ils alertaient sur la sacralisation de la technologie et invitaient à rejoindre des systèmes autonomes décentralisés pour lutter contre le quasi-monopole des GAFAM qui contournent les lois antitrust du Congrès et s'approprient les leviers politiques. Ils dénonçaient le *coup de bluff* de l'intelligence artificielle, que la franchise devait cesser d'appeler *intelligence*. Grâce à leurs tracts informés, elle saisit combien l'ère numérique cachait la montée en force des manipulateurs et des sorciers.

La technologie, ils s'en servaient comme d'un tour de magie.

Mais on ne brûlait plus les sorciers, on brûlait la pensée.

73

Devant la grille, Rémi téléphona à Schönberg mais il ne parvint pas à le joindre. Le moteur de la moto tournait, il l'arrêta pour laisser un message sur le répondeur du King. Il était temps qu'il lui file le code. Cette vie donnait l'impression de sans cesse buter contre des coffres-forts. Le monde avait changé à une vitesse qui dépassait l'être humain. On le forçait à vivre avec un effrayant trousseau de codes. S'il s'agissait de véritables clés, on refuserait de les porter. Il pensa aux barrières grillagées du Sacré-Cœur qui croulaient sous les cadenas. Eh bien, on était comme ces barrières. Lourds. Saturés. Pieds et poings liés.

Ce monde perdait la tête. En diluant les frontières, il avait donné à l'agression le moyen de frapper à l'échelle de la terre entière. D'où l'escalade des niveaux de protection. On s'isolait derrière un écran et on vivait barricadé, verrouillé.

Et Rémi restait derrière la grille.

L'air se rafraîchissait. Par-delà les barreaux, les branches des platanes frissonnaient. Il vérifia son portable et rappela Schönberg. Qui ne décrocha pas. Histoire de patienter, il passa un bref appel à Dino, le technicien de la police scientifique, pour lui demander la pointure des empreintes retrouvées dans la neige. Dino répondit dès la première sonnerie. Appelé par un voisin qui avait aperçu son chat, Dino tenait encore son portable en main. Il fut heureux de lui fournir le renseignement. L'empreinte correspondait à du 44. Cette nouvelle méthode, importée du Canada, le passionnait. Avant de raccrocher, Rémi lui souhaita sincèrement de remettre la main sur son félin.

Puis il renouvela ses tentatives de joindre Schönberg mais bascula sur le répondeur. Alors il prit le parti de ne pas s'énerver. Ce temps, il l'utiliserait à de brefs repérages. Il vérifia les caméras déjà existantes puis sortit un plan de la poche intérieure de son blouson, et localisa les accès de l'allée privée. En un regard circulaire, il réfléchit aux points de vue depuis les véhicules stationnés. Si des hostiles venaient à planquer, Rémi devait se mettre à leur place. Enfin, il examina les alentours du portail. Les différents moyens empêchant de pénétrer à l'intérieur, la présence d'un éventuel plot rétractable… Il faudrait qu'il établisse le plan du parking souterrain de Schönberg, situé à quelques numéros de la villa. Il le dessinerait à l'aide de sa règle, qui ne le quittait pas. Non seulement elle lui permettait de tracer des lignes mais aussi d'écrire droit.

La gardienne l'avait repéré. Enfin, il était sauvé. Elle reconnut son visage et vint à sa rencontre. Elle avait l'air fatigué des gens qui se lèvent tôt, et portait un pull très long. Cette femme remplaça efficacement le code. Quant à la moto, la gardienne savait qu'elle appartenait à Schönberg. Ils échangèrent quelques mots à travers la grille, ce qui permit à Rémi de découvrir son accent portugais, puis elle lui ouvrit.

Rémi fila jusqu'à l'entrée de la villa, gara la moto et sonna. Tatiana ne tarda pas à descendre. M. Schönberg était *en bas*. Il l'attendait pour partir. Rémi n'était pas au courant de l'information mais il n'en montra rien. Il proposa de rentrer la moto et d'attendre dehors. Elle lui dit juste : « D'accord. »

Un seul mot, et tant de grâce… Le battement de ses cils,

peut-être… Ce n'était pas de la magie mais de la sorcellerie. Il n'eut pas longtemps à patienter. Schönberg apparut. Il s'était changé. Un style auquel Rémi ne s'attendait pas. Comme s'il partait en forêt. Et pas pour ramasser des champignons.

Il vit surtout qu'il avait pris l'Ultima. Mais également un sac dézippé, où il aperçut une bâche et des jumelles. Quelque chose dans l'expression du King avait changé. Les nuages, d'inquiétants cumulonimbus, semblaient avoir migré dans ses pensées.

Pourtant, il fit comme si de rien n'était.

— Alors, cette moto ?

Son regard était complice.

— De belles sensations… L'essentiel est que je ne vous l'aie pas empruntée pour rien…

Schönberg médita ces derniers mots puis hocha la tête en réfléchissant. Il était déterminé à suivre ses propres pensées.

— Bon, je vous emmène prendre l'air. On va s'amuser un peu.

L'expression prit de court Rémi. S'amuser n'avait pas l'air d'être le thème du bal costumé.

— Vous m'en direz plus ? s'enquit Rémi qui s'empara de l'Ultima dans sa housse, et lui emboîta le pas.

— Je vous dirai le nécessaire, ne vous inquiétez pas, dit Schönberg sans se retourner.

Il descendait déjà l'allée privée d'un bon pas. Au niveau du n° 1, Rémi stoppa.

— Excusez-moi, monsieur Schönberg, mais vous comptez aller loin avec… ça ?

Et il désigna l'Ultima.

— Vous avez raison, garçon… Vous m'attendez derrière la grille et je passe vous récupérer. Le parking souterrain est à deux minutes à pied.

Rémi hocha la tête et patienta au niveau d'un réverbère noir, d'époque Napoléon III, peut-être.

La situation ne lui plaisait pas. Il voulait qu'on lui explique les choses avant, pas après. Pourquoi Schönberg était-il vêtu ainsi ? En chemise à carreaux bordeaux en laine, fermée d'une cravate en tricot kaki, gilet boutonné et veste treillis. Une vraie pub de gentleman-farmer pour Ralph Lauren. Vêtu avec élégance, certes, mais pourquoi ne pas avoir évoqué cette expédition qui n'avait rien d'urbain ?

Il ne fallait pas s'y méprendre : ce n'est pas l'inconnu qui le dérangeait. Dans son métier, il devait sans cesse s'adapter, trouver le plan B, improviser. Quand on était passé par la BRI, on était paré pour toutes les situations, sans appréhension. L'action et l'imprévu, et même le danger, Rémi en redemandait.

Mais on ne pouvait faire l'impasse sur l'autre versant de sa personnalité : son sens du devoir et sa rigueur. Le caractère imprévisible de Schönberg ne pouvait garantir une bonne protection. Une confiance devait s'installer entre eux. Une confiance réciproque.

Sans doute voulait-il qu'ils tirent ensemble avec l'Ultima. Pourquoi ne pas lui en avoir parlé ? L'homme était un original, un impulsif aussi. Ce qu'il décidait ne se discutait pas. Il avait trop l'habitude d'imposer.

Rémi se retourna et observa la villa. Il fut surpris de repérer Tatiana. Elle tendait la tête par l'une des portes-fenêtres du balcon. Elle s'aperçut qu'il l'avait vue, et son beau visage disparut.

Ce que Schönberg n'aurait pas forcément réussi — le convaincre de rester —, elle y était arrivée. En une économie de moyens qui forçait le respect.

Soudain, Rémi fut sorti de ses pensées par une hallucination sonore, qui le projeta sur un circuit automobile en pleine ville.

Ce qu'était cette voiture qu'il entendit avant de la voir bondir, il n'aurait su le dire.

Avec un large sourire, Schönberg l'invita à monter. Mais Rémi ne put ouvrir la portière sans quelques secondes d'admiration… On était très loin de l'esthétique d'un SUV. C'en était même l'opposé. Une ligne… comme il n'en avait jamais vu. La voiture d'un enfant qui, à l'apogée de ses rêves, serait devenu pilote de chasse, et aurait eu deux fantasmes en un. À l'avant, des courbes sensuelles qui glissaient en pente douce vers un profil aérodynamique digne de l'aéronautique. Tout était conçu pour maximiser le flux d'air. Une sculpture d'un bleu Alpine, à la vibrance plus intense, montée sur des roues à jantes larges.

— Waouh !

L'exclamation lui avait échappé. Il restait sans voix. Rémi monta en prenant mille précautions pour installer l'Ultima. Un respect tant pour le bolide que pour l'arme.

Rien ne traînait dans l'habitacle. Pas même une paire de lunettes.

Rémi s'installa et Schönberg démarra.

— Vous connaissez ce modèle ? Non ? Une Zagato AGTZ Twin Tail. Inspirée de l'A220…. J'aime bien qu'on garde cette trame des années 1960. J'ai toujours les 24 Heures du Mans dans le sang. La vitesse, de jour comme de nuit… L'aube et le crépuscule — un condensé de la vie ! Et les odeurs… L'huile, l'essence et la forêt… Votre cerveau grave tout. Il en redemande…

Cette remarque surprit Rémi. Le porte-parole de la modernité ne boudait finalement pas la nostalgie.

— Et ils en ont sorti combien ?

— Dix-neuf unités, sourit Schönberg qui s'engagea dans le labyrinthe des rues criblées de travaux de ce quartier de la

Nouvelle-Athènes.... C'est dingue, ce quartier... Regardez, même à pied, les gens ne savent même plus par où passer!

Puis, sans transition :

— Mille heures de construction pour chacune.

Rémi gardait un œil sur les rétroviseurs, scrutait le comportement de chaque personne dès qu'ils ralentissaient. Le bruit du moteur provoquait l'étonnement des passants. Ils se retournaient sur leur passage, s'extasiaient... Cette voiture ressemblait tellement à un rêve de gosse que, loin d'éveiller la jalousie, elle jouissait d'un immédiat coefficient de sympathie.

— Dix-neuf unités..., dit Rémi en soupesant sa chance.

Il roulait dans une œuvre d'art, avec le fusil de sa vie. Il se demanda ce que cette chance lui réservait.

— « Une voiture, deux âmes », s'enthousiasma Schönberg. Vous aimez les voitures, Rémi... ?

— Euh... oui.

Que répondre? Bien sûr qu'il aimait les belles voitures. Comme toute création née d'un savoir qui alliait la pensée, la technique, la sensibilité et la beauté. D'un couteau de Murat à l'Ultima. Quant à en posséder... Il n'était pas sûr d'être très doué pour la possession.

— Vous savez pourquoi *deux âmes*?

Rémi secoua la tête, en signe de dénégation. Exister par des conjectures et des hypothèses...

— Eh bien, mon garçon, parce qu'elle lie le corps et l'esprit, la performance et le style. Et elle a une botte secrète...

— Une botte secrète?

Schönberg évita la place de Clichy.

— Vous avez remarqué sa carrosserie élancée, mais aussi... futuriste, je dirais? En fait... son pont arrière est amovible...

Rémi écarquilla les yeux.

— Deux poupes, deux âmes, deux styles! dit Schönberg en se

tournant brièvement vers lui. D'où son nom, Twin Tail… L'un qui cache le double. Double nationalité, aussi, franco-italienne… Vous croyez à cette histoire de double qu'on aurait tous ?

— De double ? !

— Oui, qui serait soit votre sosie, soit votre double maléfique…

— Honnêtement, monsieur Schönberg… je ne sais pas… je n'ai aucun avis là-dessus.

— Vous allez voir, on va prendre l'A13, direction Versailles. On aura une série de tunnels, et là, le bruit… c'est du ronron ! Les voitures électriques ont fait perdre les sensations de conduite. Avec ces machins, vous ne ressentez plus rien… Mais là…

Un homme de paradoxes, voilà ce qu'était Schönberg.

— Un peu comme Sarco…, reprit-il.

— Sarko ? s'étonna Rémi.

Il se demanda à quoi il faisait allusion. Le kärcher, peut-être.

— Oui, Sarco… Ces capsules d'assistance à la mort, en Suisse. Elles ont un look de l'espace mais elles vous balancent une injection d'azote et puis pam !, vous ne planez pas, vous crevez. Le futur indolore. Le grand passage de la mort, comme si vous n'y étiez déjà plus…

Ils ne partageaient pas les mêmes références.

Une femme traversa et se jeta presque sur le capot de la voiture. Le feu était rouge pour les piétons.

— Regardez-moi ça ! Encore une qui veut se suicider…

Rémi revint sur la Zagato AGTZ.

— Ce qui me surprend c'est l'impression de légèreté, dit Rémi.

— C'est la fibre de carbone qui donne cet effet-là…

— Et elle mesure combien ?

— Vous qui aimez la précision, garçon, en configuration « à queue courte », 4,305 m, et 4,799 m en version longue.

Ils prenaient la direction de la porte d'Auteuil. À chaque feu rouge, les gens leur souriaient. L'effet de la moto, en décuplé. Souriaient-ils à la beauté ou à la puissance ? Aux deux ?

— Monsieur Schönberg, j'adore les défis et tout ce que je ne connais pas… mais j'aurais besoin de savoir où on va. Je ne saisis pas encore le lien entre votre Zagato et l'Ultima. Si vous voulez que j'assure votre protection, il faut jouer franc-jeu avec moi.

— On va en forêt…

— En forêt avec une Zagato ?

— Après l'A13, on prendra l'A12. On va vers Houdan… Vous verrez, c'est verdoyant.

— Vous voulez aller vous entraîner ?

— M'entraîner ? On peut voir les choses comme ça.

Rémi changea de ton.

— Monsieur Schönberg, j'ai beau être dans une voiture qui me met des paillettes plein les yeux, je vous assure que je descends au prochain feu rouge si vous ne me dites pas ce que je fais là. Ce ne sont ni votre argent, ni votre pouvoir, ni vos jouets qui me feront rester à vos côtés.

— O.K., O.K… Je vais vous dire les choses telles qu'elles sont. Mon fils Tan m'a donné rendez-vous.

— Un rendez-vous en forêt pour tirer ?!

Rémi eut du mal à se maîtriser. De Lagune avait une qualité : il l'avait rompu à ne pas sortir de ses gonds, même dans les pires situations.

— Oui. Il m'a dit qu'il voulait qu'on fasse quelques cartons. J'ai pensé que ça vous amuserait de vous exercer, par la même occasion, à l'Ultima.

— *M'amuserait…*

Il rassembla ses pensées. Réfléchir. Vite. Ne pas avoir un coup de retard. Saisir ce qui se tramait. Non… il ne pouvait pas croire que tout roulait.

Ou alors, on appelait ça rouler vers sa destinée.

74

Ils arrivaient sur l'A13. Schönberg passa en cinq secondes de 0 à 100 kilomètres/heure. L'accélération changeait aussi de ton. Le moteur n'avait pas le son rauque des V8 américains. Rémi se sentit calé dans son siège baquet. Par réflexe, il jeta un œil dans le rétroviseur droit. Dans le miroir ovalisé, les voitures se réduisirent à des points.

Rémi repassa à l'offensive.

— Monsieur Schönberg, j'ai l'impression que vous jouez avec la vie. Et que ça vous *amuse*... Vous n'avez pas le quotidien de M. Tout-le-monde mais votre situation, depuis la clé USB, est clairement celle de quelqu'un en danger... Être une cible ne vous déplaît apparemment pas, je dirais même que ça doit flatter votre ego. Mais sachez que moi, mon idéal n'est pas d'être un martyr. Faire don de ma personne pour vous protéger ne me fait pas bander.

Cette fois-ci, le King se concentra sur sa conduite et l'écouta.

— Alors maintenant, c'est vous qui allez faire ce que je vous dis, O.K. ?

— Très bien, fiston.

— On va commencer par des *coups de sécurité*. Pour vérifier qu'on n'est pas suivis. Vous avez la voiture *ad hoc* pour les accélérations. Si vous reconnaissez dans le rétro une voiture ou des silhouettes qui vous semblent familières, vous me prévenez immédiatement. À la seconde près. O.K. ?

O.K. : *0 killed*. Zéro tué. L'expression de l'armée.

— O.K.

— On va convenir d'un code dès maintenant. Quoi qu'il arrive, et je dis bien, *quelle que soit la situation*, le calme doit l'emporter.

— On va juste en forêt, vous savez…

— Je continue, si vous le permettez… On ne se parle plus que sous forme claire, concise et précise. O.K. ?

— D'accord… mais…

— Vos états d'âme ne m'intéressent pas, monsieur Schönberg.

L'autre était scotché. Personne ne lui parlait comme ça. En même temps, il sentit que son intérêt était de la fermer. Il rencontrait, pour la première fois, quelqu'un de plus inflexible que lui.

Personne ne les doublait. Schönberg gardait la file de droite, et n'empruntait celle de gauche que pour les dépassements. Plusieurs personnes prenaient des photographies quand ils passaient. Rémi se dit que question discrétion, la Zagato AGTZ faisait d'eux une cible parfaite. La vitesse restait l'avantage de taille.

Derrière eux, une voiture les suivait depuis le tunnel de Saint-Cloud. Elle disparaissait au gré de la circulation puis ressurgissait dans le rétro. Ils entraient dans une zone où Rémi savait qu'il n'y avait aucun radar.

Rémi ordonna :

— Vous me faites ce fameux premier coup de sécurité. Top : vous mettez la gomme.

Schönberg repositionna ses mains sur le volant et s'exécuta. Le moteur fit rugir les basses. Un sourire se dessina sur les lèvres de Rémi. La sensation de s'envoler, en un rien de temps, vers une vie trépidante, excitante. Sur les bas-côtés, le paysage défila en une ligne rythmée et colorée. Au sol, plus que des bandes blanches, au tracé hypnotique et grisant. Tout disparaissait en une fraction de seconde, comme si la Zagato se muait en balle supersonique.

Ils *traçaient.*

Le grand frisson.

Rémi, qui ne s'était jamais drogué, pensa qu'il vivait là son premier véritable *shoot.*

Sur la file de gauche, ils arrivaient tellement vite, précédés d'un son moteur identifié par les voitures comme une priorité, que les véhicules se rabattaient sans avoir besoin d'appel de phares.

— O.K., retour à la vitesse normale.

— Heureux de voir que vous ne respectez pas *toutes les règles,* fiston, dit Schönberg en guise de conclusion.

Rémi était en vigilance maximale. Ses yeux balayaient le paysage entier.

— Votre fils, Tan, il chausse du combien ?

— Mon fils ?... Du 44, pourquoi ?

— Ah... Et rappelez-moi quelles études il a faites.

— Eh bien...

— Non, rapide et concis.

— Il a fait sa prépa... maths sup puis maths spé, à Louis-le-Grand...

— O.K.

Schönberg se demanda le lien entre les études de son fils et sa pointure... Mais il n'osait plus poser de question. Ils arrivaient à la division avec l'A12. Rémi, lui, réfléchissait. Louis-le-Grand... Il ne pouvait que se rappeler l'affaire, à la BRI. Deux frères jumeaux, Richard et Bernard, mathématiciens de haut vol. L'un était polytechnicien et directeur de recherche au CNRS, l'autre ne l'était pas, ce qui permit au plus diplômé d'exercer une emprise sur son frère. Tous deux enseignaient à Jussieu. Ce qui ne les empêchait pas d'être barrés. Leur fleuriste, elle, se souvenait de gens charmants, très bien élevés. Ils vivaient sous le même toit que Madeleine, leur mère de quatre-vingt-seize ans, à Pantin. Une mère très bien protégée par la passion de ses fils : le tir sportif.

Leur pavillon cachait un arsenal qui se mesurait à celui de Schönberg. Une quarantaine d'armes, dont un redoutable fusil de précision en calibre 12.7., installé dans le couloir, face à la porte d'entrée, pour faucher la colonne de policiers qui interviendrait… Avant de se retrancher dans leur maison, ils étaient passés voir leur frère Jacques, médecin radiologue. Pour ouvrir sa porte, ils avaient fait dans l'expéditif. Pas le bon vieux coup de pied des films, non. En tirant à l'arme de poing quatre fois, dont l'une dans la serrure. Une autre forme de sonnette, le modèle bruyant. Ce frère qui ne vivait pas en vieux garçon et qui avait *réussi*. Ce frère qui jouait les pères supérieurs en ordonnant à Bernard de reprendre son traitement contre les névroses obsessionnelles. Jacques avait prévenu la police. On la dérange pour moins que ça…

La BRI s'était déplacée au complet, une intuition qui allait leur sauver la vie.

Rémi était l'un des deux T.H.P. Il s'était posté au 1er étage d'un petit immeuble situé juste en face. Quand la mère avait été libérée par les deux frères, Rémi avait réalisé qu'il ne pouvait tirer en direction du rez-de-chaussée sans risquer de toucher la rambarde métallique de la pièce où il se situait.

Ce qu'il voyait dans sa lunette n'était jamais exactement ce qui se trouvait devant le canon de son arme. Un point à ne jamais oublier. *Le fameux écart entre le canon et l'axe de visée au centre de la lunette.* De sa formation T.H.P., il avait retenu un autre principe essentiel : le non-tir faisait partie du tir.

Le second tireur envoyé par Rémi pour couvrir le rez-de-chaussée du pavillon n'avait pu faire feu lui non plus.

Richard se rend. Quelques minutes se passent, et Rémi voit la porte du pavillon s'ouvrir… et Bernard brandir un fusil d'assaut de type M16. Bernard épaule son arme et tire froidement sur la colonne d'assaut. Un autre T.H.P., en appui de la colonne et armé d'un G36, riposte au tir de Bernard et le blesse à la main. Alors celui-ci se suicide.

Ce jour-là, Rémi avait choisi de ne pas tirer car il était *hors de question qu'il tire sans être sûr, à 100 %, de toucher sa cible.* S'il avait touché la rambarde, nul n'aurait pu prévoir la trajectoire de la balle. Les meilleurs balisticiens le disaient : « Les trajectoires de tir, dans leurs fondements, ne peuvent qu'être illogiques. Elles résultent et dépendent d'innombrables facteurs, paramètres et aléas qu'un tireur ne peut que très difficilement maîtriser. Comme au biathlon, un simple petit courant d'air, et la cible n'est pas blanchie. »

De cette histoire hors norme qui avait marqué l'ADN de la BRI, et fait évoluer leurs armes (ils avaient suivi la proposition de Rémi et ajouté le fusil d'assaut HK417 équipé d'un Aimpoint avec tripleur de focale à leur équipement), Rémi avait retenu une leçon, et un détail.

Que la mère des deux jumeaux, Madeleine, s'était écriée : « Ces garçons sont gentils, ne leur faites pas de mal. »

Et qu'il fallait se méfier de tous les tireurs, du plus fruste au plus diplômé.

Autre chose, encore.

Qu'il n'était pas un cow-boy. Et qu'il ne serait jamais ce flic-là.

75

Rémi avait multiplié les coups de sécurité. La Zagato avait quitté l'autoroute, sûre de ne pas être suivie. Schönberg freina souplement. Le double bossage du toit caressa l'air. Ces courbes étaient la féminité même. Son côté le plus italien, avant la longue, très longue, descente des reins jusqu'aux feux arrière, deux fentes latérales, verticales, qui, braises du bitume, rougeoyèrent. À l'arrière, l'Ultima dormait comme un bébé.

— Monsieur Schönberg, qu'est-ce que Tan vous a dit au téléphone ?

— Il ne m'a rien dit… C'est l'un de ses amis, Léo, qui m'a appelé.

D'un coup, Rémi tourna son visage vers lui.

— Comment ça, l'un de ses amis ? Comment ça, Richard ? ?

— Léo m'a appelé pour me dire que Tan avait perdu son portable. Qu'ils avaient échangé au téléphone… et que Tan tenait absolument à ce que l'on tire ensemble aujourd'hui…

Le regard de Rémi restait fixe. Il essayait de réfléchir à toutes les hypothèses, de visualiser les angles morts. Chaque discours a ses angles morts. Ce que les gens cachent, ce qu'ils oublient, ce qu'ils omettent de dire, volontairement ou non, et ce qui les aveugle.

— Ce Léo, vous le connaissez ?

— Oui, il est venu plusieurs fois en vacances avec Tan.

— Quelle personnalité ?

— Un bon garçon, vraiment. Moins expansif que Tan, mais un bon garçon.

L'éclair du souvenir. La mère des lascars : *Ces garçons sont gentils, ne leur faites pas de mal.*

— A-t-il ajouté quelque chose ?

— Laissez-moi me souvenir... Non... je ne crois pas.

— Vous avez une arme, sur vous ? Je veux dire, en plus de l'Ultima ?

— Eh bien... oui. J'ai toujours mon Glock...

Le dire normalement, ne rien laisser transparaître. Rémi se lança :

— Et l'arme préférée de votre fils, c'est quoi ?

— Une Sako TRG 22, en calibre .308 Winchester. Je le sais car c'est moi qui la lui ai offerte. Pour son vingt-cinquième anniversaire. L'âge de majorité d'un tireur, selon moi...

Rémi poussa une lente expiration, pour garder tout son calme. Puis il dit :

— Vous connaissez la Silvertip ?

— Sûr ! Notre munition de chasse favorite ! C'est drôle que vous me parliez de ça...

Le bolide profitait d'une ligne droite de la nationale pour s'élancer.

Rémi regarda l'heure. La lumière commençait à décliner. C'était encore imperceptible — sauf pour l'œil d'un sniper.

IL FALLAIT ARRIVER AVANT LA NUIT.

Une intuition. Le cerveau, qui, immédiatement, s'aiguise et se met à l'affût. Et Rémi n'aimait pas ressentir aussi fort une intuition.

— On met la gomme, Richard.

C'était la deuxième fois qu'il l'appelait Richard.

Il avait besoin d'une confiance totale. Intégrale.

Que Schönberg s'en remette à lui.

Il ne voulait pas encore lui dire le fond de sa pensée. Sinon, il aurait influencé les réponses du King.

Il devait savoir exactement *les termes de l'équation.*

La machination.

— O.K., fiston, on met la gomme.

À nouveau, cette impression de la trajectoire de la balle. Schönberg ne lui demanda même pas s'il redoutait la conduite sportive.

Les lignes droites devinrent des flèches. Les courbes des rampes de lancement en fin de virage. Elles éjectaient le bolide. Elles lui donnaient le goût de la traque. Les roues reproduisaient, à toute allure, le cercle de l'existence. Le début qui rejoint la fin, le commencement qui embrasse l'achèvement, l'accomplissement du temps, l'éternel retour.

Les maisons se firent plus rares, les prés regagnèrent du terrain. Par endroits, la neige subsistait, de maigres reliques destinées à résister.

— Rémi, Léo a dit que Tan avait déclaré qu'il voulait finir l'année avec moi.

Cette fois-ci, Rémi n'eut plus de doute sur son intuition. Tout s'assemblait, chaque pièce s'emboîtait.

— Richard, vous savez piloter… encore plus vite ?

Le King ne répondit rien. Il appuya sur l'accélérateur et, comme les dieux anciens, il dévora le temps.

Et l'espace.

76

Enfin, le panneau indiquant Houdan fut sous leurs yeux. Ce panneau de signalisation des villes françaises, avec son bord rouge, prit une signification différente pour Rémi.

Le rouge, il ne voulait plus le voir couler.

Il ne pouvait être certain de son interprétation. S'il se trompait, il ne s'agirait plus seulement de laver son honneur, mais d'assumer l'injustifiable.

Alors il se tut.

Ils traversèrent une forêt. Puis une autre, après un champ bordé de haies.

Une buse, qui guettait ses proies depuis un poteau, déploya ses ailes juste devant le pare-brise en visière de casque de la Zagato.

Schönberg se gara dans un recoin.

— Elle va rester là, ma Fairy Tail.

C'était sa façon affectueuse de l'appeler, par proximité avec *fairy tale*, le conte de fées.

— On ne peut pas l'emmener sur des sentiers… elle est trop basse.

— On décharge tout, dit Rémi. Vous ne me quittez pas.

Ils enfilèrent leurs vestes et Rémi prit l'Ultima et le sac.

L'air restait froid mais le vent n'avait pas forci.

— J'ai pris des cibles PJ Liège, bien plus belles… je ne vous demande pas si vous les connaissez.

Bien sûr, qu'il les connaissait. Il s'entraînait parfois dessus. Elles avaient un séduisant côté *comic strip*, moins strict que les cibles géométriques. De vraies reproductions de peintures, plus vraies que nature.

— On va marcher un peu à travers la forêt. Puis on arrivera à une petite clairière, dont une partie forme une butte. On pourra s'installer là. En contrebas, se trouve une cabane que j'ai achetée depuis des années. On y venait souvent pour tirer, avec Tan. Puis ma vie m'a dévoré. J'aurais dû continuer de trouver le temps de tirer avec lui. Je comprends qu'il me rappelle à l'ordre…

L'obsession de Rémi était la lumière. Par chance, Schönberg marchait vite. Les feuilles mortes et les branchages crissaient sous leurs pieds. La forêt sentait le bois humide et l'humus, le ciel qui plonge dans la terre. Le pourrissement du bois, ce sacre de l'eau.

Ils arrivèrent à la clairière.

Rémi aperçut la cabane. De la fumée s'en échappait. Tout ce qu'il aimait. La beauté de la simplicité. Ce qui *aurait pu* être le bonheur.

Il scruta les alentours et vit un pic-vert quitter une branche en battant frénétiquement des ailes.

— On va fixer les cibles sur les premiers arbres, en contrebas, dit Schönberg. Cette forêt m'appartient sur des hectares et des hectares… On ne dérangera que les oiseaux. On aura un peu froid, aussi… Mais cela fait partie du jeu.

Du jeu.

— On fixe d'abord les cibles…, répéta-t-il, puis on rejoint Tan à la cabane.

Une hâte subite l'anima. Tirer l'excitait. Comme de démarrer la Zagato. On sentait que les étapes intermédiaires l'agaçaient. Elles retardaient le *shoot* d'adrénaline.

Ils dévalèrent la pente. L'odeur de fumée de bois se rapprocha. Avec entrain, Schönberg ouvrit la porte. Elle n'était pas fermée, il s'apprêtait à serrer son fils dans ses bras, et à lancer les paris.

Rémi, lui, aiguisa ses sens. Rien ne devait lui échapper, la moindre fraction de seconde comptait.

La porte claqua contre le mur et s'ouvrit sur l'unique pièce.

Il n'y avait personne.

Tan n'était pas là.

— C'est étrange, ça… Tan a fait un feu. Il ne doit pas être bien loin, l'animal…

— Oui, il y a encore des braises.

Elles lançaient des lueurs ambrées. L'ultime rougeoiement. Avant d'être dévorées par le gris.

Aucun recoin. Une seule certitude : Tan ne pouvait se cacher nulle part dans cette cabane.

— Eh bien, on va aller tirer avant la nuit. Sinon, on fera du tir avec l'illuminateur, couplé à la NSV. Pour que ça ne pixélise pas à mort, on sera obligés de réduire le grossissement de la lunette…

Rémi ne répondit pas. Il épiait le moindre bruit, le moindre battement d'ailes d'un oiseau qui fuirait.

Ils ressortirent. Rémi avait ramassé une pierre, et il gardait sur lui sa boîte de pointes pour fixer les cibles.

Le claquement sec de la pierre contre la pointe résonna. Le métal s'enfonça dans le bois.

La pente à remonter. Les feuilles, froissées, agonisaient sous leurs pas. La terre était gelée. À l'ombre, des lambeaux de neige subsistaient. Ils prenaient des reflets bleutés.

Rémi déplia la bâche, et installa l'Ultima.

— On est à 200 mètres, précisa Schönberg. Si vous faites un tir groupé à cette distance… chapeau…

— Bien, dit Rémi qui mesurait pleinement la difficulté du challenge. Je vous laisse commencer et régler l'Ultima à votre gré.

— Non, non, vous commencez. Vous.

Rémi ne lâchait pas les alentours des yeux. Peut-être se faisait-il des idées.

Peut-être que Tan n'en avait-il voulu qu'à Devrier, pas à son père.

Les raisons profondes du meurtre du député lui échappaient. Si Tan était relié à la seule revendication solide de l'assassinat, il fallait considérer que l'enjeu était de mettre un frein à la corruption autour du numérique. De provoquer un sursaut radical des consciences. Mais pourquoi cette rébellion ?

Cette rébellion n'avait de sens que si elle prenait sa source dans une autre. Celle contre son père.

Rémi mit ses gants et vérifia que rien ne pouvait faire dévier la trajectoire. Il régla la netteté de la lunette à 10 mètres, puis à 20 mètres. Il passa alors à 40 mètres en imaginant la trajectoire supposée de la balle.

La position, en lisière de clairière, était idéale.

Alors qu'il se concentrait sur son tir, un coup de feu déchira le silence.

Rémi se plaça entre Schönberg et l'origine présumée du tir. Il lui ordonna de se mettre à l'abri dans la forêt derrière eux. Qu'il quitte les lieux.

Le cerveau de Rémi se mit en branle.

Déterminer d'où venait ce putain de tir. Là. Maintenant.

Il allait s'arracher, avec l'Ultima dans le dos.

Cette fois-ci, il ne *lui* laisserait aucune chance.

77

Hadès avait donné rendez-vous à Arès à la cabane. La jalousie était un venin redoutable. Les mots d'Athéna avaient provoqué la morsure... L'impact de l'envenimation laissait croire à un effet ciblé. Mais non, le venin descendait de l'esprit, progressait, millimètre par millimètre, visant le cœur. Hadès se sentait étouffer. Mille détails lui revenaient, provoquaient l'hémorragie. Comment avait-il pu être aussi aveugle ? Il y avait des signes. Des microsignes avant-coureurs. Qui saturaient son système nerveux et le rendaient fébrile. Il s'interrogeait sur de possibles mensonges, remontait l'enquête. Réalisait combien il était minable. Combien il ne serait jamais *à la hauteur*.

Avec Arès, ils avaient préparé un feu. Comme au bon vieux temps d'Utopia. Ils avaient parlé, échangé. Hadès avait enfin réussi à lui demander *ce que cela faisait, de tuer un homme...*

Arès était resté silencieux. Puis il avait répondu :

— Tu prends la place de Dieu...

Et il avait eu l'air profondément triste, comme s'il se désertait lui-même.

Hadès le fixait intensément.

— ... et tu ne peux prendre la place de Dieu, Hadès.

Ce dernier hocha pensivement la tête.

Il arma son ultime question.

— Arès… regarde-moi… Là ! Regarde-moi !

Arès releva lentement les yeux vers Hadès. Il avait l'air d'un condamné à qui on va trancher la tête.

— Arès, bordel, regarde-moi en homme ! Bordel, lève la tête ! Regarde-moi ! Dis-moi, dis-moi, les yeux dans les yeux, connard, est-ce que tu aimes Athéna ?

Cette sentence, Arès ne s'y attendait pas.

Aimer était un saut dans le vide impossible pour lui. Aimer était l'angoisse profonde. La peur de s'attacher, et d'être abandonné.

Aimer était la trahison. Celle de son père qui le remplissait de colère… Qu'il tuait en doutant parfois des frontières entre réel et imaginaire. Son père à qui il ne pardonnerait jamais. Dans sa lunette, il avait été si près… Ce père qui avait voulu faire la course avec sa mère, sur la route aux quatre cents virages, après la célébration de leur mariage. Ce mariage qu'elle avait toujours refusé, durant des années… Il avait choisi La Réunion… Parce qu'il l'avait quittée durant deux mois pour une oie blanche, qu'il n'aurait pas supportée un mois de plus, tellement elle l'exaspérait par sa vacuité. La Réunion… pour *réunir* leur amour… pour ne plus jamais se quitter… La Réunion… Cette route et ses lacets… Les rubans de sa robe, les rubans de la route… Le *défi*. Les cheveux de sa mère au vent, ces cheveux qu'il aimait tant caresser, enfant. *Ma mère… Maman…* L'amour de sa vie. Celle qui avait laissé un vide impossible à combler. La Triumph qui se rit du danger, qui se rit de la vitesse, qui se rit du soleil… et qui oublie que le destin se rit de tout. Les filaos qui tendent leurs aiguilles, les vendeurs de lentilles qui regardent la Triumph, qui s'inquiètent de cette course-poursuite folle, les vendeurs de miel qui voient passer la Triumph de son père qui n'aurait pas dû conduire après ces verres sans transparence, noyés du sang du vin… Les vendeurs de manioc qui comptent les points… *Ma mère… Maman…* L'odeur des fruits, la beauté des fougères et des cryptomerias, le parfum de la fête, l'amour de la vitesse… L'amour… Les ravins qui jalonnent la route… L'amour comme ravin… Le piton des Neiges, lui aussi, couronné du blanc des nuages… Un petit camion qui transporte des sardines Robert et des boîtes de bœuf, qui transporte déjà la mort, un petit camion qui s'engage dans le tunnel, le chauffeur qui chante un air si gai… si gai. L'ombre traîtresse qui guette, qui veut happer le blanc… Bientôt, l'arrivée à Cilaos… et la Triumph qui freine, main sur le klaxon, la Triumph qui veut piler… La Triumph qui s'encastre dans le camion et prend feu. La Triumph qui rougeoie dans la nuit du tunnel. Et qui emporte un sourire. *Le sourire de Maman*, talonné par la grimace de la mort, à ses trousses.

— Mais… mais non… Hadès… je t'assure que…

— Menteur ! Espèce de connard de menteur ! Tu étais mon ami… mon ami, Arès !

— Hadès… calme-toi… cal…

— Arès, menteur, MENTEUR !

Et il lui décoche un direct dans la mâchoire.

Il ne voyait plus que des mensonges. Le mensonge l'encerclait. Il étouffait. IL ÉTOUFFAIT. Les mensonges qu'il entendait, les mensonges qu'il sentait, les mensonges qui proliféraient, ces araignées qui couraient sur le plancher, qui l'envahissaient, s'introduisaient par ses narines, par ses oreilles, et l'étouffaient… l'étouffaient.

Surpris par le coup, Arès s'était effondré.

Au bord de ses lèvres, le sang avait coulé.

C'était chaud et ferreux. Presque bon. Il se sentit vivant.

En lui, la douleur réchauffait tout.

Mais Hadès fonçait à nouveau sur lui. Une furie que plus rien ne pouvait raisonner.

Le bras armé de la jalousie.

Hadès sortit le Glock avec lequel ils avaient l'habitude de tirer.

Il sauta sur Arès et pressa le pistolet contre la tempe d'Arès qui, d'instinct, ferma les yeux.

Il était prêt.

Prêt à mourir.

Prêt à rejoindre sa mère.

Il irait reposer près d'elle, dans le même caveau.

Sa souffrance allait enfin cesser.

Ses lèvres ensanglantées sourirent.

Alors il ouvrit les yeux et dit à Hadès, presque sans trembler :

— Vas-y. Vas-y, Léo, je suis prêt.

Hadès appuya le canon. Il vit la peau qui se ridait.

Et ce fut lui qui ferma les yeux.

À califourchon sur Arès, il relâcha sa prise et, dégoûté de lui-même, se releva.

Il n'avait même pas été capable de tirer.

Il jeta un œil à Arès, qui, dans un état second, avait l'air d'un saint.

Il attendait une mort qui ne venait pas.

Une mort qui l'épargnait, lui qui avait tué.

78

Hadès courut hors de la cabane. Il s'élança dans la forêt. Se griffa aux branches. Tenta de respirer l'air glacé. Des larmes coulaient.

Et en plus, il n'était même pas capable de ne pas pleurer.

Il se détestait.

Derrière lui, il entendit du bruit. Puis son nom traverser la forêt. Arès l'appelait. Arès le coursait. Il lui criait : « Arrête, Léo ! Arrête ! » Et il le répétait.

Hadès se retourna. Éperdu, tout en continuant d'avancer, il tira sur cette ombre qui se rapprochait.

Il ne pouvait tuer une ombre. Il le savait.

Hadès chercha la lumière. Titubant, il avança vers la clairière.

Schönberg était à l'abri.

Rémi s'était arrêté. Le bruit ne correspondait pas à une munition d'arme longue. Le 7.62 avait un son plus rond, plus profond. Ce gros « clac » ne pouvait être qu'une arme de poing. À cette distance, il ne risquait rien.

D'un geste de la main, il ordonna à Schönberg de ne pas bouger.

Il avait repris l'Ultima et regardait dans sa lunette. Il s'usa l'œil jusqu'à trouver.

En contrebas, deux silhouettes approchaient la lisière du bois.

Il sortit au plus vite son télémètre. Ses réglages en fonction de la distance, il les connaissait.

Sur le tourelleau de la lunette de l'Ultima, il procéda aux modifications.

Et il se concentra.

200 mètres. Ce qui exigeait le tir parfait.

Il n'avait pas droit à l'erreur.

Il n'eut plus aucune pensée.

Que la concentration absolue sur la cible.

La course lente du doigt sur la détente.

La balle de l'Ultima qui part, qui tournoie.

Cette balle qui amorce sa trajectoire et fend l'air.

Cette balle faite pour défendre et protéger.

Cette balle qui peut tuer en légitime défense.

Ou sauver.

Le Glock de Léo, éjecté de sa main.

Ce Glock qu'il avait posé sur sa propre tempe. Sur cette vie qu'il quittait sans la regretter.

Rémi qui souffle un grand coup et dont la tête retombe, aux côtés de l'Ultima.

Rémi qui sourit.

Qui sourit à la vie.

Ne restait plus qu'à dévaler la pente et arrêter un homme qui ne demandait qu'à se livrer.

Ils reprendraient la Zagato. La nuit pourrait tomber.

Et au bout de la route, il y aurait Tatiana.

SILLAGE

Un écrivain est habitué à naître plusieurs fois. Dès que j'aborde un nouveau roman, je sais que ma tribu va s'agrandir. Que l'autre va m'enrichir de sa différence : « Si je diffère de toi, loin de te léser, je t'augmente », écrivait Saint-Exupéry, dans *Lettre à un otage*. Je voudrais remercier toutes les personnes qui ont nourri mon savoir et ma sensibilité.

Il est des livres au long cours. J'ai porté longtemps *Ultima*. L'étincelle remonte au 9 février 2012, dans le bureau de Michel Faury. Grâce à lui, j'ai pu tenir pour la première fois dans mes bras l'Ultima. Ce chef de la BRI respectait la fiction. Il sentait qu'elle pouvait partager avec l'Ultima Ratio le même sens de la précision. Une arme que j'avais découverte en 2006, dans le livre *BRI. La Brigade anti-gang*, de Jean-François Guiot. La page 147 garde la mémoire de cette arme faite pour protéger, et du caractère trempé des T.H.P. Il y eut ce mardi 5 mars 2013, à Montlignon, qui me fit naître pleinement à mon roman.

Un roman, ce n'est pas toujours tailler du diamant. C'est une guerre d'usure, un combat avec la glaise. Une course d'endurance qui repose sur le désir. En 2018, mon corps a basculé dans l'épreuve et la douleur. Je ne remercierai jamais assez les médecins et les soignants qui m'ont donné la force de tenir. Je vous porterai toujours en moi. Ma reconnaissance va à ces médecins hospitaliers qui ont le serment d'Hippocrate chevillé au corps : au Dr Alain Berrebi, pour son soutien inconditionnel, au Pr Denis Safran, pour son sens de l'engagement, au Dr Erwan Treillet, pour l'espoir comme ligne d'horizon, au Dr Jean-Michel Besnard, pour ses « mains du miracle », à l'incomparable Dr Cyrille Cazeau, au Dr Géraldine Auger, au Pr Alain Serrie, au Dr Jacques Bertrand-Deligne, alchimiste des larmes, au Dr Georges Perez, au Dr Claire Vulser-Cristofini, au Dr Maria Dias Evangelista Teresinha, au Pr Pierre Vagh Weinmann pour le soutien et les partages, au Dr Ludovic Morin, au Pr Loïc Guillevin, au Dr Jean Capron, au Dr Raoul Tibi, au Dr Frédéric Chiche, au Dr Gilles Andrès, au Dr Bernard Benabi, à Martine Loobuyck, à Valérie Tassain (Conan !), à Tristan de Percevaux, à Louis Touboul, à Jérôme Kerautret, Petit Loup et Catherine Loup, et à Antoine Boutin.

Ma gratitude va aussi aux artistes dont la beauté fortifie le pas, à Bartabas qui montre la voie, au bestiaire d'Enki Bilal (& Fabienne), à ses gris bleutés sans morosité, à Irina Rasquinet (& Julien), qui m'accompagne au quotidien, à Gilles Nicolas qui m'aura fait dessiner pour oublier la douleur, à Jacques Rohaut qui tient l'océan au bout du pinceau, et à Dominique Sennelier, qui me donne envie de parodier Montesquieu : « Je n'ai jamais eu de chagrin qu'une heure dans la boutique Sennelier n'ait dissipé. » Et aux musées !

Ultima n'aurait pu exister sans la confiance de mes éditeurs. Merci à Ludovic Escande, mon « découvreur », d'être le gardien de mes lignes. Et à Stefanie Delestré, dont la confiance fut sans faille. Que chacun soit remercié chez Gallimard. Antoine Gallimard, pour cette si belle célébration des 80 ans de la Série Noire, Charlotte Gallimard, Bruno Caillet, Franck Fertille, Nathalie Poitout, Anne Assous, Johann Defer, Christelle Mata, David Angliviel, Clara Tabard, Matthieu Dersy, Léa Manuel, Martin, Isabelle, Jeanne et Camille du magasin, Cécile… et toute l'équipe. Une pensée bien sûr pour Aurélien Masson.

Ce livre ne serait pas le même sans l'amour et le soutien de

Philippe, Morse, Henry, Oxyliane et Tikikiti, Bruno the Cat, ma famille et le Guide. Ni sans le dévouement de Sébastien Vidal.

Il n'aurait pas la même précision sans les échanges inestimables avec Michel Roux dit « Roumix » et Thierry Müller, le très inspirant Simon Oualid, l'incontournable UB, le Pr Bertrand Ludes, Yvan Tatieu-Bilhère, le savoir au service de la vérité de Tania Delabarde, les échanges fidèles avec Michel Vielfaure (le thé au jasmin...), Germain Nouvion (l'Alligator !), Philippe Bugeaud, Norbert « Dino » Fleury, Jérôme Desreaux (la bulle...), Christian Galy, David Olender, Nicolas Leclerc, Sébastien Taradellas & Carole, Christian Herrebout (Géo Trouvetou), Christian Flaesch, Jean-Michel Becker, Laurent Vignolles, François Brion pour l'Ultima, Saïd Bouzidi aussi, Didier « Gorillaz » pour la varappe, Yann Merlin, Sandrine Larremendy, Henri Moreau, Josy de la BRI (Miss Dentelle !), Chob, la brigade fluviale de Paris, Sophie Malherbe-Mayeux, cheffe de la brigade fluviale, Marie-Paule Fournier, Élodie Carvalho et la cellule communication de la Préfecture de police de Paris.

Ni la même saveur sans l'amitié indéfectible de Jacques Genin, Valérie Genin et Jade Genin, Sophie Vidal, Pierre Richard, Istvan d'Eliassy & Véronique di Benedetto, Yann de Cacqueray, Corinne & Anselme Selosse (les lignes ultimes du roman !), Christian Robert & Tita (Tahiti !), Carmel Gherbi, Françoise Gillard (ma si belle Voix), Serge Monlouis-Bonnaire, Vital & Dolorès Chauviteau, Marie-Pierre Gracedieu & Adrien, Martine Genty & Catherine Tavernier, Jb Hanak, Amélie Marcilhac & Julien Vergès, Éric & Constance Leroy, Giorgio Martinoli, Geneviève Danguis & Roland, Fx Delmas, Mathias Minet, Hervé Nègre, Pascal & Nadia Hennequin, Raphi & Sheila Chauviteau, Jean-Paul & Catherine Chaufour (et à la mémoire de Jean-Pierre « Jip »), Anne Duwel (et les Babous), Karelle Prugnaud & Tarik, Nacer « Grand Frère » Ramdane Cherif, Michaël Vautor (Teahupo'o !), Peva Levy (la cascade Tupe), Franck & Loretta Souillard, Francis & Valentine Bugeaud, Madeleine Bugeaud dite « Mado », Henry Roy, Coach Pierrot, Pierre Breton & Catherine

Breton (vin sur vin), Noëlla Morantin & Philippe Muheim (Cyrano), Hélène Hervieu, Sophie & Éric Archambeau, Guilaine Chenu, Serge Telle, Brigitte Govignon & Philippe Dupuis, Charlotte Eberson (Luz !), Sophie Rohaut, Laurence & Philippe Boyer, Alain & Marie-France Chevillard, Dominique Jarny, Brigitte Lecanuet, Marco Pico, Emmanuel Lohier, Henri Jusic & Félix, Zhang Zhulin, Fanny Delattre, Marion Venries de Laguillaumie, Markus Hartenfels, Mohamed Ahmed Lotfy, Marianne & Gérard Sage, Didier Granier (le 21 !), François Parant, Malek SuperBike, Sahar Dehghan (pour l'inspiration), Stéphane Lieser, Nathalie et Stéphane Rossillon, Félix & Élise des Avisés, l'intelligence de Maxime Rovere, Amélie Blanckaert, Laurent Sainsot et l'Int'l Fario Club, Bidaoui Chenguiti & Colette, Catherine Nicolas, Tim & Stéphanie McKenna, François Julien, Chi Wah, Cécilia Chauvet & Louis Chiron, Claudia Sogno, Philippe Joubin (l'océan en partage !), Jacques Semer, Alain Laurens & Béa, Benoît Guth & Clémentine Marion (à vie !), David Augereau, Stéphanie Fizet, Éric Fottorino et son amour du vélo, Jean-Marc Mouillie, Antoine Jégourel, Me Charles Carluis, Marie-Rose Garniéri et l'équipe de la Librairie des Abbesses et toutes les librairies qui me soutiennent depuis *Quai des enfers*, et les lectrices et lecteurs, dont Michel Puravet (et son arbre de lecture) et Robert Grandperrin, qui m'ont encouragée.

Toute ma gratitude à Philip Bodet dont l'ingéniosité talentueuse a fait naître le plus beau des « bureaux debout » pour que je puisse écrire et dessiner.

Dans l'ultime phase des corrections, je ne pensais pas qu'il faudrait aussi remercier le Dr Aurore Debet et le Dr Karim Razzouk pour l'opération… de ma main droite.

Je me souviens d'une phrase de Vladimir Jankélévitch, dans *L'Irréversible et la Nostalgie* : « L'irréversibilité étant notre impuissance a priori, nous ne remportons sur l'invincible que des victoires imaginaires. » Alors grâce aux romans, on remonte le temps.

DU MÊME AUTEUR

Aux Éditions Gallimard

L'ÈRE VIRALE, Tracts, Série Tracts de crise (nº 30), 2020

HAUTE VOLTIGE, Série Noire, 2017, (Folio Policier nº 865)

PETIT ÉLOGE DE LA NUIT, Folio 2 € (nº 5819), 2014

ANGLE MORT, Série Noire, 2013, (Folio Policier nº 750)

QUAI DES ENFERS, Série Noire, 2010, (Folio Policier nº 642)

Chez d'autres éditeurs

TEAHUPO'O, LE SOUFFLE DE LA VAGUE, Au vent des îles, 2024

LA VAGUE, Les Arènes, 2019

MÊME PAS PEUR, Syros, 2015

Déjà parus dans la même collection

Jørn Lier Horst & Thomas Enger, *Faux-semblant*
Jo Nesbø, *Les maîtres du domaine*
Olivier Barde-Capuçon, *Hollywood Cantine*
Caryl Férey, *Grindadráp*
Marto Pariente, *Balanegra*
Saïd Khatibi, *La fin du Sahara*
Marin Ledun, *Henua*
Jorn Lier Horst, *Le dossier 1569*
Macodou Attolodé, *Étincelles rebelles*
Deon Meyer, *Leo*
Marc Trévidic, *Huitième section*
Thomas Bronnec, *Coliseum*
Dolores Redondo, *En attendant le déluge*
Jeff Lindsay, *Riley s'attaque au Vatican*
Leslie Wolfe, *À cœurs ouverts*
Jo Nesbø, *Rat Island*
John Brownlow, *L'Assassin Eighteen*
Danü Danquigny, *Vieux kapiten*
Solange Siyandje, *L'affaire Sylla*
Mike Nicol, *Rabbit Hole*
Marto Pariente, *La sagesse de l'idiot*
Jørn Lier Horst & Thomas Enger, *Que le meilleur gagne*
Sébastien Raizer, *Terres noires*
Jo Nesbø, *Éclipse totale*
Caryl Férey, *Okavango*
Jørn Lier Horst, *Le Mal en personne*
Thomas Cantaloube, *Mai 67*
Chris Pavone, *Deux nuits à Lisbonne*

Marin Ledun, *Free Queens*
Olivier Barde-Cabuçon, *Hollywood s'en va en guerre*
John Brownlow, *L'agent Seventeen*
Jacques Moulins, *Menaces italiennes*
Dror Mishani, *Un simple enquêteur*
DOA, *Rétiaire(s)*
Deon Meyer, *Cupidité*
Thomas Bronnec, *Collapsus*
Chang Kuo-li, *Le sniper, le président et la triade*
Jo Nesbø, *De la jalousie*
Horace McCoy, *Les Rangers du ciel*
Sébastien Raizer, *Mécanique mort*
Jeff Lindsay, *Riley tente l'impossible*
Jørn Lier Horst, *La chambre du fils*
Audrey Gloaguen, *SEMIA*
Sébastien Gendron, *Chez Paradis*
Mike Nicol, *Infiltrée*
Danü Danquigny, *Peter Punk au Pays des Merveilles*
Chantal Pelletier, *Sens interdits*
J. P. Smith, *La médium*
Raf Vallet, *Mort d'un pourri*
Raf Vallet, *Adieu poulet!*
Jacques Moulins, *Retour à Berlin*
Jo Nesbø, *Leur domaine*
Chang Kuo-li, *Le sniper, son wok et son fusil*
Deon Meyer, *La femme au manteau bleu*
William Lindsay Gresham, *Nightmare Alley*
Jørn Lier Horst, *Le code de Katharina*
Olivier Barde-Cabuçon, *Le Cercle des rêveurs éveillés*
Thomas Cantaloube, *Frakas*
Marin Ledun, *Leur âme au diable*

Jean-Bernard Pouy & Marc Villard, *La mère noire*
Parker Bilal, *Les divinités*
Pierre Pelot, *Les jardins d'Éden*
Dolores Redondo, *La face nord du cœur*
Sébastien Raizer, *Les nuits rouges*
William R. Burnett, *Good-bye, Chicago 1928*
William R. Burnett, *Little Caesar*
Jacques Moulins, *Le réveil de la bête*
Deon Meyer, *La proie*
Jean-Patrick Manchette, *L'affaire N'Gustro*
Jørn Lier Horst, *Le disparu de Larvik*
J. P. Smith, *Noyade*
Dror Mishani, *Une Deux Trois*
Sébastien Gendron, *Fin de siècle*
Parker Bilal, *La cité des chacals*
Vlad Eisinger, *Du rififi à Wall Street*
Danü Danquigny, *Les aigles endormis*
Neely Tucker, *Seules les proies s'enfuient*
Marc Villard, *Barbès Trilogie*
Caryl Férey, *Paz*
Mike Nicol, *L'Agence*
Jo Nesbø, *Le couteau*
Tom Piccirilli, *Dernier murmure dans le noir*
Bryan Reardon, *Le vrai Michael Swann*
Chantal Pelletier, *Nos derniers festins*